W0471533

LA INTERPRETADORA *de* SUEÑOS

LA INTERPRETADORA *de* SUEÑOS

Rafael R. Costa

ESPASA

ESPASA NARRATIVA

© Rafael Rodríguez Costa, 2014
© Espasa Libros S. L. U., 2014

Diseño e imagen de cubierta: más!gráfica

Depósito legal: B. 17.855-2014
ISBN: 978-84-670-4207-8

No se permite la reproducción total o parcial de este libro, ni su incorporación a un sistema informático, ni su transmisión en cualquier forma o por cualquier medio, sea éste electrónico, mecánico, por fotocopia, por grabación u otros métodos, sin el permiso previo y por escrito del editor. La infracción de los derechos mencionados puede ser constitutiva de delito contra la propiedad intelectual (Art. 270 y siguientes del Código Penal)
Diríjase a CEDRO (Centro Español de Derechos Reprográficos) si necesita fotocopiar o escanear algún fragmento de esta obra. Puede contactar con CEDRO a través de la web www.conlicencia.com o por teléfono en el 91 702 19 70 / 93 272 04 47

Espasa, en su deseo de mejorar sus publicaciones, agradecerá cualquier sugerencia que los lectores hagan al departamento editorial por correo electrónico: sugerencias@espasa.es

www.espasa.com
www.planetadelibros.com

Impreso en España/Printed in Spain
Impresión: Rotapapel, S. L.

Espasa Libros, S. L. U.
Avda. Diagonal, 662-664
08034 Barcelona

El papel utilizado para la impresión de este libro es cien por cien libre de cloro y está calificado como **papel ecológico**

El mapa no es el territorio.
A. KORZYBSKI

Lo que no fue será,
y nadie está a resguardo de ello.
J. B. S. HALDANE

Fiebres de Malta

Contaban los habitantes de Praga que algunos locos habían llegado a cobrar hasta dos coronas por un hígado de cisne. Y era cierto el rumor, aunque sólo podían permitírselo los especuladores más hábiles y faltos de escrúpulos, que luego lo revendían con importante ganancia, los hígados por lóbulos y las pechugas a tajadas, en los soportales y plazas aledañas a la Ciudad Vieja, normalmente envueltos en hojas del periódico alemán *Frankfurter Allgemeine*, a modo de inequívoco señuelo para compradores: periódico alemán doblado en cuatro partes era sinónimo de cucurucho repleto de entrañas de cisne, y siempre a la entrada o salida de las calles más retorcidas, con el fin de evitar la confiscación de los guardias, quienes tanto se felicitaban por tener un olfato fino para el hígado fresco (comparable al de las moscas para el podrido) como maldecían el contar con piernas lentas, por proceder casi todos de los desechos de milicia que no pisaron los frentes ni abrieron las trincheras.

Corría la certeza de que el cisne cocido, y a ser posible de una hembra que no hubiera puesto, resultaba ser el mejor antídoto para la gripe porque disolvía la cepa del microbio en un ácido especial y aclaraba la garganta, así como la piel de la cara y los brazos, sanaba de inmediato la tos ferina en los niños, quitaba las pecas y daba calor a los riñones.

No era raro que los transeúntes fueran asaltados por vendedores del más variado género y proceder dentro de lo grotesco, desde dudosas damas que vendían a cinco haluras estampas de Masaryk (arropado con casaca rojo sangre de oficial) y a diez haluras las del barón Richthofen (bastante más exótico, mostrando el perfil de la cicatriz), hasta tullidos de bigotes otomanos luciendo uniformes cargados de medallas y cruces, pasando por rameras, listos de nacimiento, profetas y caballeros de capotes raídos, bolsillos vacíos y méritos civiles, que pregonaban casi al oído sus mercancías:

—¡Filetes de cisne, y no son del Moldava!

Aunque todos sabían que sí lo eran.

—¡Tabaco turco! ¡Jabón americano! ¡Carne de cisne sin abrir! ¡Huevos no empollados! ¡Y el mejor hígado ya cocido o fresco! ¡Al peso! ¡También corazones, cabezas y patas, las mejores para sopas!

—¡Testículos de lobos de los Cárpatos! ¡Machacados es lo mejor para soportar el gas mostaza y si se tienen campos por sembrar y las patatas no agarran!

—¡Hígado de cisne a mitad de corona! ¡Parejas de estorninos a veinte haluras! ¡Se aceptan marcos nuevos de Weimar y dinero americano y francés!

Todo eran pregones, pero a finales de octubre de 1919 ya no quedaba un ejemplar de cisne, de oca, ni de otras especies anátidas. Dos meses antes (en realidad desde que empezó el verano y se agotaron las lluvias), la desesperada población, valiéndose de barcachas artesanales, había espulgado todos los nidales de los meandros del Moldava y habían conseguido esquilmarlos por completo, parecía imposible hallar un cepellón de jacinto que no hubiese sido tronchado, hasta el punto de que nadie vio nadar en el Moldava a un solo polluelo en la temporada. Los estorninos boreales, que no hace mucho anidaban a miles de miles en los ojos de los puentes y competían con las palomas por las mejores torres, ahora sólo podían contemplarse volando tan altos como golondrinas, en bandadas minúsculas, y únicamente por los alrededores del parque Letná o en los muros más inaccesibles del castillo Hradzin; lo mismo estaba ocurriendo con otros ánsares y aves de paso. La escasez de carbón y de productos de primera necesidad había empujado a la gente a alimentarse de cualquier cosa digna de ser comida. Así que Sarah Georginas no se extrañó de la ausencia de pájaros en su camino hacia la taberna de Los Dos Osos Dorados. Había oído que los militares fusilaban a los perros en las tapias del monasterio Strahov y que después se repartían la carne, incluso se la jugaban a las cartas o a partidas rápidas de un ajedrez autóctono que comenzaba con la mitad de peones y terminaba en la mitad de tiempo, y muchos la revendían o la donaban a cambio de variados favores casi siempre de índole sexual. Sabido era que los soldados batían los arrabales de Praga recogiendo los numerosos chuchos de la calle, que eran amontonados en un furgón tirado por un solo y triste caballo, y que los indefensos animales tiroteados, cuando no matados a culatazos, a palos o a simples pedradas, siempre eran desollados aún calientes y descuartizados allí mismo.

Al llegar al final de la avenida Mostecka, Sarah Georginas decidió girar a su izquierda y tomar el sendero llamado, nadie sabe por qué, de «Los Tres Avestruces» en vez de cruzar el río por el puente de Karluv. Sabía que su recorrido se vería ampliado en un kilómetro y que debería atravesar un parque descuidado y sombrío, el Vojan; sin embargo, era preferible a cruzar aquel puente y toparse con una cuadrilla de nostálgicos austrohúngaros que no se definían perdedores de la guerra y venteaban los despojos de un imperio decimonónico, sin más oficio que el pillaje urbano, sin más herencia que gripe y piojos, y sin más morada y aposento que las covachas arrebatadas a los primeros arcos del puente... O lo que era funestamente peor, tropezar en las esquinas que desembocaban en el río con algún desalmado, cuchillo en mano, imitador y devoto del *Salchichero de Múnich* —al que intuían escondido en la frontera bohemia—, ofreciendo baratijas doradas, libras inglesas de sucedáneos de café y cigarrillos a cambio de matarte a capricho en su sótano.

El 2 de octubre de 1919, un jueves, el cielo sobre Praga se mostraba hermoso pero muy violento: en esa época del año la temperatura variaba bruscamente, los mediodías parecían de primavera y los atardeceres auténticas avanzadillas del invierno más crudo; las nubes no dejaban de moverse a ojos vistas, parecían ir de aquí para allá desordenadamente en vez de trazar recorridos rectos, además eran panzudas y negras, como exhaladas por una chimenea siniestra de fogón inagotable, y es que daba la sensación de que sobre la recién creada Checoslovaquia el rescoldo de la guerra no se hubiese apagado del todo y boqueara sus últimas y hediondas volutas. El propio aire era tan húmedo en las riberas del Moldava que la cara y la ropa se empapaban de agua sólo después de calar la piel y enfriar los huesos. A decir verdad no estaba asustada, pero sí precavida, por eso no se sobresaltó cuando al unísono estallaron las ochenta y tres campanas de las iglesias praguenses anunciando que eran las seis y media.

Se dio un segundo de respiro. Miró a un lado y a otro, al interior del parque y a la orilla del río, a la tierra y a las nubes. El silencio le resultaba tan absoluto que habría preferido que las campanas hubiesen vuelto a restallar. Por fin llegó a la boca del puente Manesuv. Apretó el paso y lo cruzó, los ojos semicerrados a causa del levantisco viento y un solo pensamiento en su cabeza: convencer al hombre con el que se había citado para que cuidara de su pequeño hijo Rudolf durante su ausencia. No podía confiar en nadie más, hacía dos años que no le veía, pero había recibido puntualmente sus escritos publicados y era consciente de la gran amistad que había unido a ese hombre con su marido.

Sólo cuando dejó atrás el puente, y vislumbró la peculiar silueta de la sinagoga Pinka, se sintió verdaderamente aliviada. Prefirió adentrarse por la avenida Kaprova, cuya instalación eléctrica había sido reparada a conciencia para engalanar el paseo nocturno de Masaryk el día de la proclamación de la República y que aparecía iluminada como una arteria irreal que bombeaba luz en vez de sangre al corazón de Praga; siguiendo por esa avenida recorrió la frontera izquierda del barrio judío —Josefov— mientras se preguntaba por qué aquel hombre no la había citado en una de las cafeterías de la zona, siendo ambos judíos de nacimiento. Llegó a la altura de la iglesia de San Nicolás, cruzó la plaza del Ayuntamiento de la Ciudad Vieja y sin esfuerzo encontró el pavés de la calle Melantrichova, justo donde se ubicaba el lugar de la cita. Dos fanales de cristal alumbraban la entrada, sobre la puerta un gastado escudo heráldico con dos osos gemelos, debajo un cartel de chapa roja con una jarra espumosa y una taza humeante, y aun detrás de un pasador de vidrio esmerilado podía sentirse plenamente una suave música y un emblemático aroma a café, cerveza y calor. Sarah Georginas no quiso pensar nada más. Ni qué sensación iba a causar en aquel hombre, ni siquiera si era o no recordada por él con el afecto que ella mantenía y la admiración que le habían causado sus escritos. Estaba segura de que era una persona singular pero un buen hombre, y, aparte de solicitar su ayuda, bien es cierto que también se alegraría simplemente con verle y preguntarle qué tal estaba. Ese hombre era Franz Kafka.

Cuando cruzó aquel pasador esmerilado se sorprendió de cuánta gente había y del ambiente tan selecto que emanaba el local. Desanudó el pañuelo que le cubría la cabeza y dio una vuelta en redondo: le reconoció en seguida a pesar de que él estaba de espaldas, acompañado por otro hombre con el que mantenía una acelerada conversación, en una mesa cerca de un ventanal cerrado. Cuando estuvo a un metro de la mesa fue el acompañante desconocido quien se levantó y la invitó a tomar asiento.

—¡Sin duda es usted la mujer que esperaba tan ansiosamente mi amigo Franz!

Ella no le conocía, no le había visto nunca, aunque hacía unos años que, dedicada por completo a su hijo, no frecuentaba los círculos de artistas formados al abrigo de la guerra. Era un hombre de unos treinta años, algo entrado en carnes, vestido correctamente, con inequívocos aires de judío, llevaba el pelo tozudamente revuelto a pesar de que se adivinaban sus esfuerzos por mantenerlo peinado, y sus ojos, aunque expresaban vigor y contundencia juveniles, no eran capaces de desplazar cierta melancolía.

Franz Kafka se incorporó. En ese instante acercaba la taza de café a los labios y a punto estuvo de tirarla sobre la mesa.

—¡Georginas! ¡No sabes cuánto me alegra verte!

Ella sintió un estremecimiento, pero abrió los ojos cuanto pudo y estrechó la mano de su amigo.

—¡Franz...! Yo también me alegro mucho de verte. He leído todo lo que has publicado, y tu hermana Otti me había dicho que has estado enfermo desde el invierno, excepto para escribir... También me dijo que habías vuelto del balneario de Schelesen... Pero te veo muy bien.

En realidad, estaba muy delgado. Sus tiernos ojos hundidos, su boca ensumida y la nata disposición a sentirse nervioso le hacían parecer incómodo y enfermizo. No obstante, estiró los labios hacia las orejas y a pesar de la planitud de sus facciones le sonrió con sinceridad. El escritor tenía entonces treinta y seis años.

—Bueno —aconsejó su amigo—, creo que deberías presentarme a la señora... Es lo menos que puedo esperar de un colega tan admirado.

—Claro... Georginas: este es mi amigo Werfel. ¡Franz Werfel! Uno de nuestros mejores poetas y una de las mentes más lúcidas del país. Aquí donde le ves, estaba a punto de comprobar, sirviéndose de las cucharillas del café, si la poesía de Moravia pesa más o menos que la bohemia, y si esta es más transparente que la alemana...

Werfel se irguió hasta el límite de lo que su rechoncho cuerpo pudo permitirle, dio un taconazo militar y tendió la mano a la manera de un ridículo aristócrata a Sarah Georginas, sin apartar los ojos de su mirada y embelesado en el porte de la mujer. Realmente era muy guapa, a los veintiséis años no había perdido ni un gramo de su hermosura juvenil, si acaso la edad y la experiencia de ser madre la habían dotado de la serenidad que hace más inalterable a la belleza.

—Werfel: esta es Georginas, también se llama Sarah, así te evitas preguntarle si tiene o no ancestros judíos... La mujer del que fue mi mejor amigo: Willfred Lorre. Y mi primer editor. Ya te hablé de él.

—Señora, no lo digo sólo por cortesía —exclamó Werfel—, ahora soy yo quien le ruega de nuevo que se siente a nuestra mesa y que permita que le pida un café, o lo que desee, pídame el castillo más grande de Praga y yo se lo entregaré de inmediato. Es fácil entender que con señoras como usted es muy necesario que exista la poesía, pero comprende uno en seguida que no es posible pesarla con cucharillas de café...

—Ya te he dicho que es poeta, pero tu marido también lo era, así que no deben sorprenderte sus halagos; los poetas no saben, ni deben, hacer otra cosa. Será mejor que tomes asiento, Georginas, también yo me pediré un café... En cuanto a la poesía, hablábamos de ese viejo tema de si es mejor la lírica o la épica para expresar la conducta humana. Pero no te preocupes, habíamos llegado a la conclusión de que hay poco que decir incluso en poesía... La guerra ya lo ha dicho todo: cada disparo es un verso; cada ráfaga, un poema; una batalla, un canto... ¿Para qué más poesía que esos páramos llenos de cadáveres, árboles desnudos y brumas? Ahí reside la verdadera poesía, esa es la madriguera, ese es el sustento... ¡Pero no hablemos de preocupaciones vanas, ya se encarga la Historia de poner voz a nuestros silencios!

Mientras los tres tomaban café, la música que sonaba en Los Dos Osos Dorados se tornó más compacta, más sinfónica.

—¡Te lo dije! —replicó Werfel—. ¡El gramófono funciona: resistió a la guerra al igual que esa partitura maravillosa!

—Antonin Dvorak... —musitó Franz.

—¿Qué significa? —preguntó ella.

—Significa que hemos convertido a Dvorak en el símbolo sonoro de la patria. Si no silbas una pieza de Dvorak eres sospechoso de no ser checoslovaco.

—Pero, Franz, ¡es la *Sinfonía del Nuevo Mundo*! Ya hemos hablado de eso antes, y continúo pensando que deberías cambiar el título de esa novela tuya. ¿Usted qué opina, Sarah Georginas? ¿No le parece hermosa esta música? ¡Hasta es una lástima que ese aparato no suene más alto!

—Disculpa a Werfel —le pidió Kafka—. Y háblanos de ti, no creo que interfiera mucho a la música. ¿Cómo está el pequeño Rudolf? ¿Sabe ya leer?

—Sí. Sí sabe, es un niño muy listo, acaba de cumplir siete años. De él quería hablarte, Franz. No sé cómo decírtelo... Es una situación nueva para mí, verás, desde que murió Willfred sólo una vez he mantenido contacto con su familia, y fue a través de un intermediario: a cambio de mi silencio y de no molestarles se encargarían de encontrarme un trabajo en Praga para que el niño no fuese entregado a un hospicio y pudiera mantenerlo, entonces dije que no. Aceptarlo habría sido como aceptar de buen grado que nieguen la paternidad de Willfred sobre mi hijo.

Sarah Georginas hablaba atropelladamente, se había agarrado a la taza de café como quien se aferra a una barandilla para evitar caer al vacío, quería fijar la mirada en los ojos de Franz Kafka pero era consciente de que se perdía en sus propias palabras y que un tinte de dramatismo estaba envolviendo su voz y sus gestos. Entonces respiró con profundidad y le dio un sorbo al café.

—¡He decidido actuar sobre la herencia de mi hijo y quiero que sean reconocidos sus derechos!

—Me parece lógico —apuntó Franz.

—He llegado a esta situación después de resistir durante estos amargos años, pero he oído que el hermano de Willfred, Peter, se ha casado. Lógicamente tendrá descendencia, aunque sea un solo hijo. Esto significa que Rudolf Lorre perderá definitivamente sus derechos de familia.

—Entiendo —dijo Kafka.

—Pues yo no entiendo nada, y discúlpeme, Georginas —reclamó Werfel—, ¿está diciendo que su hijo no recibirá una herencia legal porque el hermano de su difunto marido se ha casado? Creí que eso sólo pasaba en las Casas Reales y en la Iglesia.

—Es mucho más complejo, amigo Werfel. Lo que Georginas dice es que se ha abierto un nuevo frente en su guerra particular... Cada ser humano es un metro cuadrado del campo de batalla universal.

—Así es... —asintió ella—. El caso es que pasado mañana viajo a Viena...

—¿A Viena?

—Sí. En automóvil. Llevo más de tres meses esperando la cortesía del señor Wolff, quien posee uno de esos automóviles nuevos de cuatro plazas. Desde Viena encontraré algún medio para llegar al castillo de los Lorre.

—¡El castillo de los Lorre! Suena bastante enigmático —apuntó Werfel mientras sorbía su café sin dejar de prestar la máxima atención.

—Mi hijo es un Lorre, señor Werfel.

—Y yo soy el padrino de ese niño, de Rudolf... Me siento como un mal padre por no haber prestado atención a ese pequeño, es lógico que la amistad que me unía a Willfred y la gratitud que recibí de él la traslade a su hijo si puedo ayudarle. Otti me dijo que querías verme y que probablemente necesitarías ayuda...

—Bueno, yo no le dije exactamente eso.

—Ella es muy intuitiva, de mis hermanas la que más...

—Quería verte por Rudolf, por Willfred y por mí misma. Te he dicho que he leído todo lo que se dignan publicarte.

—¿Lee usted sus libros en alemán o en checo? —preguntó Werfel.

—No tiene importancia —dijo Franz.

—¡Sí la tiene! ¡Es importante que tu obra sea distribuida en ambas lenguas, la gente tiene derecho a elegir cómo quiere leerte, si en el idioma en el que escribes o en el que te traducen!

—Lo he leído en checo. Menos *La metamorfosis,* que me regalaste personalmente, lo demás ha llegado a mis manos traducido. Pero no importa. Es hermoso. Me parece fascinante lo que escribes.

—Eso no tiene importancia, y es más bien un mundo sórdido —murmuró el escritor—. Ni siquiera escribir es importante.

—Willfred te publicó tus primeros poemas.

—Cierto, en Hyperion. Y me hizo feliz. Todavía recuerdo cuando queríamos ser como Goethe, o al menos como el joven Werther, recitábamos de memoria esos versos en los puentes del Moldava y sobre todo en aquel balneario donde fuimos un verano buscando el sol. Pero dime, Georginas, si vas a Viena, ¿qué harás con el niño?

—Ese es el quid de la cuestión, la pata del taburete y la sexta punta de la estrella, amigo mío... —apostilló con simpática astucia Werfel—. ¿No estabas dispuesto a purgar tus malas acciones de padrino con sal y harina? Ahora es el momento de hacerlo... ¿Me equivoco, señora?

Sarah Georginas no tuvo menos que sonreír y bajar los ojos. Por un lado estaba ruborizada: jamás había tenido la necesidad de solicitar una ayuda de esta índole; por otro, la voz, los gestos exagerados, y el rostro ancho como de búho que tenía aquel poeta la hacía sentirse más tranquila y menos pesarosa.

—Sí. Esa es la cuestión y ese el principal motivo de mi encuentro contigo, Franz. Si estoy aquí ahora es porque Rudolf está bien. Lo cuida una mujer que quedó sin marido y sin casa en la guerra, a cambio de alojamiento, comida y una corona semanal como pago de sus lecciones, deseo que le enseñe bien el alemán, como quería su padre, leído y escrito (yo también me encargo, claro). Me he resistido a desprenderme de las cosas de Willfred, mucho menos de sus libros, los pagarían mal y quiero que sean para Rudolf... He estado trabajando mucho estos meses para ahorrar algún dinero y poder hacer este viaje tan importante. El caso es que esa mujer que le cuida, la señora Grubach, sólo estará hasta esta noche, tenía que haberse marchado hace ya dos días y me ha hecho el favor de permanecer hasta hoy en la casa. No es muy literario, pero cuando yo llegue se irá y no volverá. No la culpo: va a casarse de nuevo, desea tener su propio hijo, es una buena mujer y se merece toda la felicidad del mundo... El viaje a Viena es inaplazable, o lo hago ahora o no tendré otra oportunidad. El señor Wolff también se desplaza por motivos familiares, creo que va a un entierro que sucedió hace semanas, pero se ha llevado meses esperando a que le entregaran el auto, aunque es de cuatro plazas no ha sido fácil hacerme con un hueco.

—¿Quieres que me haga cargo de Rudolf estos días?

Sarah Georginas bajó la cabeza. Es ese momento, probablemente para romper el conato de dramatismo en la voz de la mujer, Franz Werfel levantó un dedo al aire y solicitó la atención de sus acompañantes.

—¡Ahora es el cuarto movimiento! A decir verdad es el único movimiento que viene en ese disco, que por cierto debe de ser el único de toda Praga. Óigalo atentamente, Georginas, ya sé que está triste y preocupada, pero verá cómo esta música es capaz de aliviar su realidad, la nuestra y la de cualquiera. ¡*Sinfonía del Nuevo Mundo*!

La temperatura bajó considerablemente, a más velocidad que el tiempo. Kafka se había ofrecido a acompañarla hasta su casa, se hallaba lejos, no había medios de transporte urbano. En la Praga de 1919 los taxis no existían y los tranvías de tracción se malguardaban en cocheras por severa falta de caballos (todos fueron requisados para la guerra) y así, la hermosa capital de Bohemia, al transitar por la noche, resultaba peligrosa incluso para un hombre solitario y armado. Werfel se ofreció a acompañarlos hasta el cruce de la calle Valentinska con el barrio judío, donde residía. Al llegar a la plazuela de la iglesia de san Nicolás los tres se quedaron mirando, embelesados, el alumbrado de la avenida Kaprova.

—Bueno —suspiró Kafka—, estas luces vienen a demostrar que la guerra ha terminado, pero sólo es una ilusión, al igual que el burocrático y trasnochado paseo del Presidente, diría más: que el paseo de todos los Presidentes de todos los países, reinos y comarcas del mundo.

—Luces, luces... amigo mío —replicó Werfel—, tienes razón, las únicas luces válidas son las de los amaneceres y los atardeceres, quien quiera puede preguntárselo al Moldava.

Ella sonreía con cada ocurrencia de los dos amigos. La noche refrescaba, y a pesar de las críticas poco inspiradas a las luces de la avenida Kaprova estas eran muy hermosas, y llenaban de reflejos dorados la doblez de las esquinas, parte del cielo, las estatuas de los puentes y el agua del río. Sin embargo, ocurrió un suceso de difícil catalogación. La mujer se detuvo un momento y miró atrás. Entonces se fijó y señaló las farolas apagadas.

—¡Vean eso! —exclamó—. ¡A nuestro paso las luces se apagan!

Franz Kafka se giró y comprobó no sin extrañeza y sorpresa que lo que decía era cierto: las luces se habían apagado al paso de los tres transeúntes.

—No se preocupen —dijo Werfel batiendo las manos—. Eso no es nada, en cuanto yo tuerza a la derecha por la sinagoga Pinka estas luces volverán a encenderse.

—¿Qué dices? —preguntó atónito su amigo.

—Pues digo que cuando camino muy nervioso las farolas se apagan a mi paso. ¿No lo crees aún? ¿Y tú, Georginas? No se muevan. Quédense quietos y... no, mejor es que caminen juntos unos metros, más o menos la distancia necesaria para que cubran dos farolas, y espérenme allí.

Ni Franz ni ella dijeron nada. Ambos se miraron y unieron su perplejidad, no sin un atisbo de sarcasmo o de chanza intuyendo alguna broma del charlatán y poeta. Pero decidieron hacer lo que este les pedía y se alejaron quince o veinte metros, los suficientes para que entre ellos hubiesen al menos dos farolas encendidas. Se giraron y miraron al amigo, quien con los brazos abiertos les indicó la señal de que comenzaba a caminar. Y contemplaron llenos de incredulidad cómo efectivamente las luces, según se acercaba él, parpadeaban disminuyendo la intensidad, hasta que se apagaban por completo justo cuando pasaba debajo de ellas. Así ocurrió.

—¡Guárdenme el secreto —les pidió cuando llegó a su altura— o me apresarán: si un judío es capaz de apagar las luces a su paso de qué no será capaz! ¡Me atarán a un poste y me quemarán como alquimista!

—Es maravilloso... —musitó Sarah Georginas.

—Me alegro de que lo vea así, en serio: eso me tranquiliza —le dijo Werfel—. Ya me ha oído, no le habría reprochado nada si hubiera visto en mí a un servidor del diablo. Esta facultad, si es que puede llamarse así, la descubrí en las avenidas de Múnich hace unos meses. Yo tampoco sé cómo explicarlo. Solamente una gitana que se empeñó en leerme la mano...

—¿Leerle la mano a un judío? No lo hubiera creído —dijo Georginas—. Seguro que la ley mosaica lo prohíbe...

—¿Que lo prohíbe? Probablemente también me prohibiría que apague las luces al paso, y le aseguro que no soy consciente...

—¿Qué te dijo la gitana? —preguntó Franz sin quitar la vista de las farolas apagadas a lo largo de la avenida Kaprova.

—Me dijo... sólo después de mirar la mano atentamente, cada monte, cada rasgo por mínimo que fuera...

—¿Qué te dijo la quiromante, Werfel?

—Sí, ¿qué te dijo?

—Pues que era una cosa heredada...

—¿Heredada?

—¡Exacto! La heredé de alguien que murió, a quien le ocurría lo mismo. —El poeta apagó el tono de su voz para hacerlo más enigmático y rotundo—. Y cuando yo muera, otra persona heredará la facultad de apagar las luces de la calle... a su paso.

No supieron o no pudieron decirle nada. Ante tal demostración de un poder extraño y después de oír la sentencia de las heredades, ambos se miraron y, boquiabiertos, volvieron los ojos hacia el poeta.

—¿Es que no van a decir nada? —inquirió este.

—Me ha dejado impresionada. Jamás había visto ni oído nada parecido. Y eso que Praga es una ciudad pródiga en sucesos...

—¿Sucesos? ¿Qué tipo de sucesos?

—No sé... He oído hace unos días que hay una talla de la Virgen que llora y que expele con el llanto un fuerte olor a rosas...

—Eso son patrañas de los católicos —sentenció Kafka—. Durante la guerra he oído historias parecidas cien veces... un caballo alado y de un blanco translúcido guía un batallón francés a la victoria, misteriosos enanos cavan trincheras mientras los soldados se derrumban agotados... Otros dirán que llovían cigarrillos y caldo caliente... Patrañas de los católicos.

—No lo son, amigo mío —replicó Werfel—. En cuanto a la Virgen que llora y que expele olor a rosas frescas es esta.

Rebuscó en su chaqueta y sacó una estampa con una imagen caprichosamente dibujada. Debajo de la imagen: Virgen de Praga.

—Esta es la Virgen que llora... Créame, Georginas, no hay mucha diferencia entre las estampas, he pagado por ella cinco haluras, pero en realidad he pagado quince porque me llevé el lote completo: el barón Richthofen y su Fokker, el presidente Masaryk y... la Virgen de Praga. Puede comprobarlo.

Al tiempo que hablaba sacó, efectivamente, las dos estampas restantes y las mostró como quien muestra un triunfo de naipes, o unas cartas secretas. Después se encasquetó bien su sombrero, abrió los brazos en aspas y se despidió.

—Franz: te veré mañana, si puedo, y recuerda lo que te he dicho de América: ¡cambia el título de esa novela! Georginas, ha sido un auténtico placer, deseo que tenga un buen viaje a Viena y que sus asuntos se resuelvan convenientemente, salude a su pequeño hijo de mi parte y tenga confianza en el mañana. Otra cosa no hay. Espero volver a verla, manténgame al corriente de sus problemas, tal vez también pueda ayudarla...

No dijo nada más, cruzó la avenida Kaprova, sin volver la espalda, con un paso característico, a medias entre un auténtico judío errante y un gólem y, como la única luz de la sinagoga Pinka se apagó después que pasó a su lado, sus amigos lo vieron como un prestidigitador o como alguien tocado en el hombro por aburridos dioses.

—¡Es un grandísimo poeta! Un hombre culto, amante de la ópera, buen dibujante, dramaturgo y un excelente amigo. En una ciudad como esta no se puede encontrar a nadie mejor con quien compartir cafés y discusiones de literatura sin que te pregunte si estás enfermo.

—¿Y Max Brod?

—¿Max? Está de viaje. Siempre lo está. No volverá en menos de un mes. Él también se habría alegrado de verte.

Caminaron a paso lento, a pesar de la distancia que les quedaba por recorrer. Antes de entrar en el puente Manesuv miraron las aguas del Moldava.

—¿Sabes lo de los cisnes? —le preguntó Kafka.

—Sí, lo he oído. Es terrible.

—¡Qué largos son los dedos de la guerra! ¡Las puntas de las bayonetas son más largas que las plumas de los cisnes y de los ángeles! ¡Incluso atraviesan las pechugas de esas aves! Un cisne puede vivir hasta cien años. Oí hace unos días que habían capturado a un macho en la isla Strelecky que por pesar veinte kilos fue incapaz de alzar el vuelo. Su cabeza ha estado expuesta en un frasco de ginebra en una taberna de Masarykovo.

Las campanas de la ciudad dieron las nueve de la noche. Nueve campanadas huecas y altamente sonoras que rebotaron en cada cosa, cada edificio, cada árbol, hasta en la superficie del río. Durante unos minutos, mientras cruzaban el puente, no dijeron nada, hasta que se hallaron en los medios. Entonces Franz abrió los brazos en aspas y señaló a uno y otro lado.

—Según la geografía oficial, desde este punto exacto —precisó— la parte que señala mi mano derecha es el Este de Europa, la que señala la izquierda, el Oeste. Estamos debajo de una de esas líneas imaginarias que los hombres trazamos en nuestro empeño de dividir continuamente el mundo.

Realmente Georginas estaba fascinada.

El relente del río a estas alturas del año ya escarchaba los juncos de las riberas, se desbordaba en los vados, se enroscaba en las columnas de los numerosos puentes hasta que las hacía irreales y formaba la ilusión de que flotaban en el éter y no en las pilastras y, diluido idealmente con la insidiosa brisa, empapaba los alrededores del Moldava, soplando su aliento helado al tiempo que la noche se tornaba más oscura y amenazaba con llover.

—¿Tienes problemas económicos? Puedo ayudarte.

—No exactamente, Franz. Lo que tengo es miedo. Por Rudolf.

—Quiero preguntarte algo... Sobre todo eso que has dicho del viaje a Viena y de la familia Lorre... Yo soy doctor en Derecho, guardo algunos conocimientos y, por fortuna, casi todos los libros de leyes. Y hay un detalle fundamental.

—¿Vas a preguntarme si me casé con Willfred?

—Sí.

Sarah Georginas detuvo el paso, miró a un punto del oscuro horizonte y suspiro ruidosamente.

—Nos casó el señor Edward J. Smith.

—¡Edward J. Smith! —repitió ensimismado—. ¿Dónde he oído antes ese nombre?

—Era el capitán del *Titanic*. Los testigos fueron miss Taissig y un fogonero llamado Jerome, lo recuerdo bien porque ambos hubieron de firmar el documento expedido para la boda.

—¿Guardas ese documento?

—Sí.

—¿Es un documento oficial?

—Es una cuartilla con el membrete del *Titanic*, donde se redacta, escrito a pluma, el acto, la fecha, nuestras firmas, la del capitán y la de los testigos... ¿No es suficiente?

—Puede no serlo. Probablemente antes de 1914 sí habría tenido validez internacional. La catástrofe fue de unas dimensiones considerables y toda Europa estuvo pendiente del suceso. Los supervivientes del transatlántico pasaron a ser héroes... Pero un hecho tan fortuito y magnífico no ha superado el paso de la Gran Guerra, y los héroes y los mártires han pasado a ser un estorbo. Además —sentenció—, este país se acaba de crear, las leyes son otras y los decretos son nuevos, los jueces menos románticos y la incertidumbre mucha, es posible que los libros que poseo no valgan ni el papel que pesan. Bohemia no es lo que habían imaginado las musas. Ottokar habría muerto del disgusto si se hubiese enterado de lo de los cisnes...

—Entonces ¿crees que no tengo posibilidades? Sería conveniente que miraras ese papel, Franz, sólo tú puedes aconsejarme en este asunto. También he acudido a ti por esto.

—¿Cuándo sales para Viena, mañana?

—Sí. A las once debo estar en la puerta de la casa del señor Wolff. Tengo que hacerlo, Franz, se trata de mi hijo. Mi padre murió, mi madre vive enloquecida en Inglaterra y mi hermana reside en algún lugar de América del Sur. No hay otras opciones de futuro.

Hacía tanto viento a la salida del puente Manesuv que tuvo que quitarse el pañuelo para impedir que volara. Se la notaba angustiada. Miraba al río, al norte, a las siluetas de los edificios de Praga, el cabello rubio se le enroscaba en el cuello y se frotaba las manos a pesar de llevarlas enguantadas.

—¿Tú qué harías, Franz?

—Yo no tengo hijos. Sin embargo, lo intentaría. Tu hijo es un Lorre, y es tan legítimo como cualquier otro. Los austriacos son escrupulosos con sus cosas, si un documento tiene mil palabras ellos van a leer mil palabras, ni una menos, pero si sólo tiene diez serán diez las que lean, ni una más.

En vez de cruzar y ganar camino por la travesía de Los Tres Avestruces decidieron subir por Letenska hasta desembocar en la avenida Nerudova justo en la iglesia de San Nicholas, que es otra distinta a la de San Nicolás. Pero en un recodo de la cuesta la visión del río Moldava era tan espectacular (y fantasmagórica) que ambos se quedaron a contemplarlo un momento.

—¿Ves el puente Karlov?

—Sí... —respondió Georginas—. La gente arroja sus deseos a las aguas del Moldava liados en un trapo junto a tres cabellos, y de cada dos deseos se cumple uno... Me sé esa historia desde que era pequeña. Ojalá fuese así.

—Eso demuestra que el puente Karlov es un cementerio de deseos.

—¿Tú crees?

—Claro... —afirmó él, con rotundidad, mientras reiniciaba la marcha—. Debajo de cada una de sus treinta estatuas hay fuertes deseos enterrados. Una espada de filo dorado, manuscritos cabalísticos guardados con celo en botellas de plomo, anillos de princesas, cajas misteriosas, pócimas y secretos de alquimistas, y quién puede afirmar que no están enterrados ahí, en lo más denso del lodo, garabateados en unas tablillas por las uñas de un profeta, los setenta y dos nombres de Dios...

—¿Estás escribiendo una novela? No me perdonaría molestarte... Ni siquiera te lo había preguntado.

—No... No temas. Y hasta el lunes no me incorporo a la oficina. Estoy enamorado de una mujer, debe de ser eso. Se llama Julie. Quiero casarme con ella. Pero no estoy escribiendo ninguna novela, sino una carta a mi propio padre. Y creo que puede esperar. Estar con Rudolf me vendrá bien. Estoy seguro de que va a reeducarme en muchos de los secretos que yo ya he olvidado.

—¿Sabes una cosa? Sólo conservo una fotografía de Willfred. Nos la hicimos antes de partir de viaje. El resto de fotografías, como todo el equipaje, las perdimos en el naufragio. ¿Recuerdas una tarde en el parque de Malá Strana? Habíamos ido a leer poesía. Willfred, tú, yo...

—¿Y Felice Bauer?

—Sí... El caso es que Rudolf ha visto, naturalmente, esa fotografía de su padre. Y siempre me pregunta por ese hombre que lleva sombrero y está tan serio. Y yo le digo: «Es Franz Kafka... un escritor amigo de tu padre». Él me mira y piensa un momento, después vuelve a preguntarme: «¿Y también se quedó a salvar el barco?».

Kafka la miró y le sonrió con toda la veracidad del mundo. La minúscula historia que acababa de oír ¿no era inmensamente más grande que todas las leyendas del puente Karlov juntas y que todos sus malogrados amores y novelas?

—¿Qué edad me dijiste que tiene el niño?

—Siete años. A esta hora debe de estar durmiendo, aunque le prometí que llegaría a tiempo de darle un beso de buenas noches.

Media hora más tarde habían llegado a la fachada de San Nicholas. En el mejor edificio de la plazuela Malostranské vivía Sarah Georginas, una casa amansionada que era propiedad de Willfred Lorre, el hombre con el que huyó siete años atrás, recorrió media Europa y embarcó en aquel viaje inaugural rumbo a una pesadilla.

—La señorita Grubach estará despierta.

No sólo estaba despierta, pues justo parado en la entrada de la casa había un carruaje, y en su interior un caballero fumando que cuando les vio llegar se incorporó de un salto y les saludó efusivamente.

—Permítanme que me presente: soy Gustav Cyprian Juliusz, teniente de primera categoría, condecorado de guerra con la Cruz de Hierro de segunda clase y herido en el frente...

El sujeto dio un sonoro taconazo y casi se cuadró delante de ellos.

—Perdone... —dijo Georginas—, no sé quién es usted.

—Señora, soy el prometido de la señorita Grubach.

—¡Claro! Disculpe, cuánto lo siento.

—¿Ella bajará enseguida?

—Sí. No tendrá usted que esperar mucho.

Franz se mantuvo a una distancia discreta, observando al hombre, quien llevaba puesta una casaca guerrera (falta de botonadura y hombreras) en asonancia con sus pantalones y zapatos civiles.

—Hemos de partir de inmediato o no llegaremos a tomar el tren a Katowice...

—¿Es usted de allí? —preguntó Georginas.

—No. Mi madre era polaca, mi padre dicen que alemán prusiano y es probable que lo fuera, y yo soy de Praga. Ni bohemio, ni checoslovaco, ni europeo... Sólo de Praga. Pero vistos los tiempos que corren nos vamos al lugar donde nació mi madre, que es Tichys, al sur de Katowice, en Polonia, porque esta ciudad se ha llenado de pordioseros, señora. Allí no tendremos amigos de sobra, pero tampoco nos faltarán ni las patatas, y tal vez me dedique a la política (no se me da mal ni hablar ni pensar y en la guerra he aprendido muchas cosas) y pueda conseguir un puesto en la administración... Eso nos aportará una vida digna y les aseguro, también a usted, caballero, que la señorita Grubach se sentirá complacida y no le faltará de nada.

Daba la impresión de que el teniente de primera categoría Gustav pidiera la mano de su prometida a Kafka, a quien no había sido presentado pero que sin duda se mostraba como el hombre serio y discreto al que han de pedírsele estas cosas.

—Creo que es mejor que subamos, así podrá bajar su prometida, señor Gustav.

La despedida fue rápida y emotiva. Las dos mujeres se abrazaron, la *señorita* Grubach (era viuda de guerra, aproximadamente de su misma edad y parecido estrato social) rehusó cobrar la corona de la última semana por enseñar alemán a Rudolf. Recogió su maletita y un sombrero muy ostentoso y se desearon los mejores futuros y auspicios. Un momento más tarde oyeron los cascos del caballo tirando del carro hacia Katowice. Había comenzado a llover.

En silencio miraron al niño dormido. La madre se acercó, le besó la mejilla y le retapó con la manta. Después insistió en ofrecer una copa de licor a Franz.

—Es noche cerrada. Y vives lejos de aquí, no sé cómo he podido ser tan inconsciente.

—No importa. No tengo prisa. La noche siempre es oscura. Mañana a las nueve y media estaré de nuevo aquí y llevaré a Rudolf a mi casa. Allí estará bien estos días. No debes preocuparte. Lo importante es tu viaje. Quiero que sepas que yo también me alegro mucho (y me consuela mucho) de poder ayudarte. Fui un gran amigo de Willfred. Por él haría cualquier cosa. Y por ti también.

—Gracias, Franz...

Tomó una cajita de madera, la puso en la mesa y la abrió. Sacó una hoja de papel doblado en dos y se la mostró. Él sintió evidente estremecimiento. Tenía en las manos una hoja de papel, una cuartilla que había pasado a la pequeña historia de los acontecimientos fortuitos, con el membrete del *Titanic*, un sello estampado en azul, y caligrafiado a pluma por su capitán. Lo observó con mucho detenimiento mientras Georginas le veía hacer, en silencio. Casi acarició el papel con las manos. En el ángulo superior izquierdo venía el dibujo de una banderola roja con una estrella blanca de cinco puntas en el centro, atada a un mástil y ondeando al viento. En los medios del escrito un rótulo curvo con las letras del *Titanic* y el nombre de la compañía White Star, y debajo, conciso pero claro, el acto de ceremonia de la boda, con la fecha, 11 de abril de 1912, la hora, las doce del mediodía, el nombre de los contrayentes, Willfred Lorre y Sarah Georginas Parker, el de la oficiante, miss Taissig, y el del otro testigo, Jerome el fogonero. Mayor sorpresa tuvo el escritor cuando dio la vuelta al papel: esperando no encontrar nada se topó con una lista de platos, caligrafiada a mano por el mismo capitán Smith, tan original que no se inhibió de leerla en voz alta.

—*Consommé Tapioca. Lobster American Style. Baked Salmon with Horseradish Sauce. Curried Chicken. Almond Rice Tropical Fruit.*

Miró a la mujer y le preguntó sirviéndose de la sorpresa de su expresión.

—Es la lista de platos de la cena del día 11, cuando nos casamos —respondió Georginas con nostalgia—. Reparamos en ello más tarde, a solas en el camarote, recuerdo que nos hizo mucha gracia. Willfred dijo que ese detalle nos traería buena suerte, algo parecido a lo que ha dicho el señor Gustav: que no nos faltaría de nada y que un mundo nuevo se rendiría a nuestros pies. Sin embargo, treinta y seis horas más tarde todas sus predicciones se fueron al fondo del mar.

—Y allí permanecen... —sentenció Franz—. Excepto esta hoja.

—¿Crees que tendrá valor legal?

—No lo sé. Ya te dije que las cosas han cambiado mucho, diría más: están en proceso de cambios continuos... La gente apenas se para en las calles; los cafés y las tabernas se han convertido en refugio de charlatanes, politicachos y militares retirados... Son los burócratas de la derrota. Los grandes almacenes del desencanto. Pero no te preocupes, creo que es lícito lo que pretendes, Rudolf es tu hijo y merece la herencia de su padre. Ya que no pudo apreciar la figura de Willfred, al menos que pueda llevarse a las manos sus recuerdos y sus posesiones. Es un Lorre.

Se levantó y se acercó a mirar a la habitación del niño. No le vio la cara, pues el pequeño dormía casi completamente cubierto. Oyó su suave respiración e intentó inhalar el aire del cuarto, vislumbrar con los ojos entornados las sombras y el espacio.

—Aquí hay sueños. Lo presiento. El aire es más espeso y caliente en torno a su cabeza.

—¿Qué quieres decir?

—Que tu hijo está soñando. Será mejor que le dejemos tranquilo, los sueños no deben perturbarse mientras se están formando.

Al día siguiente, justo a las nueve y media de la mañana, estaba en la puerta de la vivienda. No llovía con violencia, pero las rachas de viento en las anchas avenidas de Malá Strana lanzaban el agua al rostro insistentemente. Georginas y el niño ya le esperaban abajo. Franz llevaba puesto un abrigo de entretiempo, chaqueta abrochada hasta el cuello y su sombrero gris. El niño, nada más verle, le señaló con curiosidad y después se arrimó al oído de su madre.

—¡Es el hombre de la foto de papá!

—Así es. Ya te lo dije.

—¡El escritor!

—¡Ajá!

Georginas intentaba sonreír. Estaba tan hermosa como el desdibujado día del Moldava, pero era fácil percatarse de su preocupación. Kafka les sonrió a los dos y señaló al cielo.

—Un día precioso. Me encantan estos días.

—A mí también, señor —se apresuró a contestar el niño.

—¿Así que a ti también te gustan los días plomizos? ¿Como a los aprendices de alquimista?

—¡Sí, señor! —respondió mostrando gran interés en un hombre al que admiraba por una simple fotografía que compartía con su padre, y del que sólo intuía que debía de tener ese hálito de misterio de los escritores—. ¡Son los días que más me gustan, pero los días del verano también me gustan!

—Eso está bien. Cada día tiene algo que a uno le acaba gustando.

A la vuelta de la plaza Malostranské tomaron un carruaje para que les llevara hasta la residencia del señor Wolff. Y cruzando el puente Karluv, Rudolf señaló las estatuas desde la ventanilla.

—Mamá me ha dicho que debajo de cada estatua del puente hay secretos enterrados. Y me ha dicho que se lo has contado tú...

Kafka abrió los ojos y sonrió al pequeño.

—Y tú deseas conocer todos esos secretos, ¿no es así?

El niño asintió.

Minutos más tarde llegaron a la puerta de la residencia del señor Wolff. Justo detrás del Teatro Nacional. Como era muy temprano decidieron tomar un café en una plaza cercana. La lluvia fue aminorando y tímidamente los primeros rayos del sol alumbraron hasta restallar sobre el pavés de la calle. Las campanas de las torres anunciaban con diez tañidos la hora que era. Durante más de cuarenta minutos permanecieron en el café. Georginas, que acariciaba compulsivamente el cabello de su hijo, no paró de aconsejarle sobre su comportamiento en casa del señor Kafka, y a este de agradecerle el favor que le estaba prestando. Cinco minutos después los tres miraban asombrados el automóvil de Wolff. Él mismo lo sacó de un garage adyacente, y al advertir la presencia de Georginas, se bajó del auto y se lo mostró.

—¿Qué le parece? ¿Y a usted señor? —le preguntó directamente a Franz—. ¿Han visto alguna vez una maravilla como esta?

Cierto. El automóvil del señor Wolff era el más bonito que probablemente existiera en el mundo. O eso les pareció a todos. Era un auto largo y esbelto, lleno de matices, y de reluciente color verde oscuro con adornos rojos y niquelados. Una auténtica obra de arte.

—Un Daimler-Benz, modelo Torpedo. Construcción y mecánica alemanas. Su velocidad máxima es de ciento diez kilómetros por hora, tiene cuatro velocidades, depósito para gasolina extra y caja de herramientas, incorpora frenos en las cuatro ruedas (cuenta con dos de repuesto, ocultas en los bajos). Y amplio maletero, señora Lorre, así que puede darme su bagaje y lo guardaremos en él...

Sí que estaba orgulloso de su automóvil. Era un rico judío, comerciante de productos de primera necesidad: harina, azúcar, café; hombre de habilidad para hablar y para vender, como se estaba comprobando. Franz no le conocía personalmente, pero de oídas sí sabía quién era, pues comerciantes con esos productos pronto eran conocidos después de las guerras.

—¡Ah! —Wolff levantó el índice al cielo—. Se me olvidaba el detalle más importante... Y esto puede interesarle, señor Kafka...

Este le miró muy extrañado.

—¿Es que usted me conoce?

—Conozco alguno de sus libros. Entre judíos no es malo que todos nos conozcamos. ¿A qué sinagoga va usted?

No supo qué responder, pues él no iba nunca a las sinagogas, pero dijo dónde vivía —Josefov— y aquello fue suficiente para convencer a Wolff de que era un hombre correcto.

—Iba usted a decirnos algo...

—Sí, sí... —Se les acercó y a media voz, después de mirar a un lado y a otro, relató el secreto de su automóvil—. ¡Este Torpedo perteneció al coronel Alfred Redl, el que se enamoró de la espía rusa y terminó suicidándose! ¡Por traición!

Viena es una ciudad que huele a muertos, y más en los días especialmente grises de octubre, porque ayudan a que se eleve el humus de millones de hojas podridas y a expanderlo en el ambiente como un componente más del aire. Así ocurrió con el cloro, la mostaza y el fosgeno.

Viena es tierra del Danubio. Sus alrededores y sus parques están llenos de los silencios más impactantes y de los cuervos más grandes de esta parte del mundo. No ocurría como en Praga con los cisnes: aquí cada cual debía cazar su propio cuervo si quería comérselo. Tampoco era descabellado imaginar sobre el arbolado y frío paisaje el vuelo de aviones triplanos, el zumbido de los obuses y la metralla, el relincho y los estertores de bestias heridas, el grito fantasmagórico de los infantes moribundos y el olor de la tierra y de la nieve sucia en las trincheras recién abiertas y, al instante, casi cegadas. Hoy era la primera vez que Georginas abandonaba la capital bohemia desde que nació su hijo Rudolf en diciembre de 1912. La carretera de Brno, al sureste del país, serpenteaba continuamente y no era raro encontrar curvas muy cerradas y agujeros enormes todavía sin arreglar, que obligaban al auto a manifestar toda su robustez y a su conductor a hacer lo propio con máxima atención y pericia.

El Daimler-Benz era un coche magnífico y lo estaba demostrando. El confort (un interior tapizado en cuero blanco y mullido con tiras, dotado de ceniceros y de un diminuto mueble abatible con botellitas y copas) era propio de un palco de teatro, la suspensión resultaba extraordinaria y los virajes perfectos, difícilmente un auto de menor potencia habría podido siquiera acercarse a las ermitañas colinas de Moravia, tal como habían quedado las vías después de la guerra. Wolff era un hombre de unos cincuenta años, gordo y de pelo canoso, aún lleno de fortaleza. Vestía ropa cara a pesar de su condición de judío, llevaba anillado un sello de oro y la larga cadena de un reloj de plata le recorría el pecho hasta un minúsculo bolsillo del chaleco donde apenas cabía.

—¿Sabe usted, señora Lorre...? Estoy contento, créalo, de que me acompañe en el Torpedo. Y convencido de que en Praga nadie mejor que una dama hermosa, y sensible, puede valorar una máquina de estas características.

—Es un automóvil único, señor Wolff, el mejor que he visto hasta ahora. Y no sé cómo agradecerle que me haya permitido... bueno, que me haga el favor de llevarme a Viena.

—Dígame, y no quiero ser indiscreto, pero ya sabe, somos de la misma comunidad, entre judíos es bueno que podamos ayudarnos, los tiempos empiezan a ser mejores pero todavía son difíciles, la gente anda un poco perdida...

—¿Qué desea saber?

—¿Va a Viena a buscar trabajo? ¿Necesita un empleo mejor? Tiene un hijo, y creo que es viuda, señora Lorre... Verá, Viena es una ciudad hermosa, yo, cuando quiero comer bien, rodeado de gente que es capaz de distinguir un buen pescado y unos buenos huevos... o cuando deseo beber, no ya un vino francés catalogado y lleno de etiquetas rojas, sino uno decente, no lo dudo, vengo a Viena, sacio mis apetitos, fumo un buen cigarro, salmodio en la sinagoga más cercana y me quedo en paz con la Casa de Abraham. Pero le aseguro que no es buena capital para una viuda. Las habitaciones son caras, no digamos las casas; la gente, fría como el bora, y los veranos, muy cortos.

Sarah Georginas le miró. No sabía exactamente qué debía responderle, mas a pesar de sus principales preocupaciones algo le decía que debía estar alerta: mostrar el oro ostentosamente después de una guerra no sólo es señal de que se es poderoso, lo es también de que no se tiene miedo. No se sorprendió de que conociera a Franz Kafka, al fin y al cabo era un escritor judío que gustaba del alemán, como el propio Wolff, pero no entendía cómo podía saber que ella era viuda, que tenía un hijo y que estaba falta de recursos.

—No voy a buscar un empleo. En realidad, Viena sólo es una parada, el final de mi trayecto es el lago Neusie.

—¡El lago Neusie! ¡Hermoso lugar! Lo conozco bien. ¿Acaso tiene usted una casa allí?

—Viven unos familiares.

—¡No me diga que esos familiares habitan en un castillo!

Después de unos segundos de silencio, el hombre chascó la lengua y asintió antes de preguntar.

—¿Es que es familia de los Lorre austríacos?

—Mi marido era el primogénito, señor Wolff. Willfred Lorre.

—¿Willfred Lorre? ¡Sí! Conocí a ese joven. Antes de la guerra solía pulular entre los círculos literarios de Praga... Fue muy afortunada: era un muchacho apuesto y adinerado. Creo que murió ahogado, en ese desastre británico...

—Así fue, señor Wolff.

—Lo leí en los periódicos. Una lástima, lo siento. Pero, no piense que mi indiscreción carece de un fin concreto. Creo que usted no ha nacido para trabajar. Es una señora.

Wolff le había comentado, antes de partir de Praga, que seguirían por la carretera de Brno hasta el cruce con Jihlava, distante ciento setenta y cinco kilómetros, allí deberían recoger a los otros ocupantes, el matrimonio Gardner, con quienes seguirían viaje hasta la frontera de Znojmo por una carretera bastante más deficiente que esta.

—Son una gente estupenda. Judíos de fe, como nosotros, claro está. Gente humilde, aferrada a la tierra y a las viñas, todavía cuentan el vino por cántaras y las distancias por varas, se alimentan de chucrut y bolas de pan, y desconocen lo que es un pez... No tienen nada de errantes, y aun me sorprende que quieran acercarse a Viena, a no ser que necesiten vender su granja. La guerra hace que las personas cambien de actitud incluso en sus principios más enraizados, ¿de qué vale la educación cuando uno tiene una bayoneta en las manos o está dispuesto a tirar una granada? Sólo una cosa buena tienen las guerras: que las gentes van de un lado para otro y que todos tenemos al menos una oportunidad para hacernos ricos. ¿Estuvo toda la guerra en Praga?

—Sí. Pudimos resistir.

—¿Trabaja para Solomon Schneider, verdad? Es amigo mío. Y el mejor notario de Praga, aunque su vista ya no es buena y el pulso le tiembla. Él mismo me lo dijo el otro día: todo debe ser escriturado, después de las grandes debacles es necesario reafirmar el sentido de la propiedad. Sí, señor, Solomon tiene razón, las cosas empiezan a funcionar tal como está previsto en los ciclos de la Historia.

Ella no decía nada, miraba a través del parabrisas la carretera que la llevaba a Viena y, aunque parecía absorta mirando desfiladeros y las primeras nieves de las montañas, en su cabeza únicamente los pensamientos del fin de su viaje tenían cabida.

—A mí, sin embargo, me sorprende que esté tan bien informado. Es evidente que Praga no es tan grande como parece.

Wolff soltó una carcajada.

—¿Ve aquellas colinas de allí?

—Sí.

—¿Sabe qué hay en ellas? Cadáveres. A cientos.

—¡Qué horror!

—No crea, son cadáveres que prestan un servicio a la Ciencia, un Campo de Antropología Forense.

—No le entiendo.

—Sí... —afirmó con sobrada suficiencia—. Aprovecharon que el lugar está algo apartado, que cerca no hay viviendas y que fue un pequeño campo de batalla. Un campo real donde los soldados murieron de las más diversas formas. Ametrallados, asfixiados, abayonetados, etcétera..., cada uno tiene un cartelito con una letra y un número (como si estuvieran en venta). Y un minucioso historial de putrefacción.

—¿Cómo lo sabe?

—Lo he visto. Tengo amigos en todas partes y la curiosidad de un judío es ilimitada.

No era agradable la conversación, además, el viaje estaba resultando largo por el deficiente estado de la carretera y el continuo virar mientras atravesaban las colinas moravas rumbo ya a Austria.

—Y, dígame, ¿piensa casarse de nuevo?

—¿Por qué me pregunta eso?

—Bueno, es viuda, tiene un hijo que mantener, y lo más importante, todavía conserva gran parte de su juventud, es inteligente, fuerte, y será siempre hermosa. Tiene futuro como esposa, créalo. Conozco a hombres que apostarían por usted, hombres con los bolsillos llenos de dinero.

—¿Qué familiar se le ha muerto, señor Wolff?

Él soltó otra carcajada.

—¿Estoy siendo indiscreto con usted, señora Lorre? No era mi intención. Me gusta hablar claro. No voy a ningún entierro, eso es lo que cuento en las cafeterías de Praga a gente como Solomon. Verá, en realidad voy a Viena, al menos una o dos veces al año, para tranquilizarme.

—En Bohemia hay buenos balnearios.

—Sí. Pero, ya le dije, si quiero comer bien, beber bien y hacer buenos negocios el lugar es Viena, no Praga. ¿Por qué no me acompaña hoy? Mañana puedo acercarla al lago Neusie. ¿Se imagina cómo es por dentro el hotel Schwarz-Schwan? Puedo invitarla a cenar... Va usted en el automóvil que fue del coronel Redl, y que ahora es de Aaron Wolff, ¿qué diferencia hay? ¿Acaso no tiene derecho un honrado judío de Praga a tomar unos sorbos de champán? ¿Qué me dice?

—Se lo agradezco, señor Wolff, pero estoy muy ocupada y falta de tiempo, es necesario que llegue cuanto antes a mi destino.

—Claro, otra de las cosas que nos enseñan las guerras es a valorar el tiempo. Es una virtud. Hace sólo unos días se lo comenté a Solomon Schneider cuando cerrábamos el traspaso de la notaría. Se puede decir que ahora trabaja para mí, señora Lorre. Pero no se preocupe, piense que Viena es hermosa, que su música es perfecta: esos húsares y esos desmangados no se han olvidado de tocar el violín, y piense que el dinero pasa de mano en mano con facilidad, sólo los que tenemos dedos ágiles y fuertes podemos atraparlo al vuelo, y usted tiene esos dedos...

—¿Eso cree?

—Estoy completamente seguro. Tan claro como si estuviera escrito.

Cuando más arreciaba la lluvia llegaron al cruce de Jihlava. Wolff condujo el auto al centro del municipio y en la plaza, guarecidos de la lluvia debajo de una arcada, le esperaban Karl Ludovic Gardner, su esposa Beate, y alguien más, una joven alta y lánguida, de boca y ojos muy grandes, el pelo sorprendentemente suelto para la época y de impúbera belleza: la hija de ambos, de no más de quince años, llamada Herminie. Llevaba puesto un vestido muy antiguo, exento de elegancia, que era de tela satinada, blanca de marfil, no estaba ajado pero daba la sensación de que nadie se lo había puesto en muchísimo tiempo, tampoco se apreciaba si era de una o dos piezas pues la cintura estaba rodeada de una banda también blanca, salpicada de calados de florecitas-botón, como en los cuadros románticos del siglo XIX, de donde parecía surgida, así que, delgada, muda y debajo de la llovizna, nada era más similar a un auténtico espectro.

Karl Ludovic Gardner y Wolff se saludaron efusivamente, en el complicado dialecto yiddish de los comerciantes judíos. Su esposa, que tenía una nuez de Adán tan pronunciada como la de cualquier varón, comentó fastidiada las inclemencias del día y juró que había rezado para que saliese el sol al menos dos horas, después señaló la belleza del deslumbrante automóvil y mostró sin pudor un rosario de esfuerzos y ademanes por parecer una señora más importante de lo que era, con marcadísimo acento alemán de Baviera, al tiempo que su hija Herminie se limitaba a buscar fantasmas parecidos a ella en el horizonte y a sonreír lánguidamente sin pronunciar una sola palabra.

Wolff la presentó como Sarah Georginas, no como señora Lorre, algo que ella agradeció con una sonrisa cómplice.

—Trabaja en mi notaría —continuó mientras no dejaba de sonreír, empleando el tono de voz de quien controla una conversación como si de un negocio se tratara—. Hasta hace una semana era la administrativa de esas oficinas obsoletas del centro de Praga, a las órdenes de Schneider. Una trabajadora excelente. Me acompaña a Viena para hablar de trabajo, Gardner, estas cosas es mejor tratarlas en la distancia, ya que es la distancia la que espesa la tinta con la que se firman los contratos. Sarah Georginas ha sido nombrada gerente de la notaría, un cargo de responsabilidad.

No sabía qué decir. Se limitaba a mantener la sonrisa y a ser partícipe de aquella farsa. Si Wolff había asegurado que el negocio de tomar notas, hoy en día, era suyo, no tenía más remedio que ser cierto. Ella apenas le conocía fuera de su lugar de trabajo, donde le había visto alguna mañana, creyendo inocentemente que por amistad de judío con Schneider, pero de súbito comprendió por qué Wolff iba con regularidad a la notaría: a exigir el pago de sus deudas (con seguridad, dinero prestado durante la contienda, favores de víveres y vidas; Wolff era muy poderoso y muy solicitado entre el gremio judío), hasta que el montante incluyó uno de los negocios más prósperos y emblemáticos de Praga. La realidad ya era otra, se había transformado de la noche a la mañana en su empleada, pero de ahí a que la hubiera ascendido a gerente mediaba un trecho tan insalvable como el que aún la apartaba del castillo Lorre.

Continuaron el viaje, acercándose a la frontera austríaca. El paisaje era cada vez más bello, y también más peligroso para el auto. Ludovic Gardner se acomodó delante, y las mujeres compartieron el espacioso sillón trasero.

—Es usted afortunada, Sarah Georginas, es muy joven para ocupar un puesto tan importante. ¡Gerente de una notaría! ¡En Praga! ¡Hubiera sido mejor en Viena! ¡Pero Praga también está muy habitada! Yo a mi marido le digo siempre que el negocio del vino es importante para dejárselo en herencia a un hijo, pero a una hija es distinto. ¿Has oído a la señora, Herminie? ¡Gerente de la notaría del señor Wolff! ¡Quién sabe si tú llegarás a ocupar un puesto tan importante! ¿Habrá usted estudiado mucho, verdad? Claro... no tengo ninguna duda, es cierto que no se necesitan algunas disciplinas, canto, danza, oído musical, pero hay que estudiar desde caligrafía hasta leyes... ¿Verdad, señora? Lo cierto es que me fascina Praga por las numerosas sinagogas que tiene, pero no me gusta cómo huele el río. Su barrio judío es tan maravilloso que parece...

—¿Quieres callarte, Beate? —le gritó su marido sin demasiada cortesía.

Todos lo celebraron porque la señora Gardner estaba preparándose para no dejar de hablar durante el trayecto hasta Viena, y aún faltaban más de cien kilómetros. Wolff y Gardner bisbiseaban en yiddish, la señora no paraba de importunar a su hija alisándole el vestido, las costuras y el cabello, ella miraba a través de la ventanilla los horizontes y las crestas de los montes, igual que antes hacía Sarah

Georginas, buscando sus propios fantasmas y pensando en su hijo Rudolf.

—¿Conoce usted Viena?

—Muy poco, señora Gardner, siempre paso de largo.

—Es una pena que las carreteras hayan quedado tan inservibles y que los automóviles sean tan escasos y cuesten tanto dinero. Marcos, coronas, francos... nada vale menos que un fajo de haluras, mi marido lo dice. También nosotros teníamos un automóvil antes de la contienda, fíjese: sólo había tres en Jihlava, pero ha quedado inútil; esos aviadores no cesaron de arrojarle bombas hasta que lo machacaron. Y, dígame, ¿está usted casada? ¡Claro! ¿Cómo he podido preguntarlo? Es guapa, tiene clase y un buen trabajo...

—Soy viuda, señora Gardner.

—¡Viuda! ¡Su marido murió en esa dichosa guerra! Seguro que fue un héroe, seguro que luchó guiado por sus convicciones y naturalmente por Dios, mi Ludovic —le confió secretamente al oído— no pudo ir por alegar asma y pies planos, pero ni tiene asma ni los pies planos...

Se limitó a asentir con disimulado asombro. Al poco rato se acercaban a la hermosísima Znojmo, con las agujas de sus torres destacando en la bruma, incrustada en un peñasco sobre la orilla del Dujo y envuelta en un intenso olor a vino.

—¡Desde aquí, ocho leguas a Brünn y doce leguas a Viena! —musitó Herminie, que no había hablado hasta ahora, señalando al sur con bastante indiferencia y clavando después sus enormes ojos en los de Sarah.

—¡Tierra del Danubio! —exclamó Wolff—. ¡Atrás hemos dejado al Elba camino de su Hamburgo y tomamos el reguero del más dulce de los ríos! ¡Esta agua del Danubio, en cántaras selladas como si fuera vino, podría venderse al mundo entero!

Una vez en Viena la situación fue comprometida. ¿Cómo iba ella a despedirse de nadie si no sabía qué papel ocupaba en esta comedia del señor Wolff? El caso es que este habló a distancia con la familia Gardner, quienes se alejaron llenos de sonrisas, curiosidad y afectos, y se perdieron de vista tan pronto cruzaron una plaza.

—¡Se hospedan en un hotel de la calle Rotgasse, cerca de la sinagoga! Este Gardner es especialmente mosaico y además lo parece. En cuanto a Beate, su esposa, ya ha visto que es una gárgola judeoalemana que jamás descansa. Y ahora, usted decidirá, señora Lorre.

Se sintió más tranquila de que volviera a dirigirse a ella como «señora Lorre», es como si la farsa hubiese terminado y ahora las cosas volvieran a estar en su sitio.

—No sé.

—Verá... —le dijo en tono muy afable, y al parecer sincero—. Ya es tarde. Difícilmente encontrará un auto que la acerque al Neusie. No cuente con el ferrocarril, el único que pasaba por allí no existe, quedaron destruidas las vías y las estaciones.

Ella le miró, angustiada, aunque quería parecer fuerte.

—Yo le propongo una alternativa. Son las cinco de la tarde, el lago está tan lejos para usted como si fueran las antípodas. Y, sin embargo, estamos en la puerta del hotel Schwarz-Schwan...

—No pienso pernoctar en Viena, señor Wolff.

Soltó una carcajada y la asió amablemente de un brazo.

—¿De verdad es tan importante su viaje?

—Sí lo es.

—No hay más que hablar. Acepte que la invite a comer en el restaurante del hotel y después yo mismo la acercaré a su destino. ¿Qué me dice? No puede negarse. Soy su oportunidad de hacer ese viaje tan... importante.

¿Qué podía hacer? No era descabellada su proposición y sí lo era quedarse completamente sola en el centro de Viena sin saber adónde dirigirse para alquilar un coche y desplazarse al Neusie.

—¿De verdad me llevará?

Él la miró con los ojos muy abiertos, torció la boca y señaló el anillo de su dedo, el sello donde estaban grabadas y entrelazadas sus iniciales en caracteres hebreos.

—Lo que dice Aaron Wolff es palabra de judío, que vale más que la del gentil. Le he dicho a Gardner que es usted el nuevo gerente de la notaría y, si accede, dicho ha sido. Y le he prometido que la acercaré a ese castillo que tanta esperanza parece infundirle, y lo haré. Dormirá esta noche en los aposentos del castillo Lorre.

El castillo Lorre, enclavado en una hoya entre montañas, rodeado de densa vegetación y recortado en el crepúsculo, no daba la sensación, a primera vista, de ser una edificación de capricho ni una arquitectura notable por su belleza, más bien su aspecto era el de una grandiosa mazmorra, el de un aposento apartado y hostil, digno de criaturas malformes, príncipes magníficos y enloquecidos y científicos herejes, todos a salvo de miradas. Su porte acrecentaba sobremanera el estupor y el escalofrío, pues la parte más visible desde la carretera, el costado angular que ofrecía, estaba totalmente derruido a consecuencia de un gravísimo incendio provocado en la guerra. Resultó que un triplano Fokker, con el depósito repleto de combustible, fue a colarse envuelto en llamas por uno de los ventanales del salón superior (dijeron que probablemente tocado por un impacto antiaéreo de ignorada procedencia para dotar de heroísmo al piloto, mas a las claras estaba —así lo comentaban los lugareños— que fue a consecuencia de una nube de palomas) y estalló en el centro del recinto, justo debajo de una enorme lámpara de araña que, al caer con estrépito encima del aparato ardiendo, ayudó a avivar el fuego y a desplomar el suelo o el techo, según se mire, sobre la biblioteca que ocupaba ese espacio en la planta baja. No era la primera vez que Sarah Georginas veía el castillo, pero sí la primera vez que lo contemplaba con este desolado aspecto. ¿Cómo no recordar que estuvo en este mismo enclave a orillas del lago Neusie con Willfred, en el invierno, a primeros de 1912, dos meses antes del viaje a América?

Sin embargo, lo verdaderamente notable fue el compromiso del señor Wolff a acercarla. Ella pensó que la dejaría a los pies de la carretera de Neusie y que luego se vería abocada a buscar con paciencia un transporte que la pudiera acercar a las puertas del edificio, y esa era su preocupación cuando comprobó que Wolff pilotaba su Torpedo hasta las mismísimas puertas del castillo. Sólo se bajó del auto para facilitarle el equipaje, después la saludó con suficiencia, mirándola con la raposería natural de los judíos.

—Yo no paso. Pero usted ya está en el castillo Lorre. Sólo una cosa...

Le miró. Estaba contenta, no sabía cómo pagar el favor que había recibido y aunque se preguntaba cuáles eran sus verdaderas intenciones, intuyó que el mundo y la vida pasaban una página borrosa y le ofrecían una nueva, en blanco, que a partir de este instante ella debería rellenar, con inteligencia, letra minuciosa y perseverancia.

—Ha sido muy amable. No sé cómo podré pagarle todo esto.

—Somos judíos, y todos hemos de vernos en Sión. Mi servicio está pagado pero no concluido: recuerde que el domingo a mediodía pasaré a recogerla.

Aaron Wolff se incorporó en su automóvil y lo arrancó.

—¿Suena bien, verdad?

—Es magnífico.

—Me alegro de que lo aprecie, ya dije que era usted una señora auténtica. La autenticidad escasea en las guerras y más aún cuando concluyen... Sólo otra cosa más...

Ella contuvo el aliento. Un mayordomo se asomó a la puerta y se acercó silenciosamente, pero Aaron tuvo tiempo de proporcionarle el último consejo.

—¡Si tiene el mínimo problema, diga que trabaja para mí!

Tal aseveración le produjo dos sensaciones distintas: cierto es que una fue tranquilizadora, pero la otra fue inquietante, por lo que de secretismo escondían sus palabras. Después, con milenaria parsimonia, Aaron Wolff se alejó con su Daimler-Benz, perdiéndose pronto entre curvas y árboles tan oscuros como él.

Antes de traspasar la puerta del castillo se quedó mirando el blasón sobre el arco. Era un escudo de piedra, algo abombado, del que sólo se veía con nitidez una flor de aspecto esférico sobre la que tenía sus garras un águila heráldica con dos cabezas.

—Haga el favor de esperar aquí —le pidió el mayordomo—. En seguida le atenderá el señor Lorre. Está con sus invitados, pero ahora mismo le haré saber que acaba de llegar.

Cuando pasó al salón de piedra el espacio era mucho y el aire frío.

—¡No tenemos habitaciones disponibles! ¡Todas están ocupadas por nuestros invitados!

Dio un salto. No esperaba aquella voz y menos el tétrico eco que produjo al ser exclamada en el inmenso salón. Tampoco esperaba que fuese una voz de mujer.

—¿Es Georginas, la que fue amante de Willfred? Sí... No puede ser otra persona, no esperamos a nadie...

—Perdone...

No fue suficiente. En realidad no quería disculparse, ella había escrito anunciando su llegada al castillo y el motivo de tal visita. Desconocía a la mujer que le hablaba de manera tan hiriente, pero la contempló mientras bajaba por unas anchas y vetustas escaleras seguida de una doncella que portaba un velón encendido.

—Sí. Soy Georginas, la madre del hijo de Willfred Lorre, señora.

—Bien, pues yo soy la señora Lorre, esposa de Peter Lorre, señor del castillo...

La miró fijamente, con esa intensidad especial que requieren quienes van a batirse a duelo. No era ese su propósito, aunque estaba preparada para cualquier disparo. Al instante, percibió que las facciones de esta altiva mujer, sin dejar de ser bellas, eran considerablemente asimétricas, y que sus ojos, a pesar de ser muy claros y algo ahuevados, no destellaban, sino que chorreaban una especie de luz gastada y sombría.

—¡Sabine! ¡Querida! ¿Ha llegado esa mujer?

—Aquí está, querido.

Era Peter Lorre. Georginas le conocía, Peter había pasado temporadas de verano con su hermano en Praga y los tres habían salido juntos alguna vez. Pero era verdad que hacía años que no se veían y que habían mantenido mínimos contactos.

—¡Georginas! ¡Sarah Georginas!

La exclamación de Peter fue verdadera, sin atisbos de fingimiento. Se había alegrado tanto de verla que bajó con celeridad y la abrazó.

—¡Cuánto tiempo sin verte, sin saber nada de ti! Espera, permíteme que te presente a mi esposa.

Peter volvió a subir unos peldaños y se situó a la altura de su mujer, a quien señaló con verdadera caballerosidad.

—Sabine Hohenzollern... Mi esposa. Nos casamos hace un año...

—Ahora soy Sabine Lorre.

—Es un placer conocerla, señora Lorre.

En ese instante sonaron ocho campanadas, muy vibrantes y sordas, que partieron de algún salón del castillo y recorrieron los pasillos y las paredes hasta llenar las estancias y todo el espacio.

—Hace mucho frío —señaló Peter—. Vamos todos al salón principal, su chimenea es la que mejor crepita de todos los castillos del Neusie. Además, te presentaré a mis invitados: los he dejado solos en una excelente discusión.

No lo esperaba. Ni la amabilidad de Peter ni que hubiese invitados en el castillo. De estar alerta sólo lo estaba por la descortesía de la esposa, quien con tanta altivez demostraba únicamente miedo y algo de malicia. Se sentía cansada y era verdad que hacía frío, así que se dejó arrastrar por la cortesía y accedió al salón, realmente más agradable, donde varias personas charlaban en derredor de la chimenea.

—¡Señores: les presento a Sarah Georginas Parker! ¡Una buena amiga de Praga! ¡Excepcional poetisa, por quien mi malogrado hermano Willfred sintió más que admiración!

Dos hombres de aspecto carismático se levantaron a un tiempo. Al pronto eran parecidos: muy bien vestidos, ambos mayores, de cuidadas y canosas barbas, algo calvos y de ojos grises. Uno llevaba una pipa en la mano, encendida, que exhalaba blanquísimas volutas, el otro sonreía abiertamente y llevaba puesta una pajarita.

—Georginas: te presento al profesor Freud y al profesor Lasker.

También se hallaba una mujer, de edad similar a la suya, que dejó abierto en una silla el raro libro que hojeaba y se le acercó sonriente.

—La señorita Ana —presentó Peter—. Hija del profesor...

—Encantada de conocerla, señora Parker...

Ana Freud le tendió la mano y ella la estrechó. Se sentía agarrotada, no entendía qué estaba pasando: llevaba semanas, meses, analizando en su cabeza cada párrafo y cada punto de la conversación que iba a mantener con Lorre sobre la herencia de su hijo, pero ahora que estaba delante, que había salido al proscenio, elementos con los que no contaba estaban allí formando parte de la trama y de la acción más presente e inmediata.

—El placer es mío, señorita Freud.

—¡También para mí es un placer conocer a mujer tan hermosa, señora...!

Emanuel Lasker se presentó como un caballero de aires decimonónicos, emulador de un káiser incluso en su pronunciación archigermana, estiró el cuerpo sin apartar los ojos de Georginas y se inclinó en una reverencia sutil y principesca.

—Igualmente, señor Lasker... Es usted muy amable.

El tercer invitado aquella anochecida en el castillo Lorre, Sigmund Freud, la miraba. Sostenía la pipa en la mano, no hizo ningún gesto, si acaso un ligero alzar de cabeza.

—Acérquese, señora... —le pidió.

Su tono era muy afable, pero tenía esa cadencia y esa gravedad propia de los sabios y los canónicos, de los médicos y chamanes, a la que es difícil resistirse. Era una de esas personas que en cuanto dicen algo, cualquier cosa, quienes le oyen están obligados a asumirlo con la mayor de las convicciones. Así que ella se acercó al profesor, lentamente, sin dejar de mirarle y sintiendo que iba a serle revelado uno de los secretos más intensamente clavados en su mente.

—¿Usted es el autor de *La interpretación de los sueños*?

Él continuó mirando atentamente, y se puede decir que midió sus palabras, que escrutó cada uno de sus rasgos y traspasó la envoltura corporal para acceder a las más recónditas galerías de su subconsciente.

—Yo soy. ¿Ha leído el libro?

—Sí... Por supuesto, lo he leído... Es un placer, profesor, una verdadera sorpresa y un placer, créalo. No sé cómo decirlo... Mi marido... Willfred... bueno, le admiraba tanto y deseaba tanto conocerle personalmente que...

Freud hizo algunos aspavientos con la mano y aspiró de su pipa.

—Tiene aspecto de estar cansada.

—Sí. El viaje desde Praga ha sido largo, las carreteras están inservibles y el tiempo...

—El tiempo, querida señora, es una sensación que no existe sino para angustiar a las demás sensaciones.

—¡Querida Georginas! —Más que una llamada de atención pareció el grito que se le da al peor de los criados.

Giró la cabeza y cruzó de nuevo los ojos con los de aquella mujer tan asimétrica.

—Dígame, señora Lorre...

—Íbamos a cenar a las ocho y media, y el mayordomo acaba de anunciarme que la cena ya está preparada, te pido que nos hagas el favor de quedarte con nosotros, no tienes que preocuparte, disponemos de un automóvil que después te acercará a Neusie.

Sabine Hohenzollern habló tan despóticamente y con tal carencia de elegancia que su marido quiso maquillar su falta de cortesía, mas no halló otra manera de hacerlo que callar; Ana Freud quiso decir algo sin duda inocuo y Georginas hizo intención de responder a la invitación, pero Sabine no dio oportunidad a nadie de interferir en sus palabras. Se giró y ceremonialmente se dirigió, seguida por todos, a otro salón contiguo.

—¡Es como un sueño! —exclamó Freud.

Y era verdad. Se encontraban en el corazón del castillo Lorre, en un salón de altísimos techos, rodeado de viejo boato y espectrales armaduras (algunas abolladas e inquietantemente incompletas), inundado de espesas sombras, salpicado con metopas, invadido por panoplias y vitrinas donde se cruzaban lanzas y espadas, adornado con velones de distinto grosor, absolutamente todos encendidos, que perforaban el ambiente con haces de una luminosidad exquisita y ciertamente algo onírica, como de hadas. También los vasos y los manjares relucían extraordinarios. A nadie extrañó el ave de pechuga tan larga como un violín que trinchaba el mayordomo en una mesilla anexa, ni los panecillos recién hechos, todavía calientes en ridículas bandejitas de vidrio, pues tan sacro se tornó el lugar que todo adquirió tonalidades mágicas y distintas. Acababan de tomar asiento, en un ala de la mesa, que era larga en exceso, presidida por Peter Lorre, cuando un trueno formidable hizo retumbar hasta los cimientos del castillo, y todavía un resplandor violeta estalló electrificando todo el aire una décima de segundo.

—Cierto es, profesor Freud, tal como un sueño, habría que encontrar el método de psicoanalizar el comportamiento del planeta Tierra...

—Así, es, Lasker, todo depende de encontrar antes un diván donde el planeta pueda tumbarse, sentirse cómodo y comenzar a hablar...

Estaba fascinada. Por un momento olvidó su cometido, y comprendió que era más fácil, incluso para su causa, integrarse con comensales tan sobresalientes y aprender de ellos todo lo que pudiera.

Sirvieron buen vino rojo, y la carne estaba en su punto, Ana Freud no la probó y sólo tomó algo de guarnición de grosellas, pero Lasker repitió su tajada de ave y brindó dos veces por el cocinero. El profesor Sigmund comía despacio diminutos cortes de carne, mientras parecía plenamente absorto en sus pensamientos.

—No llego a imaginármelo —dijo como quien se confiesa con sus propios razonamientos—. Se me antoja como la más atroz de las representaciones de la muerte. Al mismo tiempo no deja de percibirse cierto aroma, o cierto tufillo... ¿cómo diría? ¿De contenido necrófilo, mórbido o simplemente erótico? ¿Usted qué piensa, señor Lasker?

—Apocalíptico... —sentenció este—. Verá usted, en todas las partidas ajedrecísticas existe un componente matemático, similar a una partitura musical, a la gramática de un idioma culto... en todas excepto en la jugada anterior a la del lance final, o sea, una antes del jaque mate. Esa jugada es como el último sostenido en un solo de violín. A partir de ese momento lo matemático se fuga y deja lugar a lo apocalíptico, yo mismo lo he comprobado mil veces, no hay más que recordar la memorable *Inmortal* de Anderssen y Kieseritsky, esa es la partida más apocalíptica de todas, sin embargo rebosa belleza indescriptible a partir de la jugada veinte... Creo que con ese batallón al que usted se refiere ha ocurrido lo mismo...

Ella seguía atentamente la conversación, y aunque trataba de no ser indiscreta y ocuparse únicamente de sus asuntos y de su silencio, se vio tan intrigada por la materia que discutían que casi sin darse cuenta de que lo hacía interfirió en la conversación de los dos hombres.

—¿Puedo saber de qué hablan? ¿Muerte? ¿Belleza? ¿Batallones y ajedrez? Les oigo con placer y atención pero no logro entender los entresijos...

—Los entresijos de las ideas... —sentenció Freud.

Ana, que estaba sentada a su lado, le rellenó la copa de vino y cortésmente le explicó de qué hablaba su padre con el campeón del mundo de ajedrez en aquellos años, su amigo Emanuel Lasker.

—Han encontrado un montón de cadáveres en una especie de fosa común no lejos del castillo, probablemente todos pertenecen al mismo batallón, desde el oficial al corneta. Muchos están semienterrados en las trincheras, otros a medio salir, pero todos miran al cielo y todos tienen la boca abierta...

—Es horrible.

—Lo es, señora... —asintió Lasker.

—Murieron gaseados, es evidente. La gente de aquí les ha puesto un macabro nombre a esos desgraciados...

—El Batallón de Haendel, lo único que saben es que son franceses, y nadie entiende cómo es que vinieron a morir aquí, cuarenta kilómetros al sur de Viena, tan lejos de París —dijo con cierta sorna y en voz alta Sabine Hohenzollern—. A mí no me parece tan horrible el nombre: Haendel es un músico admirable, ni tan horrible la muerte de esos hombres, he oído que todos estaban bien gordos, otros murieron de hambre y con la boca cerrada.

—El gas mostaza, señora Lorre, sonroja los rostros e hincha los cuerpos hasta hacerlos reventar... —dijo sobrada de intenciones Ana Freud ante la estupidez del comentario.

—Bueno —refirió Peter—, la gente del pueblo cree que están en acción de cantar alabanzas, dicen que algunos permanecen con las manos en actitud orante, otros miran al cielo con expresión de clemencia, todos mantienen la boca abierta, como cantando un tedéum, un miserere...

—Eso cree la gente, querido, pero tampoco es descabellado pensar que murieron cantando *La Marsellesa*, los franceses siempre lo hacen... ¿No lo cree usted, Ana? ¿Y ustedes, lo creen? Lo cierto es que debe ser como el recuerdo de un sueño...

—¿Recuerda sus sueños a menudo, señora Lorre?

La pregunta de Freud la llenó de protagonismo. Que una eminencia de la categoría del doctor vienés le preguntara a ella sobre cuestión tan personal la animó a considerarse alguien singular, dotada de atracción y talento.

—Por supuesto, doctor. Muy a menudo. Son sueños muy interesantes, algunos se me repiten desde que era niña... Fíjese en este: yo nací al otro lado de los Montes Metálicos, como habrá adivinado por mi acento, dormía en un cuarto orientado al norte...

—Exactamente como la insobornable aguja de una brújula —prorrumpió su marido, aunque ella no dio la mínima importancia al comentario y más bien con un gesto de fastidio continuó su relato onírico.

—Un cuarto que compartía con Caterina, mi hermana mayor. Yo soñé que ella moriría ahogada y así ocurrió...

—Es un ejemplo claro de precognición de muerte inminente de un familiar... —expuso Lasker.

—Pero luego soñé que moriría mi madre. Y desgraciadamente así ocurrió, tal como yo lo soñé. Cayó a un pozo e igualmente terminó ahogada.

Peter Lorre, que también se sentía dichoso por los sueños de su esposa, sorbió su copa y, muy interesado, levantó una mano señalando la derruida biblioteca.

—Querida, cuéntale al doctor lo del pájaro rojo y el nido.

—Claro que lo contaré, Peter. Doctor Freud: soñé que un pájaro rojo, de alas enormes y espeluznante graznido, se colaba en este castillo y aquí hacía su nido...

En ese instante Peter Lorre se levantó.

—Hagan el favor de contemplar esto.

Los comensales se miraron entre sí y siguieron a su anfitrión. No eran más que los sueños desvariados de una mujer de fuerte carácter y seguramente de imaginación conducida a un fin. A Sigmund Freud le dio tiempo a rellenar la bocana de su pipa, a atusarse el cabello y a envolverse en las primeras volutas de humo. Delante de todos iba el mayordomo con un hachón prendido porque carecían de luz eléctrica. Detrás iban Peter Lorre y Freud, seguidos de Lasker, Ana y Georginas, y a unos pasos de distancia venía Sabine, alta y estilizada, con un ceñido vestido negro y su asimétrica barbilla apuntando al techo, fumando un cigarrillo emboquillado y sintiéndose la estrella, la causante de aquello que ahora su esposo mostraba al descorrer un pesado y ajado cortinón.

—Ahí lo tienen —dijo Peter señalando el centro de la biblioteca, con la misma expresión que pondría un feriante al mostrar un fenómeno.

Había un boquete enorme en la pared oeste del piso de arriba, en el lugar que ocupó la ventana, y se colaba fina y fría la lluvia. Por fortuna, un relámpago de duración anormal les permitió ver el modelo de naturaleza muerta, aquel fotograma dantesco, en su más espeluznante esplendor.

—¡No puedo creerlo! —exclamó Ana Freud.

—¡Extraordinario! —musitó su padre.

Georginas, al contemplar lo que el hachón y el relámpago le habían mostrado, se asió al brazo de Emanuel Lasker, y este la miró y la consoló afirmando con la cabeza para darle a entender que a él también le parecía horrible. Estaba allí, el triplano que se había estrellado hacía dos años aún conservaba el color rojo vivo, las cruces negras, parte de la cabina y un ala casi entera.

—Al piloto lo enterramos en el jardín de atrás, al otro lado del cementerio de la familia —explicó Peter Lorre—. Afortunadamente, aquella mañana no había nadie en el castillo. Yo me encontraba en Suiza, sólo cuando llegué a Neusie me advirtieron del suceso, pero no esperaba encontrar esta escena tan...

—Soñada... —apostilló con gravedad Freud.

—¿Qué les parece? ¿No es ese el pájaro rojo y este el nido de mi sueño?

—Es usted un caso excepcional, señora Lorre. Me gustaría que pasase alguna vez por mi clínica de Viena, así podré someterla a algunas pruebas...

—Lo haré encantada, doctor, cuando usted me diga... Comprendo que mi caso le interese, puedo contarle más sueños...

—Será en privado. La semana que viene, si lo desea. Ahora, pienso que es mejor apartarnos de aquí, somos el blanco perfecto para una pulmonía o lo que es peor: para un rayo.

Más tarde se hallaban todos en la estancia de la chimenea. Sarah se sentía intranquila, la noche era cerrada y tronante, y lo más desesperanzador: sus preocupaciones y sus demandas no habían sido expuestas y se veía en la necesidad de abandonar el castillo; angustia que creció cuando vio entrar al mayordomo para avisar a la señora, pero, como la lluvia arreciaba de manera importante y los truenos y relámpagos eran tan pavorosos que casi trascalaban los muros, Sabine Hohenzollern fue informada de que la carretera a Neusie no estaba transitable con tan adversas condiciones meteorológicas, ni el desvencijado auto de la familia en disposición de cruzar un lodazal lleno de agujeros (quién sabía si de bombas perdidas), por lo que no tuvo más remedio que acceder a que Georginas pernoctara esa noche en el castillo.

—Mi habitación es demasiado grande, señora Lorre, y, además, cuenta con dos camas, por mí no hay inconveniente —acertó a decir Ana Freud a la sórdida mujer— en que Georginas la comparta conmigo.

Miró a Ana y le sonrió. Esa invitación la alivió. Sigmund Freud, en un estado siempre meditabundo, sacó una libreta de su bolsillo y la sopesó, después miró uno a uno a los presentes.

—Si no les importa a ninguno de ustedes, deseo ir a mi habitación. Estoy tan cansado que si no duermo cinco horas seré incapaz de pasear mañana por estos parajes. Ah, y no se olvide, ha prometido usted, señor Lorre, que nos mostrará el camposanto del Coro de Haendel.

—Yo también me retiro —apuntó Lasker—, por nada del mundo me perdería esa visita al Coro.

—Pueden estar seguros de que lo verán a pesar de la tormenta —confirmó Peter—, pero usted, profesor Freud, ha prometido que examinará mis escritos, y usted, profesor Lasker, no se olvide, de que me dará la oportunidad de retarle a una partida de ajedrez.

—Será un placer, naturalmente... —dijo Lasker—. Y usted, señora Sarah Georginas Parker, ya que todos prometemos alguna cosa, tiene que prometernos que también nos acompañará mañana...

Ella sonrió. Freud y Lasker se fueron a sus aposentos, Ana retomó su libro y se sentó cerca de la chimenea presa en la lectura con la misma curiosidad de antes de la cena. Por un lado, Georginas se lo agradecía sinceramente, no deseaba encontrarse sola en un lugar que cada vez le parecía más ajeno, hostil y frío, y la amable invitación a compartir habitación le había quitado un peso de encima. Por otro, deseaba quedarse a solas con Peter Lorre y exponerle sus leales demandas en nombre de su hijo, pero, aunque no quería asumirlo, tenía delante una pesada losa, llena de pesadillas tan asimétricas como su rostro y de un carácter tan frontal y poco sibilino como el de una harpía.

—Bueno —dijo Sabine, no sin sarcasmo, mientras prendía un nuevo cigarrillo—, la buena disposición de nuestra invitada, la hija del profesor, le va a permitir pernoctar en el castillo Lorre. Algún día podrá contárselo a su hijo.

Ana Freud levantó la cabeza y sonrió.

—Oh, no se preocupe, señora Lorre, no es ningún inconveniente para mí, al contrario: ya le he dicho que la habitación es muy grande y que hay dos enormes camas. Si a Georginas no le importa...

—Es muy amable, Ana. No me importa: se lo agradezco. En cuanto a lo de mi hijo, precisamente ese es el motivo de mi visita, señora Lorre, pero creo que es con su marido con quien debo tratar estos asuntos.

—Bueno, querida Georginas —dijo Peter—. Los asuntos no son tan importantes ni tan oscuros como para que no puedan ser expuestos en torno a una chimenea. No, no es necesario que se marche, señora Freud —le dijo a esta cuando hizo ademán de levantarse y abandonar el salón—. Es más, será usted una testigo de excepción en esta pequeña charla... ¿cómo llamarla?, ¿de entrañables conocidos?

—Estás hablando del hijo de tu hermano mayor, Peter. De Rudolf Lorre —dijo Georginas.

—Querida —interfirió Sabine—, afirmaciones tan rotundas necesitan ser probadas... la sangre, las herencias, las tierras... Sabido es que después de las guerras todos debemos aportar nuestro granito de arena para volver a ordenar las cosas...

—¡Señora Lorre —exclamó incorporándose—, le repito que no es con usted con quien debo discutir ciertos temas de importancia, sino con su marido aquí presente!

—Verás, querida —le dijo amablemente Peter—, leí tu carta con atención... Por cierto, timbrada en franco con sellos checoslovacos, no sabía que Praga emitiera sellos de correos con la efigie del presidente Masaryk... Bien, leída la carta he llegado a una solución, diría que salomónica, pues las dos partes sacaremos provecho de ella y aun contando con mi buena disposición... Tú sabes de nuestra vieja amistad, y yo sé lo que sentía mi hermano por ti... Willfred era un hombre estupendo, romántico, bueno... el mejor hermano del mundo. Me enseñó mucho de lo que sé y en este tipo de decisiones él habría actuado así, en su contra sólo puedo argumentar que era algo despilfarrador: editando libros a desconocidos, organizando fiestas privadas... Antes de morir nuestro padre, se dedicó a viajar y a conocer muchachas, ya no vivía aquí, no hay nada suyo, se lo llevó todo y prefirió instalarse en nuestra casa de Malá Strana...

—Eso no es cierto... —dijo ella.

—Bueno, naturalmente todavía quedan algunas pertenencias de mi hermano, que están en su alcoba, si de verdad dices que tiene un hijo, puedes llevárselas, lo veo lógico.

—No he venido sólo por eso, Peter.

—Viene a por las tierras, querido.

—Tampoco vengo a por las tierras, señora Lorre, yo no nací en los Montes Metálicos, no soy la aguja de una brújula ni sueño con ahogados. Si estoy aquí es porque quiero que se reconozcan los derechos naturales de mi hijo.

—Vuelvo a decir que tendrá que probar lo que dice. El hijo puede ser suyo, eso no nos importa, pero puede no ser de Willfred Lorre. Él tuvo varias amantes, decenas, era muy apuesto, debe saberlo... Quién puede afirmar nada en un hombre de espíritu tan vaporoso.

Dio dos pasos hacia Sabine Hohenzollern.

—¡Eso es un insulto que no estoy dispuesta a tolerar! ¡Willfred era mi marido!

—¿Tu marido? ¿Os casasteis en cada una de las sinagogas de Praga o en la habitación de un hostal de las afueras de cualquier sitio? ¿Se sacrificaron muchos corderos? ¿Cuántos fueron los invitados? ¿Lo anunció la prensa local?

—Nos casó una persona que tenía autoridad para hacerlo...

—¿Quién? ¿Dónde? ¿Cuándo?

—Señora Lorre: nos casó el capitán de un barco...

Ana Freud, que hasta entonces permaneció callada, y algo azorada por el tono que iba tomando la conversación, no pudo resistirse después de lo que había oído.

—¡El capitán de un barco! ¡He de contárselo a mi padre: aparte de analizar sueños, escribe un catálogo sobre las sincronicidades y coincidencias patológicas! Si me lo permiten, claro, pero es tan inusual, tan extraordinario...

—La verdad es que suena a invención, y puede que inventar sea patológico... No deja de ser divertido —expuso Sabine—. ¡El capitán de un barco! ¡Tiene gracia! Y, dime, querida, ¿fue en una goleta anclada en mitad del Moldava?

Tomó su bolsito de mano y sacó el papel del *Titanic*. Su contrato de matrimonio.

—Esta es la prueba. Datada y firmada por el señor Edward J. Smith, capitán del *Titanic*. Tiene la firma de dos testigos, la mía y... la de Willfred Lorre. 11 de abril de 1912.

Durante largos segundos nadie dijo nada. Se oían perfectamente el crepitar de la chimenea, la tormenta golpeando las ventanas y esa respiración tosca y permanente de los grandes edificios.

—¡El *Titanic*! —exclamó para sí Ana Freud.

Peter tomó el contrato de matrimonio y al reconocer la firma de su hermano no pudo evitar echarse la mano a los ojos y ocultarlos. No había duda de que era un hombre sensible, falto de carácter tal vez, pero leal a sus sentimientos.

Lógicamente, sabía que su hermano fue una de las víctimas de ese hundimiento, aunque en aquellos meses ni él ni su padre conocían dónde estaba Willfred, acostumbrado a viajar por Europa y a llevar una vida holgada e independiente, pero ninguno imaginaba que pudiera estar a bordo de ese barco, acompañado de una mujer, rumbo a América.

En siete años, este papel que tenía en las manos era la única evidencia de su hermano, era algo más que el recuerdo. ¿Qué trajeron de Willfred? Sólo la noticia de su muerte. Ni siquiera un sombrero para llenar la tumba vacía que cierra una lápida con su nombre, en el cementerio, tras las tumbas de la familia, aledaña a donde enterraron al aviador desconocido.

—Es la firma de mi hermano...

Su mujer le arrebató el papel y lo miró sin más curiosidad que la que otorga el desprecio.

—Esto es papel mojado, como todo ese barco inglés. ¡Qué pérdida ridícula de dinero! Se fue al fondo del mar y allí se fue también todo lo que se contrató en su cubierta.

—El contrato fue expedido en el despacho del capitán, el señor Smith.

—El señor Smith, el señor Smith... ¿puede un marinero ejercer un sacramento como el matrimonio? ¿Un matrimonio válido entre judíos? ¿Es que somos gentiles, acaso?

—Todos somos judíos, señora Lorre... —dijo con suave voz Ana Freud mientras se incorporaba y cerraba su libro—. Pero antes que ser judíos, somos personas, tenemos conciencia de la realidad y de la verdad... De lo justo y de lo no justo.

—¿Es que usted ha estudiado leyes mosaicas, tal vez la cábala, señorita Freud?

—No, no he querido decir eso, simplemente digo que me parece que ese contrato es tan válido como la torta ázima que rompe en dos pedazos el rabino de cualquier sinagoga.

—No, no lo es. Una cosa más —advirtió Sabine Hohenzollern—, nosotros también vamos a tener un hijo, y ese será el heredero de la casa y del apellido Lorre.

Lo dijo sin gritar, y mientras lo decía arrugó el papel con las manos y sin que nadie pudiera evitarlo lo arrojó a la chimenea. Fue su propio marido quien lo rescató, sólo algo quemado, prácticamente intacto.

—Sabine, ¿por qué has hecho esto? —le gritó enfurecido.

Su esposa no dijo nada, torció aún más el rostro en una mueca violenta y salió corriendo del salón de la chimenea dejando en su lugar un ambiente cargado de confusión y silencio. Peter Lorre entregó el contrato de matrimonio a Georginas y con un gesto de caballero avergonzado se despidió de las dos mujeres.

Ana Freud se acercó y la asió del brazo.

—Siéntese aquí, cerca de la chimenea, un poco de calor le vendrá bien.

Así lo hizo. Durante un buen rato las dos mujeres contemplaron el fuego sin decir nada. La hija de Freud mantenía en su regazo el libro que leía y ella entre las manos la sutil cuartilla, casi un anuncio, donde creía ver escrito el futuro de su hijo en tiempos tan inciertos.

—De todo lo que he oído esta noche, sin duda es lo más extraordinario. ¿Así que se casó usted a bordo del *Titanic*?

—Sí.

—¡Resulta fabuloso! Disculpe mi intromisión, pero creo haber entendido que su marido murió en el naufragio...

—En efecto.

—¿Y tiene un hijo?

—Rudolf Lorre.

—¡Rudolf Lorre! —repitió alargando las sílabas y reverberando las erres—. La envidio.

—¿Lo dice de verdad?

—Sí... Los antiguos egipcios concedían especial importancia al nombre, y Rudolf Lorre suena a éxito y a longevidad, pero no me tome en serio. Estoy convencida de que ha vivido más en una semana que otros muchos que mueren de viejo. Mi padre lo llamaría eros y tánatos en una misma pasada de la luna...

La oía sin prestarle demasiada atención, con la vista concentrada en el fuego y el aura de algún sinónimo de la tristeza.

—No se deje avasallar por esa Fata Morgana...

—¿Fata Morgana?

—Esa mujer... la señora Lorre. Así la llamó el profesor Lasker nada más conocerla ayer tarde. Ah, yo también le agradezco que quiera pasar la noche en esa habitación: es grande y demasiado fría.

Las dos mujeres se miraron sonrientes.

—Su apellido es inglés, Georginas.

—Parker... Mi madre es inglesa... El inglés es mi lengua materna y el alemán mi lengua paterna.

—¿Qué edad tiene su hijo?

—Siete años.

—¿Siete? Claro —calculó un instante—, el mismo tiempo que hace que se hundió...

—Así es. Podría decirse que fue engendrado a bordo del *Titanic*... No es totalmente cierto, pero allí descubrí que estaba embarazada. Por eso Willfred quiso que nos casáramos inmediatamente.

Ana tomó el papel y lo miró con detenimiento, casi con devoción.

—Es fabuloso, repito, mi padre debería ver este documento, y el profesor Lasker también: es el hombre más curioso que conozco. Aunque comprendo que es una cosa muy personal, por supuesto. El sello del *Titanic* y el de la compañía naviera White Star, la firma de Willfred Lorre, la de Sarah Georginas Parker, la del capitán y la de dos testigos...

—Sí... Uno de ellos, el señor Jerome, firmó a cambio de un gemelo de la camisa de Willfred.

—¿Es eso cierto?

—Sí... Edward J. Smith, el capitán del transatlántico, nos aseguró que hacían falta dos testigos para formalizar la boda. Uno lo teníamos delante: la señora Margaret Tayssig (su aspecto era el de una millonaria, pero fue muy cordial) que accedió al instante; el otro testigo, el señor Jerome (el negro más negro y corpulento que pueda imaginarse y el único hombre de su raza que había a bordo), trabajaba en la sala de máquinas y casualmente se encontraba allí soportando una reprimenda del capitán porque había salido a respirar a cubierta... Jerome firmó a cambió del gemelo de oro, que al momento siguiente nos devolvió diciéndonos que era su regalo de boda, fue muy amable... Todavía lo guardo para Rudolf... Sólo un gemelo de su padre.

Al otro día continuaba lloviendo, aunque la tormenta había perdido intensidad. Desayunaron juntos, excepto la señora Lorre, quien a decir de su esposo era presa de una terrible jaqueca.

—Sabrán disculparla, mi mujer parece una persona fría, pero es demasiado sensible a los cambios climáticos.

—Si usted quiere —dijo Freud—, puedo visitarla, tal vez...

—Está dormida... Mejor a la vuelta, profesor. Supongo que están todos impacientes por ver el campo de esos muertos, el Coro de Haendel; no está a mucha distancia, pero aún llovizna, es mejor que vayamos bien abrigados...

No se hallaba lejos el luctuoso campo. Rodearon el cementerio familiar, cruzaron un pequeño bosque de hayas y un arroyuelo, y sólo kilómetro y medio después, el hedor, lejos de disiparse con la lluvia y el frío, ya resultaba notable. Era necesaria gran imaginación para reconocer en aquel montón de cadáveres un coro celestial. Describir la situación de los cuerpos, mutilados, picoteados por cuervos y destrozados por la intemperie, habría bastado para redactar un manual de tanatopraxis.

—¡El Coro de Haendel! —exclamó Peter señalando a uno y otro lado los cuerpos—. Los últimos muertos de la última batalla. Este es el orfeón que nos ha dejado esta maldita guerra.

—Es terrible, espantoso —masculló Georginas, tapándose la boca con un pañuelo.

—Lo es, señora —confirmó, lacónico, Lasker—. Jamás he visto ni soñado en las peores pesadillas de un jugador de ajedrez un tablero con tanta destrucción. Es un jaque mate absoluto a la dignidad.

Sigmund Freud, impasible, prendió su pipa y permaneció callado, mirando desde arriba, pero minuciosamente, cada despojo. Su hija fue aún más lejos. Bajó al hoyo, sorteó trincheras y se acercó a uno de los cadáveres. De la pechera le desclavó una medalla con una cruz sobre tela negra.

—¡Este era sargento! ¡Todavía lleva sus galones y agarra la bayoneta!

El doctor Freud tomó unas notas a lápiz. Mientras, su amigo Lasker no se apartó de Sarah: su constitución decimonónica, su talante seductor y caballeroso y la condición de ser el actual campeón mundial de ajedrez le hacían ver, y sentir, la necesidad de proteger a una dama.

—Es terrible —musitó—. Pobres soldados...

—Sí, pobres soldados —repitió Georginas—. Ojalá la nieve cubra pronto los cuerpos y los haga desaparecer...

—Nada hace desaparecer nada, señora... En el ajedrez las piezas caen, como estos soldados, y luego llega alguien, las levanta, las coloca en sus escaques y comienza otra partida...

—Ojalá esta guerra haya sido la definitiva, señor Lasker.

—No lo será. Puede estar segura, sólo ha sido una guerra de fronteras.

Le miró con desazón.

—No me mire como a un preceptor que le dicta su pesimismo, créalo sin dudar: es consecuencia de la experiencia. ¿Qué edad tiene? ¿Veinticinco años?

—Veintiséis...

—Yo le doblo la edad. Matemáticamente le quedan por ver un par de guerras. El ser humano las necesita. Vive de ellas y para ellas. Si no las hubiera, se extinguiría. No hay duda: la Historia está escrita con sangre, si no hay violencia se detiene el engranaje que hace girar al mundo, es como si la violencia fuera la ruedecilla principal, o mejor aún: creo que la sangre es el lubricante de todo el motor.

Freud, que había oído la conversación, se les acercó, portando en una sola mano la pipa y el cuadernillo de notas.

—No le haga demasiado caso al profesor. La convencerá, primeramente, de que el tiempo se nos echa encima y, después, para que juegue una partida de ajedrez, y lo peor es que él dejará que sus alfiles se rindan y perderá esa partida ante una dama como usted... Suele hacerlo.

Lasker sonrió a su amigo, y admirado, Freud.

—Doctor Freud —le dijo solemnemente—, sin duda pretenderá hacernos creer que esta masacre (por otro lado no exenta de belleza: imaginen al maestro Rembrandt pintando esto) no es producto de la maldad humana, sino de los mecanismos psíquicos que confeccionan los sueños, es como si todos estuviésemos soñando... Incluidos esos pobres muertos.

—Y usted, querido amigo, va a defender, noblemente, que son los mecanismos matemáticos. Pero, mírelos bien, eran seres humanos, para mí aún lo son, no piezas de ajedrez. Las raíces de los sueños no son raíces cuadradas, profesor.

—Ni las ecuaciones se asemejan a sueños torcidos... La materia onírica no está hecha ni de la carne que envuelve nuestros huesos ni de la madera con que se tallan las piezas de ajedrez.

—¿Usted qué opina?

Ambos hombres la miraron esperando una pronta respuesta. A pesar de la llovizna, del lugar tan nefasto donde se hallaba, sobreponiéndose a la angustia y a la incertidumbre que acumulaba por el futuro de su hijo, se sintió dichosa por oír, y compartir, las palabras de dos hombres, algo trasnochados a su entender, ambos a caballo de dos siglos, pero llenos de sabiduría y de resortes para comprender las cosas.

—Pues yo creo que este es el resultado de una mala estrategia.

—No la entiendo —dijo Lasker.

—Deberían haberse refugiado bajo los árboles del bosque, y horas más tarde se habrían enterado del armisticio, no tenía sentido cavar trincheras en una vaguada: son muy visibles desde el aire, y fáciles de gasear. Es evidente que la tropa no era mandada por un oficial experimentado, sino un suplente, tal vez ese sargento... Oh, creo que van a reírse de mí, yo no sé nada de la guerra —les confesó azorada, frotándose las manos, mirándolos alternativamente—. Creo, como dice usted, profesor Lasker, que esto no es real, pero tampoco deja de serlo. Fueron hombres, pero ya no lo son. ¿Cuáles habrán sido los últimos pensamientos de esas personas? ¿Sueñan los muertos?

—Continúo sin entenderla...

—Yo —reflexionó Freud—, sugiero que la señora Parker termine su exposición... A mí me resulta interesante.

—Bueno... Sólo quería decir que cuando he visto esta escena he sentido un escalofrío, porque creo...

—Que la ha soñado anteriormente... —concluyó Lasker.

—Sí... ¿Cómo lo sabe?

—Sencillamente, nos pasa a todos.

En ese instante se acercaron Ana y Peter Lorre. Aquella traía la cruz de hierro sobre tela negra en la palma de la mano y la mostró llena de emoción a su padre y a los demás.

—Mira esto, papá...

Ana levantó la cruz de la bisagra que la unía a la tela.

—Tiene unas iniciales y una fecha.

—¡Doble M 1915! —exclamó Georginas en voz alta, y acto seguido se llevó la mano a la cara y a punto estuvo de desmayarse si no llega a ser porque su protector, el profesor Lasker, lo impidió asiéndola eficazmente.

—¿Cómo diantres lo sabe? —preguntó Ana Freud, con ese tono que se emplea para referirse a las cosas maravillosas que los sentidos son incapaces de mostrarnos—. ¿Cómo ha podido saber, sin haberlas visto, cuáles eran las iniciales y la fecha?

Su padre cogió la medalla y miró el reverso de la cruz. Allí estaban grabadas dos emes mayúsculas y la fecha citada, 1915. Pareció concentrarse una décima de segundo y después aspiró de la pipa y le clavó la mirada.

—No lo sé, señor Freud... Ha debido ser una casualidad, un resorte, como un pinchazo. No lo sé, de verdad, se me ha ocurrido y lo he dicho... Jamás había estado en este lugar. Ha sido suerte, casualidad...

Un enorme fogonazo deslumbró el cielo, todos miraron, y luego oyeron un trueno grandioso que casi movió la tierra que pisaban. Comenzó de nuevo a llover con fuerza.

—Será mejor que nos vayamos. Y que nos demos prisa —advirtió Peter Lorre, ajeno a la demostración criptomnésica de Georginas y más preocupado por volver al castillo cuanto antes.

Sólo en lugares escarpados, como es el corazón de Austria, puede llover con esta intensidad en tan breve espacio de tiempo. El resto de la tarde la pasaron charlando animosamente, sobre sueños banales, coincidencias legendarias, episodios de la guerra (apocalípticas cabalgatas fantasmas que arrastraron a compañías enteras a la derrota —en otros casos a la victoria—, héroes imposibles, huidas milagrosas) y del mal tiempo que hacía, sin profundizar en ningún tema; después, al caer las horas, Peter retó a Lasker a la partida de ajedrez, Ana Freud volvió a su libro y Freud se ausentó en su aposento hasta el momento de la cena. Sarah se acordaba de su hijo, no estaba acostumbrada a dejar de verle ni un solo día. Significaba tanto para ella que ese hijo se había convertido en todos los transatlánticos del mundo y en todas las perspectivas de futuro que podían elaborarse en su mente. Estaba de pie, con las manos cruzadas, mirando por un ventanón cómo llovía y contemplando la velocidad a la que se acercaba la noche. Mañana, domingo, el señor Wolff vendría a recogerla, así lo había prometido, y pronto estaría en Praga, con Rudolf... Pero ¿qué utilidad, qué provecho recibía a cambio de este viaje? ¿Qué había conseguido? Tantas veces hubo pensado en las cosas importantes que tenía que decir, e imaginado tan fielmente cómo sería la entrevista con el hermano de Willfred, que ahora que la realidad se le mostraba cruda y desnuda hasta las cosas más elementales le parecían diferentes. Conservaba algo de esperanza, pero en lo más hondo de su crédito sabía que no tenía nada que hacer. Esa mujer tan metálica como los montes que la vieron nacer, Sabine Hohenzollern, se había apoderado del futuro de su hijo con la habilidad de una urraca, como uno de esos grandes y gordos cuervos de los parques vieneses. ¡Qué lento pasó ahora el tiempo! Desde alguna sala del castillo sonó un reloj. Eran las ocho en punto. El mayordomo (un hombre ya mayor, delgado y engalanado con un estúpido y recepillado uniforme) anunció que la cena estaba preparada y que su señora no tardaría en acompañarles, dado que se encontraba mejor.

La señora Lorre llevaba puesto su vestido más elegante, parecía una atávica reina de castillo, una institutriz de frías mansiones aferrada a la más rancia disciplina germana, una auténtica dama negra de ajedrez, más delgada de caderas, más asimétrica, muy ceñida y esbelta, y algo espectral tras los candelabros encendidos que la envolvían, según el temblor caprichoso e intermitente de las llamas, en una luminosidad crepuscular. La mesa estaba preparada y los comensales ocuparon sus asientos. Durante la cena hablaron de los más variados temas, las nuevas fronteras del mundo, el dudoso papel de los norteamericanos en Europa y su exportación de la gripe, y por supuesto de los sueños.

Sobre todo de esto último y de las premoniciones. Al final, antes de los postres, Sabine volvió a relatar sus experiencias oníricas más significativas y a recordarle al doctor que visitaría, sin falta, su clínica vienesa. Pero la conversación más interesante se fraguó alrededor de la chimenea del salón.

—¡Con razón le llaman el Charcot vienés!

Peter Lorre, que había sido derrotado tres veces consecutivas por Lasker, aunque se las tenía de excelente jugador, pareció muy interesado por la exposición de la hipnosis que hizo Freud y de ahí su exclamación tan humanista.

—¿Y cree usted, de verdad, que puede uno regresar a su más alejada infancia?

—Y no sólo eso, señor Lorre. Puede uno regresar al seno materno, y recorriendo hacia atrás el pasillo uterino volver más allá del principio... También puede uno, muchas veces sin buscarla, hallar la llave capaz de abrir las puertas de las habitaciones cerradas.

—¿Habitaciones cerradas? —se preguntó Sabine en voz alta—. En este castillo hay varias de esas.

—Sí, algo así, yo creo que la mente del hombre se asemeja a un hotel con múltiples habitaciones, dobles, sencillas y *suites*, en cada una de ellas escondemos cosas, restos de la infancia, recuerdos, desgracias, problemas, deseos, miedos... incluso cosas a las que no sabemos poner nombre...

—¿Como cuáles? —preguntó Peter.

—¿Me pregunta qué nombre se le puede poner a las vidas anteriores?

—Bueno, eso es un supuesto... Primero hay que creer en la reencarnación —expuso Lorre—, después, aderezar la creencia con imaginación y exorcismos personales, y el resultado no es más que un relato inútil, una fábula, otra fantasía de las que intentan explicar la vida... pero sólo es un compendio de palabras dispersas. Esos muertos no revivirán. Jamás.

—Excelente proposición, señor Lorre —argumentó Emanuel Lasker—. Sin embargo...

—¿Va usted a infligirme otro jaque, profesor?

—No, amigo... Quiero apuntar que yo creo en las teorías cíclicas: todo vuelve al principio, todo se repite, excepto —creo yo— en el juego del ajedrez. Miren: hay millones de partidas distintas... Como curiosidad puedo decirles que se cuentan más de trescientas mil formas de visualizar una segunda jugada en cualquier partida...

—¿Tantas? —preguntó, atónita, Ana Freud.

—Sí, querida, exactamente trescientas treinta y seis mil cuatrocientas...

—No puedo creerlo —musitó.

—Pues eso afirman las matemáticas. La tercera jugada supera ampliamente los doscientos millones de posiciones. Resulta difícil creerlo, pero es así. Es como intentar imaginar cuántas estrellas hay y además comparar una con cada una hasta hallar dos iguales. Totalmente iguales. No hay dos vidas exactas, pero creo —sentenció alzando el índice— que uno no podría vivir todas las existencias posibles antes de repetir una sola. Eso sí es factible y más probable que en el juego de ajedrez.

Entonces, Georginas, que seguía atentamente las explicaciones de Lasker, como zarandeada de nuevo por otro de esos resortes incontrolados, similar al que la empujó frente a los cadáveres franceses, tomó la palabra y expuso su razonamiento.

—En la jugada de salida se pueden efectuar veinte movimientos, a elegir: dieciséis con los peones y cuatro con los caballos, que suman veinte... el adversario puede responder con otras veinte posiciones distintas. Si multiplicamos nos da un resultado de cuatrocientas alternativas. ¡Sólo en la primera jugada!

Freud mantuvo un segundo la cerilla encendida con la que iba a prender la pipa. Ana la miró con asombro. Y Lasker se acercó, le tomó la mano y la besó caballerosamente.

—¿Juega a menudo al ajedrez?

—No... Willfred intentó enseñarme algunas veces y llegó a la conclusión de que no es el ajedrez cosa de mujeres...

—¿Mi hermano? —se burló Peter—. Bah, era un pésimo jugador, yo mismo tuve que enseñarle...

—Si no juega al ajedrez —continuó Lasker—, entonces es usted una excelente matemática.

—¿A qué se dedica? —preguntó Sigmund Freud.

—Trabajo...

—¿En qué trabajas? —preguntó ahora Peter Lorre con familiaridad y realmente interesado.

Ella no lo dudó un solo segundo. Es como si tuviera la respuesta preparada, la contraseña que le había facilitado, casi enigmáticamente, Aaron Wolff. Ahora pudo comprobar el verdadero alcance de lo que aquello significaba.

—Trabajo para el señor Wolff.

—¿Wolff? ¿Te refieres a Aaron Wolff? —inquirió extrañado Peter Lorre.

—Sí. En una notaría de Praga. ¿Le conocen?

Hubo dilatados segundos de silencio. Todos se miraron. Peter Lorre, su esposa Sabine, Sigmund Freud, Ana y el profesor Emanuel Lasker, y ese aire incierto de las conspiraciones, de los tabernáculos y de los tribunales eclesiásticos emanó de las cosas, de los muros, de las copas, de las armaduras y hasta de las sombras de cada uno.

—¿Es que ocurre algo?

—Nada que usted no pueda saber... Al fin y al cabo es judía, como nosotros. Aaron Wolff —dijo Lasker— es la mano derecha de Chaim Weizmann...

—¿Pueden explicarme...?

—Charles Chaim Weizmann es un judío poderoso, uno de los compradores de Palestina, de la tierra prometida...

—He oído hablar de esa tierra, pero no creí que...

—¿Que su jefe sea uno de los máximos exponentes del Congreso Sionista, uno de los dueños de la Banca Nacional

Judía...? ¿Uno de los instigadores a comprar tierras baldías en la Patagonia argentina para llenarla de sinagogas, a dominar el negocio del oro y los diamantes: en África las minas y los cementerios, en Europa las oficinas y los tasadores, y en América las joyerías y las troqueladoras de dinero?

—Eres muy afortunada, Sarah Georginas... —le dijo con sorna (y puede que con algo de envidia) Sabine—. Si Weizmann ha puesto su ojo encima del tuyo tal vez vayas con tu hijo a Palestina, es una nación de promesas, está escrito... ¿Quién puede saberlo? Tengo entendido que es una buena tierra.

—No es más que un pedregal salpicado de tumbas aunque lo venden como el Paraíso... es mejor apuntar a América —señaló Lasker—. A pesar de todo lo que le he dicho, allí los judíos somos bien recibidos. Y confieso que a mí me trataron siempre bien. ¿Qué piensa, doctor Freud? Si no acaba de encender la pipa se le va a secar el tabaco...

—Pienso en lo que usted ha dicho: los judíos, América... Ya hay suficientes sinagogas en el mundo. Con razón acabarán odiándonos. Quienes poseen el oro, los diamantes y las notarías, acaban siendo odiados...

—Pero estamos unidos... —apuntó Peter—. Así el odio que nos profesan es menos nocivo.

—¿Unidos? Haría falta que nos grabasen a fuego una estrella de David en la frente, que marcaran los dinteles de nuestras casas con un poco de pintura roja, o bien que nos tatuaran el número de Yahvé en los antebrazos, sólo para reconocernos los unos a los otros. Y usted, profesor Lasker, cuando habla de América, ¿se refiere a los Estados Unidos o a ese desierto patagón?

No le respondió. Freud prendió definitivamente la pipa, inhaló una gran bocanada y pronto el humo lo envolvió en un hongo gris y fantasmagórico, quién sabe si premonitorio.

—Sueños, ajedrez y, finalmente, judíos. Tengo la impresión de que toda Europa, quizá todo el mundo, no sabe hablar de otra cosa. Abra cualquier periódico y no leerá otra noticia —sentenció—. Las tres cuestiones entrañan peligro. ¿Qué nos espera ahora? Países nuevos, presidentes nuevos, lustrosas constituciones y alharacas políticas, pero dices que eres judío y te pegan un tiro como a Rosa Luxemburgo. En Europa te escupen, en América te temen, en África esperan ansiosos tus sacos de maíz y tus armas de fuego a cambio de piedras preciosas y sangre fresca. ¿Cuántos sacrificios nos quedan aún por registrar en nuestros libros de cuentas?

—Doctor Freud... ¿qué edad tiene usted?

No supo nunca por qué preguntó la edad que tenía a tan egregio personaje. Sintió la necesidad de hacerlo, tal vez para desenfrascarlo de sus meditaciones en voz alta, de sus improperios al pueblo del que en mayor o menor medida todos formaban parte.

—La misma edad que Aaron Wolff. ¡Nacimos el mismo día, así que puede preguntárselo a él! Y ahora, dígame usted si ha padecido alguna vez la fiebre de Malta.

Georginas le miró extrañada. ¿Cómo podía nadie hacer semejante pregunta? ¿Qué tenía que ver aquella curiosidad patológica con lo que estaban hablando? Y lo más extraordinario de todo: ¿cómo sabía que ella había padecido, efectivamente, la fiebre de Malta?

—Me sorprende usted... Sí, la padecí, siendo una niña. En Inglaterra.

—¿Recuerda cómo ocurrió?

—Bueno... Tendría seis o siete años, la misma edad que mi hijo ahora. —Perdió la mirada en el fuego de la chimenea y pareció concentrada en ese recuerdo rara vez evocado—. Sí, fue en el año 1900. Habitualmente vivíamos en Praga, pero ese verano estábamos de vacaciones en el sur de Inglaterra, en las campiñas de Salisbury. Lo recuerdo porque mis padres debieron permanecer dos semanas más esperando a que yo sanara... Resulta que aconteció un suceso especial: en una granja cerca de la de mi abuelo materno, John-John Parker, había nacido un becerro con dos cabezas, que aún vivía... Mi madre nos llevó a verlo, a mi hermana Cinthya y a mí... Reconozco que me impresionó el fenómeno, y era tan frágil y temblaba tanto que le acaricié la doble testuz y el animalillo, agradecido, me lamió las manos con ambas lenguas. Al otro día nos enteramos de que había muerto y que lo iban a disecar para exponerlo. Como lloré mucho cuando oí lo que querían hacer con él, mi padre me prometió que lo compraría y que él mismo lo iba a enterrar en el campo. Eso me hizo feliz; pero sólo una semana más tarde la fiebre me consumía hasta que casi me arrebató la vida... Se me puso carita de duende... al menos es como lo cuenta mi madre a todo el mundo. Fiebre de Malta, profesor, esa fue la enfermedad, pero no entiendo que pueda interesarle tal cuestión, y más me sorprende que haya adivinado que padecí esas fiebres.

—Mi trabajo no es adivinar, sino deducir. Sus cualidades mentales me han sugerido que usted posee alguna extraña facultad, más o menos inconsciente, más o menos adiestrada, de percepción. El becerro es animal totémico. El suyo tenía dos cabezas, ¿se ha fijado que el águila del escudo heráldico Lorre también es bicéfala?

—Esas curiosidades no tienen importancia: en los pueblos de las montañas Metálicas es algo que acaece normalmente, yo misma he soñado con becerros de dos y tres cabezas montones de veces, doctor —espetó Sabine Hohenzollern, claramente envidiosa por el interés que adquiría, dado el silencio de todos, cada cosa que Sarah Georginas Parker contaba de sí misma—. No veo nada extraordinario, todos sabemos que los recuerdos se deforman y son fáciles de manipular, la mentalidad inglesa es dada a la fábula.

El carismático vienés se limitó a soltar otra bocanada de denso humo.

—Es una historia increíble, señora —le dijo Lasker—. Y no menos increíble ha sido la deducción de nuestro psicoanalista. Si es así, a las dotes de su natural belleza habrá que adjuntar las de sus capacidades suprasensoriales...

—No creo que sea cierto —dijo ella—. Jamás he tenido ninguna sensación extraña, ni por mi frente se descorren los visillos del futuro ni mis manos obran milagros. El motivo de mi visita al castillo era de índole distinta. Ha sido una suerte que estuvieran ustedes aquí. Para mí ha resultado maravilloso, bueno, haberles conocido.

—Y, díganos —preguntó interesado Lasker—, ¿a qué ha venido al castillo Lorre?

—Es asunto que ya está concluido, profesor Lasker —intercedió Peter Lorre—. Georginas fue la mujer de mi hermano Willfred y ha sido una visita de familia, una visita de nostalgia, ¿verdad, querida? Por cierto, ya he mandado empaquetar las cosas de Willfred...

Ella le miró con sequedad.

—Créeme, querida, está todo arreglado.

¿Arreglado? Cuando Georginas vio el domingo por la mañana el resultado de los arreglos de Peter Lorre no pudo reprimir las lágrimas. Una hora antes se habían despedido tan singulares invitados en un auto que había venido a recogerles, no sin promesas de que volverían a encontrarse «En cualquier castillo», como vaticinó el caballeroso Lasker, «Tal vez en Praga, pues he de pasar por allí y así conoceré a su hijo...», como dijo la gentil Ana, o «No se resista nunca a soñar...», cual fue la pragmática despedida de Freud. Por un lado tenía allí delante un pequeño baúl con algunas pertenencias de su marido, tres o cuatro libros, cuadernos de dibujos, estilográficas, un par de fotografías, un pañuelo de cuello, corbatas, un sombrero y una vieja pistola inservible. Eso era todo.

—Hay más ropa de Willfred en su habitación. Pero no creo que te interese. Cuando tu hijo pueda usarla estará raída y pasada de moda...

—Eres muy amable.

—Ah, y por supuesto el arreglo final.

Peter Lorre puso sobre la mesa un fajo de enormes billetes de marcos alemanes.

—Quinientos mil marcos de Weimar. Puedes considerarlo una fortuna... Además —dijo levantando el índice—, podréis permanecer en la casa de Malá Strana, que siempre será propiedad de la familia Lorre, hasta que tu hijo sea mayor de edad... Sólo tienes que firmar este documento, y el arreglo se puede dar como bueno. Y satisfactorio para ambas partes.

—¿Qué documento?

Peter puso en la mesa una hoja de papel escrita con precisos términos. Ya fechada y firmada por él.

—Tu hijo puede llevar el apellido Lorre, pero no interferirá más en los asuntos de heredad del castillo ni de las demás posesiones de la familia. Yo que tú lo firmaría, querida, es mejor que nada. La admiración que tuve por mi hermano y la vieja amistad que tengo contigo me empujan a hacer este sacrificio en su memoria...

No aceptó, evidentemente. Al borde del llanto, reprimió sus emociones, trató de pensar en el rostro de su hijo y eso la dotó de serenidad y de fortaleza.

—No puedo. No firmaré ese papel, hacerlo es como despojar para siempre a mi hijo de sus derechos legales.

—Es todo cuanto puedo ofrecer, Georginas, y creo que es muy razonable.

En ese momento, el mayordomo entró en el salón y anunció que un automóvil acababa de llegar para recoger a la señora.

Peter Lorre le ordenó que portara el baúl hasta el coche.

—¿Entonces? —preguntó para ultimar con la estilográfica en la mano.

Ella no dijo una palabra más. Ni siquiera se despidió del hermano de su marido. Sintió frío, un frío espectacular que le recorrió la espalda y se le alojó en la base del cuello. Se giró y con paso sonoro y decidido caminó hasta la puerta. Desde allí, exactamente bajo el escudo heráldico del águila bicéfala de los Lorre, divisó el cielo y supuso que iba a llover de un momento a otro, luego se cubrió la cabeza con el pañuelo y sin dudarlo se dirigió al Daimler-Benz de Aaron Wolff.

—¿Rumbo a Praga, señora Lorre? —preguntó Wolff como lo haría el piloto de un barco a punto de soltar amarras.

—Rumbo a Praga —respondió ella con desgana.

—Han depositado un baúl en el maletero. Supongo que estará usted satisfecha.

—Eran cosas de Willfred.

Su voz resultó tan desalentadora y su aspecto tan frágil que el comerciante judío la miró de reojo y sonrió paternalmente.

—¿Hay algún problema?

—Ninguno.

—Me interesan los problemas de mis empleados... ¿Por qué no se quita el pañuelo de la cabeza y se acomoda mejor? Está rígida, y sus pensamientos, aunque lo intentan, no vuelan fuera de este coche, pues chocan contra el cristal de las ventanillas.

—Lo siento.

—Ha fracasado su viaje, ¿no es eso lo que ocurre?

Ella suspiró para aliviar tanta desazón. Se descubrió la cabeza y aprovechó para retocarse en el espejo del guardasol.

—He conseguido algunas cosas de Willfred.

—Pero no el castillo. ¿No es lo que quería?

—¿Cómo lo sabe?

—Lo sé todo. Ya le dije que mis orejas son largas como las trompetas del patriarca Josué. De las ciudades y los pueblos han desaparecido los cisnes pero su lugar lo han ocupado arcángeles y dormilones...

—No comprendo su lenguaje...

Wolff soltó una de sus francas carcajadas.

—La creo. Arcángeles, hoy en día, se les llama a los mensajeros... la palabra ha vuelto a sus orígenes etimológicos. Van de un lado a otro, son legión, diciendo cosas, lo que ven, lo que oyen, e incluso lo que no ven y lo que no oyen, el caso es que continuamente encuentran algo que contar... Y dormilones se les denomina a los espías sin trabajo, que saben contar pero no tienen nada que contar... Se les acabó la guerra, se les acabó el trabajo. Pero por la mitad de diez haluras son capaces de decirte dónde se esconden sus padres aun si estos fueran buscados para ser fusilados.

Aaron la miró a medias, sin dejar de sonreír, entre paternal y seductoramente sin saberse muy bien cuál de las dos disposiciones prevalecía sobre la otra.

—Quiero preguntarle algo, Georginas...

—Usted dirá.

—Verá, me he cruzado con otro automóvil, en la bifurcación de Neusie, y he supuesto que venía del castillo... ¿Es que los Lorre tenían invitados?

—Sí.

—¿Acaso Sigmund Freud, su hija y Lasker el ajedrecista?

—Exacto.

—Es afortunada.

—Debe ser la tercera vez que me dicen eso en las últimas veinticuatro horas...

—Bueno, lo decía por la magnitud social de los invitados, yo también les conozco. Freud y yo somos prácticamente mellizos... ¿Qué hacían allí? ¿Lo sabe?

—No, realmente. Creo que estaban interesados en visitar un lugar lleno de cadáveres...

—¿Cadáveres franceses? ¿El Coro de Haendel?

—¿También tiene arcángeles y dormilones entre los muertos, señor Wolff?

Aaron soltó otra carcajada. Comenzó a llover. Activó el limpiaparabrisas y conectó la calefacción del Torpedo.

—Es un automóvil único, señora Lorre...

—Que perteneció al coronel Alfred Redl, el mismo que simuló estar enamorado de la bella espía rusa que le desenmascaró su homosexualidad.

—Posee una excelente memoria, como buena judía. A mí no me interesan esas aberraciones, sólo lo referente a este coche, estoy convencido de que la ceca de Weimar no dispone de tinta suficiente para emitir billetes con que pagarlo.

—Quinientos mil marcos...

—¿Qué dice? ¿Quinientos mil marcos?

—Es lo que me ha ofrecido Peter Lorre a cambio de los derechos de mi hijo.

Aaron Wolff chascó la lengua, pareció meditabundo y luego negó repetidas veces con la cabeza.

—Y los ha rechazado, supongo. Ha hecho bien, esos marcos son basura, no valen ni el papel que se emplea en ellos, no faltarán muchos días para que se vea a la gente envolviendo arenques en billetes alemanes... Basura... basura...

—¿Odia a los alemanes?

—Odio a quien me odia a mí.

Wolff lo dijo de verdad. Su cara enrojeció y su voz pareció llena de rencor y de venganza. Así que durante los próximos kilómetros no dijeron nada. Aunque muy pronto divisaron las torres y las agujas de Viena, los primeros parques y los primeros cuervos.

—En Viena hay demasiados cementerios. Se come y bebe bien, ya se lo dije, pero hay veces que parece que la gente vive en los huecos libres que hay entre las tumbas. Europa entera es un enorme cementerio.

—Es usted muy pesimista.

—No lo crea. Soy optimista. Vislumbro un mundo nuevo, donde las leyes sean naturales y se pueda vivir en paz con Dios.

—¿Se refiere a Palestina?

—Sí... ¿Ha leído *Altneuland*...?

—No.

—Debería hacerlo. Lo escribió Theodore Herlz, inspirado por Yahvé. Todos los judíos deberían leerlo. Es más importante que la Biblia.

—¿Eso cree?

—Sí. La Biblia nos dice lo que debemos hacer. Herlz nos dice cuándo y dónde. Es usted joven. Cierto que ha pasado por una guerra fatal que probablemente no ha entendido: sus ocupaciones eran otras. ¿Un millón de muertos, dos millones? ¡Qué importa! Sí. Es joven. Nadie le ha dicho aún: «¡Judía, baja de la acera, tenemos que pasar nosotros!».

Ella callaba y oía. No esperaba que estuviera tan lleno de odio hasta el punto de que este volviera a rezumarle como el pus al apretar una herida infectada, porque su voz tornó a ser grave, dolida, hablaba con convicción y casi con pronta venganza. ¿Qué le había ocurrido a este hombre? ¿Qué fiebre de Malta había padecido? Tenía éxito, dinero, poder, el respeto de todos... ¿Qué más podía desear? ¿Qué no tenía?

—¡Un Estado judío!

No dijo nada más, aminoró sensiblemente la velocidad del automóvil, giró en la desolada plaza de un arrabal de Viena y allí, brazos en alto y agitados, claramente impacientes, les esperaban el matrimonio Gardner —pero no así su hija Herminie—, a quienes deberían llevar hasta Jihlava. Por suerte ambos parecían cansados y la señora Gardner no habló demasiado durante el trayecto, excepto sus impresiones de lo mal que había encontrado la capital vienesa con toda esa gente andando de aquí para allá, sin rumbo fijo y llena de harapos, el mal aliento que parecía suplantar al aire puro después de la guerra y lo frío que se aventuraba este invierno. De su hija no mencionó ni una palabra. Ni Georginas se lo preguntó. Los hombres murmuraban en yiddish, y a pesar de la insistente lluvia, asentado plenamente el atardecer, llegaron a Jihlava y los Gardner se despidieron, de manera rápida y efusiva, besándola como hermanos judíos y prometiéndole ambos que volverían a verla en Praga, adonde nada más terminar el invierno, cercana la Pascua, tendrían que desplazarse a entregar un cargamento del primer vino.

La carretera de Brno era bastante más ancha y mejor pavimentada, no exenta de rasantes y curvas casi imposibles, pero el viaje resultó más ameno y agradablemente rápido.

—¿No ha comido nada?

—No tengo hambre. En realidad sólo deseo ver a mi hijo.

—¡Su hijo! Es un buen chico, me fijé en él cuando la despedía. ¿Lo dejó con ese escritor tan delgado con nombre de pájaro?

—Franz Kafka.

—Kafka... sí. ¿Qué tal es?

—Como escritor me parece excepcional.

—Entonces también lo debe ser como persona.

—También lo creo.

—Sin embargo, no visita mucho las sinagogas.

—Vaya, lo tiene usted todo controlado.

—No se crea, muchas cosas escapan al control. Digamos que me interesa el mundo judío, nuestra nación... A todos los judíos deberían interesarles ciertos temas. ¿Es que no piensa nunca abandonar Praga? ¿Cree que podrá vivir tranquila toda su vida aquí?

No sabía por qué le preguntaba esto. Procuraba estar todo lo atenta posible, dando a entender que sabía de lo que hablaba, y no era exactamente así porque el hombre se manifestaba en unos términos casi cabalísticos y algo siniestros.

—De momento vivo muy tranquila, señor Wolff. Además, usted acaba de ascenderme en mi trabajo, supongo que también me subirá el sueldo: Schneider no era muy bondadoso en ese sentido. Ahora voy a necesitarlo sin ningún reparo. No tengo más remedio que cuidar de mi hijo, y darle una educación correcta.

—Ha hablado como una inglesa.

—Soy bohemia. No he nacido en Praga, pero mi corazón permanecerá siempre unido a esta ciudad. Aquí conocí a mi marido, aquí di a luz a mi hijo...

—Eso a Praga no le importa, las ciudades carecen de religión y de corazón, no tienen alma. Únicamente se parecen a las personas en una cosa: la gente está hambrienta, las ciudades también. No olvide nunca que los judíos somos los perdedores, aunque, en realidad, ese era nuestro destino de antemano, la guerra la ha ganado Europa pero si hubiera ganado el Imperio austrohúngaro también nosotros habríamos sido los perdedores...

—¿Siempre perdedores?

—Sí... Nos han soltado del yugo de los bigotes espesos y nos han inventado un país que se llama Checoslovaquia, sito en mitad de Europa, con el Elba más helado que nunca estuvo como único camino para llegar a cualquier sitio, y con esos montes infectados de cadáveres, de pestes y de *influenzza*. Los bohemios tienen tanto en común con los eslovacos como con los húngaros, y mucho menos con austríacos y alemanes. No olvide que Praga está más al norte y es más germana que Fráncfort... Es una lástima que no nos hayan dejado vivir en paz en la tierra que hemos bendecido tantas veces.

—Habla usted con miedo.

—¿Miedo? No es miedo. No me tenga por un rabino pedante, no es el temor el que habla sino la sabiduría. ¿Divisa Praga a lo lejos, entre la bruma? Todas esas torres, ¿qué sentido tienen? ¿Alaban a Dios? ¿Qué Dios? ¿Yahvé? ¡No! ¿Acaso es Yahvé el dios que permite y tolera que sus hijos blasfemen, se alimenten de animales impíos y no guarden las fiestas religiosas? ¿Un dios vulgar que mientras es adorado permite que sus hijos se pudran en las trincheras, como ese misericordioso Coro de Haendel? ¡No! Usted es joven todavía, y su hijo está empezando a vivir, su cabeza y su corazón aún son puros, no están mancillados por esta oscura civilización de gentiles...

—¿Qué quiere decir?

—¿Por qué no viene con nosotros?

—¿Con ustedes?

—Sí. A Palestina... a Sión. Aproximadamente en seis meses estarán arregladas las vías del ferrocarril, ya trabajan en ello, con dinero judío, claro. Charles Weizmann ha prometido un tren tirando de doscientos vagones rumbo a Estambul. Desde allí hasta Palestina iremos cantando salmos, como lo hicieron el patriarca Moisés y los suyos... Será nuestra particular travesía del Sinaí. Volverá a llover y a cuajarse el maná. Y, al principio, sólo irán los elegidos, hombres, mujeres, familias enteras, aquellos cuyos nombres figuren en una lista secreta que se conoce como «La Banda de Moebius».

Ella permaneció en silencio unos intensos segundos.

—¿Cree usted que es una utopía? No, no lo es. Es nuestra tierra, nos fue arrebatada hace siglos, milenios, sólo ocurre que ha llegado la hora de volver a casa. Piénselo bien, y recapacite respecto al futuro de ese niño, de su hijo, ¿o va a esperar a que sea mayor y una nueva guerra lo lleve al frente o lo metan en una zanja que le llegue hasta el pecho, empuñando un fusil para defender un país que no lo estima sólo porque confiesa con la fe de Moisés y de Abraham?

Cuando entraban en la capital creyó que hasta el aire cambiaba. Llenó sus pulmones con aquel soplo, triste y melancólico, pero era el que la hacía respirar y sentirse viva de verdad, porque su hijo, su conexión con el pasado y con el futuro estaban cerca, y lo sentía.

Aaron Wolff detuvo el Torpedo en la plaza donde residía. Pero no llegó a parar el motor.

—Creo que le vendrá bien que la acerque a su casa. Lleva un pesado baúl ahí detrás: al mayordomo le costó meterlo en el maletero.

—Supongo que van algunos libros.

—¿Vive en Malá Strana, verdad?

Contestó con una leve inclinación de cabeza y una sonrisa.

—Le estoy profundamente agradecida por todo lo que ha hecho por mí. Sinceramente, no esperaba todo esto. Mis asuntos eran otros y ahora veo que han cambiado...

—Descanse, abrace a su hijo y descanse. Y si lo desea tómese un par de días libres, la notaría no se hundió con las bombas, así que no se hundirá por ello. Y aproveche el tiempo para pensar en todo lo que le he dicho.

—Lo haré, señor Wolff.

De Gregor Samsa. Ese fue el modelo elegido para el disfraz que Rudolf se había confeccionado, ayudado por Kafka, para recibir a su madre. Sólo era una bolsa de papel con agujeros para los ojos y la boca, aberturas coloreadas de verde (el color del veneno), y los dedos llenos de pinzas para imitar las escuálidas extremidades de los insectos. Sobre la cabeza, dos antenas temblorosas también de papel enrollado que Rudolf balanceaba graciosamente al tiempo que miraba entornando los ojos, aspiraba y resoplaba gruñidos y otros sonidos propios de insectos depredadores. Franz permanecía de pie, con el sombrero en la mano, cerca de la ventana. Daba la impresión de que iba a partir enseguida, pero lo que hacía era esperar también, y no resultaba difícil ni descabellado imaginar, al verlo allí, de pie en la penumbra, que Franz Kafka era realmente un insecto mimetizado en hombre que esperaba para confundir, sombrero en mano. Georginas abrazó a su hijo, rodeó aquel ortóptero de papel y le besó las antenas, los ojos, las potentes mandíbulas de chinche y las alas plegadas en la espalda.

—Eres el insecto más hermoso que he visto nunca.

—¡Soy Gregor Samsa, mamá!

Georginas se incorporó y sonrió a Kafka. Este mantenía su habitual y fina sonrisa y un silencio casi musical; la sombra que proyectaba era densa, le surtía a chorros de la ropa, del sombrero y de la punta de los dedos, y le caía y se le colaba debajo de los pies; la breve luz que entraba por la ventana le iluminaba el rostro, delgado, puntiagudo y hondo, él sí que parecía un auténtico Gregor Samsa.

—¡Me alegro tanto de veros...!

En ese instante las campanas de Praga restallaron y los tres parecieron contarlas. Eran las siete de la tarde. La noche había caído, se levantaba un nuevo aguacero.

—¿Qué me has traído de Viena, mamá?

Kafka también la miró expectante. ¿Cómo decirles que no había conseguido más que humillación por parte de los Lorre?

—Bueno, ahí abajo hay un baúl lleno de cosas.

—¿Son cosas para mí?

—Son tuyas, cariño. Creo que entre los tres podremos subirlo y mirar qué contiene.

—¿No sabes lo que contiene? —preguntó Rudolf al tiempo que se despojaba de las partes del disfraz y empujaba la puerta, deseoso de bajar él solo, subir el pesado baúl para abrirlo de inmediato y descubrir su contenido.

—¿Qué tal estás? —le preguntó Franz dando muestras de vida—. ¿Te abrió sus puertas Viena, los cuervos te permitieron llegar al bosque?

—Estoy bien, gracias, y gracias por haber cuidado de Rudolf.

—Me dejaste un hijo y te devuelvo un insecto, no sé si merezco agradecimiento. No he sabido cómo negarme a leerle *La metamorfosis...*

—¡Franz la escribió en una sola noche, mamá, así que también la hemos leído en una sola noche!

El escritor se acercó y le acarició la cabeza. Se habían convertido en dos grandes amigos.

—Mi pequeño insecto es un poco exagerado, pero su edad se lo permite, es bueno imaginar las cosas que no existen como uno quiera...

En ese momento un insecto real revoloteó sobre la lámpara de gas, y fue a caer achicharrado encima de la mesa. El niño lo cogió y lo miró con detenimiento.

—Aún está vivo...

No por mucho tiempo, porque el animalillo contrajo las patas sobre el abdomen y se mantuvo en la más mortal de las quietudes.

Los tres se miraron, como cómplices, y los tres se encogieron de hombros. Rudolf envolvió la polilla en un pedacito del papel de su disfraz, fue corriendo a su habitación y la dejó en la mesilla.

—Mañana la enterraré. Ahora quiero ver qué hay dentro de ese baúl de Viena.

Cuando lo subieron, Franz hizo amago de marcharse. Ella no sabía cómo decirle que se quedara algo más de tiempo, que necesitaba hablar, desahogarse, abrir también el baúl que llevaba en el estómago y sacar su pesado contenido. Eran cosas de Willfred. Cuadernos, algunos libros, unas gafas para leer, unos guantes, varias cartas, alguna foto y un sombrero de cacería bastante arrugado. Plumas estilográficas, un paquete de cigarrillos Kedhives, un peine de carey, la pistola estropeada y cuatro billetes americanos de cien dólares cada uno.

—¿Eso es dinero? —preguntó Rudolf, desdoblando los billetes y mirándolos con mucha curiosidad.

—Dinero es, hijo, pero no sé si podremos gastarlo.

—¿Por qué?

—Son billetes americanos, de los Estados Unidos de América... —le dijo Kafka.

—Entonces —respondió de inmediato el chiquillo abriendo los ojos—, nos vamos los tres a América y nos lo gastamos en manzanas dulces. O, mejor, nos compramos una casa allí. ¿Se podrá comprar una casa con este dinero?

—América, América... —suspiró su madre—. Eso está muy lejos.

—Pues Franz dice que el mundo no es lo suficientemente grande como para que las cosas queden lejos del alcance de la mano... —Mientras decía esto hurgó en el baúl de su padre y sacó algunos libros, entre ellos un ejemplar de *La metamorfosis*, algo que lo llenó de ilusión—. ¡Es un libro tuyo, el mismo que hemos leído! ¿Podré quedármelo? —Abrió el ejemplar y vio la dedicatoria que Franz Kafka había escrito para su padre—. *A Willfred Lorre. Por ser insecto como yo, libamos juntos las flores...*

—Es una bonita dedicatoria —le dijo su madre contemplándolo con toda la ternura posible.

—No es la mitad de bueno que un verso mediocre. Sin embargo, es un poco tarde y la lluvia arrecia.

—Me gustaría consultarte algunas cosas, Franz, pero tienes razón, es tarde y vives muy lejos. Ni siquiera sé qué decir para agradecerte lo que has hecho por nosotros.

—No tiene importancia. Si quieres, mañana podemos vernos y hablar de esos asuntos. Ahora es mejor que descanses y que devuelvas a la crisálida a Gregor Samsa.

Rudolf le dio un beso de buenas noches a su amigo y bostezó como un niño que no desea dormir todavía pero que es incapaz de resistirse a la llamada incontestable del sueño.

—Ojalá sueñes mucho.

—Sí... Voy a soñar con América.

—Buenas noches, a los dos. Y tú no te preocupes, Georginas, los hombres como yo somos casi invisibles, y esta noche cambiaré la cama de la pensión por la habitación que aún poseo en la casa del respetable señor Hermann Kafka. Además —dijo casi en tono de burla, a punto ya de cerrar la puerta y marcharse—, la casa está más cerca, la cama es más cómoda y allí me esperan unas cuartillas, un vaso de leche y un poco de tinta.

Aún con los billetes de dólares en la mano, la madre tomó al hijo en brazos y lo llevó a su propia cama, cosa que el pequeño valoraba especialmente, dormir junto a ella dotaba a los sueños de vigor y hacía densos y veraces los pensamientos más irrealizables.

Entreabiertas las puertas del sueño, Rudolf le contó a su madre, dispersando los detalles, lo que había hecho durante ese tiempo con su nuevo amigo. El viernes por la tarde, después de comer, dieron un largo paseo, charlando en alemán, y atravesaron todo el parque de Malá Strana hasta llegar al ¡Laberinto de Espejos!, donde Franz entregó una moneda a un mendigo con cara de antiguo oficinista que les dejó pasar.

—¡Fue fabuloso! ¡Estaba lleno de espejos! Franz dice que la guerra no ha podido con estos espejos. Lo primero que hay es un pasillo con espejos que deforman, puedes verte así de gordo, así de alto, así de flaco... Algunos estaban desportillados, pero no nos importó... Y luego vino lo mejor: ¡el laberinto!, pasillos que doblan a derecha e izquierda, rampas falsas, muros de paredes de cristal transparente que tú crees que son espejos pero son salidas, y espejos que crees que son la realidad y te tropiezas con ellos... El mismo mendigo oficinista vino a sacarnos de allí a cambio de otra moneda. Ah, al salir del Laberinto de Espejos, dimos una vuelta por el Muro del Hambre, donde encontramos cosas horribles que a Franz le recordaban la calle que daba a su colegio. Me dijo que cuando él era un niño había un mercado con mil tenderetes que estaban llenos de ganchos donde colgaban vacas desolladas, y es que vimos cráneos de perros sin que les faltaran dientes porque eran perros jóvenes, y puede que cráneos de gatos, y a unos hombres que nos asustaron, que cuidaban de pellejos expuestos sobre una hoguera, según Franz para secarlos... Nos apartamos pronto de esos hombres y llegamos al monasterio Stranov, y allí montamos en un tranvía de caballos que nos llevó hasta el centro, justo a la segunda parada del Paseo Graben, donde me compró la mejor manzana dulce de Praga...

Su madre le oía mientras le acariciaba el cabello, le miraba con toda la ternura del mundo y se prometía a sí misma que emplearía toda la fuerza de su vida para que su hijo, ya que iba a ser despojado de su herencia, no lo fuera también de su felicidad; por otra parte, al mirarle era imposible no evocar a Willfred (¡si le viera ahora, si le oyera hablar así!), tanto le echaba de menos, tan fuerte era el recuerdo que algunos de los besos que le daba a su hijo en la frente dejaban en sus labios el mismo sabor entre salado y soñoliento del océano que contenían los últimos besos de su padre, y la respiración del niño, que era tibia y llena de vida, le hacía sentir con una nitidez increíble, como si le soplasen sobre el rostro, el aire gélido y el vapor surreal que de súbito se originó tras el hundimiento del *Titanic*.

—Y me ha prometido que cuando yo sea mayor iremos juntos a Italia... ¿Sabes a qué?

—¿A qué, hijo?

—A presenciar un Circo Volante, un auténtico Circo Volante con aviones de verdad...

Ella creyó que Rudolf se dormiría apretando en sus manos cualquier objeto de su padre, cualquier cosa del baúl que había traído desde el castillo, la pistola estropeada tal vez, el cuaderno repleto de dibujillos y notas, una de las estilográficas... pero su hijo se durmió hablando de Franz Kafka, de todo lo que había hecho y dicho, del paseo del sábado hasta la avenida Americká, del recorrido por Josefov y del grajo de madera que colgaba encima de la tienda de su padre.

Si alguien le hubiera dicho en ese momento, cuando su hijo se dormía mientras hablaba del hombre que le había fascinado, y ella misma, agotada por la decepción y el viaje, entrecerraba los ojos y se acurrucaba a su lado, que un año más tarde navegarían juntos rumbo a Nueva York, simplemente no lo habría creído.

En los dos días de descanso que le otorgó su nuevo jefe, el señor Wolff, animosa y con intactas ganas de luchar preparó todo para adaptarse a la presente situación: su hijo no debería permanecer solo mientras ella trabajaba en la notaría, y ahora no contaba con la señorita Grubach, así que tuvo que hallar quien lo cuidara mientras tanto. Y halló a esa persona gracias a Kafka, ya que su hermana menor, Otti, se ofreció a hacerse cargo del niño durante las horas de la mañana. Y en ese año no fueron pocos los días en que Rudolf se quedó a comer en casa de los Kafka. Sin embargo, en unos meses las circunstancias y los acontecimientos forzaron la salida de Praga. En realidad no fue una sola circunstancia ni un solo acontecimiento, y seguramente ninguna de estas arbitrariedades por sí misma la hubieran empujado a cruzar de nuevo el océano donde había muerto congelado su marido y que para ella no era más que una masa funesta de hielo salado. Aaron Wolff la trató correctamente, pero a pesar de la corrección la invitaba de continuo a acompañarle a sus viajes relámpago a Viena, algo a lo que siempre se negó, cada vez con menos recursos y más acritud.

—Georginas, usted necesita un marido, no se deje pudrir en una tumba como Rosa Luxemburgo, Yahvé no creó a la mujer para vivir sola... Todavía es hermosa, pero ¿lo será siempre? No ha nacido para trabajar, ya se lo he dicho, ni en la mejor notaría de la ciudad ni en ninguna otra. Su tez es clara, sus ojos también, ojalá hubiese más judíos y judías con facciones así. Yo puedo presentarle personas influyentes que estarían encantadas de conocerla, aun teniendo un hijo, un maravilloso hijo como es el suyo que tal vez se encuentre demasiado solo, sin un protector, un padre, en quien fijarse, que le enseñe las leyes, que le eduque en las costumbres de nuestra fe. Chaim Weizmann desea hijos así para nuestra patria... Una Israel fuerte con hijos fuertes, hermosos y valientes. Únicamente temerosos de Yahvé.

—Rudolf está perfectamente educado, señor Wolff.

—¿A qué colegio va? ¿A uno alemán? ¿A uno judío? ¿Acaso al selecto Colegio Kinsky? ¿O es que le educa ese escritor con nombre de pájaro? Por cierto, conozco perfectamente a su padre, mi buen amigo Hermann, quien me debe dinero y algunos favores: el edificio donde ubica su negocio me pertenece; es cierto que me abona fielmente un ridículo alquiler, pero sabe que podría cobrar tres veces más por esa finca, y él lo haría. Sin embargo, quiero ayudar a un hombre que no se avergüenza de ser judío aun viviendo en Praga.

¿Qué interpretación, qué conclusión podía ella sacar de situaciones como aquella? Regalos y dádivas inesperadas: el mejor salami de Baviera, arenques de Hamburgo, mantequilla no enranciada, cigarrillos rubios, auténtico café de Moka subido por el Danubio desde los puertos, ahora muelles francos, del mar Negro... días libres, reuniones de trabajo en torno a mesas nobles, en los salones privados de los mejores restaurantes de Praga, adonde sólo unos pocos nuevos ricos y no todos los embajadores y extranjeros ilustres podían permitirse comer pichones asados, que cobrados a doble corona la pieza resultaban el plato más barato.

—Sin duda, es la más pura y sutil de las carnes —aseguró Wolff—. A veces pienso que es como comerse al Espíritu Santo que se posa en las cabezas de los cristianos, dicho con todos mis respetos: la pechuga de una virgen no es más blanca que esta. Ni siquiera su anterior jefe, Solomon Schneider, ha probado la comida de esta casa. Mire a su alrededor, Georginas, ¿no ve mucha gente, verdad? Pues trate de fijarse en las personas que vea, discretamente... En ese puñado de bolsillos está todo el oro de Praga.

Se sentía acosada y obligada a no ofender a quien le daba de comer en la palma de la mano, a quien consideraba a los no creyentes como meros pichones susceptibles de ser asados y devorados a pares, como gustaba hacer el mismo Aaron Wolff. Aguantaba con firmeza las insinuaciones de su jefe, el poderoso judío que anunciaba que no había murallas en el mundo que no pudiesen ser derribadas a soplido de trompeta, si se tenía fe en Yahvé.

—Incluidas las del castillo de Praga. ¿Lo ha oído a alguien? Se rumorea en todas las sinagogas, tabernas y burdeles, los periódicos lo omiten, pero han vuelto a defenestrar ciudadanos. Hace unas semanas el defenestrado fue un vulgar ladrón —para mí que lo arrojaron—. Y ayer mismo gente que trabajaba para el gobierno checoslovaco: funcionarios. Esas ventanas son un trampolín de los gentiles hacia la muerte. Europa se ha convertido en Babilonia y no lo sabe, pronto llegará la Bestia, y su voz retumbará en muchos oídos que ahora son sordos. Sólo los que sabemos mirar por detrás del espejo estaremos a salvo en Israel.

Afirmaciones tan rotundas como aquellas, y lugares tan exclusivos y elitistas como los que visitaba con Aaron no podían llenar lo que sí llenaban el murmullo, el humo y el aroma a café y a licores que emanaba la singular taberna de la calle Melantrichova, Los Dos Osos Dorados, donde al menos una tarde a la semana (gracias una vez más a Otti) se reunía con Kafka y sus amigos, a charlar, a oír el cuarto movimiento de la música de Dvorak y a sentirse como quien era, una mujer inclinada a una realidad distinta, alejada de la bruma del *Titanic*, apartada de los últimos estertores de la guerra y para nada interesada en la misteriosa y lejana Palestina y en las fabulaciones sionistas. En estas reuniones podía hablar sin rémoras ni tapujos de literatura, de filosofía y de sueños, incluso leer algunos poemas de Willfred, y propios, de los que tan sincero admirador se proclamó su apagador favorito de luces y farolas de la calle: Franz Werfel, el hombre que llevaba estampas de tan distintos iconos revueltas en el mismo bolsillo.

El jueves 19 de marzo de 1919, día de san José, ella no acudió a trabajar: las puertas de la notaría permanecieron cerradas (ordenes de Wolff, que se encontraba en la capital austríaca), a pesar de que casi todos los comercios y negocios judíos de Josefov sí lo hacían con la única intención de contraponerse a los comercios y negocios católicos que cerraban en la festividad de este santo, a la vez venerado por cristianos y judíos. No tenía pensado Sarah Georginas acudir ese día a la taberna de Los Dos Osos Dorados, pero Otti subió a su casa y, como una sorpresa, le dijo que esa tarde la esperaba en la taberna una persona muy interesada en verla.

—No sé de quién se trata. Franz me lo dijo en casa de nuestros padres, después de la comida familiar de san José. Me pidió que no se me olvidara. Que era importante para ti y que te daría una satisfacción.

Miró a su hijo. ¿Qué mayor satisfacción que estar junto a él?

—Hemos estado todo el día juntos, mamá... Además, Franz tiene también algo para mí, Otti me lo ha dicho con la mirada. ¿No es verdad?

—Así es, pequeño detective. Pero recuerda que también es una sorpresa.

Llegó al lugar de encuentro a las siete y media de la tarde, sorteando el camino de Los Tres Avestruces, cruzando por el puente Manesuv y la avenida Kaprova. El ambiente ya era evocador, y estaba más concurrido que de costumbre, dada la festividad. Por suerte, Franz Werfel, agarrado a una jarra de cerveza y aparentemente embelesado en la pianista, la vio nada más entrar y se dirigió a ella, algo cómico, cercano al sonambulismo, pero en cualquier caso como quien ve a un ángel aparecerse en una mañana luminosa.

—Si alguna vez la veo llorar, Georginas, ¡qué digo llorar: desprenderse las lágrimas de sus pestañas!, sean de dolor (¡Dios no lo quiera!), o de alegría, contemplar su rostro será más hermoso que contemplar el de la virgen que llora; si la oigo recitar, aun poemas improvisados, será para mis sentidos la bella Sapho ebria de inspiración; si suspirar, la enigmática pitonisa entre el humo y el vapor envolvente...

—¡El vapor envolvente de los barcos y los sueños!

¡Aquello no lo había dicho el entusiasta Werfel! Era una voz de mujer. A sus espaldas. Una voz conocida. Georginas se giró. ¡Era Ana Freud!

—Ya te dije que nos volveríamos a encontrar en Praga.

—¡Ana!

Sinceramente se alegraba de verla. Y había sido una sorpresa sin indicios. No lo esperaba. Pero ambas estaban allí, tomando una los brazos de la otra, mirándose como viejas y entrañables amigas de la infancia, casi como hermanas. Verla aquí, en la taberna de Los Dos Osos Dorados, resultaba como una prolongación de sus encuentros en el castillo Lorre, y de aquellas confidencias de psicoanálisis y estados oníricos que se contaron en la gran alcoba que parecía una mazmorra. Había una comunicación especial, eran de la misma edad, cultas, escépticas con el presente y visionarias de mejores tiempos. Juntas se sentaron a la mesa de Franz.

—Es increíble que os conozcáis.

—Hace más de dos años que conozco a Kafka. Nos presentaron en casa de Berta Fanta. Recuerdo aquel día como uno de los más ilustrados de mi vida, puedes creer que coincidieron allí Kowalewsky, Plank, el barón y psicólogo Von Ehrenfels, el físico alemán Einstein... y el doctor Kafka, escritor de Praga.

El aludido sonrió, tosió preso de la timidez y apuró a sorbitos su cerveza caliente.

—Y todos oíamos al eminente profesor Sigmund Freud y nos sentíamos atraídos por su inteligente hija Ana —logró decir.

—Y todos los presentes habíamos leído, así lo confesamos, *La metamorfosis* —replicó Ana.

—Excepto Kowalewsky... —precisó Kafka.

—Excepto Kowalewsky, a quien regalaste y dedicaste un ejemplar que llevabas...

La conversación giró en torno a la literatura, las coincidencias y las aplicaciones de la buena o la mala suerte, y si estas existían. Werfel exponía, discutía, recortaba aquí o allá y pretendía haber hallado el dogma universal del arte y el sentido de la contemplación mientras Ana le contestaba con metáforas filosóficas y recursos de la tradición trufados de espectros, hechicerías y alucinaciones propias de niños, desvalidos y suicidas.

—¿Suicidas? —preguntó Kafka, en voz baja, sin darle más importancia a su pesquisa que al último trago, dificultoso, de su cerveza—. ¿Habéis oído lo de las últimas defenestraciones? Dijeron que eran funcionarios...

—Y resulta que son judíos... —hiló Werfel, abriendo los brazos, dando a entender la normalidad del lance—. Funcionarios, pero judíos. Los únicos funcionarios judíos de toda Praga.

—Eso no es totalmente cierto —dijo Kafka.

—¿Ah, no? Pregunta en el ayuntamiento, acude a los bancos, intenta alquilar, no digo ya comprar, una casa fuera del Josefov... Si los gentiles se apiadan de ti sólo te negarán lo que les pidas, si no es así te humillarán tanto que no volverás a pisar una calle sin sinagoga. Apestamos a judío, amigos.

—Cabe la posibilidad de irse.

—¡Sí! Es la única posibilidad. Escapar de las garras de todas las águilas de Europa, para ellos no somos más que cuervos... —anunciaba gritando y flemático Franz Werfel, solicitando con aspavientos más cerveza y sonriendo con energía a la joven pianista.

—Bueno, en el horizonte siempre vislumbraremos Palestina —dijo Ana Freud.

—¿Palestina? ¿Israel? ¿Te refieres a la tierra que se infectará de colonos rusos o a la Palestina donde moran los comedores de dátiles y sus camellos? ¿Te refieres a los dientes de oro que refulgen en las encías judías o por el contrario a la sombra inconclusa que dan las palmeras del desierto? ¡Cuando hablaba de irse yo me refería a América! ¡Palestina y todas esas Tierras Prometidas son patrañas, no existen más que en la imaginación de dementes y usureros! ¡América! ¡América! ¡Eso es lo que proclamo y ahí está el futuro, en América!

—¿Se refiere usted a los Estados Unidos de América?

Los cuatro amigos miraron a un tiempo hacia el hombre que acababa de preguntar aquello. Era un caballero de mediana edad y discreta estatura pero de muy serio semblante, acompañado a distancia por tres hombres muy altos y aún más serios que él. Vestía impecablemente: traje gris, reloj de plata, corbata negra y sombrero. Su mirada era penetrante, tan profunda y oscura como la gravedad de su voz, exhibía un bigote recio, muy cuidado, a la vista como de terciopelo, y una perilla igual de retocada que le daban un aire a medias melancólico, a medias mefistofélico.

—Perdonen, no me he presentado. Soy Chaim Weizmann, y casualmente les he oído.

Después miró con fijeza a Franz Werfel esperando la respuesta. Jamás le había visto tan nervioso; contaba treinta años y una habilidad innata para la palabrería, sin embargo, encontrarse frente a frente con un personaje de la categoría de Weizmann, en la necesidad de responder o no a cuestión tan baladí, causó en el poeta la misma inquietud que deben de sentir los aspirantes a doctores delante de un cadáver abierto, los reos frente a los pelotones de ejecución, cualquier pez ante el tirón del sedal.

—Naturalmente, señor, me refería a los Estados Unidos de América.

—Entonces, le ruego, señor...

—Werfel... Franz Werfel...

— ... señor Werfel, que me explique usted sus puntos de vista —le pidió Chaim Weizmann, ocupando una silla vacía y probando la jarra de cerveza que le facilitó uno de sus acompañantes.

—Señor, yo creo que mis impresiones no son tan importantes...

—¿No? Yo creo que sí. ¿Qué opinan sus amigos?

Ana, que sí conocía a Chaim Weizmann (había coincidido con su padre en las reuniones de Zurich y París, y ocasionalmente el líder sionista había sido invitado a la casa Freud de Viena), presentó a Kafka y a Sarah Georginas.

Chaim Weizmann sonrió a todos y dio la mano a cada uno de ellos.

—Por ejemplo, usted, de quien tengo entendido que es escritor y doctor en Derecho, señor Kafka, ¿qué opina sobre lo que dice su amigo? ¿Estaría dispuesto a vivir en la tierra de sus antepasados (en la nueva Israel vamos a necesitar abogados), o preferiría vivir en América?

—Yo he nacido en Praga, señor Weizmann.

—Pero usted no es germano, ni eslavo, sólo es judío. Nazca en Praga, en Moscú o en Vilna, siempre será un judío. Sinónimo de parásito. ¿No le ofende que le comparen con un parásito, señor Kafka?

—¿Y usted —preguntó Franz Werfel alzando la voz y bajándola a medida que lo hacía— cree que los pobres parásitos son los más indignos de los insectos? Debería leer los libros de mi amigo y saber qué sienten esos seres. No, señor Weizmann, los peores insectos llevan sombrero, como todos nosotros, cuando hablan escupen, como nosotros, y únicamente permitimos a los piojos anidar en un lugar de nosotros mismos, el lugar intacto que no podemos espulgarnos sin morir: en el corazón. Sí, señor, tenemos el corazón lleno de piojos.

—¿Se refiere usted al corazón del pueblo judío?

—¡Exacto, señor Weizmann! ¡Exacto! Y le recuerdo algo: no hace tantas semanas que se creía que para obtener ratones bastaba con mezclar, íntimamente, la camiseta de una judía, a ser posible sudada y sucia, con trigo o avena en un recipiente. De este modo al cabo de un tiempo surgía una cría de roedor.

Ese instante en que todos permanecieron en silencio fue tan espeso que a pesar del ruido y de la música pudieron oírse las campanadas de las cien torres de Praga. Chaim Weizmann alzó una mano y uno de sus acompañantes se le acercó. Le murmuró en yiddish, apartó la jarra de cerveza al centro de la mesa y se levantó con intención de despedirse.

—Werfel no ha querido decir eso, señor. Él es tan judío y temeroso como todos nosotros... —dijo Georginas, hasta entonces callada, probablemente para distender la situación tan violenta que las palabras del poeta habían causado.

—Temeroso como todos nosotros... No tengo la menor duda. ¿Usted es Sarah, la mujer que trabaja para Aaron Wolff?

—Sarah Georginas Parker, señor Weizmann.

Él asintió y sonrió levemente, después tomó caballerosamente su mano y sin quitarle los ojos de encima hurgó en el bolsillo de su chaleco, sacó una tarjeta de visita y se la entregó.

—Me han hablado muy bien de usted... Muy bien... ¿Cómo está su hijo Rudolf? Espero que no se haya visto afectado por la gripe que corre por ahí.

Tanto la delicada voz de Weizmann como el beso en su mano, como la entrega de la tarjeta de visita y, por encima de todos estos detalles, la referencia a la salud de su hijo, a quien se había dirigido por su nombre, la perturbaron tanto que fue fácil percatarse de que apenas pudo susurrar, tartamudeando, una respuesta.

—Rudolf está bien. Está perfectamente.

—Me alegro, Sarah, me alegro sinceramente, espero que sea un chico fuerte, si es capaz de sortear la bayoneta de la gripe también será capaz de sortear la de las fiebres de Malta...

Fue como un disparo. Ella no dijo nada, el estupor se lo impedía. Además, Weizmann prolongó cortésmente su despedida a Kafka y Werfel.

—Doctor Kafka, prometo que leeré su libro sobre insectos. Le aseguro que me interesa cualquier cosa que escriba un judío. Y a usted, le deseo buen viaje, señor Werfel.

Seguidamente se despidió con un cariñoso saludo hacia Ana Freud, dando recuerdos para su padre; y a ella la miró intensamente, sin decir nada más, hasta que se giró y, acompañado por aquellos hombres tan altos, abandonó la taberna de Los Dos Osos Dorados.

—El peor enemigo que puede tener un judío es otro judío —sentenció Werfel.

—No se puede decir que Chaim Weizmann sea un hombre simpático, sin embargo me parece elogioso que luche por sus propuestas idealistas, aunque a veces, dice mi padre, trasciende las ideas y las ilumina con fanales prestados...

—Entonces, el doctor Freud cree que Weizmann es un iluminado... —dijo Kafka, al tiempo que sacó un libro del bolsillón de su abrigo, colgado cerca, lo miró un momento y se lo entregó a Georginas—. Es para Rudolf.

Tomó el libro y sonrió. Miró a Franz Kafka con toda la ternura que fue capaz de reunir, abrió el libro y leyó.

—*Demian: Historia de la juventud de Emil Sinclair*... de Hermann Hesse, 1919...

—Yo no lo he leído —confesó Kafka—, pero acaba de publicarse. Rudolf me preguntó varias veces por mi infancia y mi juventud... Tal vez ese libro le sea más útil que la coleóptera máscara de Gregor Samsa... Para colmo, Hesse tiene el mismo nombre de pila que mi padre: Hermann... Escribe en alemán, pero no es judío.

—Eso no importa, Franz. Y a él no sólo no le importará, sino que estará tan contento que resultará difícil arrancarle el libro de las manos... Todo lo que provenga de ti le apasiona —dijo solemne—. Has conseguido un milagro,

Franz... Es un niño tímido, no tiene amigos, no va al colegio y no se relaciona más que conmigo, pero haberte conocido ha sido para él como haber conocido, no sé...

—A su propio padre, quién puede saber si algún día él también le escribirá una carta... —sentenció Werfel—. Y ahora, amigos míos, suplico que concentremos el vigor del oído en la música premonitoria del viejo gramófono —levantó el índice y, ensimismado, pareció dirigir una orquesta invisible al compás de las notas—. ¿No es maravillosa su fuerza? ¡El cuarto movimiento de la *Sinfonía del Nuevo Mundo*! ¡Ha sido compuesta para ser oída en alta mar, sus pentagramas están formados con las crestas y los nudos de las olas, las mismas que la dejan suavemente en todas las costas, y desde allí, convertida en espuma y en aire, la música se eleva hasta que alcanza la cima de los acantilados!

No mucho más tarde los cuatro callejeaban por la Ciudad Vieja de Praga, camino del puente Manesuv, con el fin de acompañar a Georginas hasta su casa y recoger allí a Otti Kafka. Al pasar por la avenida Kaprova, que estaba iluminada como el día del desfile, por ser festividad de san José, le pidieron a Werfel que mostrara su rara habilidad delante de Ana. Y lo hizo. Obedientes, las luces de las farolas se apagaron según él pasaba. La hija de Freud apenas pudo decir nada, pues fue incapaz de cerrar la boca ante lo que estaba viendo.

—Si mi amigo pudiera un día trasladar la mitad de esa magia a sus poemas, no es aventurado predecir que nos encontramos ante un futuro Premio Nacional de Literatura... Espiritista —rio Kafka.

Todos secundaron las carcajadas de hombre aparentemente tan poco dado a la broma, y desde el puente contemplaron el suavísimo oleaje del Moldava. Cuando subieron por la cuesta de Letenska y llegaron al mirador de la curva contemplaron la siniestra silueta de las murallas y del castillo.

—¡Una mandíbula gigante llena de dientes podridos, así son las murallas! ¡Pero hermosa manera de morir! —exclamó Franz Werfel.

—¿Qué dices? —le preguntó Ana Freud, que iba asida a su brazo.

—Digo que morir defenestrado en una noche como esta o en un amanecer como murieron esos desgraciados tiene su hálito hermoso; digo yo que contemplar el río mientras uno cae hasta matarse, bajo la vigilancia de las torres de la capital de Bohemia, como postrer recuerdo de este miserable mundo es... ¡verdaderamente hermoso!

—No creo que morir sea hermoso de ninguna de las maneras. El viaje hacia el vacío no puede serlo.

—¿Hacia el vacío? ¿Es eso lo que esperas de la muerte? Tu propia religión te promete más alternativas...

—¿Religión? Soy tan judía como tú, Werfel, pero no piso una sinagoga, ni llevo en la frente un estigma, tampoco colgando del cuello una estrella de David.

—Pues yo sí la llevo.

Desabrochó uno de los botones de su abrigo, hurgó dentro de su pecho y le mostró a Ana Freud una cadena de plata de donde colgaba la mosaica estrella de seis puntas, tan grande como una moneda de corona.

—Me la dio mi padre, y a él el suyo. Es la única prueba que debo mostrarle siempre que nos vemos para que no aparte la fe de mí y se decida a bendecirme; su única herencia valiosa son estos gramos de plata...

—Lo entiendo.

Cuando llegaron a la plazuela Malostranské, donde se ubicaba la casa, las campanas acababan de anunciar las nueve de la noche. Hacía verdadero frío y el viento aullaba al retorcer las esquinas del barrio de Malá Strana. Los hombres no quisieron subir, pero Ana sí lo hizo, tantas eran las ganas que tenía de conocer a Rudolf en persona.

—Es probable que aún esté despierto —le dijo Georginas mientras subían las escaleras—. Mañana es sábado y puede levantarse más tarde.

Por corto espacio de tiempo. Rudolf estaba ya metido en la cama de su madre, Otti le contaba historias de casas encantadas del centro de Praga, largos viajes a países antípodas y príncipes aventureros, mientras él entornaba los ojos y, criatura, se dejaba mecer en los brazos del sueño hasta el punto de que sólo fue capaz de dar un beso de buenas noches a su madre y dormirse. Cuando Otti se fue, las dos mujeres se quedaron solas, ambas imbuidas en un silencio instantáneo mirando al niño dormido. Se sentían felices, cómplices sin saberlo. Georginas contaba veintisiete años; Ana no más de veinticinco; hacía poco que se conocían y sin embargo las unía un cordón especial que se había trenzado en el castillo Lorre y se había engrosado con hilos nuevos en Los Dos Osos Dorados.

—¿Qué piensas hacer? ¿Vas a quedarte para siempre en Praga? —le preguntó Ana mientras ella descorchaba una botella de vino, guardada desde hacía años para una ocasión especial que nunca había llegado, pero este momento le pareció tan oportuno que no dudó en servir dos vasos de ese excelente burdeos.

—Vaya... No he probado un vino como este desde que estuve en París. Es muy bueno.

—Vino francés. Esta botella era de Willfred. Si la guardo más tiempo acabará por estropearse.

—Willfred... Háblame de él.

Georginas prendió un cigarrillo (fumaba rara vez), tomó un trago de vino y perdió la mirada en un punto de la ventana.

—Hablar de él... Ni siquiera sé cómo puedo pronunciar su nombre sin torturarme. A veces creo que hablo con él todos los días...

—¿Por el niño?

—Así es... Me recuerda mucho a su padre... Y no sólo físicamente, también las cosas que dice. Su manera de caminar, de mirar, de abstraerse, le evocan constantemente, y no puede ser la normal imitación al padre, porque no le conoció, Rudolf es hijo póstumo. No sé, a veces me lo recuerda con una consistencia tan fiel y sólida que me da verdadero escalofrío... No puedo entenderlo.

—Yo tengo la sensación —argumentó Ana— de que me he metido en una rueda invisible donde giran personas especiales incapaces de abandonarla...

La miró sin entender.

—En estos meses he conocido a gente tan especial que podría escribir un libro sobre cada una de esas personas...

—Por ejemplo...

—Por ejemplo de ti misma, Georginas...

Ella soltó una risa incrédula.

—¿Yo? Debo de ser la menos especial de esas personas. Franz Kafka escribe y nos cuenta lo solos que todos nos encontramos; Werfel ama la poesía y la ópera italiana (dale un poco de confianza y te cantará una docena de romanzas, recitará a Rilke y a Novalis o discutirá el nulo sentido del arte en el mundo), ama todo eso más que al aire y tiene esa gracia juvenil y rebelde... él sí es un personaje peculiar; tu propio padre, el profesor Freud, ¿qué puede decirse ya?, y el maestro ajedrecista, el señor Lasker, mundialmente famoso... Pero ¿yo?

—Todos somos especiales, pero tú eres más especial que otros. Mi padre también lo ha dicho. No entiende cómo pudiste saber el número y las letras que había en aquella medalla del sargento muerto en la trinchera, MM 1915. Y Emanuel Lasker no comprende cómo deduces compulsivamente (como por espasmos, dice él) cuestiones matemáticas...

—Sin embargo me centuplica jugando y tu padre adivinó lo de mis *misteriosas* fiebres de Malta...

—Sólo lo supuso... Cuando mi padre supone algo los demás lo damos como hechos comprobados, posee esa habilidad (él piensa que es por la frecuencia y tono de su voz). Incluso nuestra patética Fata Morgana posee la especialidad de ser desagradable constantemente. Pero tú, querida amiga, eres la más especial de todos nosotros, es como si lo llevaras escrito en la frente, de sien a sien, el hilo de una araña donde tu historia cuelga como la ropa puesta a secar, sólo hay que saber leerla... mi padre no se equivoca, y ese es su trabajo.

Georginas rellenó los vasos.

—¿Por qué me has preguntado si voy a permanecer siempre en Praga?

—¿Es que no vas a dejar esta casa?

—¿Qué estás diciendo?

Ana la miró con expresión muy seria.

—¡No me digas que aún no lo sabes! Esa Fata Morgana es una auténtica bruja, una bávara profunda. Una perversa mujer tratada por error de histeria cuando sus síntomas son de maldad, una boa que no se sacia...

—¿Qué me estás diciendo, Ana?

—No son buenos tiempos... Todos lo decimos, la gente lo dice, los periódicos... La semana pasada estuvimos en el castillo Lorre...

—¿Fue el lunes y el martes?

—¡Sí...! —afirmó rotunda—. ¿Cómo has podido saberlo? No cesas de asombrarme.

—Por el señor Wolff... Esos días no estuvo en Praga, dijo que iba a Viena, y sorprendentemente no me pidió que le acompañara...

—Sí... Es cierto... Estuvo acompañado por una señorita a la que presentó como su secretaria, y con la que tuve que compartir habitación. He comprobado que en ese castillo nunca voy a sentirme sola... El mismo Wolff nos acercó el martes a Viena en un auto que fue de un espía suicida... O algo así.

—Continúa...

—Sabine Hohenzollern se complació contándonos sus sueños y juró que ella también había sufrido fiebres de

Malta, volvió a darnos de cenar filetes de cisne y a mostrarnos su historia del aviador estrellado... En un momento de la conversación su propio marido nos anunció felizmente que ella estaba embarazada... que esperaban a su hijo para dentro de seis meses y que las próximas lluvias, tan intensas en esas montañas de Austria, no eran el mejor reposo para una mujer encinta...

—¿Qué quieres decir?

—Bueno, daban por sentado que iban a vivir en esta casa de Malá Strana... Sabine afirmaba que en un mes visitarían la casa para ver si necesitaba algunos arreglos, que Praga era mejor lugar para la gestación, más aún dado su delicado estado, y que sólo volvería a Viena (si no a Alemania) para dar a luz... Nos pidió que brindásemos por su futuro hijo y le rogó a mi padre que eligiera un nombre si era varón...

—No puedo creerlo, Peter me prometió que podríamos vivir en esta casa. Al menos hasta que Rudolf fuera mayor de edad... Me lo prometió en el castillo, me lo dijo antes de irme, inmediatamente antes, puedes creerme, tienes que creerme, Ana, Peter Lorre me lo dijo...

—Wolff le preguntó si tú conocías la feliz situación de buena esperanza... Contestó que sí, que por supuesto lo sabías, que ella misma te lo había dicho.

—¡Es horrible!

—Por eso he venido a Praga, quería decírtelo, tenías que saberlo: van a echarte de esta casa. No puedes hacer nada, si Peter Lorre no reconoce a tu hijo...

—Tengo que pensar algo... No puedo permitir que humillen así a mi hijo, y a Willfred. Mañana mismo hablaré con Franz...

—¿Con Kafka? Ya lo sabe. Se lo he contado esta tarde y opina lo mismo que yo. No tienes ninguna opción, los jueces, las escrituras, probablemente hasta las mismas leyes están de su parte. Tu matrimonio con Willfred, en aguas internacionales, y para colmo en ese barco que se hundió, jamás será reconocido en Checoslovaquia. Mucho menos lo será en Austria o en Alemania. Sin embargo, hay posibilidades, no todo está perdido...

La miró. En su expresión se adivinaban la tristeza y la soledad tan profundas que dicha revelación le había causado. Era mujer, judía y madre a todos los efectos soltera, tres condiciones difíciles de sobrellevar en una sociedad oscura, en un mundo que daba la impresión de acabarse de levantar después de una borrachera. Menos todavía en un país recién nacido, artificial, desolado y frío donde no quedaba ni un cisne.

—Mi padre tiene abierta una clínica en Viena. Tú eres una mujer inteligente, decidida y muy intuitiva, no te será difícil aprender a trabajar con nuestros pacientes...

Georginas volvió a mirarla. Esta vez sin entender nada de lo que Ana intentaba decirle. ¿Acaso le ocultaba algo? ¿Qué más había sucedido en el castillo Lorre, donde personas tan exquisitas unas, adineradas otras y extrañas todas se reunían de vez en cuando? Judíos influyentes y con cierto hálito de misterio, ¿de qué conspiración se trataba, de qué tenían que defenderse, qué se ocultaba allí, qué había más allá de los filetes de cisnes y de los sueños inventados de esa harpía?

—No te entiendo, Ana. Yo ya estoy trabajando. Soy la gerente administrativa de la notaría de Aaron Wolff.

—Bueno... También quería contarte eso... Tengo entendido que Wolff traspasa todos sus negocios a la Banca Nacional Judía, se va...

—¿Que se va? ¿A Palestina?

—Cierto... Me lo dijo su secretaria. Es un íntimo de Weizmann, uña y carne. En el primer tren que parta a Estambul irá él... juraría que también irá su secretaria...

—Secretaria... —repitió Georginas—. A decir verdad, desconocía que Wolff contara con secretaria en Viena...

—Ya te he dicho que tuve que compartir mi habitación con ella. Durmió en la misma cama que lo hiciste tú. Es una muchacha encantadora. Muy joven...

—¿Se llama Herminie?

—Sí... —afirmó con sorpresa Ana Freud—. Hablar contigo es como hablar con quien ya lo sabe todo...

—No... Yo no sé nada.

Se sentó en la silla. Se derrumbó. En aquellos segundos de silencio se oía perfectamente el respirar del niño dormido. Esta vez fue Ana Freud quien rellenó los vasos, y ella misma le prendió un cigarrillo a Georginas.

—Por eso te decía lo de la clínica de Viena. Puedes venir con nosotros. Ya lo he hablado con mi padre, y está de acuerdo, el viejo doctor me sonrió y dijo que te pagaría un buen sueldo sólo con que te dejaras examinar a diario por él: tus capacidades le fascinan...

—Sois muy amables. El lunes hablaré con Wolff. Cuento con todo el domingo para pensar y asentar las cosas. Tal vez tengas razón. Corren malos tiempos. La guerra ha terminado, pero ¿ha concluido el motivo que la originó, la desesperanza, la falta de auténticos horizontes, la ausencia de felicidad en la gente?

Ana acercó su vaso de vino y brindó con ella.

—Por el futuro. ¡Y por Rudolf!

Eso la hizo sonreír. Chocó el vaso con el suyo y le dio un sorbo.

—Y por nosotras.

Su amiga ocupó la cama de Rudolf, y ella se acostó abrazada a su hijo. Afortunadamente no tardó en dormirse; a consecuencia del vino y del enorme peso de las funestas noticias cayó en un profundo sueño que sólo se vio interrumpido cuando su hijo la despertó susurrándole una vieja canción inglesa, mientras la miraba por unos prismáticos.

—¿Qué es eso hijo?

—Son unos prismáticos, mamá, me los ha regalado la señora Ana Freud como pago por haber dormido en mi cama... Ya hace un rato que se ha marchado, y la he seguido con los prismáticos desde el balcón, hasta la curva de la calle Letenska. Son estupendos, y casi nuevos; me ha dicho, en secreto, que pertenecieron a un oficial francés que tenía ganada una cruz de hierro... ¡Un héroe de guerra! También me ha dicho que nos volveríamos a ver. ¿Es amiga tuya?

—Sí... Una buena amiga.

El largo domingo lo pasaron madre e hijo en casa. Rudolf ocupó su tiempo en escrutar el cielo y los alrededores del parque de Malá Strana, las murallas y las torres del castillo y el campanario de San Nicolás; para él significaba tener el mundo al alcance de la mano. Su madre pasó el día sumergida en recuerdos, en imágenes dispersas y en la angustia que le producía la nueva situación que, semejante a un velo negro y espeso del que no podía librarse, había caído sobre ella, y sobre su propio hijo. Los días que siguieron no fueron mejores. Hasta mitad de la semana no logró ver a Wolff, quien parecía atareado, más sudoroso que de costumbre y también especialmente amable. La invitó a comer a ese restaurante tan elitista, y creyó Georginas que sería un buen momento para conocer de primera mano cuál era el nuevo orden de las cosas, y cuáles las intenciones y el futuro que le esperaba a ella en sus empresas.

—De eso hablamos inmediatamente —dijo Wolff—. Pero antes quiero presentarte a un señor.

Ese señor les esperaba ya en el selecto restaurante sentado a una de las mesas más privadas y discretas. Ya se conocían. Él mismo le había dado una tarjeta de visita en Los Dos Osos Dorados. Era Chaim Weizmann, quien nada más verla se levantó sonriente y se inclinó como un verdadero caballero.

—Señora Sarah Parker... qué placer volver a verla.

A pesar de que no esperaba un encuentro con este hombre, y menos compartir mesa con él, no quiso parecer impresionada y alargó su mano con complacencia.

—También lo es para mí, señor Weizmann.

—Haga el favor de llamarme Chaim, se lo agradeceré.

—Entonces le llamaré Chaim. Como quiera.

Aaron Wolff no cesaba de acariciar la cadena de plata de su reloj y de alargar sincronizadamente su sonrisa. Los ojos le brillaban como a un animal nocturno al caer el crepúsculo; probablemente se sintió más judío que nunca y con dos chasquidos de dedos y una exclamación yiddish pidió la comida, que fue servida de inmediato con exagerado protocolo.

—Es fascinante tener la oportunidad de decirle que es usted hermosísima, señora Parker... Me he permitido elegir yo mismo la comida, espero que sea de su gusto.

Y lo era. Se antojaba extremadamente difícil encontrar manjares como aquellos en una ciudad como esta si no se tenían dedos tan largos como los suyos y un sistema eficaz de aprovisionamiento al alcance de muy pocos bolsillos y estraperlistas.

—Consomé de Bulgaria, galletas saladas con nueces de beluga, salmón ahumado y arroz hervido con sésamo... —recitó Wolff—. Ni siquiera en los florecientes tiempos de la paz y el Imperio pudieron hallarse en restaurantes de Praga platos como estos.

—Sin embargo —dijo Weizmann—, estoy convencido de que no resultan tan selectos como los que se consumieron a bordo de ese barco famoso por nefasto y por estar lleno de ricos, el *Titanic*... Me refiero a su comedor de gala, claro. He leído sobre ello, esos sí que eran platos, y nada de cerdo: no me extraña que hubiese una mano judía en las cocinas de ese buque.

—¿Por qué dice eso, Chaim? ¿Por qué habla de ese transatlántico? ¿Conoció a alguien que fuera a bordo?

—Bueno, sólo relativamente. Tengo entendido que usted sobrevivió a ese naufragio.

—Así es.

—Debió ser una experiencia única, ¿cómo diría? Inolvidable. Y, dígame, ¿no ha pensado en casarse? Es usted joven.

—Se lo he predicho yo mismo, Chaim —apuntó Wolff—. Es una mujer inteligente, y estoy seguro de que sabrá elegir el camino correcto. Aquel que la lleve adonde esté asentado su futuro.

La comida era buena, excepcional, pero apenas tomó bocado. Se sentía como un animal acorralado en un rincón, en el punto más céntrico y oscuro de un túnel, a merced de aquel océano terrible que se tragó a Willfred.

Weizmann le sirvió una copa de vino.

—Este vino —explicó con la solvencia de un entendido— es Château Larose de la añada del 88. Jamás han vuelto a darse en Francia uvas como aquellas. ¿Lo ha probado alguna vez?

—Creo que no.

Ella tomó un sorbo. Paladeó y después asintió ante la muy seria expresión de Weizmann.

—He elegido este vino porque es el mismo con el que fue inaugurado el *Titanic* en 1912... Cuando salió de los astilleros.

—No lo sabía.

—Sin embargo, yo sí: estuve presente en la botadura, aunque jamás pisé la cubierta de ese barco, de lo cual me alegro. Soy consciente de que usted perdió parte de sus proyectos en aquel desgraciado acontecimiento, por eso he requerido precisamente este vino y, créame, no ha sido fácil dar con una botella.

—Esa botella ha venido directamente de París, doy fe de ello —dijo Wolff.

—Sí... Así es, querido amigo. Y la he elegido como un símbolo de nuestra amistad y nuestro futuro entendimiento. Desearía brindar por la Nación Judía, por el Estado de Israel, que un día acogerá a todos los hijos de Moisés.

Ella brindó mirando alternativamente a los dos hombres.

—Sarah —le dijo al fin Weizmann—, la he invitado porque quiero que nos acompañe.

—¿Acompañarles?

—Sí. Dentro de mes y medio saldrá el primer tren hacia Estambul. Sus pasajeros, digamos, serán personas elegidas, que solidificarán los cimientos de la Tierra Prometida.

—Lo siento, no estoy interesada en esa tierra, señor Weizmann.

—Oh... ¿cómo puedes decirle eso al hombre que guarda las ideas de nuestra patria, al heredero de Theodore Herlz? Te está ofreciendo lo que cualquier mujer judía soñaría. Retornar a la tierra de sus antepasados y vivir allí plena de felicidad, ver crecer a sus hijos y ser fiel a Yahvé, ¿qué más se puede pedir?

—Yo ya tengo un hijo, y le aseguro que es muy feliz aquí. Sin embargo, no quiero pensar que mis decisiones puedan interferir en otros planes, ¿es que usted sí piensa irse a Palestina, señor Wolff?

—¡No la llame Palestina, sino Israel! Y es cierto, Georginas, he traspasado mis negocios, he puesto en orden mis cuentas y comienzo una nueva vida, una nueva casa, una nueva tierra y...

—¿Una nueva mujer?

—¿Por qué no? ¿Acaso Abraham no poseyó dos mujeres, y de las dos engendró? Yo no he engendrado de ninguna. Si Yahvé lo permite, ¿quién soy yo para oponerme? Su estado es distinto, es soltera...

—No soy soltera, señor Wolff, sino viuda. Yo me casé con Willfred Lorre.

—¿A bordo de ese barco? —preguntó Weizmann.

—Sí. Ya veo que están atentos e informados incluso de los pequeños detalles, deben ser esos *arcángeles* de los que usted me previno, señor Wolff. Por eso me ha traído aquí, por eso nos sirven esta comida tan especial que nadie en Praga puede permitirse, ¿y ustedes hablan de un nuevo Estado, de una nueva Nación? ¿Para qué?

—¿Para qué? Para ser felices, naturalmente. Está escrito en los libros sagrados.

—¿Libros sagrados?

—No deseo que se ponga usted nerviosa. Tiene razón: esta comida especial era en su honor, pero ya he comprobado que apenas ha tomado bocado. Este vino era específicamente para usted, significaba la ruptura con el pasado. A usted le ocurre algo similar a quien se ha bebido al *Titanic* de un sorbo, no se puede mantener al océano en la boca toda la vida, ese es un trago que tiene que pasar por la garganta por amargo y salado que sea. Todavía es joven, hermosa y muy inteligente. Habla perfectamente checo, alemán, inglés y algo de español. Su cultura es amplia y su moral intachable desde 1912... No es espartaquista, no frecuenta lugares insanos ni pertenece a ningún comité, no viaja demasiado, no luce ropajes ostentosos ni pinturas en la cara como algunas de esas gárgolas. Es una mujer decente.

—Lo que tenga que decirme, señor Weizmann, que sea de una vez.

—Con usted o sin usted vamos a fundar el nuevo Estado de Israel. Queremos gente sana. Usted está bien formada, es alta y rubia, tiene los ojos azules y las facciones delicadas, la mayoría de las mujeres judías que partirán en ese primer tren a Estambul son morenas, a excepción de las rusas, que por contra poseen una cultura escasa, una cintura ancha y una educación y una elegancia deficientes. Israel la necesita. Por eso está aquí reunida con nosotros. Le pedimos en nombre de nuestro pueblo que acceda a esa petición y que se instale en los primeros asentamientos...

—Ya hay en Israel una casa para transeúntes, una imprenta, el principio de una central eléctrica, una biblioteca, un asilo para ancianos y más de veinte sinagogas... y queremos edificar una universidad —enumeró Wolff entusiasmado y sonriente, esperando una respuesta afirmativa—. Además, aquí en Praga ya no hay ningún futuro, cualquier día, por la mínima tontería, por una bala perdida, porque el dinero deje de tener valor, porque alguien diga algo en las puertas de un templo, los alemanes se nos echarán encima y nos arrebatarán el pan y la sal, derribarán las puertas a culatazos, ¿y sabe a qué traseros les darán las primeras patadas? ¡A los traseros judíos, a judíos como usted y como yo! Hágame caso, siga a Weizmann, y su futuro y el de su hijo estarán resueltos, en una tierra de donde nadie osará echarla. Podrá casarse de nuevo. Darle una educación a ese niño, convertirlo en un hombre de provecho. No va a la escuela, tengo entendido que le da clases ese escritor enfermizo. ¿Qué puede aprender con él? Ni siquiera sabe escribir, ¿ha leído sus historias? Yo he tenido ocasión de leer una sobre un hombre que revienta como una chinche. Basura...

—No cualquiera escribe como Theodore Herlz. ¿Es eso lo que quiere decir?

—Piénselo bien, Georginas. Considere que se ha quedado sin trabajo, ya lo ha oído —dijo como disculpándose—: No soy dueño de ninguna empresa. Sabemos que es usted decente, pero ¿quién va a contratarla siendo madre soltera? ¿Recuerda a los Gardner? ¿Por qué cree que se han desembarazado de su hija Herminie? Aparte de su condición social de judía (salga por ahí y pregunte a sus amigos cuántos judíos han logrado escapar de los burdeles del Josefov), sepa que las autoridades van a llenar este país de impuestos y que el valor de nuestras coronas decrecerá como espuma sucia arrastrada por esos malolientes marcos de Weimar, los mismos que rechazó una vez. Por cierto, sé que muy pronto deberá desalojar su casa. La mujer de Peter Lorre está embarazada (es una mujer fría, de carácter, lo que piensa lo dice, y lo que dice lo hace, conozco bien a esas bávaras), y tiene pensado y dicho que va a residir en la casa que usted ocupa en Malá Strana. Sea consciente de todos estos detalles antes de tomar una determinación.

—Ya conocía esos detalles. Y la decisión ya estaba tomada, señor Wolff. Salvo algunos flecos que acaba de mostrarme, ya conocía el resto del paño. Todo está muy claro.

Georginas se levantó. No aceptó el cigarrillo que le ofreció Weizmann ni la mirada incrédula de Wolff.

—¿Y qué piensa hacer? Podría usted trabajar para mí...

—¿Sabe qué le digo, señor Weizmann? Que es usted un hombre educado y que admiro a aquellos que luchan por sus ideales, sean espartaquistas o no. Su lucha también es digna. Salga a pescar, pero cuando eche la red tenga cuidado de no arrastrar peces que no podrá vender. Le deseo suerte y le estoy muy agradecida por sus cumplidos y sus ofrecimientos. A usted, Aaron, también quiero agradecerle todo este tiempo que me ha permitido trabajar en la notaría. He aprendido muchas cosas. Igualmente le deseo suerte.

—Pero, díganos, ¿qué piensa hacer? Se trata de su vida... ¡Su vida!

Georginas se giró y le miró directamente a los ojos.

—Durante gran parte de nuestra existencia lo que llamamos vida es considerado lo más valioso, y tal vez lo sea, pero hay un momento en que la profundidad y la extensión del pensamiento supera ese valor, y entonces la vida ocupa, si acaso, un segundo puesto. Ese vino con el que hemos brindado —ultimó calándose la boina y perdiendo momentáneamente la mirada— me ha devuelto unas fuerzas que creí perdidas. Debemos darle otra oportunidad.

—¿Qué quiere decir? —preguntó ávido Wolff.

—Que me voy con mi hijo a América.

—América... —repitió Weizmann—. Todo el mundo quiere ir a América. ¡Tanto nos deberá América si en ella moran los mejores!

Georginas se despidió de los dos hombres, pero Chaim Weizmann, cuando ya se hubo alejado unos metros, corrió a su lado, se ofreció a acompañarla hasta la puerta y pedirle un coche. No pudo oponerse, realmente se había comportado en todo momento como un caballero, a pesar de que su aspecto era incapaz de desprenderse de esa voluta siniestra, y más aún cuando sin tapujos ni discreción se veían merodeando aquellos hombres tan altos y serios por las puertas del restaurante.

—Le deseo suerte, Sarah, se lo digo de corazón. Ahora no es momento de explicarle por qué, pero ni Checoslovaquia ni todo el centro de Europa es un buen sitio para vivir. Huele a bombas. Váyase a ese país, a los Estados Unidos. ¿Conserva la tarjeta de visita que le di en esa taberna del gramófono?

—Sí.

—¿Ha tenido la curiosidad de darle la vuelta?

—La verdad es que no —confesó un tanto aturdida.

—Hágalo. Hay un nombre escrito con mi puño y letra. Si en América tiene problemas acuda a esa persona, si sabe buscar la encontrará, y dígale que es un arcángel de Weizmann.

—Gracias.

—Ojalá volvamos a vernos, Sarah. Una cosa más, eso que ha dicho sobre el lugar que ocupa la vida... ¿Acaso lo ha escrito su amigo Kafka?

—No. Lo escribió Willfred Lorre.

A partir de ese día los acontecimientos se instalaron con tal rapidez, y de una forma tan concatenada y límpida, que cada suceso que acaecía, cada encuentro fortuito, cada decisión improvisada, semejaba una pieza de relojería que manos expertas e invisibles incrustaban en una caja metálica. Sin embargo, no había tiempo que perder. Sus amigos tomaron la decisión como acertada, casi con envidia, y Rudolf, cuando le dijo una mañana que se irían a América, cruzando el océano Atlántico, la miró con un brillo tan puro en los ojos que no tuvo ninguna duda de que le había hecho el niño más feliz del mundo.

Franz Werfel se ocupó de las distancias, los horarios, los billetes precisos y todo el farragoso mecanismo del viaje.

—Sé que el transatlántico *Mauretania* zarpa desde el puerto de Londres, escala Southampton, con destino al puerto de Nueva York, el miércoles 28 de abril, a las ocho y cuarenta de la mañana. Para estar ese día y a esa hora en Londres es preciso haber llegado la noche anterior a bordo del *Honuba,* barco que hará la travesía desde Hamburgo a la capital inglesa, y que zarpa del puerto hamburgués el martes, día 27 de abril, a las diez horas y diez minutos de la mañana. Para poder estar a bordo del *Honuba* será preciso llegar antes a Hamburgo, en un ferrocarril nacional que partirá de la estación de Berlín exactamente a las veinte horas del lunes 26; es obvio que para estar en Berlín habréis de tomar el tren internacional de Praga, que desde que Checoslovaquia es Checoslovaquia sale dos veces al mes, y precisamente efectuará su salida de la estación de esta ciudad el domingo, día 25 de abril, a las diez de la mañana, vía Dresde.

Pero fue Franz Kafka quien se encargó, por medio de la compañía en la que trabajaba, de gestionar los billetes de todos esos transportes y conseguirlos, una tarea que no fue fácil y tan compleja que a punto estuvo de abortar el viaje; también se sumergió (¡un hombre como él!) en la tupida burocracia hasta obtener un pasaporte nuevo donde pudiera ser incluido Rudolf junto a su madre. Otti continuó visitando al niño a diario, y sus clases de Geografía de Norteamérica se convirtieron en lo más preciado muchas de esas mañanas. El tiempo no pasó con rapidez aquellos días, sino con especial lentitud. Hubo tardes enteras para pasear por los amplios parques de Malá Strana, para despedirse del Moldava, lanzando cada cual su moneda una vez besada, de espaldas al río, y despidiéndose también de las estatuas, una a una, del puente de Karluv.

No pudieron llevárselo todo, lógicamente. En el interior de dos baúles de viaje y en un bolso de mano iban las cosas que le ayudarían a sobrevivir en un país extraño y enorme. Tres o cuatro libros (el de Kafka, el de Freud, el de Werfel...) un cuaderno con poemas, dibujos y notas de Willfred, y algunas de las cosas más significativas: el peine de hueso, aquella fotografía donde también salía Felice Bauer, las estilográficas... Algo de ropa, lo mejor que guardaban, lo menos usado (ya se comprarían allí y no tendrían que cargar con bultos innecesarios), y los cuatrocientos dólares en billetes de a cien que su marido había reunido una vez y que habían permanecido en un sobre, todos estos años, guardado en el baúl que le entregó Peter en el castillo Lorre.

Emocionante fue la tarde noche del viernes anterior a la salida hacia Berlín. Se habían citado en Los Dos Osos Dorados. Y allí se dirigió, nostálgica y al tiempo feliz, cansada por el trasiego de todos estos días preparatorios y descansada porque al fin se acercaba el momento de la partida. Sus amigos ocupaban la mesa habitual. Cuando ella entró se quedó mirándolos sin ser vista entre el barullo de la gente alrededor de la singular y atractiva pianista, y comprendió que aquella gente tan extraordinariamente rara, sus amigos, eran el único aliento que la empujaban con decisión a empresa tan arriesgada, en esa huida hacia delante que una vez un iceberg interrumpió.

Werfel, al descubrirla finalmente, se levantó y se dirigió a ella para acompañarla a la mesa.

—Si de verdad es esta la última vez que vas a traspasar la puerta de Los Dos Osos Dorados, permíteme que te lleve del brazo a la mesa donde se te espera, y que yo mismo escancie en tu vaso el vino con el que hemos de brindar. Por América.

—Querido amigo, deberías cambiar tu estilo o nunca conseguirás...

—Ni ser laureado como gran poeta, ni premiado con el amor de una mujer tan hermosa como tú.

Cuando se acercaron estaban Kafka, Ana Freud y otra mujer desconocida, muy bonita y joven, a la que presentaron de inmediato.

—Es la traductora de Franz al checo... Milena Jesenská...

—Sus amigos me han dicho que se va usted para América. ¡Es fascinante! ¡Daría cualquier cosa por poder hacer lo mismo! ¡Cualquier cosa!

—Milena ha cruzado a nado el Moldava y ha sido vista llevando pantalones y chaqueta en tabernas para hombres... ¿Qué más puede reclamar una mujer hoy en día si no es conocer Nueva York? —se preguntó alegremente Werfel al tiempo que pedía una botella de vino.

—Quiero daros las gracias... A todos. A cada uno de vosotros le debo una cosa importante, un momento de compañía...

—No nos pongamos llorosos y brindemos —solicitó el charlatán Werfel llenando los vasos—. Por Georginas, por su hijo Rudolf y por América.

Todos bebieron un sorbo.

—También quiero deciros que mi casa será siempre la casa vuestra, que allí donde yo esté habrá un lugar para vosotros.

—Te daremos algo de tiempo, pero nos verás por allí. Te apuesto que antes de dos años. ¿Qué dices, Franz?

Kafka miró sonriente a su amigo Werfel y apuró el vaso de vino.

—Bueno... —dijo carraspeando—, he cambiado el título de esa novela, ahora se llamará *América*. Eso es lo que querías, Werfel, y hoy es un buen día para comunicártelo. Y no niego que siento especial atracción por cruzar una gran distancia. Aire, tierra o mar... Necesito hacer un largo viaje. Así que tampoco dudes en si soy o no soy yo si algún día me ves aparecer por las avenidas de Nueva York, algo despistado, con la misma chaqueta que llevo hoy, buscándote entre esos americanos...

—¿Y tú qué piensas, Ana? Tengo entendido que conoces los Estados Unidos...

—Fue hace diez años. Con mi padre. Dio algunas conferencias allí, pero no recuerdo nada especial de ese país, siento decirlo, sólo que una tiene la impresión de que todo es más grande... Todo es tan grande (comenta mi padre a sus amigos) que cada americano tiene un diván de psicoanalista en su casa.

Media docena de brindis más tarde cada cual había dado su versión de América (incluso de América del Sur, continente que tanto a Kafka como a Milena les recordaba supuestas vidas pasadas). Cuando llegó el turno de oír el cuarto movimiento de la *Sinfonía del Nuevo Mundo* de Dvorak, habitual en esa taberna bohemia, Werfel se puso de pie y todos comprobaron que efectivamente se le habían saltado las lágrimas: estaba emocionado, casi temblaba. Después se sentó al lado de Georginas, le tomó las manos y la miró.

—¡Ojalá os vaya bien! ¡Ojalá un día pueda visitaros! ¡Que esta música sublime os acompañe cada singladura de esa travesía!

Kafka aplaudió tímidamente a su amigo, sin duda sobrecogido por el tono tan auténtico y amargo que empleó; los demás hicieron lo mismo. Estaba enamorado de Sarah Georginas Parker desde el día que la vio, aquel instante en que ella cruzó esta puerta vidriada de Los Dos Osos Dorados, puede que de antes: desde que leyó algunos de sus poemas, en poder de Kafka, desde que oyó hablar de ella por primera vez.

—A veces ocurre así —murmuró Kafka—. No sabemos el momento exacto en el que se producen las cosas.

—Bueno —concluyó suspirando, irguiéndose, entresacando de un mismo mazo de estampas marianas y de Richthofen billetes de diez coronas—, es mejor que paguemos y que salgamos de aquí o mi corazón se arrugará como una uva; el ambiente está muy cargado y la noche de Praga es tan hermosa...

Así lo hicieron. Y la noche era hermosa, aunque un poco fresca. Georginas, que hasta esa misma confesión sin palabras, hasta aquel acto emotivo y tan veraz, no había percibido el serio interés del poeta por ella, se asió con cariño (y un poco de culpa, por haber obviado en tantas ocasiones la evidencia) a su brazo, y Ana Freud se asió al otro, seguidos de cerca por Kafka y Milena, caminando todos en silencio, respirando a borbotones la noche *de esta parte del mundo* hasta que desembocaron en la avenida Kaprova, que mantenía sus farolas eléctricas encendidas. Únicamente Milena Jesenská no había visto el efecto fulminante de Werfel ante una hilera de luces, pero todos callaron, se alejaron hasta la próxima esquina y sin tan siquiera bisbisear, al acecho propio de compinches, esperaron a que su amigo les hiciera una nueva demostración de su extravagante poder.

Aquella vez, sin embargo, superó a las demás. Franz Werfel se encontraba en un estado especial de conciencia, al borde de un precipicio emocional: a punto de haber declarado su amor a la mujer de la que estaba enamorado, pero no había llegado a hacerlo, casi estaba borracho pero no llegaba a trabársele la lengua (como le ocurría siempre) ni a tambalearse, y se sentía tan poeta o más que nunca, y que nadie. Seguro de sí mismo, caminó despacio, sin mirar a las bombillas. A su paso, las que hacían números pares se apagaron y las impares no, en una de las aceras; en la acera de enfrente el efecto fue el contrario, se apagaron las impares y las pares no. Sus amigos miraban embelesados, Milena se frotaba los ojos y dejaba que la boca le colgara. Cuando Werfel llegó adonde estaban todos, contempló su obra, después miró directamente a Georginas y señaló las farolas.

—Sólo en tu honor, y en tu presencia, soy capaz de hacer esto...

En realidad no hizo nada, pues, acabado de pronunciar lo anterior, las farolas de la avenida Kaprova pestañearon como traviesos destellos en la lejanía, se convirtieron en farolas intermitentes, hasta que de golpe se apagaron todas y la oscuridad y el relente del Moldava se adueñaron del espacio para todo el resto de la noche, y de la parte más desconocida y hermosa de cada uno al menos por un instante.

Insistió en que subieran a su casa. Rudolf podía estar dormido o no, pero ella había comprado dos botellas de vino y quería bebérselas con sus amigos a manera de oficiosa despedida. Esa noche, la del viernes 23 de abril de 1920, el pequeño Rudolf Lorre, con sólo ocho años, dormía profundamente, y años más tarde le contó su madre que aquellas personas, Kafka, su hermana Otti, Werfel, Ana Freud y Milena Jesenská, se quedaron absortos al menos tres minutos viendo cómo dormía e intentando adivinar —lo confesaron luego— qué sueños tendría.

Acabados los consejos, los deseos de volver a encontrarse en América, de no olvidarse los unos de los otros y, sobre todo, acabadas las botellas, se fueron. Era tarde, y prometieron verse en la estación de ferrocarriles el domingo por la mañana (Werfel se encargaría de buscar un coche y de trasladarles con el equipaje a la estación), Kafka ya le había entregado el pasaporte internacional y los billetes de viaje, pero dijo que allí estaría, y Ana Freud aseguraba que también acudiría para despedirles. En ese momento las campanas de la capital dieron las once de la noche. Con su hijo dormido, y ya sola, abrió la ventana, a pesar del fresco, encendió uno de aquellos khedives heredados de su marido y se quedó mirando el cielo, el aire, las siluetas del arbolado del parque, las torres de las iglesias y de las sinagogas, y permitió, quizá como nunca más en su vida, que sus pensamientos vagaran, sin orden, sin presiones, espacio afuera, sin límites ni trabas. Y se sintió feliz.

El domingo por la mañana fue un día especialmente luminoso. El cielo estaba limpio, el día anterior había llovido con intensidad, pero con la misma intensidad había pasado la tormenta. Werfel fue a recogerles y llegaron con tiempo a la estación de ferrocarril Franz-Joseph. Una vez acomodados los equipajes en el vagón, tomaron café en el bar de la estación. Los tres estaban nerviosos. Cada uno por un motivo. Rudolf no cesaba de señalar la locomotora y de decir lo bonita que le parecía; su madre miraba sin cesar el enorme reloj de la pared, y cuando oyó los primeros bufidos de vapor se puso tan nerviosa que no pudo evitar que se le derramara el café sobre la mesa.

—Eso no es más que señal de buena suerte... está escrito en los libros de mi padre, y él se lo oyó a unos ancianos turcos...

Ana Freud estaba muy elegante. Vestía un traje azul celeste y llevaba puesto un sombrero nuevo.

—No vengo sola, hay alguien que también ha venido a despedirte.

Miró a la puerta de la cafetería y sonrió con verdadera felicidad. ¡Era Lasker! ¡Emanuel Lasker, que había venido a despedirse de ella y de su hijo! ¡Sí que no lo esperaba!

—¡Profesor Lasker! ¡No sabe cuánto me ha sorprendido usted!

—Señora Parker... usted me sorprendió mucho más calculando posiciones de ajedrez en un tablero.

Cinco minutos más tarde Franz Werfel apuró su café, hurgó en el bolsillo de su chaqueta, sacó un sobre y se lo entregó.

—Es de parte de Franz... Bueno, y mía también. Son doscientos dólares americanos, los hemos juntado entre todos y, bueno, ha resultado difícil hallarlos en el mercado negro, pero los judíos somos poderosos en eso. Os harán mucha falta. Más que a nosotros. Aquí, nos podemos defender con esos marcos de Weimar.

Georginas tomó el sobre, sin prestarle atención, y le miró con algo de tristeza.

—¿Es que no va a venir Franz a despedirse de nosotros?

—No se encuentra bien. Ya le oíste toser el viernes. Además, está muy interesado en esas traducciones de su *Metamorfosis* al checo, y quiere empezar una novela. Me pidió que os deseara lo mejor en su nombre, y que no le olvides porque él no te olvidará. Pero no te preocupes, a esta hora aún estará dormido en brazos de Milena.

—Entiendo...

—El equipaje ya está en el vagón, recordad que en Berlín cambiaréis de tren, pero no necesitaréis trasladaros de estación. Que tengáis mucha suerte. Y ahora... —carraspeó antes de decir su última palabra, pero Georginas se lo impidió, porque se acercó a él, le besó suavemente en los labios y le abrazó. Ambos tenían lágrimas en los ojos.

—Prometo que yo también iré a América. Os visitaré. Lo prometo.

—Lo sé.

Cuando salió, Georginas obligó con todas sus fuerzas a su corazón para que le diera la oportunidad un día de enamorarse de este hombre. Veinticuatro años más tarde, el destino (ellos, lógicamente, no lo sabían) los pondría mirada con mirada y espalda con espalda, a centímetros de distancia, pero después de esa instantánea futura no volverían a verse. Respecto a Kafka, nunca pudo ir a América, y a pesar de las cartas de esperanza que le envió a Nueva York desde diversos sanatorios y balnearios, murió cuatro años más tarde.

Emanuel y Ana Freud les acompañaron hasta las escalerillas del vagón.

—Mamá —gritó entusiasmado Rudolf—, el profesor Lasker me ha dicho que en algunos de sus viajes a América se pasará a vernos y me enseñará a jugar al ajedrez...

—Lo digo absolutamente en serio —comentó Lasker levantando el índice—. No me tome por un adulador, señora Parker, pero tenga avisado que lucharé con todos los contrincantes y con todos los poetas hasta conseguir... su amistad. La despedida del señor Werfel ha resultado altamente emotiva. Que la mía sea, solamente, un *Auf Wiedersehen!*

Ana Freud la besó en la mejilla, e igualmente a Rudolf.

—Da igual lo que digan los hombres. Yo sí que me acercaré a veros. Os echaré de menos. Por favor, escribidme, eso sí que tenéis que prometerlo.

—Es posible que las primeras cartas comience a escribirlas antes de llegar. Y que tú seas la primera persona en recibirlas.

—Serán emocionantes... Escritas en mitad del océano.

Ana y Georginas no volvieron a verse.

Todavía, ya acomodados en sus asientos, mientras oían el silbato estridente y repetitivo de la locomotora (una Maffei 1913, preciosa), y sintiendo ya el tirón de los vagones, miró atrás, para ver el cielo sobre Praga. Y descubrió, a una decena de metros de distancia, justo en las puertas de la cafetería donde antes habían estado tomando café, a un hombre que la miraba. Este hombre se quitó el sombrero y la saludó, escuetamente, alzando la mano. Era Chaim Weizmann. Ella respondió al saludo. Acarició el cabello de su hijo y se dejó llevar, como si su vida fuera uno más de los vagones.

La pitillera de Harry

Llegaron a América, concretamente a la isla de Ellis, a mitad de la mañana del 5 de mayo, después de recorrer 3.635 millas náuticas. Los pasajeros no lanzaron serpentinas desde las barandillas de cubierta, ni el barco disparó salvas de honor al llegar a puerto, ningún comité de bienvenida les esperaba, si acaso una bandera de barras y estrellas y un cartel ostentoso, algo descolorido, que decía muy poco de esta tierra de oportunidades: Centro Federal de Inmigración; tampoco había banda de música y ni siquiera un sol radiante, únicamente el triple y sórdido toque de sirena cuando el *Mauretania* tocó muelle.

El viaje se realizó puntualmente, minuto a minuto tal como había predicho, y apuntado en su libreta, Franz Werfel. Sólo una hora más tarde de abandonar la estación de Praga atravesaron el paso fronterizo de Ustí nad Labem, y ya se encontraron fuera de su país; la locomotora cruzó el pasillo montañoso entre los Montes Metálicos y los Sudetes que separan Checoslovaquia de Polonia, plagado de túneles y dificultades, motivo por el cual la máquina Maffei se vio obligada a circular a una velocidad muy lenta. Se detuvo un cuarto de hora en la estación de Dresde, sin parar de bufar, de quejarse y de exhalar roscas de humo negro, y continuó su recorrido, ahora más alegre, entre las colinas de Sajonia y las frías llanuras de Brandeburgo, hasta que llegó a Berlín, donde madre e hijo cambiaron de tren con destino final en Hamburgo, el puerto alemán por excelencia. Allí hicieron noche en una pequeña pensión judía, y muy temprano, empapados por el relente y la humedad espesísima del Elba, abordaron la cubierta del *Honuba*, un barco que dejó boquiabierto a Rudolf Lorre. Realmente era una hermosa y esbelta nave que efectuaba el servicio de correos entre Alemania e Inglaterra, fletado por la antigua (en otros y mejores tiempos, también transatlántica) naviera Hamburg-Amerika-Line, que aprovechaba itinerarios de rutina para acomodar en cubierta no más de una decena de pasajeros (muchas veces eran los mismos, hombres de negocios, comerciantes judíos de ambas orillas, casanovas y gente caprichosa) que sin pudor se sentaban sobre sacas repletas de cartas y documentos enviados desde el continente a Londres y viceversa. Los ochenta kilómetros del canal del Elba fueron como un paseo ornitológico: cientos de bandadas cruzaban el cielo alineadas en uve, destino al norte, anunciando desde el aire la llegada inminente de la primavera. Golondrinas, palomas, gansos y cisnes. ¡Cisnes! Georginas Parker los señaló y a punto estuvo de llorar. ¡Eran cisnes! ¡Hacía tanto que no los veía! Comprendió en ese instante que la vida había cambiado de verdad para ella y su hijo, que todo esto era real.

Cuando llegaron al embudo del Mar del Norte sus sensaciones cambiaron. Estaba muy encrespado y tempestuoso, olas altas y grises se sucedían en hileras y chocaban con violencia contra el casco del *Honuba*, las aguas mansas y azulonas del canal ya no eran estas; estas le recordaban las del pasado, las gélidas y profundas que se tragaron al desventurado *Titanic*. Pero no quería pensar en nada de aquello, una especie de fuerte promesa, una locura poderosa y positiva y una voluntad de acero la ayudaron a sonreír continuamente, a no separarse de su hijo y a responder a todas sus preguntas, aunque durante las doscientas millas que separan Londres de Hamburgo madre e hijo apenas se dijeron nada. No se separaban de los bultos y ambos hacían esfuerzos para no vomitar, tan agitada resultó gran parte de la travesía. Sin embargo, cuando entraban en la desembocadura gris del Támesis, cuando se adivinaba la polis al fondo, debajo de la bruma permanente, al doblar el *Honuba* noventa grados a babor, Rudolf se levantó. Hipnotizado, señaló lo que veían sus ojos y después, aún incrédulo, miró a su madre, que afirmó moviendo la cabeza.

—El *Mauretania*... ¿Es este el barco que nos va a llevar a América, mamá? ¿Es este el barco?

Tuvieron una bonita ocasión para poder contemplar aquel ingenio naval en todo su esplendor y en toda su longitud, pues el *Honuba* pasó de largo por uno de los costados del transatlántico, un auténtico gigante del mar, hasta que cruzó bajo el Puente de la Torre y tomaron tierra. Caía la tarde y lloviznaba, Georginas gestionó que llevaran el equipaje a bordo del *Mauretania* (los pasajeros todavía no podían hacerlo), y abrazada a su hijo buscó una habitación para dormir. Al fin y al cabo estaban en Londres, en Inglaterra, que también era su patria aunque ningún representante de su familia estuviera allí para darle la bienvenida. Tampoco lo sabían. Al amanecer no tuvieron que preguntar adónde debían dirigirse, pues una cola de gente bastante más larga que el barco se había formado, apretada y controlada por policías y personal del puerto, ninguno de ellos excesivamente amable.

—¿Y toda esta gente va a subir al *Mauretania*, mamá?

—Así es. Al menos, nosotros vamos en segunda clase. Dios quiera que hayamos tenido suerte en la adjudicación de camarotes. Debemos compartirlo con otras dos personas. Ochenta y cinco dólares americanos por dos pasajes no dan derecho a una *suite*.

Para ellos fue duro esperar tres horas antes de arribar al barco, pero pronto se enteraron de que mucha gente, familias enteras, habían permanecido allí toda la noche, a la intemperie bajo la lluvia, atrapados por el miedo a perder el sitio y la oportunidad (una vez en la vida) de pisar tierra en los Estados Unidos de América. Antes de llegar al camarote donde iban a pernoctar al menos siete noches, ya percibió el pequeño Rudolf que el mundo se componía de checoslovacos como los de Praga, de alemanes como los de Berlín y Hamburgo, de ingleses como los policías y marineros y, además, de polacos, lituanos, italianos, rumanos y rusos... daneses, noruegos, y apátridas del idioma... Tal desbarajuste de lenguas, gritos y chillidos podía oírse al unísono; y si miraba, lo que veía eran aspavientos de brazos y piernas hasta hacerse entender, carreras sin más distancia que la anchura de la nave, hombres cargados con bultos, madres con niños dormidos, algunos ancianos asidos de la mano. La pasajería de primera clase subía por otra rampa, tan distante que parecía anclada en otro muelle y que por ella se accedía a un barco distinto: obsequios con el anagrama de la compañía, pasamanos adornados con ramilletes de flores y protegidos con lona aunque las señoras iban todas enguantadas, bronces resplandecientes, uniformes impolutos en los oficiales y el mismísimo capitán, gallardo, barbudo, a pie de borda, dando la mano a los caballeros y besando las de las señoras, saludando uno a uno a los elegidos, se diría que casi por sus nombres.

Un auxiliar les indicó que sus bultos ya estaban ubicados en el camarote.

—Hagan el favor de seguirme. Es un camarote de segunda categoría. Se accede a él por estas escalerillas, las que dan al segundo puente. Totalmente interior —dijo sin parar como un loro y encogiendo brevemente los hombros para luego levantar el índice—, pero es el tercero que está más cerca de la cubierta. Y el camarote aledaño es el de los servicios. Han tenido suerte. Es uno de los mejores dentro de esta categoría.

El hombre les hizo bajar por empinados y estrechos peldaños, les indicó un pasillo que olía más a desinfectante que a limpio, a madera recién barnizada y a materia desincrustable de mar, y les señaló la puerta.

—Ahí está. Es el camarote doble MM1915.

Georginas tomó los cartones de los pasajes que le dio el hombre antes de desaparecer para situar a otros pasajeros. Tanta agitación sentía que ni siquiera se fijó en la similitud de aquel número de camarote con el que había grabado en la cruz de hierro del sargento del batallón francés del Coro de Haendel, cuyos prismáticos, casualmente, llevaba su hijo al cuello. Sí, era un camarote interior, tan sólo contaba con un respiradero en mitad de la estancia, con dobles literas, dos a un lado y dos a otro, separadas por una pequeña mesa abatible, donde había un cenicero con la insignia de la compañía, papel idóneo para escribir cartas, estampado con el membrete del *Mauretania*, y cuatro caramelillos envueltos en papel azul brillante. Todo un detalle.

De pronto el buque tembló.

—El *Mauretania* lleva turbinas, no hélices, me lo aseguró Werfel —dijo Georginas—. Las habrán puesto en marcha, el ruido es ensordecedor. Estamos a punto de zarpar; los ingleses son escrupulosos con las horas, los marineros estarán soltando amarras. ¿Quieres ver cómo sale el barco del puerto?

No esperó la respuesta. Subieron a cubierta, tomaron sitio como pudieron en las barandillas, y sonrientes y repletos de emoción oyeron cuatro golpes de sirena, y a mitad del prolongado y poderosísimo ulular sintieron que aquella elegante masa de hierro se separaba del muelle y decidía flotar sobre el urbano Támesis, guiada por tres remolcadores hasta que se enfrentó de verdad al mar, al océano.

—Haremos una escala en Southampton. Seguro que volverá a subir un montón de gente. Todos queremos llegar a América.

—¿Por qué, mamá?

—Pues todos creemos que en ese mundo hay un secreto para nosotros, un secreto escondido que cada cual debe encontrar, guiado por su instinto, su fe... y su buena suerte.

No se equivocaba en sus predicciones, al menos en cuanto a los pasajeros que aún faltaban por subir al *Mauretania*: en el puerto acanalado de Southampton la hilera de personas que esperaban era tan larga o más que la de Londres. Casi todos eran británicos, en sus variantes de irlandeses, galeses y gente aventurera de otros dominios de Inglaterra. Después de abandonar este puerto, la nave tomó la paralela inglesa del canal de la Mancha, y poco antes de que se pusiera el sol, Rudolf miraba embelesado, ahora el horizonte lleno de aguas ignotas, ahora la costa rocosa de Gran Bretaña.

—Justo allí está Land's End, mamá... ¡Land's End! —repitió entusiasmado y probablemente algo nostálgico a pesar de su querencia todavía de niño a exagerar y admirarse por todo.

—¿Y...? —preguntó su madre.

—¿Es que no sabes que Land's End, el último escollo de Inglaterra, se encuentra situada sobre el paralelo cincuenta? Me lo contó Otti, me dijo que Praga está tan al norte como Fráncfort y tan al sur como Land's End...

La madre le acarició el cabello y le besó.

—No lo sabía. De verdad... Y no sé si tu padre lo hubiera sabido.

No pasaron una buena noche. Resultó que volvieron al camarote y aunque no había nadie hallaron el equipaje de las otras personas. Cenaron allí pasteles de carne (afortunado regalo de Otti), dada la imposibilidad de hacerlo con tranquilidad en la cafetería-restaurante de segunda clase, pues ni siquiera intentaron atravesar la multitud hambrienta y cansada que la abarrotaba y sólo por fortuna adquirió Georginas, en el mercadillo negro de la cubierta de popa, una botella con agua potable. Rudolf ya estaba dormido,

¡tan agitado y lleno de sensaciones había resultado el día de hoy!, y su madre a punto de hacerlo, rendida a causa de la lucha interna que este viaje suponía para ella. Entonces entraron los otros pasajeros: una joven pareja de recién casados, que con buen tino y muchas esperanzas puestas en el futuro decidían probar fortuna en América. Georginas no hizo ningún ruido, ni tosió, hasta mantuvo los ojos cerrados mientras oía cómo hacían el amor metidos en la estrecha cama (por lo menos Rudolf descansaba en la litera de arriba y su respiración delataba que estaba profundamente dormido), y esta situación descascarilló más las pátinas de sus recuerdos, sus carencias y sus proyectos. La noche siguiente fue parecida. Cuando se levantaron, sin hacer el mínimo ruido, sólo vieron dos bultos abrazados, tapados con la misma manta. El niño no preguntó nada, lo que fue de agradecer por parte de su madre.

En la tarde del tercer día estaban los dos en cubierta, alejados del tumulto todo lo posible. Hombres, mujeres y niños se agolpaban donde podían, muchos no se separaban de los botes salvavidas ni de los flotadores, pero todos salían a ver el mar, a vender lo que casi no poseían (parte de sus equipajes, prendas de vestir, relojes), a tratar de conseguir algo con qué alimentarse, a preguntar cosas propias de la gente que abandona su pasado (¿cómo es de grande Estados Unidos? ¿Qué forma exacta tiene el mapa? ¿Cuánto vale el pan? ¿Cuánto la cerveza?) o a mantener el más sellado de los silencios, pero absolutamente todos ansiaban respirar aire puro, miraban a un lado y a otro buscando la anhelada América, unos reían, otros lloraban, se sentaban donde podían o se extasiaban, para matar el tiempo, al contemplar el espectáculo de las estelas que dejaban las turbinas del barco y, sólo a metros de distancia, a una bandada de petreles (la gran atracción del momento) que seguía ya desde el puerto de Londres al *Mauretania*, manteniéndose con los desperdicios que arrojaban desde las cocinas de primera clase. Precisamente el prolongado festín de los petreles, vista la cantidad de comida que era arrojada desde los ojos de buey de las cocinas, inquietó, lógicamente, a la pasajería y creó sentimientos de rencor, de desprotección y sobre todo aumentó la sensación de hambre. La gente apenas tenía nada, muchos viajaban con los estómagos tan vacíos como los bolsillos, no todos comían, y podían contarse por cientos las personas que en aquel instante se agolpaban, abrigados como podían, en la cubierta de popa. El día resultó luminoso, el sol estallaba en las olas, pero no hacía calor: a pesar de ser finales de abril, en mitad del océano y en un paralelo tan alto el viento sopla fuerte y de continuo, el agua se advierte fría y los huesos de cada uno se resisten a soportar el peso del cuerpo y una de dos: o se hacen inflexibles o se tuercen para siempre. Empezaron primero las voces de unos pocos insatisfechos, anónimos, arrinconados; luego, esas voces fueron coreadas, la gente quería tomar algo caliente, algo que llevarse a la boca que no fueran galletas rancias y pedazos de pescado salado (así llamaban a unas latas de fácil apertura llenas de arenques que les entregaban en el puerto de Londres antes de embarcar a quienes lo solicitaban), mendrugos de pan y agua fría. Los niños lloraban exhaustos, los hombres señalaban a la parte más noble del buque y gritaban el nombre del capitán, las personas mayores extendían los brazos y apuntaban (quién puede saber si con envidia) a los petreles. En aquel momento de desconcierto les anunciaron por unos altavoces que en cuestión de minutos iban a ser servidos en cubierta sopa, bollos dulces y café caliente. El griterío que ocasionó tal anuncio fue todavía más ensordecedor y virulento que el de las espontáneas solicitudes de comida.

Quince minutos después, a trompicones, con malas caras y descortesía, empujándose unos a otros, en desorden y sin dejar de producir aquel espantoso griterío de caos, la pasajería de tercera y segunda clase fue acomodada en un gran salón lleno de mesas dispuestas con bollos, jarras de café y cuencos de sopa, tal como habían prometido.

Ellos prefirieron quedarse en la cubierta de popa. Ya habían comido (los restos del pastel de carne), y no desearon mezclarse, por seguridad, por comodidad y por eso que nos hace distintos (tal vez orgullosos) y que a fin de cuentas le da una oportunidad de comer a los demás.

El niño miraba el ir y venir de los pájaros con los prismáticos, su madre sostenía un cuaderno y un lápiz, pero oteaba el horizonte del océano, perdía la mirada y se acordaba de Willfred, aun contra su voluntad, pues sabía que cada uno de sus pensamientos tenía que ir dirigido a la empresa, incierta, que les esperaba a ambos en el continente americano. Era el tercer día a bordo del *Mauretania*, aproximadamente las cuatro de la tarde, el viento no soplaba fuerte, pero era imposible no sentirlo en el rostro.

—¿Usted no toma café caliente?

Georginas dio un salto, casi un grito.

—Lo siento, espero no haberla asustado, en realidad he venido a conocer al chico, ¿es su hijo?

Aquella mujer desconocida, extremadamente delgada y alta, de labios pintados y ojos seductores, vestida de manera inapropiada para una travesía en barco, más bien para pasear por un jardín romántico, miró y señaló a Rudolf, que a su vez la miraba a través de los prismáticos. También ella llevaba unos en la mano.

—Sí, es mi hijo.

—Hola —le dijo al niño—, me llamo Nancy. ¿Te gusta ver cómo comen los petreles?

—Sí, señora. Son voraces, y muy grandes, y aunque hay restos de comida para todos a veces se pelean a picotazos en el aire. En el Moldava no los he visto como estos.

—¿Moldava? ¿Son de Praga?

—Un momento... —pidió Georginas—, creo que es mejor que nos presentemos, ¿quién es usted?

—Perdone de nuevo, señora... Mi nombre es Nancy, si me he acercado es porque su hijo me estaba observando con sus prismáticos...

—¿Has hecho eso, Rudolf?

—Bueno —dijo Nancy—, yo también le estaba mirando a él...

—Es cierto, mamá.

—¿A usted no le importa que yo mire los pájaros junto a su hijo, verdad?

—Claro que no.

Esa mujer de aires tan distinguidos, y al mismo tiempo informales, de edad similar a la suya, puede que algo más joven, se acodó en la borda del transatlántico y junto al pequeño Lorre estuvo observando los pájaros. Georginas la miraba y se preguntaba quién podía ser la persona que se había presentado así; no parecía una pasajera de segunda clase y menos aún de tercera... probablemente se trataba de una de esas damas lánguidas y estrechas que bailan al compás de la orquesta de primera clase y que ha sentido la curiosidad por saber cómo sobreviven los de aquí abajo...

—¿Es que conoce Praga? —le preguntó.

—Sí. He estado dos o tres veces. Y sé que el río Moldava pasa por esa ciudad. Praga es maravillosa. No podré olvidar jamás cómo son sus calles llenas de alquimistas, sus castillos, sus puentes...

—Vaya... Sí que es una sorpresa.

Y lo fue más allá de lo que podía imaginar. Al menos durante media hora las dos mujeres charlaron de Europa y de América, de Praga, del mar, de los barcos, de los hijos y de lo feliz que se sentían fumando un cigarrillo en mitad del océano mientras Rudolf numeraba petreles en voz alta. Tuvieron tiempo de contarse algunas cosas, Nancy le confesó que no soportaba el griterío de la gente, ni la de segunda clase, ni la de primera, ni la de ángeles cantores si los hubiera en el pasaje, y prefería fumar un cigarrillo en la mismísima sala de máquinas del buque que respirar aquí atrapada y empujada por esas personas; Georginas, por su parte, le comentó lo que sucedía en el camarote con esos novios tan apasionados, y lo intranquila que estaba por su hijo en una situación tan inusual y embarazosa como aquella.

—Y dígame, ¿a qué se dedica, Georginas?

—Oh...

No supo qué decir. Se miró las manos.

—Bien, no se lo va a creer, estaba a punto de escribir cuando usted llegó...

—¿Una carta? Yo también lo hago: todos escribimos cartas en los barcos.

—No, no es una carta. Es un poema. Me gusta escribir poesía. Pero no tiene importancia.

—¿Y piensa publicar esas poesías?

—No. Nada de eso.

—¿Entonces?

—No vivo de mis poemas. Interpreto sueños...

Su propio hijo la miró de soslayo cuando oyó aquella afirmación, pero la recién llegada lo hizo directamente, con los ojos tan abiertos como astros al mediodía. Se podían ver en su mirada chispas de incredulidad y paralelamente el ansia de querer creer, mediante un concienzudo análisis visual, lo que acababa de oír.

—¡Interpreta sueños! Fascinante...

No pudieron decir ni preguntar nada más. Cuando la gente comenzó a abandonar el salón improvisado para bollos y café caliente, Nancy se despidió de los dos, de manera muy amable, y deseó, toda simpatía, que se volvieran a encontrar en el barco antes de pisar tierra.

—¿Quién es esa mujer, mamá?

—No lo sé, hijo. No lo sé. Es muy educada, pero también es extraña. ¿A ti no te lo parece?

—Sí, como nosotros... —Se encogió de hombros y continuó mirando por los prismáticos—. Pero es tan delgada y tan blanca que también me pareció un ángel.

Pasaron las horas y al caer la tarde hasta los petreles se habían acomodado en las perchas del *Mauretania*. Imaginaba qué noche iban a pasar y consideraba dormir con su hijo, juntos, en la misma litera del camarote, para evitar que el niño fuese despertado por los amantes. Agotado, bostezaba, así que decidieron apartarse y cenar algo en el camarote antes de intentar dormir. La sorpresa al abrir la puerta y no hallar sus equipajes casi estuvo a punto de provocarle un vuelco en el corazón. ¡Y todo cuanto poseían estaba en aquellos bultos, su pasado, su presente y los cimientos de su futuro!

—¿Señora Georginas Parker?

Ella se giró. Era un ayudante de pasajeros, uniformado y sonriente.

—Ahora ocupan otro camarote. Son órdenes de dirección.

—Oiga, ¿no pensarán acomodarnos en un baúl? Ya es este camarote bastante incómodo, ¿no cree? Ni siquiera hay una ventanilla para poder respirar aire puro.

No tuvieron otro remedio que seguir a aquel hombre que nada más dijo. Y pudieron presumir de suerte, pues el nuevo camarote estaba ubicado un piso más arriba, lo cual ya era de agradecer, además no tenía una ventanilla al mar, sino dos, y sólo una litera de dos camas, un poco más anchas, no cuatro como en el camarote anterior, y una pequeña mesa abatible, con papel de escribir, una botella de agua, una bolsa con bollos, una jarra de café caliente y otra con leche.

—¿Y esto?

—No sé. Ya le he dicho que son órdenes de mis superiores, pregúntele al jefe de segunda cubierta. ¿Es usted Georginas Parker, y su hijo, no es así?

—Así es.

—Pues todo está en regla. De camarote MM1915 a camarote BB1060.

Cuando se quedaron a solas y comprobaron que sus bultos estaban allí, los presentes dispuestos en la mesa y todo el confort que podían alcanzar con la mano, no hicieron otra cosa sino abrazarse y besarse.

—Ignoro lo que ocurre. No es posible que sucedan estas cosas, debe haber algún error, siempre los hay. Pero de momento, creo que voy a tomar un gran vaso de café.

—Y yo de leche. Con unos bollos.

El niño se durmió pronto, en la litera de arriba, después de devorar varios bollos mojados en leche. Ella también estaba muy cansada, ni siquiera temía que se hubiese cometido un error, bienvenido era, pero se rellenó el vaso con café, descapuchó una de las plumas de Willfred y escribió una carta, en una de esas hojas con el anagrama del barco y de la compañía Cunard (una corona azul con cuatro atlantes rodeando a su vez una llama). La carta la remitió a Ana Freud. Quiso escribirles a todos, a Franz Kafka, a Otti, a Werfel... pero con Ana había llegado a un terreno de la intimidad que difícilmente habría sido descubierto a otra persona, y el ámbito de una hoja de escribir le recordaba, figuradamente, la habitación tan grande que compartieron. No le contó nada del viaje, ni dónde se encontraban en ese momento, ni de las penurias momentáneas o las fatigas causadas por el temporal del mar del Norte, tampoco mencionó nada de Praga, del castillo Lorre o de su casa de Malá Strana. Se limitó a contarle todo lo que quería hacer en América en cuanto llegara, y la profesión que había elegido para salir adelante, casi por azar, atrapada al vuelo durante una conversación con una enigmática señora en cubierta, llamada Nancy: iba a dedicarse a interpretar los sueños de la gente. Y se preguntaba: ¿habría muchos intérpretes de sueños en América? Toda la gente sueña —reflexionaba y escribía—, un elevado tanto por ciento de esos sueños pueden ser explicados, son como libros abiertos, sólo hay que pasar las hojas una a una y leer en ese idioma que no es más oscuro que el que emplearon para la mayoría de sus poemas Shakespeare o Goethe. La gente necesita que se los expliquen, desean saber qué quieren decir esas estrofas, qué significado tienen las imágenes, los sonidos, de qué está formada la oscuridad, de qué sus miedos... Y el libro del doctor Sigmund Freud —confesaba— le iba a ser de gran ayuda, así como todo lo que aprendió con ellos aquellas dos noches en Neusie. Estaba convencida de que iban a volver a verse, muy pronto, porque los tiempos estaban cambiando a más velocidad de la sostenible por los motores de la razón y, o bien reducía su marcha acelerada, o acabaría hundiéndose como aquel barco.

A la mañana siguiente comprendió que no se había cometido error alguno. Llamaron a la puerta del camarote y un auxiliar traía una bandeja, de nuevo con café caliente, leche, bollos tiernos y mermelada.

—¿Sabes, mamá? He soñado con el ángel.

—¿El ángel?

—Sí, la señora Nancy. He soñado que volvíamos a mirarnos a través de los prismáticos, ella me miraba a mí y yo a ella.

—Eso no tiene importancia... Cenaste mucho, tanto como el arponero más hambriento de un barco ballenero. Así que tus sueños habrán sido pesados, como las ballenas, y se han entrelazado, al igual que los dedos de las dos manos, con los recuerdos del día. Nos pasa a todos.

Salieron a cubierta. Allí estaba la gente. Eran las nueve y media de la mañana. El día había amanecido con turbiones, los petreles seguían anclados a sus perchas y ella, que había sido pasajera del *Titanic,* tal vez fue la última persona a bordo en comprender por qué el *Mauretania* reducía ostensiblemente la velocidad (casi se detuvo en alta mar) y soplaba cuatro toques de sirena. Ululantes. Eclesiásticos, como rebatos a difunto. Solemnes. Casi siniestros. Tan hondos que llenaron cada una de las simas y cortaron en dos todas las olas que puede contener un océano entero.

—¿Qué ocurre mamá? ¿Por qué se para el barco?

A ella le corrió un sudor frío desde la nuca hasta la espalda. Sostenía en una mano la carta que iba a enviar a Ana Freud, con la otra asió a su hijo y contempló lo que sucedía.

—¡Atención! ¡Atención, señoras y señores pasajeros: el *Mauretania* se halla en este momento a novecientos veinticinco kilómetros de la costa de Canadá! ¡Nuestra posición es cuarenta y un grados cincuenta y cuatro minutos norte, y cincuenta grados catorce minutos oeste! ¡Dentro de un momento pasaremos por el lugar donde se hundió, hace ocho años, el transatlántico *Titanic*, de la White Star Line, navegaremos por encima de donde se encuentra hundido! ¡Cuando esto suceda las sirenas del *Mauretania* volverán a sonar como homenaje a los desaparecidos!

No era medianoche, tampoco había un iceberg con mandíbulas de diamante, y el frío no resultaba tan doloroso como aquellas agujas que congelaban las raíces de los nervios. Pero los altavoces adquieren un tono especial cuando emiten noticias de esta índole. La voz que surge a través de ellos no es humana. Es como si fuese la garganta de la conciencia colectiva la que hablase, la que pronuncia estas o aquellas palabras. El caso es que entre el ulular de las sirenas y el epitafio técnico de los altavoces, la gente se desarremolinó y, en largas y educadas filas, muy ceremonialmente, se fue acercando a las barandillas para ver pasar agua limpia (ajena al homenaje) sobre la tragedia que dejó mil quinientas raciones de vida como aporte romántico a la sopa universal.

En mitad de aquel silencio, aunque los petreles chillaban y el viento hacía lo mismo, algunas personas del puente de primera clase arrojaron coronas de flores al agua, que pronto se hundieron en el hervidero de las turbinas, al tiempo que el altavoz nombraba a varios elegidos, víctimas de aquel mítico naufragio.

—¡David Barton! ¡Reginald Fenton! ¡Lawrence Gavey! ¡Quigg Edmond Baxter!

Desde el puente de segunda clase, donde ellos se encontraban, sólo una mujer, anciana, vestida de negro, portando un pequeño ramillete de flores elaboradas con el cartón de las cajas de arenque y acompañada por su esposo (muy alto y canoso, de gran bigote, sombrero en mano), se acercó a la barandilla, la gente le abrió paso, y el hombre, reuniendo todas las fuerzas que pudo y que el viento quiso concederle, exclamó el nombre de su hijo.

—¡Sigurdh Moen!

El ramillete de flores pesaba tan poco que el viento lo izó a las alturas y la gente, asombrada, lo señalaba mientras dibujaba vueltas caprichosas: no se hundió como las coronas de flores, sino que cien metros más allá, sorteada la horquilla de espuma, fue a caer al mar, y flotó hasta que se perdió de vista. Algunos aplaudieron.

Long Island estaba sumergida en una espesa niebla, pero detrás de ella ya era posible entrever los rascacielos de la gran ciudad, las catedrales del comercio, cuyas cúspides atravesaban la gran bocanada de aliento urbano y, enrojecidas por el atardecer, se destacaban en el horizonte como las linternas de los faros. Había escampado; enfrente del puerto de Nueva York, océano adentro, estallaba el arrebol, hermosísimo; olía a grasa de motores, a bananas y a tinta de periódico, pero corría un viento helado y desapacible: eso era todo lo que se podía sentir la primera vez que se llegaba a la capital del mundo.

El *Mauretania* había reducido su velocidad a cinco nudos, los pasajeros estaban tan nerviosos que difícilmente podían aguardar en sus camarotes, a pesar de que lo habían anunciado en cuatro idiomas, y se reunían en tropel en las cubiertas del transatlántico: ancianos que aparentaban no serlo por miedo a la expulsión, y que rezaban sin interrupción, madres que miraban al cielo y daban gracias en italiano a santos de familia y a *madonnas*, padres con hijos al hombro, muchos con patéticas banderitas americanas de papel y amplias (y tristes) sonrisas, todos con la esperanza de ser los primeros en bajar a la minúscula isla de las lágrimas y pisar, antes de la caída completa de la noche, tierra continental, la verdadera y sólida América.

Todo fue más lento. El gran barco se arrimó centímetro a centímetro al muelle (un callejón sin salida) de la isla, el tiempo se resistía a pasar y los más optimistas comprendieron, casi de golpe, que estaban condenados a pernoctar en las salas de espera de Ellis, la mítica isla de una hectárea, las cien mil unidades de ostras y el millón anual de sueños.

—No parece una isla, mamá. Me recuerda a un hospital, o a un teatro, pero no tan bonito como el de Praga. No me imaginaba así la *Isla del Tesoro*.

—*¿Isla del Tesoro?*

—Sí. Franz Werfel me dijo que América entera era como la *Isla del Tesoro*.

Su madre le miró con ternura, sin embargo tenía razón, pues vista desde el barco la isla de Ellis era sólo un edificio, enorme, de altísimas paredes, húmedas y descoloridas, a base de piedra, cal, pintura y yesón de gaviotas. Nada menos parecido a un cofre lleno de perlas y monedas.

—No te preocupes cariño, es la Oficina de Emigración de los Estados Unidos de América. Todos debemos pasar por ahí. No es un hospital, pero nos harán un chequeo médico, quieren saber si estamos sanos y libres de piojos y quieren estar seguros de que no les vamos a contagiar la gripe europea. Y tampoco es un teatro, pero todos los que pasemos por esas mesas pareceremos actores, supongo que muchos terminaremos siéndolo. Mentiremos, ocultaremos el rostro detrás de muecas, cambiaremos de identidad, de idioma, de forma de mirar. Pero tú no te preocupes. He guardado algunos bollos, suponía que íbamos a pasar un buen rato esperando.

Cuatro horas fueron las que esperaron antes de bajar del *Mauretania*. Una hora antes lo hicieron los pasajeros de primera clase, con parsimonia, mirados atenta y ansiosamente por los menos afortunados. Entre ellos vio el niño, que no se apartaba de sus prismáticos, a la enigmática señora Nancy.

—La he visto, mamá.

—¿Visto? ¿A quién?

—A la señora Nancy, la que también llevaba prismáticos y se hizo amiga tuya. El ángel.

Miró a su hijo intentando comprender por qué la llamaba así, cuando era casi una desconocida.

—Creo que a ella le debemos el cambio de camarote.

—¿Por qué dices eso, Rudolf?

—La vi hablar con un oficial del barco, y señaló hacia nosotros. Entonces el oficial abrió un libro que llevaba y buscó unos nombres, que yo creo que eran los nuestros.

—¿Cómo puedes saber todas esas cosas, hijo?

—Tú mirabas al mar, y yo miraba a un petrel, al más grande y blanco. Entonces, el petrel voló hacia el barco y se posó en una barandilla cerca de la señora, por eso la vi.

—Un ángel buscando a otro ángel, ¿no es eso?

—Claro que sí. El petrel y la señora Nancy.

—Tienes la cabeza llena de fantasías. Te pareces...

—¿A mi padre?

—Sí. Para mí ha sido especial estar contigo en ese lugar donde se hundió el *Titanic*, estoy convencida de que a tu padre le habría gustado.

Besó la frente y el cabello de su hijo y le dio uno de los bollos. Ambos sabían que se necesitaban más que nunca, ahora no estaban ni la señorita Grubach, ni Ana, ni Otti, ni Franz. Se miraron, con aire aventurero, como dos socios en mitad de un páramo, pero sobre todo con el profundo cariño que hay entre madre e hijo, dispuestos a cruzar la más amplia de las sabanas, la del destino.

Aún fue más lenta la espera en el interior de Ellis que en la cubierta del barco. Hicieron descender a la gente en fila de a dos, y era tanta que muchas personas permanecieron de pie en la Sala de Registros, a pesar de que su cabida era de unas mil doscientas. Les entregaron una hoja llena de leyes, debajo del escudo de los Estados Unidos. La letra era pequeña y los términos complicados, mas, afortunadamente, por medio de tediosos altavoces interiores se dignaron resaltar los catorce requisitos que debían cumplir todos aquellos que desearan pisar suelo firme. A ingleses e irlandeses los situaron en una sala anexa y se rumoreaba que les habían dado una taza de caldo caliente, a los demás los hicieron firmar, después de escribir sus nombres en letras mayúsculas y de jurar un montón de cosas con la mano derecha alzada.

—*¡Juro que no padezco enfermedades contagiosas; juro que no padezco ataques de epilepsia; juro que no soy retrasado mental ni delincuente convicto; que no bebo alcohol ni trafico con él; que no poseo armas blancas ni de fuego; juro que no soy prostituta ni me debo a la promiscuidad; juro que no tengo deudas con Haciendas o Estados extranjeros y que no trabajaré para ellos en el futuro; juro que no tengo sífilis, piojos o ladillas, y que al menos cuento con diez dólares americanos, o con dos sortijas, o una cadena, de oro!*

Se tenía muy en cuenta saber leer y escribir, y expresarse en inglés o entenderlo medianamente bien. Además, si se era de tez y cabello rubio, de altura superior a un metro sesenta (las mujeres), de ojos claros, se dominaban otras lenguas, y se apellidaba una Parker aun siendo titular de pasaporte checoslovaco (país creado precisamente por los Estados Unidos para fragmentar al decimonónico Imperio centroeuropeo), la entrada a la tierra de las oportunidades y las calles largas rebosantes de dinero estaba abierta.

—Sarah Georginas Parker y Rudolf Lorre. ¿Es su hijo?

—Así es.

—¿Qué edad tiene usted?

—Veintiocho años. Mi hijo nueve.

—¿Él también sabe hablar inglés?

—Sí.

—¿Sabe leer y escribir?

—Sí.

—Muéstreme un billete de diez dólares y otro de cinco.

—¿Vale si le muestro uno de cien?

El funcionario miró el billete en las manos de Georginas y le sonrió. Era un hombre mayor, y se le veía cansado. Se quitó un momento la gorra y se pasó la mano por la frente.

—Espero que tengan suerte. ¿Son judíos, verdad?

No dijo nada, sólo miró fijamente al hombre.

—No vayan diciéndolo por ahí. Yo que ustedes tomaría el tren a Providence, Rhode Island, y lo haría esta misma noche, Nueva York es más agresiva y hay más gente que camas...

—¿Providence?

—Sí, al Gueto Dorado, los judíos que llegan a América con cien dólares en el bolsillo acaban todos allí.

Todavía aguardaron una hora hasta que pudieron recuperar sus equipajes en una sala contigua. Algunas de las escenas que se vieron obligados a contemplar fueron espantosas: una familia entera se arrojó al mar al saber que eran rechazados, tildados de comunistas, otros no contaban con diez dólares y mendigaban una moneda a los demás pasajeros que, generalmente, no apartaban la vista de la ventanilla ni la mano del bolsillo y suspiraban, cansados, por aliviar la espera. Hasta que no fueron trasladados al continente apenas se dijeron nada, se limitaban a seguir a los demás y a preguntar lo mínimo posible. Desembarcar y apartarse de la multitud era el primer cometido: no parecer uno de ellos. Aparentar que habían venido en otro barco, desde otro lugar, que nada tenían que ver con la muchedumbre que desembarcaba ansiosa de pan y café caliente en el puerto de Nueva York.

Lógicamente siempre había estado ahí, al menos desde hacía treinta y cinco años, pero hasta que no pararon a descansar y miraron atrás no vislumbraron la Estatua de la Libertad.

—La Libertad guiando al mundo. Me lo dijo Werfel: la hizo el escultor francés Bartholdi, 46 metros de altura y 25 metros de basamento. Su peso es de 225 toneladas y se inauguró el 28 de octubre de 1886...

—¿Todo eso te dijo Werfel? Él nunca estuvo en América.

—Y me dijo más, mamá: me dijo que según el ángulo de donde la mires puedes ver una señora llamada Libertad con una luz guiando a barcos y viajantes, y si la miras de otro lado...

—Puedes ver a una señora llamada Hostilidad, vestida de juez severo, con la mano alzada prohibiendo la entrada y amenazándote con arrojarte la antorcha al rostro si antes tú mismo no te arrojas al mar —concluyó su madre.

Eran las tres de la mañana. No hacía un frío insoportable, pero sí muchísima humedad; se oía, por un lado, el chapoteo constante del Atlántico en los embarcaderos, por otro, el ruido de la ciudad mientras duerme, la respiración de todos los dinosaurios, parecida a un enorme motor, el que mueve el mundo, al ralentí. Las calles estaban iluminadas como en los sueños, se perdían a la vista, y luego aparecían con la misma inconsistencia que el final de los bosques en los cuentos infantiles. ¿Qué podían hacer? Por fortuna, consiguieron dejar el baúl de viaje en la consigna del puerto por un período máximo de veinticuatro horas, pero llevaban la maleta más pequeña, que no era ligera de peso, los abrigos y el cansancio acumulado durante la travesía.

—¿Toman taxi?

Miró a su hijo: estaba tan cansado que apenas se mantenía despierto, así que sin pensar a dónde dirigirse accedió a meter su equipaje en el maletero del taxi. ¡Qué confortable el mero hecho de abandonar la intemperie!

—¿Son extranjeros? ¿Inmigrantes? ¿Acaban de llegar en el *Mauretania*?

El taxista les miraba a través del retrovisor, mientras arrancaba su automóvil y se metía de lleno en la avenida Broadway, directo al corazón de la metrópolis.

—¿Dónde les dejo? ¿Tienen familia en Little Italy? No... italianos no son: es usted demasiado rubia para ser italiana... ¿Soho? ¿East Village? ¿Lower East Side? ¡No, no son actores ni autores de teatro, lo sé a primera vista! ¡Seguro! ¡Además, la maleta no es muy grande!

Él tampoco parecía americano, ni siquiera su inglés era sobradamente fluido. Llevaba bigotillo y patillas morenas que le salían por debajo de la gorra de taxista, y sus ojos eran marrones. A estas horas de la madrugada, el hombre parlanchín, seguramente acostumbrado a trasladar emigrantes recién desembarcados de Ellis, parecía capacitado para distinguir la nacionalidad de los *nuevos americanos* basándose, únicamente, en el aspecto y el volumen del equipaje, aunque no dijeran ni una palabra. Altos, bajos, rubios, morenos, pelirrojos, solteros, jóvenes viudas o familias numerosas... todos procedían de un mismo lugar: fuera de América. La experiencia en una gran ciudad como esta así se lo había dictado.

—¿No pensarán ir a las *flop-hauses* de Bowery? ¡No —se contestó a sí mismo balbuciendo y convencido de lo que decía—, ustedes no tienen aspecto de vagabundos, y esas son casas para los que vienen sin un centavo: ustedes han tomado un taxi! ¡Seguro! Los pasajeros de primera clase tienen sus propios automóviles y sus propios chóferes, los de tercera se arrastran por las avenidas y duermen la primera noche en las estaciones de metro más cercanas, unos junto a otros, como gatitos. ¿Tenían billete de segunda clase?

Demasiadas preguntas para responder siquiera a una de ellas. Rudolf, definitivamente, se durmió en el regazo de su madre mientras ella miraba por la ventanilla del taxi, los semáforos, los carteles, las luces de Broadway, las anchas avenidas que la atravesaban y las solitarias esquinas, atestadas de comercios, cafeterías y penumbra.

—Tal vez se dirijan fuera de Manhattan. ¿Brooklyn? ¿Queens?

—¿Cómo dice? Ah, disculpe... ¿Hay alguna sinagoga cerca de aquí?

—Son judíos, ¿eh? Todos van a las sinagogas. Nueva York se está llenando de *kikes*, créame, no tengo nada contra su pueblo, es cosa de religión y en eso yo respeto, es más, soy de los que piensan que es bueno, y no precisamente porque los judíos tomen muchos taxis, más bien los compran: este mismo coche es de una compañía cuyo dueño es un judío. Cyrus Zimmermann. ¿Oyó hablar de él? No, claro, acaban de llegar. Si busca usted un hotel donde dormir, hay uno pequeño, es de un amigo mío, y está a la espalda de la sinagoga de Chinatown, en la calle Franklin, a la altura de Finn Square...

—Será un buen sitio.

No tardaron mucho en llegar. El taxista abrió la portezuela, les bajó la maleta y señaló la entrada de lo que él había llamado hotel de su amigo. En realidad era un hostal, algo desvencijado y de entrada claroscura (más bien obsoleta, y con fuerte olor a barniz) pero cierto era que estaba ubicada cerca de la Synagogue Chinatown, porque un letrero a la entrada y salida de la calle así lo señalaba.

Georginas pagó con un billete de diez dólares; la tarifa eran dos dólares más diez centavos por el equipaje, pero antes de dormir por primera vez en la ciudad donde pretendía interpretar los sueños comprendió que el mundo, aquí, también era violento, esquivo con la bondad y terriblemente humano: el taxista se metió en su auto, arrancó y se perdió calle abajo. Se quedó mirando cómo se alejaba el coche, abrazando a su hijo y cargando con la maleta. No dijo nada ni quiso pensar nada, y consideró esos siete dólares y noventa centavos como gastos imprevistos, no con pesadumbre, más bien con una especie de limosna al destino, es como si no hubieran desembarcado, más aún: como si todavía no hubiesen salido de Praga. Por suerte hallaron libre una buena habitación, con ventanal a una calle no muy ruidosa y una cama ancha y de gruesas mantas que compartieron felizmente hasta bien entrada la mañana. Era el 6 de mayo de 1920, un jueves, el primero en el nuevo continente. Todavía le quedaban quinientos cuarenta dólares, dinero más que suficiente, pensó erróneamente, para mantenerse tres o cuatro meses con su hijo. No eran pobres, pero a partir de ahora cada centavo de ese dinero había que emplearlo como abono para hacer más dinero. Era la maquinaria del éxito. Era la ley de América. El futuro.

Sólo una semana más tarde estaban ubicados a varios kilómetros del claroscuro hostal de la calle Franklin, lejos de Chinatown y del olor constante y exagerado a cubos de basura, carne de cerdo, picantes, especias, orín, salsas agridulces y fritos de cereal. En esa semana no cesaron de deambular por las calles de Nueva York, desde la mañana hasta la tarde pasearon madre e hijo, viendo el mar y los rascacielos, caminando hasta los medios de los puentes de Brooklyn y Manhattan, muchos días hasta llegar exhaustos, por las largas y cuadriculadas avenidas, repletas de taxis y gentes que sólo detenían su paso ante la luz de los semáforos; iban y venían a millares, y también a millares cruzaban tranvías y automóviles tan grandes y lujosos como el Torpedo de Wolff (todos con claxons), y lo más importante, cada uno de esos días compró Georginas Parker el periódico de la ciudad: *The New York Times*. A través del periódico pudo hallar un pequeño local, que alquiló (hubo de pagar una fianza de seis meses, a razón de cincuenta y un dólares el mes) en una callejuela muy bien comunicada de East River, a pie de la avenida ochenta y seis, casi enfrente de la isla Roosevelt.

Sólo dos horas después de haber firmado el abusivo contrato (todavía no eran americanos) se encontraban en la puerta de la casa donde iban a vivir y donde tenía pensado abrir su negocio.

—No tenemos otra posibilidad, hijo.

—Yo te ayudaré, mamá.

—¿Qué te parece?

—Me gusta.

—Pues ya lo verás cuando esté pintado, y limpio, y con un gran cartel en la puerta.

Sin embargo, aquella felicidad no era completa, ante los ojos de su hijo se mostraba risueña, fuerte, decidida y confiada en que iban a salir adelante, para eso habían venido a América, pero a la tercera noche en el nuevo domicilio, mientras Rudolf dormía y ella fumaba un cigarrillo ensimismada en la ventana y en sus pensamientos, comprendió que le quedaban, después de haber pagado la fianza de alquiler y haber comprado algunas cosas, no más de cincuenta dólares, que todavía no tenía permiso para abrir su negocio y que ni siquiera un rótulo lo anunciaba. Es como si nada estuviera hecho. Como si antes de abrir la puerta de la fábrica alguien hubiese arrojado la llave a un pozo. No quería llorar, aunque lo necesitaba, se acordaba ahora más que nunca de su marido y de sus amigos, se encontraba tan sola que únicamente mirar a su hijo dormido podía consolarla y darle fuerzas para no quitarse la vida en un momento como este. Hurgó en el baúl, por buscar, como si perteneciera a una persona extraña y no a ella, por ver si había algo que pudiese prestarle un poco de confianza, un recuerdo, una dirección, siquiera una moneda de halura... Y lo halló. Nunca se sabe con certeza dónde están las cosas importantes. Y lo halló de la manera más casual del mundo. Había hojeado sus libros y sus cuadernos, había abierto pequeñas cajas llenas de cosas que poca utilidad podían otorgarle en Nueva York, se había embelesado con aquella fotografía en Malá Strana, de Willfred, Franz y Felice Bauer, aquellos poemas suyos, aquella carta, aquel objeto. Nada que pudiese valer para cavar la trinchera propia en el duro cuarzo de la realidad. Cerró los ojos y pretendió escuchar la sirena del *Mauretania* zarpando hacia Europa, aunque le hubiera resultado imposible oírla si eso se hubiese producido realmente, pues estaba a más de quince kilómetros del puerto, pero ella la oyó en su interior, una, dos, tres, cuatro veces... hizo el viaje de regreso en una variante de hipnosis, dejó el puerto y la isla de Ellis a sus espaldas, sin mirar atrás, recorrió de nuevo el mar, el lugar donde se hundió su marido, las costas inglesas, el puerto de Hamburgo, el tren de Berlín y por fin el paso de los Montes Metálicos hasta que llegó a la estación de Praga al mediodía de un domingo. Así encontró lo que inconscientemente buscaba. El saludo de Franz Werfel, la sonrisa de Ana Freud, al caballeroso señor Lasker, a Aaron Wolff y a ¡Chaim Weizmann! ¡Sí! ¡Chaim Weizmann le entregó una tarjeta de visita! ¿Fue en la estación? ¿Fue en Los Dos Osos Dorados? ¿En aquella comida, tal vez? Le palpitó tanto el corazón que se vio obligada a suspirar con hondura y a sentarse antes de buscar, pacientemente, la tarjeta que ese hombre le había entregado.

—*Si tiene problemas, acuda a esa persona. Me conoce y la ayudará...*

No era el momento de pretender saber con exactitud por qué le había entregado aquella tarjeta, tal vez estaba enamorado de ella, sin duda lo parecía, tal vez era otra cosa, un asunto del nuevo Estado, un *arcángel* que había volado desde la notaría de Praga hasta Nueva York: los judíos son extraños en lo relativo a sus sentimientos. No quería pensar en nada, ni imaginar algo que no estuviera bien claro en su mano.

Levantó la tarjeta de Chaim Weizmann. Pudo haberle dado la vuelta de manera convulsa y directa pero no lo hizo. Se acercó a la ventana y se apoyó en la luz que le llegaba de la calle para leer.

—¡Dios mío! ¡Dios santo!

Casi no podía creerlo. La mano le temblaba, los ojos los tenía fijos en la letra manuscrita del líder judío, y hasta que no la leyó de nuevo, lentamente, silabeando, en voz alta, no percibió que tenía en sus manos la llave maestra de esa fábrica imaginaria capaz de abrir no sólo la cerradura de su casa, sino las de todas las puertas del mundo.

—¡Cyrus Zimmermann! ¡Cyrus Zimmermann!

¡Había oído ese nombre! ¿No es el que le dijo el taxista?

A la mañana siguiente supo dónde ir. Se vistió con su mejor ropa, quiso sentirse especialmente atractiva, no sabía bien por qué pero creyó que sería mejor que ir vestida con el uniforme de emigrante judío, quería causar buena impresión.

—¿Dónde vamos, mamá?

—A dar un largo y bonito paseo. Es hora de que conozcas el parque de Nueva York.

—¿Central Park?

—Efectivamente, Central Park. Vamos a cruzarlo de este a oeste. ¿Quieres?

—Sí.

Eran las nueve de la mañana del 12 de mayo de 1920. Un día repleto de luz, el aire recorría la calle ochenta y seis entrando por la boca que da al río, y era muy agradable sentirlo en el cogote. El corazón le temblaba como un pedacito de carne caliente encima de un montón de nieve, pero el cabello, al ser acariciado por los dedos del viento y enroscado suavemente en el cuello, le hacía estar especialmente animada, y Rudolf estaba tan alegre como su madre: iban a atravesar el parque más importante del mundo después del de Malá Strana.

—Franz Kafka me llevó aquel sábado que estuve con él al parque Acmeriká de Praga, entonces me dijo que en Nueva York estaba el Central Park, pero que buscara en toda América hasta encontrar uno que se llamara Praga. ¿Tú crees que ese parque existe, mamá?

—Claro que sí, cariño. Estoy segura, y un día lo encontraremos.

Cruzaron la Quinta Avenida y accedieron al parque por la entrada anexa al Metropolitan Museum; puestos ambulantes de patatas fritas y hamburguesas les recordaron a ambos el olor de las salchichas de Checoslovaquia, los bandos de palomas domésticas al parque de Malá Strana y a las orillas del reposado Moldava en primavera; se miraron y sonrieron cómplices, sin dotar más que de luz a los ojos y de silencio al rostro, cada uno a su manera, madre e hijo, comenzaron a sentirse verdaderamente como en casa. El kilómetro de anchura lo cruzaron paseando, sin prisas, el asunto era importante, y el tiempo tan escaso como sus cincuenta dólares, aunque prefirió sosegarse, compartir esa felicidad con su hijo, disfrutar del aire puro de Central Park, porque de esa manera se iba a sentir decidida y segura, más cómoda, sus dedos serían tan ágiles como los de Aaron Wolff y su voz tan persuasiva y convincente como la de Weizmann.

Al poco de salir del parque, cruzada la avenida Columbus, le señaló a Rudolf un singular edificio, mezcla de centro religioso, de banco internacional, escuela, lugar sagrado y mercadillo. Era una gran construcción, de recios muros forrados de mármol, con bellas escalinatas y una reluciente bóveda de media bola sobre la que se hincaba, emblemática, enhiesta, brillando tanto como su sostén, la estrella de David.

—¿Qué es, mamá?

—El edificio del Centro de Asuntos Judíos de Nueva York: Jewish Center. Entre las avenidas Amsterdam y Columbus, supongo que todos los judíos que llegamos a América pasamos al menos una vez por ahí, parece que la estrella de David es nuestra estrella polar. Y en esa estrella polar vamos a preguntar por un amigo.

El niño señaló una multitud de medio centenar de hombres, claramente judíos, y un coche fúnebre.

—Ha muerto alguien —reflexionó vehementemente.

—No te preocupes, cariño, en Nueva York siempre se está muriendo alguien, unos llegamos y otros se van, todos no cabemos. Es la ley, viene escrito en los libros sagrados.

Pasó la mano por el pelo a su hijo.

—Así que no te preocupes por nada, ¿de acuerdo? Hazme caso y todo saldrá bien, a partir de ahora habla cuando se te pregunte, y siempre en inglés.

Mientras se aproximaban al Centro Judío la comitiva fúnebre se alejó. Un señor llamado Johnson les atendió cortésmente.

—Han llegado tarde al oficio —les dijo—, pero si toman un taxi tendrán tiempo de asistir a la ceremonia final. Es en la sinagoga del cementerio de Jersey, no le enterrarán antes de una hora.

—No venimos al entierro, disculpe.

El hombre la miró con sorpresa. ¿Qué quería, entonces, una mujer tan atractiva, acompañada de un niño, en un lugar como aquel?

—Busco al señor Cyrus Zimmermann.

El hombre les miró incrédulo.

—Dígame, ¿cuánto tiempo llevan en América?

—Llegamos hace una semana.

—Ah... ¿En el *Mauretania*?

—¿Por qué lo pregunta?

—Todos conocemos al señor Zimmermann. ¿Ha visto ese coche fúnebre? Es el mejor modelo, casi tan largo como ese barco en que han arribado a Nueva York, sólo hay seis en la ciudad, y únicamente para judíos. El señor Zimmermann es el dueño de la funeraria, de las tiendas de flores y de esos automóviles negros. Pero no tiene por qué preocuparse, señora.

—Parker, Sarah Georginas Parker, y este es mi hijo Rudolf.

—Es un placer, alabado sea Yahvé.

El hombre la besó en ambas mejillas y después pronunció unas palabras de bienvenida en yiddish.

—No se alarme, señora Parker, no es el señor Zimmermann quien ha muerto...

—¿Se encuentra aquí? ¿Puedo hablar con él?

—No... No se encuentra aquí. Creo que hoy está en Providence, Rhode Island. Sí, telefoneó esta misma mañana disculpándose por su ausencia en el entierro de Levi Allen, eran muy amigos. ¿Por qué quiere usted verle? ¿Es algo importante? Si es así, aquí podemos solucionárselo. ¿Busca trabajo? ¿Alojamiento? Disponemos de un Centro de Acogida. Podemos ayudarla. Los judíos siempre nos reunimos en las sinagogas, Nueva York no es distinta al resto de Europa, en el ala oeste de Manhattan hay siete sinagogas, vayan a la que deseen, serán bien recibidos... Alrededor de las sinagogas están nuestras escuelas, los baños, pan judío amasado por manos judías en nuestras panaderías, y en nuestras carnicerías buena ternera *kosher,* sacrificada una vez purificada, ni en Varsovia la encontraría mejor.

Mientras el hombre llamado Johnson alardeaba de las posibilidades de la pequeña comunidad judía de West Side, y no mentía, Georginas le mostró la tarjeta de Charles Weizmann.

Literalmente, al ladino personaje le cambió la cara. Primero puso gesto de asombro, luego de incredulidad, torció la boca a un lado y a otro, en un momento pareció pensativo, en otro se mostraba lleno de dudas, mas por fin estiró las mejillas y el cuerpo, carraspeó y sonrió abiertamente.

—¿Conoce usted a Charles Weizmann?

—Sí.

—¡Alabado sea Yahvé! ¡Aleluya! Weizmann es nuestro líder. Algún día presidirá el Estado de Israel, la patria y la nación de los judíos, donde todos los justos plantaremos un árbol y colocaremos una piedra en las esquinas de nuestros campos. ¡Oye, Israel! ¡Oye, Israel! ¡Aleluya! ¿Quiere hacer el favor de acompañarme?

Ella tomó la mano a su hijo y siguió al pío Johnson hasta una sala cerrada con llave; dentro había un amplio despacho, escoltado con dos banderitas diplomáticas, una de los Estados Unidos y otra con la estrella de seis puntas entre las dos rayas azules que simbolizan ríos, un candelabro ritual de siete cuencos y un mapa colgado de la pared con el hipotético Estado judío: desde el Sinaí a Turquía, desde el Mediterráneo al Jordán.

—Siéntense, por favor.

El hombre abrió un cajón, sacó una carpeta de cuero que también necesitaba llavecilla para su apertura, y extrajo un sobre. Una vez abierto, leyó el nombre allí escrito.

—Sarah Georginas Parker. ¿Es usted?

—Sí. Ese es mi nombre, ya se lo dije...

—Naturalmente, naturalmente, ¿puede usted demostrarlo? ¿Conserva algún documento oficial que acredite su nombre?

Le mostró el pasaporte. Johnson lo miró con tanto detenimiento y empeño que incluso llego a pasar la yema del pulgar por la fotografía, convencido de que todo estaba en regla; finalmente sonrió y se puso de pie.

—Cuando les vi llegar pensé que eran polacos, como nuestro hermano Levi. Los polacos, de los recién llegados, siempre son los más rubios. Pero resulta que son checoslovacos, eso está bien, conozco Praga, el barrio Josefov y las sinagogas más antiguas de Europa.

Volvió a sonreír, y su rostro pareció el de un raposo, frotó sus manos con insistencia y la miró directamente a los ojos como cerciorándose de lo que iba a hacer.

—Este sobre es para usted. Permítame decirle que es un placer tenerla en los Estados Unidos de América, inscrita en nuestra comunidad.

Georginas tomó el sobre y lo abrió. Dentro había una cantidad imprecisa de dinero.

—¿Qué es esto?

—Si lo cuenta, y debe hacerlo porque tendrá que firmarme un recibo, verá que hay mil novecientos quince dólares.

Johnson alzó el rostro y amagó una sonrisa digna del juez Radamantis, batió sus párpados igual que un reptil y abriendo su mano y mirándosela como si fuera un mapa o un libro del que leyera le explicó a Georginas el por qué de tal cantidad.

—Un antiguo talento judío equivale exactamente a esa cantidad en dólares, así está prescrito por nuestros estudiosos hasta el último día de 1930, ni un dólar más. No me pregunte quién se los otorga, ni por qué. El señor Zimmermann me entregó este sobre hace una semana. Esperábamos su visita.

Era mucho más que las mejores posibilidades imaginadas. La noche anterior, mientras sostenía la tarjeta de Weizmann, ¿qué había pensado lograr, cuánto podía valer aquel rectángulo de papel, cien, doscientos dólares a crédito de judío a judío, o simplemente nada? ¡Mil novecientos quince dólares! Podría resistir un año. ¡Un año! ¡Podría abrir su negocio de interpretación, anunciarse en *The New York Times*, aspirar a algo mejor para su hijo!

—Guarde bien ese dinero. Nueva York está llena de ladrones: es una cueva muy grande, honda y, muchas veces, oscura; barco que atraca en el muelle, barco que descarga ratas hambrientas, créame que si pudieran se beberían el óleo de las sinagogas y roerían los rollos sagrados. ¿Piensan quedarse a vivir aquí, o se trasladarán a Providence?

—¿Se refiere a ese Gueto Dorado? No, pensamos vivir en la gran ciudad, en la capital del mundo, donde más gente habita y más gente sueña...

—Es usted muy lista. Y afortunada. Ser amiga de Weizmann es lo mejor que puede pasarle a una mujer judía. ¿Es este niño el hijo de Weizmann?

—Mi nombre es Rudolf Lorre, señor.

—¿Lorre? ¿Y qué edad tienes?

El hombre miró atentamente al niño, como si le examinara, y no terminó de cerrar la boca, sin duda con la intención de volver a preguntarle. Entonces, Georginas se levantó y tendió la mano para despedirse.

—Tenemos que irnos, señor Johnson. Ha sido muy amable, no sé cómo darle las gracias.

—No se preocupe, señora Parker. Yo sólo trabajo para Zimmermann y dirijo el Centro de Acogida y Actividades Judías, soy el rabí de esta sinagoga, así que supongo que volveremos a vernos. Ahora debe firmar este recibo.

Lo hizo y no dijo nada más. Tomó a su hijo de la mano y siguiendo una referencia invisible para el resto del mundo, algo sonámbula, apretando contra su pecho el bolso con el dinero, se apresuró a abandonar el edificio.

—Una pregunta más, señor Johnson. ¿Dónde se encuentran las oficinas de *The New York Times*?

Tres días más tarde aparecía en un recuadro pequeño del periódico el anuncio de una empresa nueva, un servicio único, que nadie antes había colocado en tan prestigioso medio de comunicación, hasta el punto de que se hizo eco del anuncio, y lo convirtió en noticia de la semana, la incipiente Radio Corporation of America, lo que motivó que no sólo lectores curiosos sino millones de radioyentes de tres estados distintos conocieran que existía tan extravagante y atractivo servicio antes de que este hubiese sido verdaderamente inaugurado. La persona que había inscrito ese anuncio en el periódico neoyorquino era Sarah Georginas Parker, la misma tarde que recibió el donativo.

¡GABINETE FREUDIAN
DE INTERPRETACIÓN DE SUEÑOS!
579 East 86th Street/19 Anderson Place
New York City

No fue vano. En aquellos años de cielos claros, charlestón, leyes de Volstead y whisky ilegal, en el albor de la década americana de los años veinte, el espiritismo, las médiums, los contactados permanentes con el más allá, las echadoras de naipe marsellés y lectoras de posos de café, y las rarezas *freaks* de circo, como los fantasmas, estaban tan a la orden del día que Nueva York contaba con salones específicos donde gente de toda condición, cultura y poder adquisitivo se reunía con la esperanza, muchas veces fraudulenta, de contemplar animales únicos, amputaciones graves, mórbidos objetos y útiles de tortura, enanos espectaculares, siameses, o el mero resultado de ataques de fieras; la contemplación de personas deformes, anormales y desgraciadas, fenómenos de naturalezas distintas, demostraciones que alteraban la física y la lógica; o simplemente asistían a gabinetes de magra índole y ninguna moral con la dudosa intención de recibir el perdón de muertos recientes, de alejar entidades oscuras, reunir ancestros, departir con familiares desaparecidos, contactar con infantes muertos sin bautizar o con antiguos personajes de leyendas, poseer objetos con vida propia y pasear por habitaciones encantadas. Eran los tiempos de Max Malini, Anneman y Harry Houdini.

Sarah Georginas había apuntado en una libreta, al refugio de las noches, mientras su hijo dormía, todo lo necesario para acondicionar un gabinete donde el fin fundamental iba a ser el de ganar mucho dinero interpretando sueños y elaborando narraciones onirocríticas de su clientela. En una metrópolis como Nueva York (cruce y enlace de cientos de autopistas del sueño), donde millones de seres dormían a cualquier hora, ¿cómo no iba a ser requerido alguien que afirmara interpretar esos episodios soñados? Los americanos ya tenían sus escapistas y magos, sus espiritistas y domadores de pulgas, pero ¿quién iba a desvelar sus sueños, quién conocía el críptico idioma que sólo despierta mientras duerme nuestro consciente? Ella. Compró varios libros en almacenes perdidos a los últimos chamarileros, vetustas barajas adivinatorias (todas incompletas, algunas redibujadas, con el único fin de mostrarlas, para crear en su salón un ambiente propicio a lo desconocido), velas serpiformes y carteles de enigmáticos anuncios del pasado siglo XIX: jarabes milagrosos de tal doctor, aeróstatos entre la bruma, navíos a punto de hundirse en mitad de tormentas, proyecciones cinematográficas desde aparatos imposibles, fotografías de cadáveres, ectoplasmas, apariciones y ejecuciones. Reunió un gran diván tapizado con cuero (pues la madera —pensaba— se empapa con los residuos de los sueños) y sobre el cuero: tela limpia, de colores distintos para cada cliente; un gramófono y tres discos clásicos; lámparas diversas y perfumarios; y lo envolvió todo con tenues cortinas violetas que filtraban y tornasolaban la luz a cualquier hora del día o de la tarde. El salón estaba preparado. Sólo faltaba alguien que leído el anuncio en el periódico de la mañana recordara haber tenido un sueño, bueno, malo, extraño, profético o repleto de pesadillas: en un lugar como aquel no tenía más remedio lo soñado que dejarse descomponer. Acondicionó una de las ventanas que daban a la calle como reclamo (usó la misma técnica de los escaparates de pastelería), dispuso un cuerno de cabrón de las Rocosas, bastante grande, blancuzco, áspero a la mano, y muy enroscado, comprado a una mujer negra por dólar y medio en un mercadillo clandestino de Harlem, encima de un paño bordado con decenas de crucecitas blancas; y alineados caprichosamente a lo largo del ventanal mostró los siete frutos sagrados de Canaán: granos de trigo, granos de cebada, un cuenco pequeño de vino, otro con miel de dátiles, higos, granadas y aceitunas. Dos frascos (transparentes) sellados con corcho y lacre, uno con agua del Atlántico y otro con arena del cercano East River, y además el elegante, atractivo y colorista cartel en la puerta: *Gabinete Freudian de Interpretación de Sueños. Por Georginas Parker.* A un lado de su nombre una luna creciente, al otro una menguante, y sobre las iniciales algunas estrellas de metal bruñido.

El dinero que creía que podría durarle un año, el equivalente al antiguo talento judío en dólares, lo ganó en sólo dos meses. Lejos de asustarse por el éxito inmediato, consiguió que su servicio fuese más elitista aumentando paulatinamente honorarios, flexibilizando los horarios de consulta (cada vez más nocturnos, ilógicamente, ¿cuándo soñaba esta gente?) y atendiendo sobre todo a damas viudas de antiguo, enriquecidas, flacas y feas como momias, ataviadas con trajes negros e indiscretos sombreros y necesitadas de gastar dólares continuamente, hablar de cualquier cosa y desahogarse. ¡Cuántos ahogados hay en el mundo que jamás subieron a la borda de un transatlántico! Ahora sí había llegado el momento de escribir una verdadera carta a sus amigos de Europa, ahora sí podía decirles ¡aquí estoy! Y lo hizo, una tarde noche, mientras su hijo leía el final de *Demian*, llovía a ráfagas en Nueva York y los dos se consideraban felices.

Querida Ana:

América nos miró directamente a los ojos y respondimos a su mirada. Estoy segura de que una mano de cristal, invisible y valiosa, guía nuestro destino en este nuevo mundo: las cosas suceden hasta ahora para bien, sin que pueda detenerlas o provocarlas, pienso que es como un viento divino, pero no quiero preguntarme con seriedad el por qué de nuestra buena suerte.

¡Tendrías que ver lo que hemos conseguido! ¡Apenas hace dos meses que he abierto el pequeño gabinete de interpretación de sueños y ya he tenido que clasificar a mis clientes por categorías económicas y oníricas! Casi no tengo tiempo para soñar yo misma y estoy convencida de que alguien como tú no tendría más que abrir la puerta de su casa para que se llenara de gente pidiendo lluvia con la que refrescar sus mundos resecos e imposibles, explicaciones instantáneas para fulminar sus miedos repetitivos, visiones extravagantemente obscenas, fantasías eróticas pero, antes que nada, oyéndoles sus sueños de papel sordo, sus mentiras, delirios y todos los entornos de sus deseos. Te convertirías en el médico, en el psiquiatra, en la maestra y hasta en el recipiente donde depositar sus dólares y sus alucinaciones.

Quiero escribir a Franz Kafka, a Werfel, a Otti y a todos. ¡Cuéntame de nuestros amigos! ¿Escribe Kafka? ¿Publicó algo? ¿Se ha casado con esa nueva amiga del balneario? Y Werfel, ¿ha conseguido viajar a Italia y oír en directo música de Verdi?

¿Continúa apagando las farolas de la avenida Kaprova? ¿Acaso posee ya un disco propio de Dvorak? ¿Sabes algo del profesor Lasker? ¿No dijo que vendría a jugar un torneo aquí, en los Estados Unidos? Soy feliz, Ana, tanto que quiero narrarte mis pensamientos y me lo impiden los impulsos hasta que me producen ansiedad (aunque se trata de una angustia dulce). Deseo contártelo todo, cada día, cada minuto que hemos pasado en Nueva York, todo lo que hemos hecho desde que bajamos del Mauretania, soy yo quien debe contar, y no preguntar...

Vivimos en la calle Anderson, en un buen edificio de piedra. Me han asegurado que es una de las calles (aunque hoy sin salida, sólo con entrada) más antiguas de Nueva York, tal vez de la nación americana; una parte es paralela a la ribera de East River, y se comunica en línea recta con Central Park siguiendo por la avenida ochenta y seis; no hace más de cincuenta años aún vivían en ella pescadores de dotes, paseantes de patillas y chisteras, y charlatanes con oficio, estaba plagada de almacenes donde se comerciaba con las mejores pieles curtidas, y tiendas que comenzaron vendiendo azúcar, harina, clavos, y terminaron vendiendo de todo; actualmente es una calle cada vez más moderna y más clasista (¡cuántas cosas hay paradójicas en América!), cuenta con dos talleres de relojería, un pequeño banco y un personalísimo restaurante italiano; en la calle habita gente de bien, los alquileres no son baratos pero aquí el dinero pasa de mano en mano con facilidad, te asustaría saber cuántos dólares pago cada mes y qué fianza me han impuesto por no ser todavía ciudadana americana. Hasta hoy hemos dividido la casa en dos partes, la de atrás para vivienda propiamente dicha y la frontal para el gabinete, pero a partir de mañana podremos ocupar la parte de arriba, un piso que está comunicado con el nuestro, idóneamente, por una escalera interna. Así que ahora dispondremos de una habitación libre.

He leído en la prensa que cada quince días llegan barcos de Europa cargados de gente. Si quisieras venir... Entre las dos podríamos llenar los Estados Unidos de divanes. Lo necesitan.

Georginas encendió un cigarrillo. Después sostuvo la pluma pegada a los labios con la mirada perdida, aparentemente ensimismada en cómo rebotaba la llovizna en los cristales de la ventana.

—¿Estás escribiendo a Franz Kafka?

—No, cariño, escribo a Ana.

—Cuéntale que he terminado el libro de Hermann Hesse... Y que si ve a Franz le diga que la isla Roosevelt tiene la misma forma que la espada del rey Ottokar. Que lo he visto en un mapa. ¿Van a venir a Nueva York?

Su madre le miró.

—No lo sé, hijo.

—Si en las sinagogas de Nueva York cada día se muere gente, ellos podrían venir a reemplazarlos.

Una tarde se detuvo un gran automóvil, muy lustroso, en la calle Anderson, justo en la puerta del gabinete. Para acceder a esa altura, como la Anderson es calle sin salida, tuvo necesariamente que emplear la marcha atrás, pues luego resulta imposible dar la vuelta; así que el morro del coche apuntaba a la avenida ochenta y seis. Rudolf estaba en el piso de arriba, había terminado sus deberes de estudiante y pasaba el rato observando con los prismáticos cualquier cosa que sucediera en la calle, y sobre todo le divertía espiar a las señoras que acudían a la consulta. Observó cómo el automóvil estuvo estacionado por espacio de una media hora sin que nadie bajara de él, además, el ángulo de la ventana impedía ver quién lo ocupaba, así que por divertimento y curiosidad se mantuvo firme hasta observar claramente quién se apeaba del vehículo: una señora, alta, algo flaca, vestida impecablemente con traje color marfil y semioculta por un gran sombrero francés. Aun así, para él no supuso ninguna duda.

—¡Es el ángel!

Su primer impulso fue bajar y gritárselo a su madre pero, lógicamente, tenía prohibido acceder al gabinete durante las tardes, así que se concentró en el objetivo de sus prismáticos hasta que *el ángel*, una vez que se alejaron las dos señoras que acababan de salir, accedió al gabinete. ¡Lo que hubiera dado por oír durante un minuto el sueño de aquella mujer que tan grato recuerdo le traía! Sin embargo, fue más de una hora el tiempo que Nancy Cunard estuvo hablando con su madre.

—Volvemos a vernos, señora Parker.

Georginas la observó con discreción, al pronto no la reconoció, sólo vio en ella una mujer algo más joven que sus habituales clientes, vestida elegantemente, sin duda no carente de dinero ni de tiempo, mas cuando Nancy se destocó y miró sonriendo la reconoció de inmediato.

—Usted es...

—Sí, querida, soy Nancy. Nos conocimos a bordo del *Mauretania*, ¿lo recuerda ya?

—¡Claro!

—Le pronostiqué que volveríamos a vernos y aquí estoy. He oído hablar mucho de usted. El periódico, la radio, y mis propias amigas la conocen, todo el mundo elogia su precisión para interpretar. No tenía más remedio que venir a consultar. Y he de reconocer que me ha impresionado.

—Bueno...

—Créame, he contemplado durante veinte minutos su escaparate, lleno de esas cosas raras, es fabuloso, y todo esto esparcido alrededor. ¿Se supone que en ese diván se recuesta la gente y le cuenta sus cosas?

—A decir verdad hay otro diván, en un gabinete mucho más privado, exclusivo para clientes asiduas; en Nueva York la gente sueña mucho. Venga conmigo, estaremos más cómodas.

Georginas abrió una puerta y la invitó a pasar.

—¡Vaya! Si existe gente que es incapaz de soñar sólo tendría que echar un vistazo a esta habitación y se curaría al instante del insomnio onírico. ¿De dónde ha sacado todo esto? En un lugar como su gabinete soñarían hasta los muertos...

—En realidad es un lugar para desoñar. Es decir, ayuda a concentrarse en aquello que hemos soñado (la materia onírica) y a exponerlo...

—No me tenga por una impertinente, pero sigo pensando que este es el lugar más fácil del mundo para soñar.

Tenía razón Nancy. Esferas de cristal, tallas de madera, incensarios, frutas y flores secas, manojos de llaves viejas, antiguas láminas con basiliscos, leviatanes, dragones y fauna y cosas dignas de pesadillas, enanos, ogros, mansiones, nubes, tormentas, amaneceres. Incluso un cráneo.

—Parece humano, pero está hecho de marfil. En dos piezas. Es casi perfecto...

Nancy lo levantó y lo mantuvo unos segundos a la altura de su mirada. Miró y volvió a mirar con distancia, más con curiosidad de artesana anatomista que con intenciones hamletianas.

—Sólo le falta un cerebro ahí dentro, dos ojos, una lengua y se diría que pudiera ver, pensar y hablar...

Soltó el cráneo en la mesa con la misma teatralidad con que lo alzó, se giró con elegancia y dotada de toda la delicadeza y la diplomacia posibles osó preguntarle por su hijo.

—¿Conserva todavía aquellos prismáticos? ¿Me dijo que habían pertenecido a un francés muerto en la guerra? Creo recordar...

—Me alegro de que se acuerde de él, le aseguro que no se separa de esos prismáticos. Rudolf es un niño con mucha imaginación, se encuentra en esa edad donde realidad y fantasía se mezclan continuamente. Está arriba, estudiando. Y dígame usted, ¿qué es lo que desea?

—Contarle mis sueños, naturalmente. ¿Es aquí donde debo recostarme?

Georginas la miraba con la misma curiosidad que Nancy empleaba en todas las cosas que allí había. No sabía qué pensar, no era mujer corriente ni siquiera entre las ricas. Ella también había visto el automóvil en la puerta al salir a despedir a las dos señoras, y se percató al instante de la carísima ropa y la prestancia de Nancy, de la que poseía sólo un dato, tal vez dos: había viajado en el mismo transatlántico que ella y recordaba a su hijo. Por la manera de recostarse y fijar los ojos directamente al techo del recinto le pareció a la interpretadora que no era la primera vez que esta mujer era psicoanalizada (parecía carne de diván), y más segura estuvo en cuanto la paciente comenzó su narración.

—Sueño con una cesta de manzanas.

—Una cesta de manzanas... —repitió Georginas—. ¿Cómo son esas manzanas?

—¿Qué quiere decir? ¿Si son pequeñas, grandes, rojas o amarillas?

—Sí, exactamente.

—Son pequeñas, y muy brillantes, parece que nadie las ha tocado... Sí, pequeñas y brillantes. Más o menos hay una docena. Y yo las compro en un mercado especial.

—¿Qué mercado?

—No lo sé. Es un mercado especial...

—Continúe. ¿Qué hace con esa cesta de manzanas?

—Quiero comérmelas. Estoy ansiosa por hacerlo. Son muy jugosas, hermosísimas a la vista, las mejores que se pueda imaginar... Tomo una de ellas y la muerdo con satisfacción, saboreo el bocado, entonces miro el resto de manzana en mi mano y la arrojo con asco...

—¿Por qué?

—De su interior surge un gusano... ¡Un gusano enorme y negro! ¿Me entiende? ¡Un gusano! Y muerdo otra manzana y hay más gusanos, y yo sé que cada vez que muerda una saldrá un gusano, pero soy incapaz de no hacerlo, no puedo desistir, tengo tanta hambre que desfallezco y tanto asco que creo que voy a vomitar, entonces salgo corriendo, en un alarde de valor, llego sudorosa, cansada, me palpita con fuerza el corazón...

Por su manera atropellada de hablar, la visible crispación en su rostro mientras lo hacía y la dilatación y el movimiento pendular de sus pupilas, era evidente que hablaba con sinceridad y que el sueño que refería no era una invención momentánea.

—¿Adónde llega?

—Al mercado donde adquirí las manzanas, a devolverlas. No las quiero.

—¿Y?

—No las aceptan. Me las vendió un señor mayor que se niega a que las devuelva porque todas están mordisqueadas. Entonces despierto.

Georginas mantuvo un absoluto silencio. Se levantó y accionó el gramófono.

—¿Le disgusta la música?

—No... ¿Y a usted, le importa que fume?

—En absoluto, fume si quiere... ¿Por qué está asustada?

—Porque lo he soñado cinco veces... O siete, o diez...

—¿Cuándo suele soñarlo?

—¿Eso es todo lo que va a contarme de mi sueño?

—No... No se impaciente. Creo que es un sueño muy claro, pero necesito saber cuándo y cómo lo ha soñado. Verá, Nancy, se puede soñar por la tarde, por la noche, incluso por las mañanas, le ocurre a algunos insomnes.

—No es mi caso...

—Se puede soñar por una mala digestión, de cansancio, placenteramente, por un golpe, a causa de drogas o vino... de ansiedad, de miedo...

—Bueno... El sueño que le he contado puede aparecer en cualquier momento... Es decir, puedo dormir en cualquier lugar a cualquier hora y soñar con ese cesto de manzanas brillantes. En mi apartamento, la casa de campo, hoteles... en casas de mis amigos, en uno de los barcos... Es terrible, imaginar que esos gusanos corren por mi garganta y llegan vivos al estómago, sólo pensarlo me dan náuseas.

—¿Está usted casada?

Nancy se incorporó.

—No. Supongo que también el estado civil es un elemento para interpretar los sueños.

—No lo tome a mal. Sólo he querido preguntarle si mantiene relaciones con algún hombre.

—¿Una relación estable, pregunta?

—Sí.

—La respuesta es no. Conozco bien a los hombres. Y no caeré en los brazos de ninguno. Todos desean lo mismo.

—Comprendo.

—¿Seguro? ¿Qué comprende?

—Bueno, usted es muy hermosa, y elegante, no faltarán hombres que se le acerquen...

—Se acercan demasiado. Pero hay que arrojarlos por la borda. ¿Recuerda cómo caían las coronas de flores por la popa del *Mauretania*?

—Sí.

—Pues igual hago yo con los hombres. Tómelo como una metáfora. ¿Qué puedo decirle? Le cuento un sueño que se me repite y usted me pregunta por mi vida, sólo le falta escarbar en mi infancia...

—¿Cómo dijo que se llamaba?

La miró al borde de la risa.

—¡Nancy! ¡Mi nombre es Nancy!

—¿Y su apellido? Creo que antes me lo dijo y...

—No, no se lo dije. Me llamo Nancy Cunard.

—Cunard... Cunard... —repitió lentamente, intentando recordar dónde había oído ese nombre.

—Ahora no lo tome a mal usted, querida, pero soy la propietaria de la Compañía Naviera Cunard.

Georginas se levantó y también prendió un cigarrillo. Algo desconocido, pulsátil, le decía que continuaba reuniendo las piezas que el azar disponía en sus manos. ¿Por qué esa mujer allí? Riquísima, joven y elegante, ¿qué podía desear? Además...

—Sí, querida, el *Mauretania* es de mi propiedad. Aunque yo prefiero llamarlo *Gran Señor*. Subo a bordo de ese viejo barco siempre que tengo oportunidad, somos como dos enamorados. Hace poco estaba en Europa, en Londres, y aquí me tiene ahora, en el este de Manhattan. Por cierto, espero que el segundo camarote al que se trasladaron fuera más confortable que el compartían con esa pareja de recién casados...

—Entonces, fue usted quien...

—No le dé importancia. Pero sí a mi sueño, ¿qué piensa realmente de esas manzanas?

—Artemidoro le habría dicho que esas manzanas son malos negocios que terceras personas intentan imponerle, usted los acepta porque le parecen fáciles pero resultan ruinosos, intenta volver atrás y ya es imposible, el trato está hecho... en definitiva: debería estar más atenta a su dinero; ese sueño sería un aviso claro de lo que ya está ocurriendo o de un futuro inmediato, dependiendo de la hora en que se ha soñado el episodio. Franz Brentano, eminente estudioso e interpretador, padre y fundamento de la onirología moderna, si hubiera oído su relato, probablemente habría supuesto que cada manzana simboliza un momento perdido, un sueño no cumplido cuyas raíces parten de la infancia, tal vez de la adolescencia, o justo en la frontera que hay entre ambas, él las llama grietas... Cada manzana es un deseo que no llegó a realizarse, y no puede volverse atrás porque el tiempo lo impide y para Brentano es una dimensión unidireccional... (el tiempo pasado es tiempo amputado), una docena de manzanas son una docena de grietas. En definitiva, las ocasiones perdidas no volverán a suceder, vendrán otras, mejores o peores, pero ya no serán las mismas porque el momento no será el mismo, elija otra fruta que comprar, tómela de otro árbol, una naranja, una cereza o un simple dátil, porque atendiendo al más común de los simbolismos las manzanas siempre se las venderán podridas. El profesor Sigmund Freud...

—¿Conoce al profesor Freud?

—Sí. He asistido a muchas de sus conferencias por media Europa y he leído todos sus libros, parte considerable de mis conocimientos están basados en sus estudios. El profesor hubiera supuesto que los gusanos son símbolos fálicos que intentan introducirse en su cuerpo, de momento a través de sus orificios naturales, en este caso la boca, surgiendo de un fruto delicado como es una manzana pequeña y brillante. Freud hubiera llegado a la conclusión de que cada fruta es un amante, cada mordisco una aventura consumada al instante, mas incapaz de saciar el apetito (no es la manzana lo que repele, en este caso es el animalillo) cada gusano representa un miembro genital masculino; el profesor Freud no vería mucha diferencia si hubiese soñado con ese manojo de llaves —le señaló—, cada realidad amorosa, cada una de esas manzanas, se transmuta en un fracaso, en una decepción, que la lleva a vomitar... Y no puede volver atrás porque los amantes no logran evadirse, la rodean, no puede quitárselos de encima, está condenada a ellos... y por contra, el señor mayor, que representa sensatez y sabiduría, jamás aceptará a una mujer que viene a él portando un cesto de fruta podrida. Demasiadas manzanas mordidas.

Nancy miró a Sarah Georginas Parker como jamás había mirado a nadie. Aquella mujer rubia, hermosa y recién llegada de Europa no era su madre, su hermana o su amante, ni siquiera una de sus amigas, sin embargo, la demostración de sus posibilidades interpretando sueños la había dejado absolutamente anonadada. ¿Qué le estaba diciendo? ¿Cómo podía conocerla tanto en tan poco tiempo? Ella, desde niña, estaba acostumbrada a ser el centro de atención allí donde iba, su rostro salía en las revistas de sociedad, en la alineación de apellidos ilustres y en la portada del *Cosmopolitan*, pero su fama era tan conocida en las playas inaccesibles de Newport como indiscreta en los garitos fuera de la ley seca de Little Italy; su dinero, envidiado, sus extravagancias también; opinión de la *señorita* Cunard era opinión respetada, y su soberbia (en otras damas ricas: defecto; en ella, caracterial), aun al borde mismo del escándalo, normalmente era muy bien acogida entre las más altas familias norteamericanas, sin pudor, con la simpatía que producen los excéntricos y el beneplácito que se les otorga a los nacidos multimillonarios. ¿Y de qué servía todo? Allí estaba, sus buenas ropas no lograban vestirla y se veía cada vez más desnuda en el gabinete, sus propias palabras no alcanzaban a proteger su pasado ni a ocultar sus vanidosas intenciones; en la puerta, el carísimo coche la esperaba; al volante, un prometedor escritor de Chicago, Illinois, convertido en el chófer más atractivo de Nueva York por un día; pero algo la anclaba, ni un hombre cinco veces más apuesto y paciente que ese Ernest de Oak Park, ni un coche diez veces más rápido y lujoso, podrían haberla arrancado de este lugar donde los sueños se desvanecían, lo oscuro y criptográfico parecía de pronto transparente, legible; lo sólido, gaseoso; los secretos, evidencias.

—Artemidoro, Brentano y Freud... Y usted, Georginas, ¿qué supone? ¿Cuál es su propia interpretación del sueño de las manzanas?

—¿Está enamorada? Quiero decir a excepción del *romance* que mantiene con el transatlántico.

—No. Nunca lo estuve.

—¿Nunca estuvo enamorada? ¿Qué edad tiene?

—Veinticinco años... ¿Y usted, está casada? ¿Y su marido? ¿Acaso es viuda? ¿Qué edad tiene?

—Bueno... es usted la que sueña y yo quien hace las preguntas, para poder interpretar...

—Disculpe, estoy un poco nerviosa.

—Creo que sus sueños están contaminados por restos de episodios diurnos. Tiene una clara tendencia a dramatizar los contenidos oníricos. Usted piensa que esos gusanos van seguir vivos en su estómago, tal vez van a devorarla por dentro.

—Así es... ¿Qué pretende?

—Sólo intento ordenar los elementos de su sueño repetitivo de manzanas brillantes de tal forma que se acomoden a una trama comprensible.

—No entiendo.

—Verá, no está casada. Afirma que jamás ha estado enamorada, se jacta de conocer bien a los hombres y de arrojarlos por la borda de su vida como si fueran coronas de flores, compra todo lo que brilla sólo porque le apetece, la deslumbra el oropel, sin embargo, sólo probarlo le provoca asco... El oro no parece brillar tanto cuando se posee, el tiempo no pasa sus minutos al capricho y nadie es dueño de él, el calor que desprende el pecho de un joven puede extinguirse tan rápido como una voluta de aliento en una tarde fría... Busque a un hombre para sentirse amada de verdad. Existe, hállelo, y deje de probar manzanas.

Oía atentamente. No le era posible entender con plenitud las palabras de Georginas, más parecían las explicaciones de una consejera que las de una onirocrítica. Aplastó el cigarrillo y volvió a levantar el cráneo a la altura de sus ojos.

—¿Qué me quiere decir? ¿Que tengo demasiados amantes? ¿Que busco amor y no encuentro más que sexo barato en playas, mansiones y camarotes de lujo? ¿Que con mi dinero quiero comprar poesía, talento y cariño y lo que obtengo es codicia, codicia y sólo codicia?

—Exactamente, Nancy. Son nuestros mecanismos psíquicos los que confeccionan los sueños, hacen que se repitan, que se aceleren o que desaparezcan, y esa misma propiedad ahora permite que usted interprete lo que sueña observando el contenido de su interior. Cuando salga de este gabinete busque en su estómago: no encontrará un sólo gusano.

Había pasado una hora desde su entrada al gabinete de interpretación. Consciente de ello, aparentemente fatigada, aunque menos tirante y ostentosa que a la llegada, le sonrió y asintió complacida.

—Me habían informado muy bien de su trabajo. Pero veo que supera todas esas habladurías. Le prometo que si vuelvo a soñar no dudaré en visitarla de nuevo. ¿Admite talones bancarios?

Abrió su bolso, extrajo un talonario de cheques y se dispuso a escribir una cantidad.

—No puedo cobrarle nada. Ahora sé que intercedió para que mi hijo y yo fuésemos admitidos en ese camarote tan confortable... y caro. Había café caliente, leche y bollos. No podré olvidarlo. Fue un enorme favor el que nos hizo, así que la interpretación de sus sueños está pagada de antemano.

Nancy no insistió, algo inhabitual en ella. Fue acompañada a la puerta, donde la esperaba su joven chófer y escritor claramente impaciente, fuera del auto mirando las cosas dispuestas en el ventanal. Pero tuvo tiempo para despedirse de esa mujer que tan extraordinaria impresión le había causado.

—Volveremos a vernos. No pasará mucho tiempo y la próxima vez ningún café con bollos impedirá que acepte mi cheque. Y, por favor, yo la llamaré sólo Georginas, y usted me llamará sólo Nancy.

Ella sonrió mirándola a los ojos. ¡Casi eran de la misma edad!

—De acuerdo, Nancy.

El auto arrancó y pronto desapareció en la avenida ochenta y seis. Todavía mantuvo la mirada clavada en el fondo de la calle Anderson; por su cabeza se sucedieron, con orden, y sopesados convenientemente, cada uno de los comentarios que había oído y cada una de las palabras que Nancy le había dicho. Después volvió arriba la mirada y descubrió al niño en la ventana, enfocándola con los prismáticos. Ambos se sonrieron.

La relativa fama que el gabinete adquirió en pocos meses se hizo más palpable a partir de aquella visita. Se puede decir que en las semanas siguientes fueron tan numerosas las llamadas de distinguidas señoras y tantos los sueños a los que tuvo que dotar de argumento que al llegar el verano de 1921, aun sin pensarlo, y menos todavía sin saber adónde se dirigía, aceptó la invitación que la propietaria de la Compañía Naviera Cunard le hizo.

—Querida Georginas, deberías descansar: estás agotada. Un poco de aire fresco no te vendrá mal. Ni a Rudolf tampoco, podéis alojaros en mi casa, insisto en ello...

—Eres muy amable, Nancy. Lo cierto es que tengo muchos compromisos. No caben más citas en mi agenda. Parece que todo Nueva York se inquietara por no saber por qué sueña...

—Anula esas citas... Vuelvo a decirte que necesitas descansar, cada vez te pareces más a uno de esos personajes transparentes de los sueños; créeme, tres o cuatro semanas airearán tus interpretaciones y ayudarán a crecer a este precioso joven... Sácalo algunos días de las catacumbas de Manhattan.

El niño acababa de entrar. No estaba autorizado a pisar el gabinete, pero con Nancy era distinto: la segunda vez que vino le trajo una auténtica gorra de marino con el emblema bordado de la Cunard Line, y en otra ocasión le había regalado una maqueta del *Mauretania.* Además, no se trataba de una visita de trabajo, sino de amistad.

—¿Tú qué dices, Rudolf? ¿Te gustaría pasar unas semanas junto al mar?

Por toda respuesta, la enfocó con sus inseparables prismáticos, fue suficiente para que sólo diez días más tarde Georginas Parker y su hijo vieran llegar puntualmente el formidable auto que acostumbraba a usar en sus visitas, detenerse en la puerta y bajar al conductor: su chófer personal, el joven escritor de Chicago.

—La señora Cunard no ha podido venir —dijo amabilísimo—, pero me ha encargado que les lleve a Salamander Sea, allí se reunirá con ustedes. Me pidió que la disculpara.

—No tiene importancia.

Era un hombre atractivo. De palabra fácil y modales educados. Ocuparon los asientos de atrás, ella prendió un cigarrillo y el niño abrió la ventanilla para otear las *tierras vírgenes* de América del Norte. No habían transcurridos ni veinte kilómetros por la carretera estatal treinta y cuatro, siguiendo por la derecha la orilla del océano, cuando el hombre sacó una pitillera de plata, pidió innecesario permiso con un gesto en el retrovisor y prendió con habilidad un cigarrillo.

—Me comentó la señora Cunard que han llegado ustedes desde Europa. En uno de sus barcos, derecho como un pez espada, zsss, desde Londres, Inglaterra... Pero son de Praga.

—Ciertamente.

—Yo conozco Praga.

—¿En serio conoce Praga? —preguntó incrédulo el niño.

—Sí. Durante la Gran Guerra pasé dos veces por ahí, una para llegar a los campos vieneses y otra para volver. Y dormí dos noches con el rumor del Moldava metido en los oídos. Puedo jurarlo, joven.

—No es necesario que jure, señor... —le dijo sorprendida Georginas—. Veo que se acuerda bien del nombre de nuestro río, no es tan imponente como el Hudson.

—Yo me acuerdo de todo, señora. Además —dijo a la primera ocasión—, soy escritor.

—¿Es usted escritor? ¿Y qué escribe?

—Bueno, escribo novelas, pero mi auténtica pasión es ser corresponsal de guerra.

—¿Es que cree que habrá más?

—¡Seguro! ¡La historia está hecha a base de guerras! ¡De los escombros que quedan se vuelven a cocer ladrillos! Pero no se crea, también me interesa ese mundo del cine. Tengo proyectos, trabajo en varias historias, y poseo decenas de cuadernos llenos de notas...

—¿De notas europeas? —preguntó Rudolf.

—Exacto. Primero escribiré una impresionante novela sobre esa Gran Guerra de la avejentada Europa, después...

—Y dígame, ¿qué hizo en la guerra?

—Fui enfermero, señora. Bueno, conductor de ambulancia. No deseo decepcionarla, pero esa es la verdadera historia de un hombre sin presente. Tal vez esperaba de mí a un apuesto oficial, un capitán o algo así.

—Es bastante más hermoso ser enfermero, o conductor de ambulancia. Salvar vidas es lo único positivo en esas circunstancias.

—¿Sabe? Ser enfermero en una guerra de esa naturaleza significa estar tan cerca de la muerte como lo están esos desgraciados que excavan sus tumbas en el frente de batalla, dando el sudor y la vida, sabiendo que cada agujero que le abran las balas en el pecho será taponado con una medalla (son doradas, ni siquiera de cobre, las he visto a puñados). El verdadero enemigo es la muerte, no el soldado de la próxima trinchera. He visto a miles de heridos abandonados a su albur, siempre esquivo y fatal. Yo caí en el frente austro-italiano.

—Casi le matan como a un héroe.

—Sí, señora, casi... Pasé mi convalecencia en Milán, me enamoré de una enfermera y estuve a punto de casarme con ella. Supongo que a todos los americanos conductores de ambulancias nos pasa lo mismo.

—¿Cómo se llama usted?

Le preguntó Rudolf. Oía embobado cada palabra que salía por la boca de aquel hombre capaz de jurar, que decía ser escritor y que conocía por dos veces Praga.

—Ernest... Ernest Hemingway, escritor de peso mosca. ¿Es que tú también quieres serlo?

—No sé lo de los pesos mosca —respondió—. Pero tengo amigos en Praga que son escritores.

—¿Hablas en serio? ¿Quiénes?

—Franz Werfel y Franz Kafka.

—No les conozco, pero ojalá tenga un día la oportunidad de leer algo de ellos. Estaré encantado, y si me los recomiendas tú, mucho más.

A mitad de camino entre Nueva York y Boston, a algo más de doscientos kilómetros, bordeando por completo el bahión de Rhode Island está enclavado Newport. Uno de los lugares más inaccesibles del mundo. Media hora antes de llegar a su entrada ya se adivinan mansiones perdidas entre la arboleda e innumerables casas de dos o tres plantas rodeadas de jardines generosos, salpicadas como hongos en urbanizaciones idílicas. Pero la auténtica Newport no se había dejado ver aún. Antes contemplaron Providence, a la izquierda, fácil de distinguir por contar con la sinagoga más alta de los Estados Unidos y porque tiene un aire distinto, más rancio que el de cualquier otra capital del este. Después de rodeado el bahión, tomando una carretera que conducía directa al mar, Hemingway se colocó su impoluta gorra de chófer y abrió mínimamente la ventanilla del auto. Dos corpulentos guardias le requirieron un papel, uno de ellos hurgó serenamente entre un taco de fichas amarillas, comprobó la matrícula del auto, por delante y por detrás, miró sin recato a los ocupantes y después, casi militarmente, accedió a que pasaran.

—Es peor que atravesar una aduana. ¿No les parece? Seguro que no tuvieron tantos problemas para entrar en América...

—Tiene usted razón.

Quería decirle la impresión que había tenido al pasar aquel exhaustivo control, pero pronto sus palabras enmudecieron porque comenzó a percibir realmente la silueta de Newport, a comprender a qué lugar la había invitado a pasar unas vacaciones Nancy Cunard.

A uno y otro lado de la serpenteante y ancha avenida se alzaban edificios que parecían sacados directamente de cuentos de hadas, valles bávaros y transilvanos, de mentes enfebrecidas y deslumbradas como guijarros puestos al sol, pero pertenecientes a bolsillos repletos de oro. Era espectacular, inimaginable.

—Esto es Newport —señaló Hemingway sin demasiado énfasis—. Un lugar dos veces más caro que Nueva York. ¿Qué les parece?

—Jamás lo habría soñado, ni nadie me ha contado nunca haber tenido un sueño como este. Resulta más de lo que estaba dispuesta a imaginar. Es increíble que pueda existir una ciudad como esta.

—No se crea todo lo que vea. Todo es absolutamente artificial. Aunque es cierto que se asienta en el mejor enclave de toda la costa este desde Nueva Escocia hasta los cayos de Florida, se lo aseguro. No verá ni un mosquito, pero sólo tiene uno o dos defectos para ser perfecta.

—¿Cuáles? —preguntó casi gritando el niño.

Él se echó a reír y torció con suavidad a la izquierda, entonces detuvo el auto.

—Uno de sus defectos es que hacen falta un millón de dólares para comprar una cabaña aquí.

—¿En serio?

—¡En serio! El otro defecto es que, además de poseer ese millón de dólares, debes tener cuatro coches, dos chóferes, al menos un secretario y un perrucho de raza inútil, malcriado con galletas y salchichas ahumadas. Es lo mínimo y aún así...

—¿Aún así? —preguntó Georginas.

—Bueno, aún así es imprescindible ser admitido. No sólo es el dinero el que abre las pesadas y nobles puertas de Newport, más las abren las influencias, y esas sí son difíciles de adquirir... Diría que más que ninguna otra cosa, incluso que el propio dinero.

Enclavada en un acantilado, sobre un saliente ideal, veinte metros sobre el mar, al que estaba unida por una original escalerilla, que nacía en la terraza del jardín y se desenroscaba hasta los pies de una diminuta pero paradisíaca playa. Allí estaba la casa de la familia Cunard, Salamander Sea. Tres alturas, tal vez cuatro, la primera de ellas alta como un templo, y dos torres, una valla enorme de bloques de piedra gris y todo aquello que el poder del dinero es capaz de señalar con el dedo y acaparar con la mano.

—¡Salamander Sea!

—¡Absolutamente fantástica! ¡Es mayor que cualquier casa de Malá Strana! ¿Y vamos a dormir aquí, mamá?

—Creo que sí, hijo.

A pesar de la magnificencia que brotaba en el entorno, Georginas Parker era una mujer con una elegancia natural y una clase a medias de nascencia y a medias adquirida tan sólida que usó todos sus recursos para no impresionarse *demasiado* ante tal boato y número de sirvientes, mozos de equipaje y consideraciones. No tomó a bien preguntar cuándo vendría la señora Cunard, así que se dejó hospedar en una lujosa alcoba digna de la más delicada princesa, por supuesto con baño propio y con una puerta corredera que ampliaba esa estancia hasta la habitación destinada a su hijo.

—Bueno, es perfecto, ¿no crees?

El niño se preocupó más de mirar con sus prismáticos por la ventana al denso jardín y al acantilado que a las ricas telas y muebles que decoraban su habitación.

—Mamá...

Rudolf no dejó de observar detenidamente, ni siquiera cambió un centímetro su postura.

—¿Qué quieres, hijo?

—¿Por qué nos ocurre todo esto?

—¿Todo esto? —murmuró a media voz, tal vez para comprender de lleno el sentido de su pregunta. ¿Acaso no lo había hecho ella? Este montón de buena suerte no podía ser sólo capricho de Yahvé. Interpretar sueños estaba al alcance de mucha gente que tuviera algunos conocimientos y capacidades deductivas y cuando decidió elegir esa *profesión* lo hizo por resorte, por instinto, sin saber por qué, a bordo de aquel barco, y jamás pensó que podría procurarle tantos beneficios.

Rudolf miró entonces a su madre. Directamente a los ojos. Era un niño muy guapo, tenía cerca de diez años, pero su apariencia era la de un ángel sin edad.

—Todo esto es la mano del destino, cariño.

En los dos días siguientes aprendieron muchas cosas. En primer lugar a no alejarse demasiado de Salamander Sea, en segundo lugar a no deslumbrarse fácilmente ni por los autos de lujo ni por la excéntrica gente que los conducía sin respetar ninguna norma; finalmente, ambos intuyeron que era mejor no acercarse a la playa y ver el mar a distancia, desde las rocas o los miradores.

—No sé cuándo llegará Nancy —le dijo Hemingway el día anterior—, pero quizá sea preferible que no se acerquen a Bailey's Beach. Si lo hacen solos corren el peligro de ser fantasmas y terminarán expulsados.

—No le entiendo a usted... —contestó Georginas.

—Quiero decir que esta gente no conoce a nadie que no les haya sido presentado en un cóctel. Si se acercan a la orilla harán como si usted y su hijo no existieran y sus perros malolientes les mearán las piernas... Hágame caso. Y lo que es peor, alguno de esos guardias les preguntarán por su identidad. Y esa es una señal inequívoca para que crucen la línea y sean arrojados del paraíso, directos hacia la playa Easton...

Ernest Hemingway hablaba con fluidez y parecía muy convencido de cada una de sus palabras. Era un hombre joven pero lanzaba la mirada al tiempo que mascaba su acento de Chicago, y la unión perfecta de ambas dotes le hacía parecer más maduro y que hubiera recorrido el doble de mundo.

—En la playa de Easton se baña la gente cuyas cabañas no son ni la mitad de espaciosas que la cocina de la mansión donde usted ha dormido. Pero, incluso para veranear al lado de multimillonarios, hace falta tener mucho dinero. No los desconsidere, entre esa gente (*pobres* que no tienen más del millón de dólares) no escasean abogados caros, no faltan catedráticos ni congresistas.

—Creo que entiendo lo que me dice. Según sus apreciaciones ni mi hijo ni yo podemos dar un paso sin que Nancy Cunard nos lleve de la mano.

—Exactamente.

—Voy a demostrarle que está equivocado.

Él respondió al envite riéndose con estrepitosa franqueza. Sarah Georginas Parker miró a su hijo. Llevaba sus prismáticos colgados al cuello, un bonito canotier infantil y ropa nueva. Ella, a pesar de no ir especialmente vestida —un pañuelo atado al cuello, una camisa blanca y una falda tan azul como el cielo y sus luminosos ojos—, hubiese sido acogida como una señora de la más alta consideración, desde los cafés más populares hasta los salones más refinados. Pero el escritor conductor de ambulancias sabía bien lo que decía: Newport era distinto a todos los demás lugares del mundo. Finalmente no hizo falta la demostración de poder, pues esa tarde salieron con Hemingway de Newport, en el coche de Nancy, pasearon por Easton y cenaron los tres en una espléndida terraza frente al mar.

—Le agradezco que nos haya traído aquí, señor Hemingway.

—Señora Parker, si continúa llamándome así no tendré más remedio que responderle como un chófer, no como un amigo.

—¿Prefiere que le llamemos Ernest? —le preguntó el niño mientras apuraba un helado.

—Sí... es mejor, y yo te llamo Rudolf.

—¿Cuánto tiempo piensa quedarse, Ernest? Quiero decir si piensa dedicarse a ser un simple chófer de millonaria...

—Georginas, ya le he dicho que soy escritor. Aún no he tenido ningún éxito, y lo comprendo, pero guardo un montón de ideas absolutamente geniales, lo único que necesito es un poco de dinero y una máquina de escribir que no se atasque cada vez que pulso la maldita letra hache. Con lo que pagan estas gentes por dos palmeras para su jardín podría mantenerme dos meses en Europa.

—¿Es que piensa ir?

—¿Por qué no? Ya estuve. Es un buen lugar para un escritor.

—Espero que tenga suerte y que se cumplan sus deseos.

—Gracias. Pero antes de cruzar de nuevo el océano iré a visitarla a ese gabinete suyo.

—¿Sueña mucho? Aunque, si es escritor como afirma, soñar debe ser parte de su trabajo, casi una obligación.

—Son otro tipo de sueños... —respondió melancólicamente Hemingway, después meneó las manos y torció la boca con fastidio—. Prefiero tumbarme una tarde en su diván, abrir el grifo de mi pozo de petróleo y oír tranquilamente sus interpretaciones. Nancy me ha dicho que es muy buena.

—¿Qué edad tiene?

—Más de veintidós años. Pero creo que mis años tienen menos meses que los de los calendarios. Pasan rápido, no me dan tiempo a contar ni semanas ni días. Tengo la impresión de que alguien sopla detrás de mi oreja continuamente.

—¿Es eso cierto? —preguntó atónito el niño.

Ernest asintió, y después esbozó una sonrisa.

—¿Quieres otro helado?

Fue una tarde muy agradable la que pasaron juntos. Llegaron a conocerse muy bien en tan pocas horas y en un lugar tan sorprendente. Rudolf le confesó que su padre había sido poeta y que había muerto en el *Titanic*, a cambio Hemingway destacó que su madre cantaba ópera y que él había nacido en 1899 tan cerca de un lago que nació mojado y lleno de escamas. Cuando regresaron a Salamander Sea, no hallaron más gente que la del servicio. El chófer se retiró a su aposento y madre e hijo subieron a las alcobas. Georginas permaneció junto a su hijo hasta que se durmió. Parecía feliz, estaba radiante, y agotado por el paseo, así que no tardó en dormirse. Ella, lejos de pensar de nuevo por qué se encontraba en aquel lugar y qué la retenía allí, tampoco tardó en dormir.

Algo más de dos meses, hasta finales de junio, estuvieron en Newport. Lo que en principio fue para un par de semanas se convirtió en una estancia prolongada llena de situaciones inverosímiles, sobre todo a partir del día siguiente, justo cuando arribó a la mansión la inigualable Nancy Cunard.

Parecía cansada, pero no cesó ni un instante de sonreír, y confesó lo mucho que deseaba tomar un baño en el mar. Fue la primera vez que pisaron la arena amarilla de Bailey's Beach.

—No es arena, sino oro molido, o esos no se descalzarían —bromeó Nancy.

Fue presentada a variadas amistades. Personas broncíneas y de buen porte que jugaban a cosas extrañas y vestían con satén para pasear por las orillas. Resultó ser un día lleno de luz, absolutamente hermoso. No lejos de la costa podían contemplarse lujosos yates donde sus selectísimos pasajeros oían una música tan alta que superaba la del océano, algo que sorprendió de veras a Georginas; aunque el momento culminante del día no había hecho más que aparecer. Miró un momento a su alrededor y no vio a su hijo, oteó como una madre gacela y a unos cien metros de distancia observó un corrillo de aquella gente millonaria y un revuelo aristocrático que la llenó de inquietud.

—Algo ha pasado... —musitó.

Nancy, percatándose del revuelo, comprendió la preocupación de Georginas, mas por fortuna vieron a Rudolf entre la gente, con sus prismáticos colgados y muy interesado en el suceso. Por lo menos lo que hubiera ocurrido no estaba relacionado con el niño. Al acercarse, la gente, caballeretes, hombres circunspectos, damas compungidas, y algunos niños que se deslizaron hasta la primera fila del corro, miraban y señalaban acompañados de toses veraniegas y murmullos un cuerpo sin vida. Su propio hijo se lo señaló.

—Este hombre se ha ahogado, mamá.

Y era cierto. Allí yacía, todavía con los zapatos metidos en el agua, un hombre algo mayor, muy apuesto y señorial, con cabello y bigotes blancos y vestido impecablemente de esmoquin.

—Seguramente —especulaban algunos— cayó por la borda de un yate en una de las fiestas de anoche.

—Todavía lleva una flor blanca en el ojal y el pañuelo doblado en el bolsillo del pecho —apuntaba una señora.

—Tal vez lleve grabadas sus iniciales en los gemelos, los caballeros suelen hacerlo —decían otros.

No tuvieron tiempo para más comentarios porque rápidamente los guardias de seguridad hicieron un cordón alrededor e invitaron a la gente a separarse del lugar. Pronto llegaría la policía y el juez, y en menos de una hora la idílica playa de los multimillonarios volvería a ser la misma, y todo el mundo, como por hábito, evitaría mencionar el suceso hasta el cóctel de la tarde en uno de los selectos clubes de la zona.

Nancy no pareció muy afectada.

—Todos los años se ahoga alguien en Bailey's. Es casi inevitable. Los millonarios se emborrachan tanto como los que no lo son, puede que más. Probablemente tengan razón: cayó por la borda de uno de esos barcos. Publicarán algunas mentiras y enviaremos excusas para no asistir a su entierro.

—Por lo menos se sabrá quién era... ¿No?

—¡Por supuesto! ¡Todo el mundo sabe quién era ese hombre ahogado!

La miró absorta. En ese momento subían a Salamander Sea, y antes de perder de vista esa parte de la playa se volvieron a mirar cómo el cuerpo seguía allí, rodeado por los guardias.

—Es el cuerpo de Zimmermann. Cyrus Zimmermann. El rey de las funerarias y los taxis. No le faltará un buen ataúd.

Es difícil precisar lo que sintió cuando oyó aquel nombre. Tenía a Rudolf de la mano y notó la presión que hizo con los dedos, porque él también se estremeció con el nombre y apellido del ahogado.

—Supongo, Georginas, que habrás oído hablar de Zimmermann. Nueva York no es tan grande como parece, y hay numerosos taxis...

Aquella revelación parecía ser la realidad, porque esa misma tarde, con un vestido nuevo y rutilante, maquillada como una auténtica chica *flappers* y con complementos que jamás había pensado usar, fue presentada en sociedad. A la más selecta y ebúrnea sociedad de Newport, o lo que era igual: a la élite, a la verdadera plutocracia americana, la más poderosa del mundo. A pesar de que no necesitaban desplazarse ni un kilómetro hasta el lugar de la reunión fueron conducidas en el mejor de los autos de Nancy, por un chófer negro vestido de blanco impoluto, menos guapo que Ernest, más viejo y servicial y sobre todo más callado, porque no movió los labios ni para respirar en la media hora que tardó en recorrer tal distancia. Durante el trayecto el auto fue girando por diversas avenidas desde donde podían contemplarse las mansiones más fabulosas que haya podido alzar el noble arte arquitectónico al servicio del oro, del capricho y de la imaginación más excéntrica.

—Tendrías que verlas por dentro —le dijo Nancy con prometedora seguridad y con cierto tono cansino, no en vano sólo hacía horas que había llegado nadie sabía de dónde—. Y las verás, querida mía, es como si lo hubiera soñado... Cuando estoy contigo me es difícil distinguir entre los sucesos que sueño, los inventados y los que ocurren realmente... ¿Ves aquella de allí? Es The Elm, la casa de Berwind. No es más que un minero con un traje que siempre le queda grande y con tan poca limpieza como una vagoneta de carbón. Te lo presentaré esta noche, créeme que será inevitable: siempre es el primero en emborracharse. ¿Y ves aquella *cabaña* de allí, la que está casi oculta en la arboleda? Aquella es la casa de Willy Vanderbilt, Marble House. Presume de que solo le costó dos millones de dólares, pero al instante replica a su propia tacañería anunciando con un megáfono que gastó más de nueve en decorarla con mármoles traídos de Argelia.

Georginas callaba. Miraba impertérrita las lujosas mansiones, aquellos espacios selectos tan diferentes a los yermos y helados campos entre Praga y Viena, tan distintos a las trincheras de los cantores del Coro de Haendel. Hasta el mismo interior del auto llegaba el poder del dinero, confundido su olor con el del cuero de la tapicería y el de los macizos de flores imposibles que salpicaban fuentes y jardines, pero ella no podía evitar que el hálito a desolación de aquellos campos quemados por el frío y el olor de los hígados de cisne al fuego, tal vez guardados en un frasco que la mano de su memoria destapaba, se le concentraran en ese lugar sin nombre de nuestro interior adonde acuden los olores. Hasta sintió un principio de fatiga, de culpa, y por unos segundos creyó que iba a vomitar.

Naturalmente, Rudolf se había quedado en Salamander Sea, ¡con Ernest!, lo cual resultaba un consuelo, sin embargo, tampoco podía apartar de su cabeza la imagen del hombre ahogado vestido con esmoquin y, sobre todas las cosas, su nombre: ¡Cyrus Zimmermann! ¡Bonita manera de haberle conocido! ¡Con una flor mustia en la solapa por todo vestigio de vida, sus iniciales grabadas en los gemelos de oro y el rostro totalmente deformado en una mueca!

—¿En qué piensas, querida? Estamos a punto de llegar. No me parece necesario procurarte ningún consejo, creo que sabrás moverte entre estas alimañas con la misma clarividencia con que lo haces en los sueños, después de todo sólo son caníbales adinerados, y olerán que tú no lo tienes, así que no eres suculenta. En el fondo no se comen a nadie, pero, eso sí, puedes tener la seguridad de que uno de mis ojos estará siempre pendiente de ti... si necesitas algo no dudes en acercarte. ¿Te encuentras bien?

—Sí... estoy bien, Nancy. Sólo pensaba en todo esto y en mi hijo.

—¿Rudolf? Se ha quedado con Ernest. Ya me ha dicho que os conocéis bien —inventó con sorna—. ¿Sabes?, creo que ese chófer no es más que un paleto de Chicago, sólo piensa en beber y en acostarse con gran número de mujeres, tal vez sea una de esas manzanas en cuyo interior anida un gusano. Pero me ha prometido que cuidará al niño, espero que se le dé mejor que escribir. Además, creo que tu hijo recibirá visita: va a ir a Salamander Sea una simpática niña, Jacquie. ¡No tienes que preocuparte! Esa preciosidad a veces se queda a dormir, es la pequeña de los Astor: sus padres también estarán aquí, y desean conocerte —le susurró con una mirada llena de complicidad—. Y ahora, ¿ves aquella casa?

¡Claro que la veía! ¿Cómo no verla? Era bastante más impresionante que todas las demás. A pesar de la distancia a la que se encontraba, su porte era tan magnífico que parecía extraída directamente de la lista de las maravillas del mundo.

—¡The Preakers! Estás enfrente de la mejor *cabaña* de Newport.

—¡No me extraña! —suspiró Georginas.

—Propiedad de Cornelius, el hermano mayor de Willy Vanderbilt. Seguramente lo conocerás también esta noche: regresó hace poco de África, acabará contándotelo. Es muy agradable y extremadamente caballeroso, demasiado hablador. En cuanto perciba que eres europea intentará practicar su pésimo francés, después te dirá que su casa fue construida en 1870 según una idea de su abuelo materno, que su alzada y fachada es de estilo Renacimiento italiano, que tiene setenta habitaciones de lujo...

Muy lejos estaba Georginas de comprender por qué el destino se encargaba de abrirle puertas tan pesadas (y tan numerosas) que algunos no lograban traspasar en toda su vida: se acordaba de sus amigos, Kafka, Ana, Werfel, y sentía angustia. Daba la sensación de que ella atravesaba pasillos en la vida y en la escala social sin esfuerzo, al parecer la felicidad y la fortuna se adherían a ella de manera tan natural como insectos a una flor. El lugar adonde llegaron ya no le sorprendió tanto, aunque era un salón enorme y circular, propio de un acontecimiento político. Hermosamente alumbrado por cientos de lámparas y velones, repleto de largas mesas atiborradas de fuentes, canapés, poncheras con agua de cebada y licores, incluidas botellas de los mejores alcoholes, porque en Newport la ley Volstead, y mucho menos su decimoctava enmienda, no tenía sentido. Era otra América dentro de la gran América.

—Aquí tienes al mejor montón de millonarios de todo el mundo. Mira cómo comen, cómo ríen y cómo mienten, igual que los demás mortales. Ni con una lupa encontrarías notables diferencias.

Era cierto, cada cual se servía en sus platos aquel o este otro manjar diminuto con nombre francés, tomaba su ponche o su copa de vino ajeno a la no escasa servidumbre y sonreía continuamente, como en una grandiosa merienda campestre. Era el lugar ideal para entablar relaciones y darse a conocer y de eso se encargó Nancy Cunard con su habitual maestría y habilidad. Después ocuparon mesas adornadas con velas, ceniceros, licores de marca, champañas y cigarros, frente a un escenario del que colgaba un deslumbrante telón de terciopelo negro.

Media hora más tarde, sin pretenderlo, se encontró demasiado sola, exenta de acompañantes sonrientes a su mesa e incluso de su protectora. No le preocupaba, pero en un ambiente tan selecto y donde todavía era una desconocida tal vez no fuese lo más acertado. Miró entre las mesas con discreción, a ver si podía toparse con los ojos de Nancy Cunard; fue muy fácil reconocerla, a su alrededor revoloteaban los hombres, los gallardos y los maduros, y también damas que se acercaban a saludarla cortésmente, sin duda con ánimos de aprehender de ella esa feromona distinta que poseía y volvía locos a los caballeros. En estos pensamientos se devanaba Sarah Georginas Parker, aderezados por las bebidas espumosas y el aire enrarecido, cuando, coincidiendo con un apagón de luces casi general y con el poderoso haz de un foco que surgió del techo apuntando directamente al escenario, se acercó un hombre, de mediana edad, vestido, claro, como un caballero, pero diferente en la manera de moverse. Este hombre pidió permiso para sentarse a su mesa, y Georginas, desde el primer momento, quedó tan subyugada por aquella presencia que ni siquiera pudo oír el nombre del artista que iba a actuar. El salón quedó en absoluto silencio, si acaso se oía el respirar de la gente, el inhalar de los cigarros, alguna tos, alguna risa que pronto fue callada cuando un hombre vestido de negro, con chistera, silencioso, apareció en escena. No se presentó, no dijo nada, sólo levantó las manos y llovieron naipes del techo, a cientos. Antes de que nadie pudiese reaccionar todos vieron cómo aquellos pedazos de cartón pintado desaparecían nada más tocar el suelo y en su lugar dejaban efímeras volutas de humo. Los aplausos fueron generales. Ella también lo hizo, aunque se percató de la actitud del hombre que se había sentado a su mesa: sólo miraba. No parpadeó, ni aplaudió. Pero al sentirse observado decidió presentarse.

—Le pido disculpas, señora, espero no haberla molestado ocupando esta silla. Tal vez estaba usted esperando a alguien.

Por un momento no supo qué decir. ¿Dónde estaba aquella confianza que demostró en las avenidas de Praga, dónde la arrogancia y la imaginación que derrochaba para interpretar los sueños?

—No, por supuesto, señor...

Antes de que ella pudiera retener su nombre miró, acaso sin querer, a la mesa de Nancy. Y esta, que la miraba a su vez, hizo un gesto de asombro, bastante significativo y tan secreto que Georginas sólo pudo descifrarlo como: «¡Sabía que ese hombre se sentaría en tu mesa, y en ninguna otra!».

—Perdone, señor, no le he oído.

—Será mejor que vea al artista, señora...

—Parker...

—Señora Parker. Este no es cualquier mago, se trata de Max Malini. ¿No oyó hablar de él?

—Pues, no lo sé. Desde aquí parece un personaje sorprendente.

—Lo es.

Max Malini fue considerado uno de los mejores magos de su época. Deslumbró al público en general y sobre todo a la alta aristocracia, estrato social donde acostumbraba a efectuar prestidigitaciones y trucos creados especialmente para tan exquisito público. Su éxito fue atronador. A pesar de ser millonarios, público difícil de sorprender y poco complaciente, aplaudieron con fruición y ensalzaron la figura de Malini con gestos verdaderos y contundentes bravos. Desaparecido el ilusionista, pero antes de volver la luz al salón, surgió una cantante de ópera que, acompañada por la música de un tocadiscos muy moderno, se dispuso a cantar arias de distintas obras.

—¿Cómo me dijo que se llamaba usted?

—Eric...

Georginas le miró. Era un hombre de ojos grises, tal vez azules rayados. De mirada profunda e intensa, muy intensa, tanto que la mujer tuvo que apartar sus ojos para no ser herida por el magnetismo que irradiaban las pupilas de su acompañante.

—Se llama usted Eric...

—Eric Weiss.

—¿Weiss? ¿Es usted de origen alemán?

—No exactamente, me ocurre lo mismo que a usted.

—¿Por qué lo dice?

—Tampoco es alemana, sin embargo lo parece. Yo nací en Bucarest. Pero sólo eso, ¿me entiende?

—Llegó a América muy pequeño.

—Correcto. Por eso no me siento de ninguna parte. Soy como, blup-blup, todo este humo, que de pronto parece existir, condensándose aquí, flotando y envolviéndolo todo hasta extinguirse.

—No sé por qué voy a decirle esto, pero su cara no me es desconocida...

Se mordió los labios. No debió haber hecho tal comentario. ¿A cuántos conocía ahí dentro? Únicamente a Nancy Cunard, sin cuya sombra no era nadie. Se sintió ridícula. Pero el hombre del polvo de imán en los ojos le puso una mano sobre la suya. Pudo sentir su calor y fue aún más intenso que la mirada.

—No se preocupe, señora Parker. Tal vez haya oído hablar de mí, o haya visto mi fotografía, es posible, pero yo sí he oído hablar de usted. Interpreta sueños, ¿no es cierto?

—En efecto.

Esto sí que no lo esperaba. Se sentía halagada y al mismo tiempo aturdida, pues no entendía que tal señor pudiera conocer sus actividades, a no ser que su anfitriona...

Precisamente Nancy se acercó. Venía radiante, acompañada de un caballero algo mayor que se despidió nada más llegar a la mesa.

—Me alegra que os hayáis conocido sin mí...

Georginas la miró, le sonrió y meneó la cabeza.

—¡Harry, has conocido a la mejor interpretadora de sueños del mundo: Sarah Georginas Parker! Pero tendrás que esperar hasta después del verano porque antes no la dejaré salir de Newport...

—¿Harry? —preguntó ella a media voz—. Pero ¿no me había dicho usted que se llama Eric Weiss?

—Señora Parker, me he presentado con mi nombre natural, no quería aparecer ante la persona que ha de interpretar un sueño mío como...

—Harry Houdini... ¡La doble hache! —finalizó Nancy.

—¡Harry Houdini! El mismo que...

—El que escapa de toda situación, de las más gruesas cadenas y de cualquier caja por muy cerrada que esté. Pero no es capaz de escapar de sus propios sueños... —adelantó Nancy.

Un camarero se acercó y siseó alguna cosa en el oído del hombre. Harry Houdini se levantó.

—Discúlpenme. No tengo más remedio que ir a despedirme de Malini. Si no lo hago puede darle un ataque cardíaco (ya le ocurrió en Filadelfia). Nos admiramos mutuamente. A usted, señora Parker, espero verla pronto. Créame que necesito hablarle. No obstante —dijo mirando a Nancy— creo que seré capaz de soportar el verano sin hacerle una visita. En realidad, dentro de tres días parto en un buque propiedad de esta señora...

—No lo llames buque, Harry, es *El Gran Señor del Atlántico*...

—Por supuesto, *El Gran Señor del Océano Atlántico* —confirmó Houdini—, que me llevará directamente hacia la vieja Europa.

—Europa... —repitió ella con nostalgia.

—Sí. París... después el Gran Ducado... toda Alemania y quién sabe si Praga. Me encantaría actuar en esa capital de...

—Las cien torres —apuntó Georginas.

—Y los cien gólems... cada uno durmiente en una mazmorra, cada mazmorra en una torre. Y a ti, querida y turbadora Nancy —le dijo antes de besarle la mano—, sólo puedo darte las gracias por tu invitación a la fiesta y por haberme dado la oportunidad de conocer a... la señora Parker, y...

—Por permitir que cruces el océano en el mejor camarote de primera clase...

No tuvieron ocasión de seguir hablando a solas, pues conocidos de Nancy se acercaron con champaña y ganas de hablar de sus fútiles preocupaciones, es decir, los negocios, la bolsa y el número de potenciales clientes que generarían sus respectivas compañías. En realidad, todo lo que cualquiera piensa que hace falta para ser feliz estaba allí, lanzado cual puñado de canicas diamantinas sobre aquellas mesas: los mejores manjares, las fulgentes pulseras y abalorios adornando los escotes de las *flappers*, los mejores partidos por casar y las más verticales ambiciones... aunque también parecía una cueva, aunque excavada en la cúspide de una pirámide de oro. Cerró los ojos, sin acritud, más bien con algo de melancolía. Quiso escuchar, concentrarse, en el bramido del mar, algo que fue imposible a causa del ruido, voces y risas, pero Georginas lo intentó con fuerza, necesitaba reafirmarse, saber quién era realmente y cuál era su papel. Entonces, cuando creía que escuchaba las olas, una música, a volumen bastante alto, la transportó a ese mismo océano que intentaba oír, le erizó el vello de los brazos y le impidió suspirar, por lo que se vio obligada a llevarse una mano al pecho intentando con ello aliviar su opresión.

—¿Se encuentra usted bien, *maine Frau*?

Aquella voz. ¿De quién era? Aquel acento inimitable, la modulación exacta en alemán. Se giró con lentitud. No pudo decir nada.

—Es el cuarto movimiento de la *Sinfonía del Nuevo Mundo*. Antonin Dvorak.

—¿Cómo no voy a saberlo?

—He hablado con el encargado de poner la música (habrá observado que aquí hay uno para cada cosa, no deja de sorprenderme) y le he pedido esta pieza. Afortunadamente estos americanos tienen toda clase de discos.

—No puedo creerlo... —musitó, al borde de las lágrimas mientras miraba una y otra vez el rostro de Emanuel Lasker.

—Pues no tendrá más remedio, Georginas. A mí también me resulta sorprendente y excitante haberla encontrado en Newport. Por eso no tengo duda de que a una mariposa se la puede hallar en cualquier flor si la flor es bella.

Tomó su mano y la besó. Seguidamente la miró con detenimiento, mesó su cuidadísima barba, se ajustó con gracia la pajarita y asintió.

—Una verdadera americana.

—No diga eso, profesor.

—Había oído hablar de usted, Georginas. Ahora mismo no sabría decirle dónde. Pero...

—Yo también he oído hablar de usted, profesor. Vi su fotografía en *The New York Times*.

—Ah, la derrota del pérfido alfil. Sí. ¿Le digo un secreto? Casi que me alegro de haber perdido el campeonato mundial de ajedrez. Veintisiete años ya eran demasiados años levantando la antorcha del campeón. Estoy un poco cansado, y ese joven cubano, Capablanca, creo que tiene temple romántico, acaricia las piezas cuando las captura. Espero que no muera joven...

—¿Por qué dice eso?

—Pues no lo sé. Se me acaba de ocurrir. ¿No le apetece una copa de champaña? Me han asegurado que es francés auténtico. Así podremos hablar con más calma. Deseo preguntarle por nuestros amigos.

—Oh, profesor, soy yo quien desea preguntarle todas las cosas...

Abandonaron el recinto circular y pasearon siguiendo una barandilla paralela al mar. Hablando de todas las cosas, como pretendían. El viejo profesor observaba el océano y sonreía. Se le veía feliz, a pesar del destronamiento. Ella miraba con nostalgia.

—¿Ha visto a Ana Freud? ¿Continúa viviendo en Viena? ¿Ha publicado algo nuevo el profesor Freud? Pienso que aquí llegan tarde sus libros... Y usted, profesor Lasker, ¿cuándo va tomar la revancha a ese romántico cubano que acaricia las piezas?

—No lo haré. En realidad tenía que haber salido esta mañana para Europa. Se lo había prometido a Martha, mi esposa, pero un suceso inesperado me obliga a permanecer en América hasta mañana. No tendré más remedio que retrasar tres días el viaje.

—Espero que no sea importante.

—¿El suceso? Bueno, en realidad voy a visitar a un amigo que está bastante enfermo. No sé. Ni siquiera conozco de qué ha enfermado. Pero creo que está bastante grave, eso me han dicho.

—Lo siento.

—Pienso que no será irremediable. Zimmermann saldrá de esta.

—¿Zimmermann? ¿Se refiere al dueño de las funerarias y los taxis?

—El mismo. ¿Acaso le conoce? ¡Qué tontería le pregunto, todos los judíos de esta parte de América conocen a Cyrus Zimmermann!

Se puso nerviosa. Un escalofrío le recorrió la desnuda espalda y, al verla temblar de golpe, Lasker la arropó usando su propia chaqueta.

—Va a darle un pasmo. Será mejor que pasemos y entrará en calor.

Antes de pasar de nuevo al recinto, Georginas miró a Emanuel Lasker.

—Le he visto esta mañana. Le he visto, profesor Lasker...

—¿Que le ha visto? ¿A quién?

—Al señor Zimmermann. A Cyrus Zimmermann. Apareció ahogado en esa misma orilla.

Tal vez ella esperó una reacción de incredulidad por parte del viejo ajedrecista, un gesto de dolor, una exclamación de asombro. En cambio, Emanuel Lasker no mostró ni un ápice de sorpresa. Se atusó la barba y pareció pensativo mientras caminaban, con la misma actitud de quien intenta recordar algo olvidado esta misma tarde en el cajón de su mesa, o de quien medita si será mejor o no adelantar un peón a mitad de una partida.

—¿Está segura de que era él?

—Yo no le conocía personalmente, pero así lo nombraron las demás personas que le vieron. Sucedió sobre las once de la mañana, estaba vestido de esmoquin. Es todo cuanto sé. Lo siento de veras, ignoraba que fuera amigo suyo...

—No se preocupe. En vez de dirigirme al hospital me dirigiré a la sinagoga de Providence. La distancia es similar. Gracias por su información. Quiero preguntarle algo, amiga mía... ¿Ha tenido algún problema en América?

—Al contrario, profesor, parece que todo me viene rodado.

—¿Cuenta con muchos amigos?

—No. Conozco a mucha gente, naturalmente, Nueva York es una ciudad muy grande, y creo que usted sabe a qué me dedico, pero exceptuando a Nancy Cunard...

—No se fíe.

—¿Qué quiere decir, profesor?

—Si necesita un favor de alguien, pídaselo. Pero no acepte favores que no ha solicitado.

—La verdad es que me asusta un poco...

—No es mi propósito. Sólo quería decirle que...

No tuvo tiempo. Estaban a punto de traspasar el umbral, buscando un abrigo al relente, cuando ambos se percataron de su presencia. Él también los vio, es más, daba la impresión de que los estaba esperando porque ni siquiera tuvo que desviar la vista, ya miraba a ese punto de la puerta.

—¡Es el señor Weizmann! —exclamó Georginas en un tono tan apagado como incrédulo, sintiendo de manera paralela al estupor la vergüenza de que semejante hombre la viera vestida así, como una *flappers.*

—¡Ya está aquí! —sentenció Lasker.

Chaim Weizmann se acercó a ellos mostrando toda la elegancia del mundo. ¿Qué podía hacer allí hombre tan enigmático e importante?

—¡Oye, Israel: Yahvé nuestro Dios, Yahvé uno es! ¡Y estas palabras que yo te mando hoy estarán sobre tu corazón; y las repetirás a tus hijos! ¡Alabado sea Dios, bendita sea Jerusalén!

—Señor Weizmann... No sabía que estuviera usted en América.

Mantuvo la sonrisa antes de contestar. Quería observar a la mujer de la que estaba profundamente enamorado, no hacía falta ser un especialista avezado para percibir en este hombre todas aquellas reacciones que suceden fuera de nuestro control, independientemente de la edad que se tenga, la condición que se posea o el secretismo del que uno se revista. Emanuel Lasker lo percibió al instante, con cierto desagrado. Alargó la mano para saludar a Weizmann y tuvo que sostenerla en el aire algunos segundos hasta que finalmente fue estrechada.

—No creí que fueras a perder esa partida, Emanuel...

—Los gentiles también juegan bien, Chaim.

—¿Se conocen ustedes?

—Digamos que los dos somos socios de los mismos clubes —dijo Lasker—. Ahora he de irme, otras personas me esperan: todo el mundo necesita aconsejarme sobre cuál era la mejor respuesta a la jugada veintidós de la última partida. Señora Parker, no sé si volveremos a vernos antes de mi retorno a Europa, pero si encuentro a Ana, y al profesor Freud, les daré un abrazo de su parte y les contaré lo hermosa que la he encontrado.

De Weizmann se despidió con un gesto que ni siquiera fue correspondido con un parpadeo.

—¿Qué tal le ha ido hasta ahora? ¿Es feliz en América?

—Claro. Y debo estarle agradecida. He de confesarle que usé su tarjeta. Su recomendación. Los primeros días fueron inciertos...

—Hizo bien en usarla. Valía un talento.

—Sí...

—¿Se la entregó en mano al señor Zimmermann?

—No. No estaba en la sinagoga. Se la di al rabino...

—¿Johnson?

—Sí. Creo que así se llama. Supongo que se habrá enterado...

—No, ¿qué ocurre?

—Se trata del señor Zimmermann... esta mañana lo encontraron ahogado en esta playa...

—Ah, Zimmermann... Sí, ya lo sabía. Creí que se refería a otra cosa. Permítame que la acompañe a tomar algo.

Sólo tuvo que levantar mínimamente el dedo y un camarero se acercó con dos copas.

—Aquí lo llaman cóctel. Si he de ser sincero, cuando bebo alcohol me gusta que sea alcohol de verdad... A los judíos nos está vetado, excepto cuando defendemos los intereses de Yahvé.

Brindaron sin chocar las copas, sólo se miraron, no dijeron nada. Se sentía turbada, la mirada de Weizmann más que intensa era sólida como los muros de un templo, no apartaba los ojos de su rostro, hasta el punto de que ella tuvo que volver la espalda, azorada, y caminar unos pasos hasta situarse otra vez fuera del recinto, frente al mar. Weizmann la siguió.

—¿Cómo se ha enterado de la muerte de Zimmermann? Fue esta mañana cuando le hallaron.

El hombre sonrió con ese tipo de gesto que no disimula que se oculta algo.

—Hace una semana que estoy en América, señora Parker. Ayer mismo estuve cenando con el señor Zimmermann. ¿Tanto le sorprende? Verá, somos judíos, y entre nosotros es normal la hospitalidad. Usted creerá que no siento atisbo de tristeza por tan desgraciada desaparición, y está en lo cierto, yo represento al pueblo hebreo, y mis sentimientos deben estar por encima de la vida y de la muerte, sólo debo pensar en Israel.

—Disculpe, no quería preguntarle nada... se me había ocurrido...

—Es usted inteligente. Mucho. Va siendo hora de que ingrese definitivamente en nuestra comunidad, no podemos escapar de las Bandas de Moebius, ¿ha oído hablar de ellas? No pregunte nada. No piense cosas extrañas. ¿Recuerda a su amigo Wolff? Sí. Tal día como hoy debe estar en Jerusalén, allí a esta hora amanece, a partir de este momento el sol recorrerá cada palmo de nuestra tierra prometida.

—¡Wolff! ¿Qué tal se encuentra?

—Es muy feliz con su nueva esposa, Herminie.

—Herminie...

—¿La conoce? Es la hija de Gardner, la persona que dirige hoy la Gran Notaría de Praga. Wolff debe hacerse cargo de la Banca Judía, necesitamos un hombre de su talante y sus conocimientos, además, estamos patrocinados por la familia Rothschild, ya sabe, la tradicional hermandad judía; a nuestro común amigo le pasa como a Creso: es el único hombre capaz de oler el oro a cien metros de distancia. Los felices esposos me prometieron que escribirían su nombre en un papel y que lo introducirían en una de las grietas del Muro de las Lamentaciones...

Era más de lo que podía esperar. ¿Qué estaba sucediendo? ¿Qué le quería decir realmente este extraño personaje? ¿Qué eran realmente esas Bandas de Moebius? ¿Simples listas de elegidos?

—¿Y a usted qué le parece América? Ha bastado muy poco tiempo para que vista como una de esas mujeres gentiles, sobradas de adornos y escasas de tela, pero no se avergüence, largos son los caminos quebrados por escombros y muchos los salones llenos de humo.

Charles Chaim Weizmann le pasó un brazo por encima y ambos miraron el océano. Se sentía incómoda, no soportaba la presencia de aquel hombre, ni el tono de su voz ni el contenido siempre hermético de sus palabras. Pero se sentía incapaz de deshacerse de él. Por algún motivo todavía no descubierto tenía miedo, auténticas ganas de apartar esa mano caliente de su hombro y salir corriendo de allí, hacia Salamander Sea, ver a su hijito durmiendo y por fin disipar la angustia.

—Escrito está —aseguró Weizmann— que cruzará de nuevo el Atlántico para no volver jamás, señora Parker. Los Salmos lo cantan. El código de la Torá dice...

—No le entiendo...

—No es necesario que lo haga.

De repente la atrajo hacia sí, asiéndola por los hombros, y antes de que ella pudiera reaccionar, ni siquiera cerrar los ojos, la besó con ansiedad, casi con voracidad, hasta que la mujer opuso resistencia que resultó vana, pues tan diplomático y caballeroso mensajero del nuevo amanecer desató en aquel instante sus más primarias pasiones, hasta que alguien le apartó con fuerza y le clavó una mirada más salvaje aún que la suya o que la de cualquier otro león de Israel.

—¿Qué hace usted? ¡Suelte a esta mujer inmediatamente!

Weizmann lo hizo. Primero escrutó los ojos de Georginas, quería buscar en ellos el resultado de su comportamiento; sólo encontró evasión. Después volvió la cara a la recién llegada.

—¿Qué le hacía usted a mi amiga? ¿Quién es? ¿Qué hace aquí?

—No tiene importancia, Nancy, no tiene importancia...

Nancy Cunard la estrechó como a una auténtica hermana.

—¿Te ha ofendido?

—No... No tiene importancia.

—Señora —se atrevió a decir Weizmann—, yo jamás haría daño ni ofendería a Sarah Georginas Parker. En cuanto a mi persona, permita que me presente: soy Charles Weizmann...

—¿Sí, eh? Debe de ser muy importante si alguno de estos necios se ha dignado invitarle a Newport, ¿es que piensa que esto es una kermés? ¿Con quién se cree que está hablando? Le apuesto su miserable pajarita a que le echan a patadas si chasco los dedos...

—Por favor, Nancy, no ha pasado nada. El señor Weizmann es un viejo amigo de Europa.

—¿Un viejo amigo? ¿En serio? —Le echó un vistazo de arriba abajo y después torció la cara con desprecio—. Si necesitas algo, sílbame. El relente me cala los huesos, tú también deberías ponerte algo encima. Ah, y no tardes demasiado o vendré en tu busca: quiero presentarte a alguien que está muy interesado en conocerte. En este caso se trata de un viejo amigo mío, señor Weizmann.

Se alejó no sin antes repetir su mirada desafiante al padre de la poderosa organización.

—Una mujer de carácter —reflexionó Weizmann.

—Es una persona extraordinaria, y es mi amiga.

—Ya veo que la han deslumbrado no sólo los vestidos que usa esta gente, sus coches y sus mansiones...

—Los europeos no nos impresionamos fácilmente, señor Weizmann, tal vez no sepa que mi hijo también es propietario de un castillo.

A veces no sabemos por qué decimos las cosas. Aquellas que están más ocultas y cuentan con menos ocasiones para salir a la superficie ven un resquicio de luz, un momento de descuido, sienten el soplo de un viento extraño, y emergen. ¿Por qué había dicho que su hijo era propietario de un castillo? Ni siquiera era totalmente verdad.

—¿Se refiere al castillo Lorre, en las lomas de Neusie?

—¿Cómo lo sabe?

—Un hombre con mis ocupaciones necesita estar informado de muchos detalles. Aunque tengo entendido que ahora el castillo no se llama Lorre, sino castillo Hohenzollern.

—¿Qué está diciendo?

—¿Es que no ha oído hablar del Salchichero de Viena? ¿Qué periódico lee en este país? Aunque ese psicópata ya actuaba cuando usted vivía en Praga, es posible que recuerde el caso...

—Sí... oí hablar de él.

Y era cierto, pero ¿qué tono dramático había en sus recuerdos, qué descarnada realidad se ocultaba tras aquella revelación?

—Resultó ser Peter Lorre. Sin duda le conoce.

—¿Peter? Era el hermano de mi... marido. Del padre de mi hijo. Su hermano menor.

—Una auténtica pena, pero una verdadera atrocidad. En los alrededores del castillo se encontraron restos de varios jóvenes desaparecidos. Les faltaban la carne de las piernas, con las que habían elaborado salchichas... Reconozco cierta exquisitez: únicamente aprovecharon la carne de las piernas. Ya lo sabe, los judíos no estamos exentos de engendrar monstruos si estamos expuestos demasiado tiempo al contacto sólo de gentiles, como le ocurrió a ese Lorre.

—No es posible...

—Sí, sí lo es. Ayudado por un siniestro sirviente y probablemente por su esposa, esa mujer que se llama...

—Sabine...

—Exacto, Sabine... Hohenzollern, mejor dicho: de una rama bastarda de ese apellido. Finalmente ha quedado absuelta, y en cambio el desgraciado y canalla de su marido ha sido condenado a pena de muerte.

—Es horrible.

Él asintió repetidas veces mientras parecía concentrado en ideas lejanas.

—Tal vez pueda hacer algo.

—¿Por un asesino?

—¿Asesino? En todo caso no morirá lapidado. El asunto ha tomado tal relevancia que la gente en media Europa, cansada de hablar de la guerra, ahora sólo habla del Salchichero. Hasta su admirado profesor Freud ha tachado al sujeto de enfermo mental; he leído un artículo suyo al respecto. Pero no me refería a Peter Lorre, sino a la propiedad de ese castillo.

La noche había caído, a pesar del cielo estrellado el aire venía soplado del mar y hacía fresco para llevar sólo un vestido de fiesta. No tuvieron más opción que entrar de nuevo en el recinto, algo que agradeció sumamente porque Charles Weizmann fue solicitado de inmediato por unos señores y ella pudo esfumarse entre los corrillos y las risas donde no le fue difícil encontrar a Nancy.

—¿No te encuentras bien, cariño? Ven, quiero presentarte a unos amigos míos.

Sinceramente, su hilaridad demostraba a las claras que el champaña, francés o no, había surtido efecto y que la espuma se le había subido a las mejillas, aunque lejos de transformarla en una mujer chabacana, su alta clase y su alma sensible bastaban para hacerla parecer bellísima.

—¿Sabes qué dicen mis amigos? Que a bordo del *Great-Eastern* viajó nada menos que Julio Verne. De Nueva York a París... en 1867...

—Puedo jurárselo, señora Cunard —intervino un joven de voz aflautada—, a bordo del *Great-Eastern* de la Great Western Railway. Tenemos un grabado de ese barco en casa, y apostaría la mitad de Newport y...

—Y la perderías —amenazó risueña Nancy—. Porque a bordo del *Britannia*, efectuando el mismo recorrido, navegó el mismísimo Charles Dickens, en 1840, ¡veintisiete años antes que su Julio Verne! También tenemos un grabado con ese barco en casa, además de la rueda del timón, la gorra del capitán y la cubertería de plata que se usó en el viaje inaugural...

Se divertía de verdad. Ciertos o no aquellos puntuales conocimientos marinos sus acompañantes reían a carcajadas, y mientras uno de ellos fue a por otra botella de champaña Nancy miró a Georginas y entendió que no se encontraba bien.

—¿Qué ocurre? La noche no ha hecho más que empezar. Esta tripulación —dijo refiriéndose a sus amigos— está ansiosa por soltar las amarras de sus barcos.

—¿Qué estás diciendo?

—Que ahora mismo nos vamos todos al casino, a continuar la fiesta. Su propietario debe de andar por ahí: no nos ha prometido ganar, pero estamos invitados a todo el champaña que podamos beber. Es lo normal. Lo haremos casi todos, sólo algunos viejos y algunas damas preferirán jugar al bridge.

—El juego está prohibido en los Estados Unidos de América, señora —le dijo uno de los amigos de Nancy—, así que no hay nada más fácil que alejarse tres millas de la costa y anclar un casino flotante al otro lado de la raya marítima de la ley, ¿inteligente, no?

—¿Es eso cierto?

—Va usted a comprobarlo esta misma noche.

No fue posible tal comprobación. Porque sí fue verdad que Sarah Georginas Parker se puso enferma. Probablemente a consecuencia de los inesperados encuentros, a la ingesta incontrolada de licores y al relente del mar. El día había empezado con un hombre ahogado y se dejaba terminar con la nauseabunda sensación de tener un montón de salchichas sin digerir en el estómago.

—¿No te sientes bien, querida?

—Creo que necesito ir al baño con urgencia —le susurró, presa de la congoja y de un intenso escalofrío que terminó erizándole la piel desde los hombros a las muñecas.

Nancy la acompañó. Después, Georginas le rogó que no se preocupara por ella, y le hizo comprender sin más palabras que en esa situación tan malvenida le era imposible ir al casino flotante. Su amiga la besó en la mejilla, la acompañó a la salida del recinto circular y ordenó a su chófer que la llevara a Salamander Sea.

—¿De verdad no quieres que te acompañe?

—Te lo ruego, Nancy, continúa la fiesta con tus amigos. Y discúlpame ante ellos.

—No hará falta. Son buenos chicos y los conozco desde que eran unos mocosos. Los tumbaré bebiendo y los desplumaré en el casino. No tengas ninguna duda.

Todavía ocurrió otro acontecimiento inesperado. Hablaban las dos amigas cerca del coche cuando tres caballeros se acercaron. Uno de ellos era Weizmann, quien se dirigió a las mujeres. Georginas no le vio, y entró en el auto, que arrancó de inmediato. Nancy esperó, y le miró, por tercera vez en la misma noche, con todo el desprecio del mundo.

—No soportas verme junto a otra mujer.

—Eres un cerdo.

—Es lo peor que le puedes decir a un judío.

—No, lo peor para cualquier judío es haber forzado a una mujer si esta ha iniciado la menstruación.

Weizmann pareció azorado, aunque quiso aguantar el tipo y miró sin parpadear cómo el auto se alejaba.

—No lo sabía.

—Yo que tú, patriarca incapaz de profetizar la evidencia —le increpó—, no me quitaría ni el sombrero y me zambulliría pronto en el agua del océano, necesitas un baño de purificación. Y ojalá te ahogues como le ha ocurrido a ese desgraciado amigo tuyo.

—Eres peor que un reptil.

—No, Chaim, una vez más te equivocas. Peor que un reptil sólo puede ser una mangosta, precisamente lo que tú eres. Sólo es peor que las serpientes la alimaña que se alimenta de ellas, pero a mí no puedes devorarme.

—Sería incapaz de digerirte.

La bocina del barco que la trasladaría al casino flotante la llamó repetidas veces.

—Tus amantes te esperan... Parece que vas a tener una noche divertida.

—Chaim... si vuelves a tocarla ni siquiera esos lobos hebreos que te rondan a cada paso podrán librarte de mi sombra...

—¿Estás enamorada de ella? Ahora recuerdo que insinuaste aquella vez en París que también podrías amar a las mujeres.

Tan atrevida aseveración, dicha en el más insolente de los tonos, con la mirada más turbia y el desdén más ordinario y falaz, no desmereció el zarpazo que la delgada y esbelta millonaria, la poetisa ocasional y encantadora relaciones públicas, le lanzó a la cara. Hasta el punto de hacerle sangrar. Chaim hinchó el pecho y el cuello, inició un movimiento convulso de la mano y después resopló y expulsó aire lentamente, como un cetáceo arponeado... Nancy ni siquiera parpadeó, segura de sí miró sus uñas y sopló sobre ellas, se dio la vuelta con desprecio y, respondiendo a la llamada de sus amigos, se esfumó en la oscuridad del embarcadero.

Salamander Sea no estaba lejos, pero el chófer, mudo e impoluto (que para resaltar la paradoja atendía por Audacious) enlenteció la marcha del vehículo y al igual que por la tarde torcieron calles a derecha e izquierda con total y absoluta parsimonia, rodearon mansiones opulentas, setos y fuentes hasta que llegaron a la casa Cunard. No quería sentirse avergonzada a pesar de la situación tan brusca que había vivido y de tantas emociones. Pensó que lo mejor era ver a Rudolf inmediatamente, su único antídoto en el primer momento convulso en muchos meses.

Se lo quedó mirando un buen rato hasta que lo besó en la frente. El niño estaba profundamente dormido, los prismáticos en la mano —¿qué habría estado mirando desde la cama?—, sobre la mesilla un vaso de leche, un libro por leer y medio dólar de plata.

Tenía muchas ganas de darse un baño, para aliviar las tensiones, pero su estado hormonal no se lo permitía, así que prefirió tomar una ducha, larga y reconfortante, hasta convencerse de que finalmente se encontraba limpia. Llevaba puesto un albornoz y una toalla enroscada en la cabeza, estaba frente a la ventana, prendió un cigarrillo y, aprovechando el olor profundo y misterioso del mar, que hasta aquí se respiraba, y los mejores recuerdos de su vida, susurró una vieja y dulce canción checa, la que coreaban juntos aquellos sábados en los parques de Malá Strana... Willfred, Franz, Felice...

Apenas lo vio. Era sólo un puntito rojo entre el crepúsculo inmediato de árboles y follaje, la lumbre mínima que despide un cigarrillo recién halado, pero después distinguió una sombra, por último un saludo. Era Ernest Hemingway, quién sabe haciendo qué entre las siluetas dispersas, deambulando por los jardines de Salamander Sea.

Como se sintió descubierta, Georginas respondió al suceso levantando una mano. El hombre, después de devolver el saludo, intentó hacerse entender ahuecando las manos alrededor de la boca pero fue imposible oírle nada desde la altura en que estaban las habitaciones. Así que Georginas, ante la insistencia, ahora que estaba más descansada, le indicó que subiera si quería decirle algo. Tal vez un mensaje de Nancy, un comentario sobre Rudolf, u otra cosa importante. Ernest apareció en la puerta diez minutos más tarde, con un paquete en la mano, acompañado por un sirviente.

—El paquete debo entregárselo personalmente a la señora Parker. Son órdenes de la señora Cunard.

El sirviente lo miró, un punto desconfiado, y aún esperó una indicación de Georginas para dejarlos a solas.

Una vez dentro no disimuló la más extensa de las sonrisas ni su satisfacción.

—Espero no haber importunado...

A pesar de que estaba ataviada únicamente con el grueso albornoz y que aún llevaba la toalla en el pelo, ¿qué podía decirle al hombre que había prometido cuidar de su hijo *tanto como de su propia vida*?

—No esperaba que volvieras tan pronto. Es muy temprano para los millonarios.

—Bueno, yo no lo soy. ¿Y ese paquete? ¿De verdad te lo ha dado Nancy para mí?

—¿El paquete? —Hemingway soltó una franca risotada y abrió el paquete. Del interior sacó una botella chata de whisky—. Aquí ve lo que ocultaba esta caja de sorpresas. No... no me lo ha dado Nancy, en realidad es para mí, sólo era un ardid para que ese individuo me dejara pasar... Estoy muy solo esta noche, demasiado inquieto, no sé por qué mis pensamientos van de un lado a otro, recuerdos de la guerra, sirenas de ambulancias, barro en los pies... A veces, cuando estoy algo triste, recuerdo Europa llena de barro... Siempre campos llenos de barro.

Tan pesarosa y poética ensoñación bastaron para que Georginas Parker le invitara a sentarse. Después de todo era un hombre amable, escritor como casi todos sus amigos y, aunque joven, bastante formado.

—El paquete ha sido el único pretexto que he hallado para poder acceder a su encuentro. Desde fuera le gritaba sordamente que bajara, pero cuando se asomó comprendí por su atuendo la imposibilidad de mi proposición... Estuve a punto de meterme en mi habitación (en la casona de al lado, la de los sirvientes). Pero un aliento divino más potente que el huracán del océano... psss, me empujó hacia aquí, seguro que buscando calor humano, compañía para no beber en soledad... y... psss...

—No tienes que dar más explicaciones, Ernest.

—Me gusta que me llame Ernest. ¿Sabe? Su hijo, Rudolf, es un niño maravilloso. Créalo... tiene un talento especial. Sí, se lo digo en serio, yo para esto poseo mucha intuición. Igual que usted con los sueños de los demás.

Mientras hablaba abría la botella y servía dos vasos. Era atractivo, bastante alto y de sólida elocuencia, perdía fácilmente la mirada pero jamás el hilo de la conversación. Un auténtico seductor.

—Bueno, dígame, ¿qué le ha parecido el rebaño de *mamuts americanos*?

—¿Se refiere a esos millonarios? Desde luego no son gente normal, quiero decir como usted y como yo... Algunos lo aparentan, quieren ser discretos, pasar desapercibidos, ser invisibles, pero no lo consiguen. Unos comen mucho, otros apenas toman bocado, vas a exponer un punto de vista y antes de decir algo cualquiera de ellos estira su cuerpo y se empeña en dar explicaciones incomprensibles de la bolsa, o de cómo pescar correctamente en los cayos del sur; el otro que es su mejor amigo apenas le presta atención, pero señala lo carísimos que están los motores eléctricos para los yates y a cuántos dólares le sale el caballo de vapor, y todavía resta un tercero que cuando oye hablar de caballos, aunque sean de vapor, añora sus purasangres de carrera y expone lo difícil que es encontrar un buen mozo de cuadras y un jóquey que no engorde.

— ¿Qué puedo añadir sobre esos mamuts? Ahora que les conoce más que yo. La verdad es que sí... Si fueran militares todos serían generales, llevarían el pecho cargado de aparatosas medallas y de cruces heroicas, pero jamás cavarían una trinchera; si fueran inventores habrían inventado máquinas de hacer dinero que además se construyeran a sí mismas; si fueran escritores...

—¿Qué habrían escrito? —preguntó ella con curiosidad.

—Sólo sus propias biografías. Vidas de naftalina, vidas miserables y planas. Prohíben el alcohol pero lo consumen, señalan a la adúltera y al cornudo pero no cejan en conquistar a la mujer de su amigo, denuncian el juego ilegal y, aunque no posea el don de la nauscopia, sé que montan casinos flotantes, a tres millas de la costa... Si uno se concentra puede ver un destello de luz en la línea del horizonte, incluso puede olisquear las olas que llegan a la playa y reconocer en ellas el tufo del dinero, olas que son distintas a las demás olas que ondulan los mares, porque estas no brillan como la plata sino como el oro.

—Le noto resentido, Ernest...

—¡No! —dijo muy convencido—. Yo no me resiento nunca. Mis padres habrían dado cualquier cosa por estar aquí sólo una tarde de sus vidas, aquí en Newport... Sin embargo, su hijo mayor, que soy yo, en quien tantas esperanzas depositaron, escupe en Bailey's y orina en las palmeras de las *cabañas*...

—¿Eso hace?

Soltó otra de sus risotadas.

—Hábleme de usted, Georginas... ¿De dónde vino? ¿Qué hacía antes, en Europa?

—No creo que eso sea interesante para un escritor.

—Rudolf no para de hablar de sus amigos escritores de Praga, incluso de los poemas de su padre. No hace falta mirarla dos veces para percibir que ha tenido una vida llena de misterios. Si me decido a escribir otra novela me inspiraré en su persona.

—Eso es una tontería. Y un halago si quien lo oyera fuese una ingenua muchachita de Chicago. ¿Qué desea saber de mí, señor Hemingway?

—¿Antes me tutea con franqueza y ahora me llama señor Hemingway? Creí que ambos habíamos bajado un escalón, a la planicie de los comunes. ¿No estuvo antes en América?

—No.

—Pero hizo un largo viaje en barco, ¿no es cierto?

—¿Qué le ha contado Rudolf?

—¿Qué iba a contarme su hijo? ¿Sobre qué? ¿De sus viajes en barco? Absolutamente nada. Hemos hablado de cosas de hombres. Esto que le pregunto ahora son asuntos míos. Cuando la conocí, o mejor expresado —reflexionó—, antes de verla por primera vez, al asomarme a la ventana que tiene en su gabinete de la calle Anderson y fijarme en aquellas cosas...

—¿Qué le ocurrió?

—Es difícil saberlo, no sé encontrar las palabras... Es usted quien debe explicármelo. Me dije: ésta es una judía más... América se nos va a llenar de *kikes*... Bueno, yo no tengo nada contra los judíos, aunque reconozco que tampoco me son especialmente simpáticos. No es que me imaginara un judío de barba de chivo, largos tirabuzones, yarmulke en la coronilla, modales serviles y mirada avariciosa, pero cuando la vi en la puerta despidiendo a Nancy...

—¿Qué le ocurrió?

—Que sentí terribles ganas de recordar todo cuanto soñara para correr a contárselo... Después comprendí que no estaba al alcance de mi bolsillo; si Nancy es una de sus clientes, gente como yo no puede serlo...

Georginas probó entonces el primer sorbo de whisky.

—Puede ir a contarme sus sueños cuando lo desee. Para los amigos de mi hijo siempre son gratis las interpretaciones.

—Me resulta complicado entenderlo. Que una judía se gane la vida interpretando sueños.

—Ya José lo hizo. ¿Recuerda la escena de los sueños del faraón? Y también soñó e interpretó Abraham...

—Es cierto, y yo también he soñado, es más, ¿quién puede asegurarme que acaso no ocurre esto de verdad y todo es un sueño?

De nuevo fue incapaz de reaccionar a tiempo. ¿Qué sucedía hoy? Hablaban como viejos amigos, sentados uno al lado del otro, cerca de la ventana para aprovechar la melancólica luz del jardín y no molestar al niño, con cuya habitación comunicaba. Ernest hablaba de los sueños; mientras lo hacía dejó la copa que tenía en la mesa, y aprovechando cada gota de su capacidad de seducción y al máximo la confianza y el estado soñoliento de la mujer, acercó sus labios y la besó, muy suavemente, durante unos segundos, hasta que ella lo separó y lo miró con los ojos más radiantes y azules que nunca.

—¿Por qué ha hecho eso?

—Estoy enamorado de ti. Lo sé desde la primera vez... Se lo he dicho a Nancy y casi se rompe el estómago de reírse.

—Eso no ha podido ocurrir. Yo tengo un hijo de diez años, y soy bastante mayor que tú.

—Daría todos mis genes por tener un hijo que se pareciera al tuyo... y si lo deseas firmaré un pacto con el propio diablo y cumpliré en unos meses los escasos años que nos separan, ¿qué son cinco mil días en el transcurso de la vida? Soy un buen escritor, estoy lleno de confianza y sé que puedo...

Le cruzó un dedo sobre los labios para que dejara de hablar.

—Vas a despertar a Rudolf. Y pienso que has bebido demasiado. Creo que es mejor que te vayas, Ernest. Yo también estoy muy cansada. Ha sido un día muy agitado.

—¿Entonces? ¿Lo nuestro...?

—Olvídalo, escribe todo lo que puedas, sueña cada vez que duermas, y yo leeré tus libros e interpretaré tus sueños, pero no es bueno para un hombre enamorarse de todas las mujeres con las que se topa.

Él quiso decir más cosas, plantó su enorme cuerpo entre ella y la puerta de salida, pero una mirada serena y un ligero toque de la mujer bastaron para disuadirlo.

—Que descanse usted bien, señor Hemingway.

—Por favor, no me despida llamándome así, llámeme otra vez por mi nombre...

No lo hizo. Cerró la puerta despacio aunque decididamente. Él jamás lo supo, pero ella apretó los labios una vez estuvo sola detrás de la puerta, con dulzura, y entonces sí lo repitió. Pero no fue el nombre del escritor de Oak Park.

—Willfred... Willfred...

Durante tres años los acontecimientos no cambiaron de forma importante sus vidas. El Gabinete Freudian de Interpretación de Sueños trascendió, según fueron pasando las sesiones y los meses, tanto el mero mundo onírico como el de su siamés, el psicoanálisis, y se convirtió en lugar de *reunión a solas* para gente rica y distinguida, comida de rarezas; un sitio donde era propicio confesar secretos y exponer mentiras e invenciones con tal de descargar los almacenes del subconsciente y de llenar con esos trastos unas existencias tan vacías, una especie de club selecto a mitad de camino entre sala de alto espiritismo y lugar donde despropósitos humanos, atrapados por las garras del aburrimiento y del esoterismo más barroco (e inverosímil en muchos casos) acudían con más fidelidad que a sus dentistas y confesores, memorizaban a un tiempo espíritus bienhadados, inocuas citas bíblicas y los cien nombres de los demonios más perversos. Aunque era muy difícil conseguir una invitación para las sesiones, a ellas acudían sobre todo damas de la más considerada sociedad neoyorquina, y siempre por recomendación expresa de otra iniciada. Se vio obligada a suspender los anuncios de la radio y el periódico, pues pronto le fue imposible atender tantas peticiones, y se limitó a una lista de centenar y medio de las clientes denominadas fijas, dispuestas gratamente a soportar las elevadas tarifas; personas que, aparte de la necesidad de hablar y de ser oídas y reoídas con atención hasta el hastío, y de manosear sin pudor sus sueños, patrañas familiares, sofocos y variadas desviaciones psíquicas, consideraban muy chic contar con una persona de máxima confianza, conocimientos y exquisitez, experta en crítica y análisis oníricos. Sus ganancias anuales superaban con holgura los diez mil dólares. Manejándose hábilmente, y con algo de suerte, el doble piso de la calle Anderson ya era de su propiedad y aún poseía títulos y acciones.

Rudolf había crecido considerablemente; aunque era un mozalbete de sólo doce años su estatura casi sobrepasaba la de su madre. Continuaba con el mismo plan de estudios marcado: todas las materias eran elaboradas en casa, siguiendo de lejos la pauta común de los programas educativos estatales, pero con un nivel superior al exigido y todavía con asignaturas y disciplinas complementarias, como podían ser la lectura diaria de libros en alemán, Astronomía, Historia de Europa Central o Náutica. Hacía tiempo que no se encontraban con Nancy Cunard, pues siempre estaba embarcada en largos viajes alrededor del mundo y sus estancias en las urbes europeas, Londres y París, no le dejaban demasiado tiempo para rondar las avenidas de Nueva York; en el verano pasado fueron invitados de nuevo al emporio de Newport, mas lo rechazaron y prefirieron dedicarse madre e hijo al estudio, la contemplación de la ciudad y sus parques y al descanso. No era para menos: Nueva York crecía día a día, noche a noche, los rascacielos cada vez acariciaban más de cerca la panzas de las nubes, y allí donde había un enorme y vetusto hotel, sólo una semana después se elevaba una estructura imposible de acero y vidrio con más de cien alturas rematadas con bolas, pararrayos artísticos y finas agujas, como las iglesias góticas. 1924 fue un año especialmente borrascoso. Ni una sola avenida se libró de los vendavales que arremolinaban papeles, sombreros y pañuelos, ni faltaron los días de altísimas mareas en los que las aguas del Hudson y del East River inundaron las calles aledañas, entre ellas varias de la avenida ochenta y seis. Algo así ocurrió el día 24 de octubre. No rompía a llover, el cielo de la tarde se tornó tan violento que Georginas creyó que sus clientes llamarían anulando las citas, como ocurría otras veces en días ventosos: «Son días para soñar, no para contar lo soñado», solía repetir a esas damas. Sin embargo, a las seis en punto de la tarde, algo ya oscurecido, Rudolf observó con sus prismáticos desde la ventana que alguien se acercaba caminando hasta la puerta del gabinete. Al parecer un señor, con sombrero y una gran capa negra.

—Tienes cliente, mamá.

—Vaya, alguna de esas soñadoras se ha decidido a venir. A ver... —Georginas tomó su libro y ojeó los nombres de la gente que había citado para esta tarde y noche—. Lili Astor... no vendrá; Margaret Flynn... tampoco; ni la señora Cunningham ni su hermana... y el señor Weiss... debe ser el señor Weiss... No le conozco...

No pudo decir nada más, porque el timbre sonó varias veces. Le dio un beso a su hijo en la frente y lo miró con todo el cariño del mundo.

—Deja los prismáticos, y ahora estudia. Recuerda que el día de tu ingreso en la universidad debes estar tan preparado como esos chicos de Saint Patrick y Trinity.

El timbre retumbaba, con bastante insistencia, así que sin demora bajó por la escalera interna y abrió la puerta. Su sorpresa fue mayúscula, pues no estaba solo el desconocido señor Weiss, también había un mozo de la Compañía de Correos Portuario con un bulto en un carrillo.

—¿Señora Parker? —insistió el mozo—. Entonces, haga el favor de firmar aquí...

Ni siquiera le dio tiempo a decir algo o a gratificarle con una moneda, pues partió corriendo, de súbito, hasta un carricoche de reparto que le esperaba en la esquina.

—Rápido como una exhalación.

—Esto es Nueva York... señora.

—Disculpe... Supongo que es usted el señor Weiss, haga el favor de pasar.

Estaba tan atenta al paquete que acababa de recibir que apenas recayó en la visita. Él pasó detrás y se detuvo en el centro del salón. No pareció muy impresionado por todas las cosas que allí veía, más parecía que pisaba terreno conocido. Se despojó del sombrero y de la capa y fue en el momento que Georginas dejó el bulto en una mesita, al girarse, cuando se percató de quién era el señor Weiss.

—¡Es usted!

—Así es...

—Oh... ¿Cómo no he podido darme cuenta? Soy una necia. Es usted el señor Weiss. Eric Weiss...

—El mismo, señora Parker.

—¡Harry Houdini!

—Como quiera.

Se puso tan nerviosa que dio dos vueltas sobre sí buscando un cigarrillo hasta que el escapista sacó una hermosa pitillera de alpaca y le ofreció uno de los suyos.

—Volvemos a vernos, señor Weiss.

—Se lo dije una noche, hace tres veranos, en Newport, ¿ya no lo recuerda?

—¿Cómo iba a olvidarlo?

—Siento haber llegado en el mismo momento en que usted recibía ese paquete de Europa, el mozo casi le quema el timbre...

—¿De Europa? ¿Cómo sabe que es de Europa?

—Lo he visto: los sellos son alemanes, me fascina la filatelia... Cualquiera apostaría diez dólares a que ha llegado este mediodía en uno de esos barcos gigantes.

—¿Usted los apostaría?

—Yo apostaría mil.

Ella le hizo un gesto de aprobación.

—Siento decirle que son sellos checoslovacos, no alemanes: tienen impreso el Castillo de Praga. Pero no le dé importancia, su contenido son libros... al menos una vez al año me los envía una buena amiga. Hay publicaciones europeas que son imposibles de encontrar aquí.

—Lo sé. Es importante que usted se preocupe de sus lecturas. En este país es más fácil encontrar un fabuloso revólver que un buen libro.

—Quería usted hablar conmigo.

—Sí, por eso he venido, señora Parker...

—Creo que es mejor que me llame Georginas.

Sin más dilaciones le invitó a pasar al gabinete privado, donde sólo accedían determinadas personas muy especiales, como Nancy.

Houdini rechazó tumbarse en el diván. A cambio prefirió ocupar una silla de finas patas, y apoyó los codos sobre un mueble único, pues era una mesa de *ouija* primorosamente pintada y barnizada.

—Practica la *ouija*.

—En realidad no, es un objeto decorativo, al menos tiene cincuenta años.

—No son muchos. Yo tuve una, más tosca, pero un siglo más antigua que esta. Me perteneció varios años, o yo a ella (nunca lograré entender si las cosas nos poseen), y terminé regalándosela a Bess, mi esposa, quien sí es bastante aficionada.

Ocupó la silla de enfrente. Sólo para mirarle desde la quietud. Se sentía especialmente atraída por esta personalidad, y es que emanaba un electromagnetismo que (bastaba con fijar bien los ojos) hasta podía verse resplandecer; daba la sensación de que, sentado en la penumbra, Harry Houdini desprendiera filamentos de luz alrededor de todo su cuerpo, como un tubo fluorescente humano. Llevaba el pelo un poco largo y despeinado, dejaba los ojos inmóviles como los ofidios, tal vez fijos en sus laberintos interiores, en sus recuerdos y preocupaciones, en ese sueño que tanta angustia le provocaba.

—¿Qué desea usted de mí, señor Weiss?

—Quiero contarle un sueño. A eso he venido. Es un episodio que se repite. Se lo pude haber contado en Newport, después se olvidó: mis giras y mis viajes me han impedido casi todo, excepto... que ese *asunto* se vuelva a repetir sólo con leves modificaciones.

—¿Tan bien lo recuerda?

—Algunos detalles sí... Otros no.

—¿Le apetece tomar algo?

—No. No suelo beber alcohol, pero hágalo usted si lo desea, por favor.

El mago prendió un cigarrillo, en realidad no tragaba el humo, lo expulsaba sincronizadamente, igual que un pez al respirar, mientras dilucidaba, atrapado por las dudas, cómo contarle a la interpretadora el sueño que tanto le perturbaba.

—Cuando despierto rara vez recuerdo nada, sólo pequeños fragmentos de lo soñado... Soy un hombre acostumbrado a la oración, mi padre fue rabino, habrá percibido que soy judío... y europeo.

—Ambas cosas.

—Quiero decirle que sólo recuerdo ese sueño días, o semanas, después de haberlo soñado... es entonces cuando soy consciente de ello.

—¿Una especie de *déjà vu*?

—No. Es algo distinto... Me sucede en los momentos más... ¿cómo podría expresarlo?, de máxima concentración. ¡Sí —afirmó rotundo—, cuando mi mente y mi cuerpo están absolutamente preparados para un fin a ultimar...!

—No llego a comprenderle.

—Lo siento... Tal vez sea mejor que prescinda de explicaciones superfluas y relate directamente cómo suceden las cosas. Hace sólo unos días he actuado aquí, en Nueva York... seguro que ha visto mi fotografía en *The New York Times,* la ciudad estaba llena de carteles. Me grillaron con esposas, me enfundaron una camisa de fuerza y...

—Lo colgaron de una de las vigas de los edificios más altos, aún en construcción...

—Correcto, desde el piso treinta y seis. Pude haberlo hecho desde el más alto, pero la gente de la calle no hubiera visto bien, y la prensa me recomendó esa altura.

En ese instante Houdini aspiró con ganas del cigarrillo, expulsó el humo de la misma forma, pareciendo más relajado y dispuesto a soltar de golpe la bola de pelo que tenía atorada en el esófago.

—Siempre ocurre en esos momentos más álgidos y peligrosos... los focos me alumbran de lleno y toda la gente está pendiente de si podré zafarme o no cuando me viene a la cabeza la imagen de ese sueño, nítida, muy nítida. Es entonces cuando sé que lo he soñado días o semanas antes, es entonces cuando me aterro de veras...

—Continúe, por favor...

—Sueño con mi madre.

—¿Su madre?

—Sí. Pero el sueño es atroz, Georginas, tanto que cada palabra que le diga a partir de ahora hará el efecto de una cuchilla de afeitar en mi propia lengua. Sueño que poseo a mi madre... ¿cómo le puede ocurrir eso a un judío que ora cada día?

—Sueña que posee a su madre...

—Sí... es horrible.

—Dígame, ¿vive su madre?

—Muerta, está muerta, creí que se lo había dicho. ¿Es eso importante?

Georginas sí se sirvió en este momento una copa de vino. El inicio de la narración onírica, en qué circunstancias se representaba esta, y el primer análisis del contenido prometían un episodio de difíciles características, complejo en su simpleza y probablemente importante para la salud de un sujeto tan especial como Eric Weiss.

—Puede serlo. Cualquier detalle puede serlo. ¿Cómo posee a su madre?

Houdini la miró fijamente. Ella entendió qué más que sorpresa lo que sintió fue el humano reparo de tener que responder a ese tipo de cuestiones.

—Esto es muy desagradable para mí.

—Le entiendo...

—Bueno, ella se pone encima... Quiero decir que yo permanezco tumbado, llega mi madre, me sonríe, me llama por mi nombre de niño, después... después hace el acto amoroso conmigo... No puedo negarme: ¡es mi madre!, me siento incapaz de reaccionar, no puedo hacer nada, se lo juro, por un lado estoy sorprendido y siento asco, por otro... gozo, me siento satisfecho... y cuando todo acaba me dan ganas de vomitar.

—Cálmese...

—Haga el favor de servirme también una copa de vino. Por lo menos es más puro que mi saliva en este momento.

—¿Y llega a vomitar de verdad?

—Eyaculo.

Se tomó la copa de un solo trago. Chascó la lengua ruidosamente y repitió su respuesta.

—Sí, eyaculo como un animal. Es más, he llegado a eyacular mientras recordaba el sueño... colgado boca abajo... y una vez dentro de una urna de agua... Créame que es un momento atroz, imposible de imaginar para un hombre que intenta ser justo y conservar su moralidad.

—El hecho de que un varón sueñe que posee a su madre, o que es poseído por ella, es muy antiguo... Está muy estudiado, en ese sentido no debe preocuparse. ¿Tenía mucha relación con ella?

—¿Relación? ¿Se refiere a si nos queríamos? Claro. Hasta que abandoné mi casa fue la madre perfecta...

—Hasta que abandonó su casa... Dígame cómo ocurrió.

—Un muchacho de diecisiete años, en América, es lo mejor que puede hacer si no quiere terminar sus días en barrios malolientes, alrededor de una sinagoga, rezando y engordando el gueto. Yo salí muy pequeño de Budapest, aunque apenas lo recuerdo... Mi padre salmodiaba todo el tiempo (se sabía la Torá de memoria y aplicaba la Misná hasta en *La esquina de tu campo*), en cambio mi madre no salmodiaba nunca pero tampoco paraba de trabajar... Me gané la vida vendiendo periódicos: pronto comprendí que los salmos no quitaban el hambre de una frente voraz como la mía, así que después de trabajar en una fábrica finalmente me marché. Rara vez visité a mi madre. Primero la vida miserable que llevé me avergonzó: fui encarcelado por hurto, dos veces; después la fama adquirida me lo impidió: me encarceló la vanidad. Hace años que mamá ha muerto, no pude llegar a tiempo de besar el dedo de su pie. Está enterrada en el cementerio judío de New Jersey.

—Para los onirocríticos antiguos, basta consultar a Artemidoro, soñar uno con la madre muerta no es buen presagio...

—Lo suponía... Y parece lógico.

—¿Por qué?

—No sé, es lo más vil que puede ocurrirle a un hombre.

—Sólo es un presagio, no todos los presagios son maldiciones irremediables, ni todo lo no bueno tiene por qué resultar necesariamente funesto. Además, la interpretación no es infalible. Sin embargo, quiero ser franca y en su caso se reúnen tres condiciones que son como tres estrellas conformantes de una constelación. Primeramente, su madre está muerta; en segundo lugar: recuerda ese sueño días o semanas después en las situaciones más delicadas, ¿eso dijo?

—Sí.

—Finalmente, y esto es *cuándo* la substancia onírica se plasma en el cerebro, como un huevo estrellado sobre un lienzo —enfatizó con lentitud y firmeza—, llega a eyacular...

—Continúe...

Harry Houdini se sirvió otro vino y pareció concentrar sus pupilas en las de Georginas.

—¿Qué respondería si le dijera que puede morir en un momento próximo, que esas tres estrellas son malhadadas, que su madre intenta avisarle de ese peligro inminente, de algo que le va a ocurrir o que ya le está ocurriendo? ¿Qué respondería?

—Mi respuesta sería cinética, es decir, saldría corriendo de su gabinete y duplicaría el seguro de vida que tengo contratado... Pero reconozco que justamente he venido a oír de su voz lo que acaba de decirme: quería comprobar si sus conclusiones eran similares a las mías... Verá, yo también he leído algunos libros y tratados, me interesan tanto los vivos como los muertos, ¿cómo no va a interesarme el mundo intermedio de los sueños si en cierta medida también me nutro de ellos? Poseo una biblioteca extensa, pero ni libros ni tratados, por muy afiladas que estén sus cubiertas, son suficientes para diseccionar el tejido onírico, se necesita algo más, y usted, Georginas, tiene ese algo más, ese instrumento, ese don... ¿Cree en el más allá?

—Responder a esa pregunta con los codos apoyados en una mesa de *ouija* me parece inclinar la balanza, y mi respuesta no sería objetiva.

Houdini se levantó. Respiró profundamente y echó un vistazo por el gabinete. Parecía pensativo, satisfecho, preocupado y al mismo tiempo ausente.

—No le dé importancia —le aconsejó—. Muchos sueños son sólo un camino, mas no un fin. ¿Y cuántos caminos hay rectos? Ni siquiera el de la flecha en el aire. El que es avisado debe saber si ha de torcer a derecha o a izquierda en el caso de que el sendero se bifurque... o detenerse, si es que el sendero se precipita en un acantilado cuyo eco repite nuestro nombre.

—Es usted mejor de lo que yo creía. Cuando entré aquí y vi todos esos... esoterismos que tiene expuestos pensé: tal vez es una más de esas adivinadoras, le faltará tiempo para mostrar su manoseada bola de cristal y su mazo de naipes. Sin embargo, su serenidad me ha tranquilizado desde el primer instante; jamás pensé que podría contar a nadie un sueño como este, ni siquiera a Bess...

—Si el episodio vuelve a ocurrir puede comunicármelo. Rellenaré una ficha de seguimiento con su caso.

—Se lo agradezco. Así lo haré. ¿Y usted me regalará los sellos?

—¿Cómo dice?

—Los sellos checoslovacos. Los del paquete.

—Si es ese su deseo...

—Espero que le gusten esos libros. Y la carta.

—¿Sabe que hay una carta dentro?

—Sí. Una carta extensa. Y un anillo.

—¿Un anillo?

—Eso creo desde que el paquete estaba en manos del mozo. Pero ahora debo irme, ¿imagina dónde estaré dentro de treinta minutos? Se lo voy a decir: por espacio de dos horas metido hasta el cuello en una bañera llena de hielo picado: mis entrenamientos son tan rigurosos como mis sueños. Dentro de dos semanas van a sumergirme en el río Potomac, atado dentro de un saco de cuero... el saco será metido en una caja metálica, y la caja será bajada a las gélidas profundidades a través de un agujero abierto en el hielo del río, similar al de los pescadores esquimales. Hasta el presidente Coolidge quiere verlo...

Ella comprobó que en el interior de ese hombre no sólo había capas de arrogante hermetismo y de ese fluido animal que muy pocos poseen y que por ello son dignos de admirar, también se habían adherido vanidad, egocentrismo, desconfianza y la insatisfacción del genio.

—Ahora, dígame qué debo abonarle...

—Usted volverá. Estoy convencida. Ojalá sea pronto. Hablaremos entonces.

—Yo también estoy convencido. Tengo una esposa magnífica, una mujer excepcional, sin rival posible... pero no saldré de aquí sin mostrarle mi más sincera admiración; si existen todas esas vidas anteriores que algunos aseguran, nos hemos debido de conocer en esos mundos.

Lo vio alejarse tal como había venido, cubierto con sombrero y capa, sin mirar atrás. Cuando regresó al gabinete, su hijo estaba allí, visiblemente emocionado.

—¿Era ese hombre Harry Houdini, mamá?

—Cierto, pequeño espía. ¿Te impresiona?

—¿Impresionarme? Más que eso... daría cualquier cosa por ser como él... abrir las cerraduras más sólidas, escapar de las cárceles... He oído por la radio que es inmune a los resfriados y que van a meterlo en una caja en el Potomac y...

—Yo también he oído hablar de eso, y para ti es tiempo de que sepas que nuestra religión no ve con buenos ojos la simonía ni los emanatistas.

—¿Qué es la simonía?

—Magia no verdadera. Ilusiones perversas.

—¿Y emanatistas?

—Engañadores. Maestros de magos de magia falsa.

—¿Y por qué nuestra religión no los ve con buenos ojos? ¿Porque pueden ser ladrones?

—Algo así. Las religiones tienen miedo a toda la gente que es distinta, pero Harry Houdini no tiene pinta de ladrón. Y ahora, mi persuasivo interrogador, haz el favor de despegarte los prismáticos y prepararte para el más dulce de los sueños...

Lo acompañó hasta la cama. Rudolf miraba a su madre con un montón de preguntas en la punta de los labios, ella le devolvía la mirada rebosante de ternura y comprensión, le acariciaba el pelo y besaba su frente, hasta que su hijo, cansado y dispuesto a cruzar el umbral de la conciencia, fue cerrando los ojos.

De nuevo en el gabinete, se sentó frente a la mesa de *ouija*, impresionada todavía por el efluvio que había dejado Eric

Weiss: aún su ropa se podía oler, sentirse su presencia, el aire estaba como impregnado de electricidad gelatinosa. Y allí sobre la peculiar mesa estaba la pitillera, olvidada. La abrió y sacó un cigarrillo. Mientras lo prendía se dispuso a deshacer por fin su paquete europeo.

—Querido Harry Houdini —exclamó a media voz—, no es difícil adivinar que el paquete viene de Europa, que ha llegado en uno de esos barcos y que en el noventa y nueve por ciento de los casos vendrá acompañado por una carta. Simples deducciones lógicas... pero ¿dijiste que había un anillo?

Abierto el paquete, echó un vistazo a los libros y revistas; encontró, efectivamente, la carta de Ana, y un pequeño obsequio en una cajita de madera.

—¡El anillo! ¡Aquí está!

¡Correcto!, como habría exclamado el propio mago. Eso era. Una sortija singular. De oro con una piedra verde, ¿jaspe?, engastada, en bajorrelieve, donde se apreciaba una mujer jugando con un niño.

—¡Es el anillo del profesor Sigmund Freud! ¡Había oído a Ana hablar de él! ¡Y me lo envía!

No se preguntó en este instante cómo fue posible que Harry Houdini lo supiera, sino que fue a leer la carta; quería saber, lo necesitaba, qué ocurría, cómo se encontraban, ¿y Praga?, ¿y el profesor?, ¿y por qué le enviaba a ella el anillo para los iniciados, tan pocos, dignos de su confianza?

Lo que leyó en aquella larga carta de su amiga Ana, ya en la primera línea, le atrapó el corazón y lo exprimió hasta que la última gota de sangre se deslizó por él. Tanto fue el estupor que todos los hilos de su garganta se trenzaron en una maraña, y no pudo evitar que algunas lágrimas, acumuladas según leía, se desprendieran y llegaran a estrellarse contra el propio papel escrito. Franz Kafka había muerto hacía cuatro meses, en junio.

Querida Georginas:

Franz Kafka nos ha dejado, ¿para qué voy a extender más estas líneas si la funesta noticia de su muerte envolverá cada palabra de esta carta? Ha ocurrido en los primeros días de junio. Es cierto que yo no tenía mucha relación con ese escritor huidizo, pero sí contábamos con amigos comunes, y me habías hablado tanto sobre él que había llegado a considerarlo una de mis amistades más queridas, incluso fui a verle un par de veces, pues estuvo ingresado el mes de abril cerca de Viena, en el Sanatorium; finalmente fue trasladado a una clínica de Kierlig, ya no volví a verle. Yo todavía estoy muy apenada y comparto tu dolor.

Me enteré tres días después —me lo dijo mi padre, quien lo había leído en el periódico yiddish de la comunidad—, e inmediatamente me desplacé a Praga... Allí, en Los Dos Osos Dorados, su hermana Otti, su cuñado y su amigo Werfel me contaron, sumidos en la tristeza, sus últimos días... Son detalles tan simbólicos y poéticos que no sé si mi ánimo va a ser capaz de precisarlos: sólo sorbía fideos, porque eran muy suaves... nada más podía tragar, ni siquiera un poco de cerveza. Le inyectaban alcohol en la garganta cada dos horas para detener su inflamación de laringe, en los últimos días se comunicaba escribiendo en papelillos de liar tabaco... ¡Pobre Franz! A pesar de lo enflaquecido que estaba, dijo Werfel que no cabía en el féretro pues las pasiones y la angustia que desprendía apenas le dejaban sitio a su cuerpo. Werfel ha pronosticado que su obra será importante porque los grajos son prolíficos y perseverantes ¿?, y que alguna vez le otorgarán el Premio Nobel de Escritores Muertos, repitió llorando y algo bebido mientras cegaba las farolas tras su paso tambaleante por la avenida Kaprova, camino del Josefov.

Lo siento.

Hasta el salón de nuestra casa han llegado los comentarios de tu dedicación onirocrítica, y psicoanalítica, en América. Nos visitó Emanuel Lasker y habló maravillas (todos pensamos que lo has hechizado); te llamó predilecta, te consideró especialmente dotada para efectuar análisis psíquicos y dijo que estás adqui-

riendo gran reputación. Además mencionó tu vasta cultura al respecto, el seguimiento que haces de todos los libros de mi padre y de otros psíquicos americanos, y el resultado económico de tan magnífica entrega como es la tuya. No dudo que alguna vez, por fin, podamos estar juntas en Nueva York: ¿no es, como asegura Lasker, una ciudad repleta de helados, periódicos y buenos pasteles? Cada vez cobra más interés esa propuesta en mis proyectos. ¡Tanto habló de ti, con una admiración y una seriedad tan exquisita, que mi propio padre se vio obligado a competir con él sobre cuál de los dos recordaba más capacidades tuyas! Por eso te envía su anillo de iniciado, ni siquiera Lasker posee uno, y creo que con este inusual gesto dio por cerrado el asunto y por ganada la batalla, aunque a cambio sólo consiguió una larga sonrisa de aprobación por parte de su retador y amigo.

La situación en nuestra vieja Europa se hace insostenible. Eso dice mi padre. Yo no la veo tan mal. La gente viste mejor y odia las medallas que los niños coleccionan, ya no tienen miedo de reírse, y los mercados están mejor servidos. Ahora es cuando la guerra se ha terminado de verdad, pero el profesor no lo cree, ni ve con calma que los marcos alemanes hayan dejado de ser contados como billetes para ser pesados como tacos de madera... Lo cierto es que otra vez comienzan los mítines aquí y allá (Europa es así), pero presiento que las masas están cansadas, y en vez de aplaudir si acaso disparan de aburrimiento, y creo con firmeza que el achacoso continente no ha despertado, que sólo está sonámbulo, y eso nos confunde a todos...

Abandonó la lectura de la carta en este punto. Era incapaz de no imaginar la agonía de su admirado y queridísimo Franz Kafka. ¿Por qué Dios se lleva a los mejores tan pronto, por qué Franz, por qué Willfred y tantos otros? Recordó un verso de un poeta desconocido y lo musitó, casi como una oración.

—*¿Cuántos ruiseñores ha de devorar una bestia para poder cantar ella misma?*

Le fue imposible no sollozar.

—¿Y tú a cuántos escritores enflaquecidos vas a devorar, Dios mío? ¿Cuántos se necesitarán para saciar tu divino estómago?

No tuvo valor para ojear los libros enviados, rellenó su copa de vino, encendió una vela y un nuevo cigarrillo de la pitillera de Houdini.

Después se tumbó en el diván donde los sueños se dejaban contar.

En varios años la situación no experimentó cambios significativos. La efigie augusta que representaba a Georges Washington en los billetes de dólar se movía con la misma rapidez y desorden dentro de unas mismas manos como polillas suicidas alrededor de un fanal encendido; Washington parecía el hombre de los mil millones de copias para un solo rostro y un solo gesto, y podía asegurarse, sin mentir del todo, que cada americano poseía una máquina automática de imprimir dólares. El alcohol continuaba ilegalizado, pero jamás se bebió tanto en los Estados Unidos de América, se pusieron de moda las petacas y cualquier barbería era un bar oculto; potentes autos surcaban las autopistas; la gente llenaba entusiasmada los estadios deportivos y asistía a multitudinarios combates de boxeo de común amañados por la mafia; las numerosas salas de baile se abarrotaban de parejas que danzaban hasta el desmayo en concursos de resistencia, bailes alocados y frenéticos, casi circenses; los teatros de Broadway ampliaban aforos cada semana y agigantaban sus anuncios luminosos aportando a la avenida el aspecto de un tubo de neón; poseer un par de aparatos de radio y oírlos a la vez era normal en la extensa clase media; apostar en las carreras a caballo ganador, invertir la casa, la tierra, la sangre, ¡todo!, en la bolsa y asistir los viernes al cine eran síntomas de estar al día, viviendo con la confianza de que el país caminaba hacia una estrella.

En esos cinco años Sarah Georginas Parker y su hijo no hicieron más que dejarse llevar por la buenaventura, habían desplegado las velas y las rachas de bonanza parecían no acabar nunca. Eran propietarios de la casa doble de la calle Anderson, tenían automóvil propio y un montón de miles de dólares invertidos en sabias combinaciones bursátiles.

Tal vez 1926 fue el más sobresaliente de los años según el número y el peso del desatino en los acontecimientos que trastornaron sus vidas: el aplicado Rudolf había superado sus exámenes con excelentes calificaciones, pues a pesar de estudiar a distancia (los hijos de emigrantes podían hacerlo) era debidamente controlado por la normativa oficial de Educación. Gran impacto causó que los periódicos anunciaran a cinco columnas que el *Mago de América*, Harry Houdini, había fallecido en extrañas circunstancias (¿cómo si no?), para unos de un puñetazo en el estómago propinado por un fornido estudiante, para otros parlanchines fue debido a una inmersión temerosa en el lago Michigan o víctima de la traición de algún espiritista despechado, lo cierto es que murió en Detroit y que antes de ocurrir visitó otra vez el Gabinete Freudian de Interpretación de Sueños. Ese verano del 26, el más caluroso en los últimos años, madre e hijo viajaron por segunda vez a Newport, a la Salamander Sea de Nancy Cunard, a quien encontraron un poco menos extravagante, pero más atractiva y seductora que nunca, el pelo cortado a lo *garçon* según la moda en Francia, singular sombrero de campana, inquietantes medias de nailon (era la única mujer de Newport que las llevaba) y un reloj de pulsera en el que miraba la hora constantemente; estaba distinta e irradiaba ahora más optimismo que nunca, ahora más melancolía: según confesó diez veces en menos segundos, se había enamorado irremediablemente ¡de otro escritor!

—¡No puedo evitarlo, querida Georginas: me enamoran los escritores, ellos son néctar y yo colibrí! ¡Abren el tintero y acudo a libar! ¡Pero esta vez va en serio, no hay manzanas con gusanos: se trata de Aldous! ¡Esa es la verdadera razón por la que no me has visto en estos meses! ¡Aldous Huxley! ¡Y vendrá a cenar esta noche a Salamander! ¡Tienes que conocerlo!

Sin embargo, entre todas las piedras de cantos pulidos y aves libadoras que el destino había puesto en su camino, tal vez la falsa creencia de ser ella quien había vuelto a enamorarse (sólo por un día, una noche quizá, lo suficiente), y no Nancy, fue lo más importante y doloroso de asimilar, sobre todo cuando la realidad y el desengaño estallaron como sendas copas de cristal arrojadas contra el propio rostro en un espejo.

El 25 de julio se encontraba sola, tomando un café, en uno de los bares más tranquilos de Newport, mirando al mar, disfrutando de la luz del día y de la tranquilidad etérica que otorga el respirar aire mezclado con sal oceánica. Cuando aquel hombre se le acercó creyó que era el camarero, pero aun disponiendo de sólo medio segundo para adivinar de quién se trataba le habría resultado imposible no acertar. Unas manos grandes, algo ásperas, con pelos hirsutos en las falanges y uñas muy cuidadas...

—¡Ernest!

El corpulento novelista se presentó dejando caer, ruidosamente, su última obra publicada encima de la mesa.

—¡*Fiesta*! —dijo exultante—. ¡Un éxito! ¿Todavía no lo has leído, princesa?

—¡Ernest Hemingway! Estás irreconocible...

—Acabo de llegar...

—¿De dónde?

—De París. ¿De dónde si no? Allí está el mundo. ¿No has estado nunca, Georginas?

—Sí... Una vez...

—Todo el que habita la tierra debería pasar una vez por París, es la meca de la existencia. La gente sólo bebe champaña y absenta y va diciendo por ahí que el sol da vueltas al revés hasta que realmente las da...

—¡Qué alegría encontrarte! Veo que has progresado. Leí tu nombre en los periódicos...

—¿Progresado? Bueno, publicar una novela es sólo un peldaño, pero la escalera es muy larga y resbaladiza, como una anguila, y más altas aún son las torres a las que quiero subir. ¿Y tú, sigues desmenuzando las pesadillas de toda esa plebe somnolienta?

—He de ganarme la vida...

—¿Y Nancy? ¿Nadie te ha dicho si necesita un chófer? Conozco dos o tres muchachos que harían cualquier cosa por ella. Son poetas, y además conducen bien.

No supo si sonreír a tal ironía, invitarlo a su mesa o guardar silencio. Nada de eso aconteció, porque Ernest Hemingway la tomó del brazo, la giró suavemente y le mostró un bonito descapotable blanco.

—¿Sabes? Conducir en uno de esos tiburones comemillas te da la sensación de ser el rey del espacio y del tiempo, es como jugar contra la física con cartas marcadas. Sí, acariciando y girando su volante de cuero tienes la sensación de tener entre las manos el aro de un reloj, el tiempo deja de sostener su solidez y se vuelve elástico. ¿No es maravilloso? Tienes que probarlo.

Sin saber cómo, dejándose arrastrar por tan poderosa presencia y retórica (prácticamente empujada por él), tomó asiento en el descapotable y sintió cómo le subía por la columna vertebral el rugido del automóvil mientras salían de Newport.

—¿Adónde me llevas?

—Daremos una vuelta sin salir del estado. Dejemos que corra el purasangre, después, princesa, te devolveré sana y salva al séquito de su majestad Nancy Cleopatra...

Durante aquellos kilómetros, Hemingway habló sin parar. París, literatura, sus proyectos y las obras maestras que iba a escribir («sólo tengo que sacarlas de esta cabezota, y lo haré»), disertó sobre el mundo, los animales, los continentes y ante todo de sí mismo.

Pararon en un merendero de carretera, desde el que se contemplaban las playas. Ella lo miró con ternura. Admiraba la fuerza que derrochaba aquel escritor, el cariz y la arrogancia con la que conseguía expresarse haciendo invisibles sus movimientos torpones, admiraba su mirada algo perdida y su permanente simulacro de sonrisa. Pidieron un par de refrescos a los que Ernest, sin disimulo alguno, agregó un chorro de whisky de su propia petaca. Brindaron y después le preguntó por Rudolf y ella no pareció intranquila, estaba bajo el cuidado de Nancy Cunard, en la fiesta de cumpleaños de una niña de los Astor.

—¿Entonces puedes quedarte conmigo toda la tarde?

—Creo que será demasiado. Me alegro mucho de verte, es cierto... pero estoy segura de que tienes planes. Un hombre como tú siempre los tiene... Además, quiero aprovechar para leer tu novela.

Entonces ocurrió. Hay miles de bares, restaurantes y cafeterías en los Estados Unidos. De toda condición, nacionalidad, arquitectura y especialidad. Únicamente a favor de Francis Scott Fitzgerald se podría decir que este merendero de carretera era el más cercano a las puertas prohibidas de Newport, que por supuesto no había logrado atravesar. Por eso aquel mediodía entró en ese merendero y no en otro: para aplacar su ira cuanto antes; y halló a su amigo de juergas y rival de oficio Ernest Hemingway, charlando con una mujer espectacularmente hermosa.

Sin decir nada, se acercó en dos saltos y le dio un sonoro golpe en la espalda.

—¡Ernest!

Antes de que Hemingway pudiera reaccionar, Francis Scott le abrazó con tanta efusividad que a punto estuvieron ambos de rodar por el suelo.

—¡Francis! ¡Vaya, el mismísimo Francis Scott Fitzgerald! ¿Qué haces tú aquí?

—¿Yo aquí? ¿Y tú qué haces que no estás en los bulevares de París o cazando perdices en los olmedos de Chicago?

Se quedó estupefacta. Se comportaban como amigos de la infancia, dos camaradas de trinchera, dos... Pese a la diferencia de estatura ambos escritores hincharon el pecho, entrelazaron en un acto simbólico codo con codo, como los antiguos romanos, y sacaron de los bolsillos, al unísono, sendas petacas de las que bebieron, uno whisky, el otro ginebra, intercambiándolas después.

Georginas continuó estupefacta. El recién llegado era un hombre de unos treinta años, parecía bien afeitado, de rostro ancho y enrojecido, con atractivos pliegues en las mejillas y sonrisa más oscura que la de Ernest. Vestía impecablemente un traje a rayas algo ajustado para la época, gastaba gomina en el pelo y raya en medio, sombrero Fedora y lustrosos botines acharolados con charlines blancos. Era escritor, aunque por su aspecto parecía el más elegante de los pistoleros de Chicago.

—Intercambiamos estas petacas desde nuestra hermandad de París, señora. Justo en las orillas del Sena, muchos amaneceres —dijo Francis Scott—, cumplimos este rito para saciar a los dioses (y a nosotros mismos).

—¿En París?

—Bueno, Francis —intercedió Hemingway—, deseo presentarte a la señora Parker, una amiga mía, poetisa y hermosa mujer.

—Me he percatado de las tres propiedades: la amistad, la poesía y la belleza.

—Es usted muy ágil percatándose, señor Scott.

—No dude que pongo mi agilidad a su servicio, señora Parker. Es europea, supongo... Las mujeres americanas son incapaces de irradiar ese semblante céltico...

Ella soltó una carcajada, momento que aprovechó Hemingway para servirle otro refresco con whisky. ¿Cuánto tiempo hacía que no se reía con aquellas ganas? Si era capaz de girar el cuello ciento ochenta grados sí podía recordar aquellas tardes de Malá Strana, pero... hacía tanto tiempo... Desde que llegó a América, ¿qué había hecho?

¿Situarse? ¿Huir de la extranjería y del sionismo? ¿Conseguir una posición social? ¿Sobrevivir encima de una montaña de dinero como las ardillas encima de sus nueces? ¿Dedicarse meticulosamente a la educación de su hijo? ¿Y su vida? ¿Qué ocurría con su vida? Probablemente esta dosis de alcohol, a la que no estaba acostumbrada, desinhibió algunos de sus preceptos y esfumó algunas de sus nebulosas, permitiendo que al menos por unas horas Georginas Parker oyera de nuevo la música de las cortinas. Aquellos hombres bebían, hablaban y reían sin parar, ella los siguió sintiéndose de pronto sumergida en una microepopeya americana. Subieron los tres al auto blanco y alegres y coreando viejas canciones universales llegaron a los arrabales de Providence. Consecuencia de una estúpida discusión, de la naturaleza curiosa de ambos escritores y de la cercanía de la casa donde se hospedaba Francis Scott Fitzgerald, resultó la visita que los tres hicieron al cementerio judío.

—Los *kikes* son distintos... —apuntó Francis—. Ayer por la tarde visité este lugar, había llenado la petaca de ginebra, me metí una libreta en el bolsillo y me vine aquí a pasar dos horas. Tendríais que ver los nombres tan complicados que llevan estos tipos y las cien formas y tamaños distintos que hay para esculpir la Estrella de David: debe de ser el símbolo más repetido del mundo. En el fondo me dan un poco de miedo...

—Eres un estúpido —replicó Hemingway—. No se les puede tener miedo a los muertos, aunque sean judíos.

—¿Que no, eh? Venid aquí...

El escritor que parecía un gánster se hizo seguir, rodeando mausoleos, cipreses y tumbas.

—Ahí lo tenéis... Un auténtico gólem. Ningún escritor es capaz de imaginar esto para enterrar a uno de sus personajes. ¿A qué mago se le hubiera ocurrido como ilusión, a qué presidente como discurso? Sólo se le puede ocurrir a un judío.

—Pero ¿qué es esto? —preguntó Hemingway apurando el último trago de su petaca.

No era para menos. Sobre una tumba de mármol gris magníficamente pulido, adornado con una enorme estrella de ribetes dorados y caracteres hebreos, estaba incorporado el artilugio.

—Esto es un señuelo —contestó Francis—. ¿Y qué indica? ¡El lado nocturno de la naturaleza!

Y era verdad. Pues desde el interior de la tumba salía un mástil de un metro de altura, al que habían unido una banderita metálica, roja y refulgente al sol, con una estrella en el centro.

—Es una vieja costumbre judía... —dijo por fin Georginas—. Los judíos nunca están convencidos de que han muerto totalmente, y temen ser enterrados vivos, les aterra... Ese dispositivo es la última voluntad del fallecido. Por si acaso le queda un resquicio de vida y despierta en el interior de la caja, puede mover esta banderita y avisar de que debe ser desenterrado.

—No puedo creerlo... —musitó Ernest.

Francis Scott se lo tomó a burla.

—¡Amigos míos, justo delante de nuestras narices tenemos el más acá del más allá!

Hemingway separó varios ramos de flores secas y una corona de hojas de olivo que el tiempo aún no había deshecho y que ocultaban en parte el nombre del inhumado receloso.

—Cyrus Zimmermann, 1856-1921, lleva cinco largos años muerto, tal vez la banderita no haya funcionado... Zimmermann, Zimmermann... —repitió—, he oído hablar de él. Era un hombre rico, constructor de varias sinagogas y dueño de la mitad de los taxis de Nueva York. Y, al parecer, vanidosa y vanamente previsor, apostaría a que ha sido enterrado con el diente de Buda en la boca, el fajín de Mahoma liado a la cintura y las dos lentejas de la Última Cena de Cristo metidas en los bolsillos...

—Y yo apuesto a que cada uno de sus amigos se ha llevado un terrón de la tumba para esparcirlo en las colinas de Jerusalén: ¡andan por ahí diciendo que necesitan tierra! —apuntó Francis en un alarde de competir en ocurrencias.

No dijeron más. Con paso lento salieron del cementerio hebreo, los escritores prácticamente abrazados, confiándose secretos literarios y exhalando, como dos dragones, efluvios ardientes de whisky y ginebra; tres pasos por detrás venía Georginas, mirando a sus espaldas una vez más la tumba de Cyrus Zimmermann y sintiendo un repentino escalofrío en todo el cuerpo.

Botellas de ginebra, paquetes de cigarrillos emboquillados, una pipa de mazorca, varios discos de jazz y alguna ropa tirada por el suelo. Esa es la primera visión que tuvo cuando atravesó el umbral de la casa de Francis Scott. Para entonces Ernest se había esfumado, como por arte de magia. Estaban los tres juntos, de pronto el gigantón se levantó, como el que va a pedir un refresco, no vuelve y además parece que jamás estuvo allí. La tarde se desplomaba sobre el cielo de Providence, estaba tan cansada y le daban tantas vueltas las cosas que no pudo negarse a caer en un mullido sofá, refrescarse con agua y resoplar un rato antes de decidir la vuelta a Newport.

—¿Te gusta el jazz?

—Supongo que sí.

—Ponte cómoda, quítate los zapatos, deja que tus pies se expandan y acaparen todo el espacio del salón, te sentirás mejor, mucho mejor. Así, e inmediatamente...

—¿Qué hora es?

—No lo sé.

Aquella sombra de dandi ni siquiera tuvo intención de mirar su reloj. Puso un disco, el primero que encontró por el suelo, hurgó por si quedaba algo de fumar en la pipa y finalmente la encendió.

—¿De dónde eres?

Georginas apenas podía despegar los párpados, oía la melodramática música de un saxofón y lo único que pretendía era descansar cinco minutos y ser capaz de incorporarse a la realidad.

—De Praga.

—¿De Praga? ¡Vaya, la ciudad donde todavía vagan los alquimistas! Aunque has podido cruzar las puertas de Newport y conoces a un novelista de éxito no tienes aspecto de millonaria. ¿A qué te dedicas?

Ella sonrió y casi se le trabó la lengua cuando quiso contestar.

—Interpreto.

—¿Interpretas? ¿Idiomas? ¿O eres actriz? ¿O acaso interpretas la Biblia y eres exégeta?

—Sueños... Interpreto sueños...

—No puedo creerlo... Esto es fabuloso. ¿Y hay que estar especialmente dotado para eso?

—Sí.

Francis se puso un dedo en la sien, cerró los ojos y luego imitó la voz de una pitonisa delante del oráculo.

—*Llegará el día en que el hombre velará y dormirá a la vez...*

— *... soñar y al mismo tiempo no soñar...* Lo escribió Novalis hace más de cien años...

—¿Eres judía, verdad?

La mujer asintió con un gruñido.

—No creas que me lo ha dicho ese escritor provinciano... Lo adiviné cuando te vi en el merendero, es como si lo llevarais tatuado en la piel... La verdad es que al principio creí que eras una de las conquistas de Ernest, millonaria despechada, damita del bajo Manhattan; sin embargo, cuando miré tus ojos deduje que estabas muy britanizada: iris de un azul inglés; pero lo deseché; después creí que eras alemana por algunos chasquidos en tu acento. No puede ser, Francis, me dije... Y llegué a la conclusión válida una vez que observé tus reacciones ante la tumba de ese Zimmermann. Es judía, me convencí.

—Así es...

—¿Y los judíos soñáis distinto a los gentiles?

—No...

—Pues tengo entendido que los americanos soñamos distinto a los europeos; debo de haber leído algo por ahí...

—¿Qué quiere de mí, señor Fitzgerald?

Él se rio. Haló con profusión de su pipa, exhaló una enorme voluta de humo y se la ofreció.

—Mientras enciendo la chimenea es mejor que fumes un poco de marihuana. No te sentará mal y te permitirá tomar la última copa, puedo asegurarlo.

¿Qué podía decir? Se limitaba a mirar, como a través de un cristal ahumado, cómo Francis encendía la chimenea aunque no hacía frío y después se sentaba a su lado.

—Háblame de los sueños de los judíos.

—¿Qué puedo contarte?

—No sé, cualquier cosa.

Georginas inhaló una gran bocanada, cerró los ojos, expulsó el humo lentamente y se sintió levitar.

—Si un judío sueña que le duele el ojo derecho significa que el hijo, padre o hermano caerá enfermo. Si es el ojo izquierdo, será la hija, la madre o la hermana. Si soñara con palomas bravas es que desea a mujeres gentiles, si son palomas domesticadas es que desea a judías. Y si sueña que le cortan las uñas la interpretación hebraica confirma: quien se las corte le va a traicionar...

Inhaló otra vez y le devolvió la pipa.

—Esto es absurdo —dijo con un hilo de voz—. Absolutamente estúpido, yo no debería estar aquí, hablando de nuestras tradiciones. ¿Dónde está Ernest? ¿Por qué no está aquí con su auto blanco?

Lo último capaz de comprender antes de perder la conciencia fue que Francis Scott Fitzgerald arrojó dos gruesos libros a la chimenea.

—¡*Ulises*! Polifemo no te asó vivo, pero el fuego de mi chimenea sí lo hará... ¡Por dos veces! ¿Sabes qué he hecho, interpretadora? —le preguntó Francis sin apartar los ojos de las llamas, histérico, tartamudeando y endiosado—. He arrojado dos ejemplares de *Ulises* al fuego: quiero que seas testigo... Por eso encendí la chimenea aun en pleno verano. ¡Es todo un espectáculo, mil páginas ardiendo al mismo tiempo! ¿Y quieres ver algo más? ¡Pues echemos leña al fuego!

Ella ya no lo veía ni lo oía, pero él le arrancó de sus manos la novela de Hemingway, *Fiesta*, y también la arrojó al fuego.

Los cien kilómetros que separan Providence de Newport se convirtieron en los más largos de su vida. Ni siquiera cruzar América de este a oeste se habría hecho tan inacabable como aquellas dos horas de trayecto. Se sentía sucia, se odiaba tanto que no le habría importado morir allí mismo. ¿Para qué recordar lo sucedido? ¿Para qué intentar dar explicaciones, ni exigirlas, del destino? Ya eran más de las diez de la mañana, tuvo que volver en taxi y sintió tal incomodidad que se avergonzó como nunca en su vida de tener que presentarse así en las puertas doradas de Newport. No hubo más remedio que llamar a Nancy, y sólo a duras penas y tras varios ruegos al servicio de seguridad logró que su protectora fuese avisada.

Nancy Cunard acudió en auto, naturalmente, pero conduciendo ella. No tuvo que decir palabra: con una señal suya la verja se levantó como por arte de magia y Georginas pudo pasar.

Pretendía darle todas las explicaciones del mundo, necesitaba ser odiada, recriminada, y ante todas las cosas quería saber cómo estaba su hijo.

—Rudolf está bien, en casa de Lili Astor, se estarán bañando en la piscina, es difícil separar a esos chicos... Es bueno que consolide sus amistades, los dos son adolescentes. Y los Astor, muy ricos...

No dijo más, detuvo el auto y sacó un pañuelo, unas gafas negras, un lápiz de labios y un pompón con polvos de talco.

—No me digas nada, querida. No tienes que excusarte, pero así no puede verte nadie. Ven aquí, no llores, deja que tu amiga haga algo verdaderamente importante por ti...

—Lo siento, Nancy... Lo siento...

—Psss... no digas más... vamos a casa, toma una buena ducha, luego yo te acompañaré a buscar a Rudolf.

Los años siguientes fueron más tranquilos. Nancy Cunard se dedicó, compulsivamente, a seguir por medio mundo a Aldous Huxley y pasar largas temporadas en Londres mientras él terminaba sus novelas; Hemingway desapareció, seguramente raptado por sus miedos y sueños: jamás un gigantón como era él tuvo la habilidad de los gnomos —más común en un bajito— para esfumarse; del autor de *El Gran Gatsby* nunca volvió a saber pero su solo recuerdo le producía comprensibles náuseas. El gabinete abierto en la calle Anderson todavía rentaba pingües beneficios, las viudas adineradas continuaban soñando a cataratas, pero según se consumía la década de los años veinte los sueños dignos de diseccionar se manifestaban más de tarde en tarde, y el único medio disponible que halló la sociedad para detener un progresivo enflaquecimiento de la realidad fue el engorde artificial del sentimiento (siempre insatisfecho) de la opulencia, hasta que un día reventó, como el abdomen de Gregorio Samsa, sin saber hacer otra cosa que mirar con espanto sus tripas esparcidas.

Dotes para la imaginación, alta sensitividad, caída en gracia de la Fortuna y el análisis continuo de sus propios pensamientos y sueños fueron motivos suficientes para que Georginas quisiera deshacerse de todas las acciones acumuladas en estos años, ahora supervaloradas; terminaba 1928 y daba la sensación de que la fruta del paraíso había madurado y podía caer de un momento a otro en el corral del cerdo; las últimas cartas de Ana Freud le habían dejado algo de frío en el corazón: *Han sido publicadas tres novelas de nuestro Franz, pero no he podido conseguirlas, sus admiradores se las prestan unos a otros en Los Dos Osos Dorados...* A pesar del décimo aniversario de la independencia de Checoslovaquia las noticias sobre Europa no eran halagüeñas sino sombrías, las calles estaban llenas de lobos esteparios, como describía Hesse en sus libros, y al aire (contaba Ana) le costaba desprenderse del olor a caballo muerto que lo impregnó todo hace quince años. Rudolf estaba a punto de ingresar en la exclusiva Universidad Sinaí de Nueva York mientras ella se sentía cansada y algo más sola. Turbios sueños, malas sensaciones y la reactivación de su tristeza latente la empujaron a hacerlo. Un año más tarde comprobó que docenas de caballeros se quitaban el sombrero y desanudaban sus corbatas antes de precipitarse a las aceras desde las cornisas más altas de Wall Street, millonarios de tercera clase se disparaban a las sienes con más celeridad que los que nada poseían; la espiral vertiginosa del desempleo y la pobreza se había desenroscado y transformado en un látigo que fustigaba las espaldas de millones de personas; finalmente el soplo helado del otoño de 1929 derribó cada uno de los castillos de naipes que una felicidad absurda y mal diseñada había construido. Manifestaciones violentas contra nuevos emigrantes, asesinatos racistas del Ku Klux Klan (una de sus épocas doradas: América para los americanos), desorden, colas kilométricas para conseguir sopa caliente y la depresión absoluta de gran parte del continente arrancó a la nación de su máscara risueña y le mostró al mundo su verdadero rostro: el desencanto, nada más que el desencanto. Mientras, los barrenderos no daban a basto para recoger desperdicios de ilusiones como si fueran bolas de papel, vidas quebradas y listados con nombres borrosos tirados por la calle... era lo único que sobraba: basura. De la generación de beber a escondidas y bailar charlestón se pasó a la generación desesperada y náufraga. El mundo se tambaleó al percatarse finalmente de que era cojo; el cielo se vino abajo y amanecía con crepúsculos; en este caldo de cultivo sólo bastó un paso de guadaña bien afilada y brillante para segar los infinitos campos americanos; donde brotaba el agua no se levantaba más que polvo, donde crecía el maíz sólo agarraba la miseria.

—Es curioso, mamá. Los periódicos se refieren a la caída de la bolsa como *¡Crack!* Me recuerda al graznido de los cuervos de Europa.

Su madre lo miró. Rudolf estaba a punto de cumplir dieciocho años, era muy alto, y guapo. A pesar de llevar casi media vida en América aún conservaba ese porte europeo, esa diplomacia que sólo otorga el arraigo de las tradiciones y la cultura.

—A los americanos les gustan las onomatopeyas para expresarse. En cuanto a tu recuerdo sobre los cuervos, es un recuerdo funesto.

—Es probable —contestó Rudolf—, y todavía es más inquietante. Tú me has contado que antes de la Gran Guerra bandadas de cuervos cruzaban Europa, y que no los había más gordos que los posados en los campos de batalla. Has de reconocerlo, la sensación produce cierto ahogo...

—Tienes razón, hijo... pero si Estados Unidos siente que se ahoga no dudará en subirse a los hombros de Europa, aunque la hunda, con tal de mantener él mismo la cabeza a flote.

—Bueno, América nos lo ha dado todo, mamá... Una magnífica casa, estas ropas, esta comida; recuerdo cuando llegamos cada uno con una maleta... allí dentro estaba todo nuestro pasado, es todo cuanto pudimos reunir en la vieja Europa. El malestar económico no nos afecta, al contrario: hoy en día tener un poco de dinero es sinónimo de multiplicarlo por escasa sagacidad que se posea, aunque son muy contados los que tienen ese puñado de dólares.

—Hablas como un judío.

—Lo soy.

Su madre lo miraba con tanta incredulidad como afecto. Ya no era aquel niño que se extasiaba mirando con los prismáticos, el que aprendía capitales del mundo, símbolos químicos y desinencias del griego con habilidad pasmosa. Se había convertido en un hombre. Inteligente y libre. Estaba orgullosa de su hijo, pero a partir del Crack de 1929 anidó dentro de su corazón un pequeño pájaro que deseaba volver a los campanarios de Praga, y alimentó suavísimamente aquel polluelo, para que creciera con lentitud y no cesara nunca de piar.

En 1930 su mundo interior dio un vuelco imprevisto. Se había descubierto un nuevo planeta y Georginas recordó, sin proponérselo, mas con nitidez sobrecogedora, el relato de los últimos sueños de Harry Houdini. Ocurrió unos meses antes de que él muriera, en 1926. Aquella noche llegó sin avisar, sudoroso, agitado, y confesó que había soñado, repetidas veces, con tres episodios muy confusos a los que él se refería como «señales». Georginas no tuvo necesidad de rebuscar en sus ficheros onirocríticos, recordaba aquel encuentro perfectamente; bajó a su gabinete y en vez de tumbarse en el diván se sentó en la mesa de *ouija* donde Harry lo hacía. No le fue difícil revivir cada palabra, entonces enigmáticas y oscuras, de hombre tan torturado. Él había soñado con morir pronto, y que ofrecería muestras de su existencia en el más allá apareciendo mil días después de muerto, pero no bajo figura humana, espectro o ectoplasma, sino en un satélite negro: el que hoy bautizaban en *The New York Times* como Plutón; esa debía ser la primera señal. Houdini había interpretado que el astro, al ser descubierto su escondite cósmico, adquiriría no sólo energía, también vida, despertando en su madriguera como un oso y al ser despojado del manto que lo ocultaba de la miradas humanas caería sobre la Tierra como vaticinio de tiempos de sangre y llanto, pero sobre todas las cosas, tiempos de locura. La segunda señal sería una bola de fuego.

Se comprometió a no dar más importancia al sueño de Houdini (¡a pesar de que había precognizado que Plutón sería localizado en una fotografía borrosa antes de que pudiera captarlo el ojo humano en los cielos de Estados Unidos!). Le recordó con cariño y admiración; aunque consideraba que había sido un hombre de capacidades singulares y fuerte magnetismo también tenía en cuenta su fantasía omnívora, que abarcaba la magia, el espiritismo y la naturaleza de todos aquellos fenómenos inexplicables. Sin embargo, la bola de fuego estuvo allí, delante de sus ojos, un amanecer de 1937.

Rudolf había concluido sus estudios generales de Medicina y se preparaba concienzudamente para iniciar la especialización y luego el doctorado en neurocirugía: su éxito a corto plazo se podía palpar y gozaba de cierto respeto en la comunidad judía neoyorquina. Su madre mantenía abierto el gabinete sólo para clientes iniciadas, más por motivos de interés profesional y afectivo que económicos. Aquellos días convulsos la prensa y la radio preferían, manifiestamente, airear noticias que motivaran el corazón de las familias sencillas; las revistas de estrellas cinematográficas o las vidas *surgidas de la nada* (como algunos jugadores de béisbol y boxeadores populares) se seguían con más avidez que las propias, y se prestaba más atención a los últimos peinados de Greta Garbo y a las canciones de moda que a todas las soflamas provenientes de Europa, confiados en la barrera insalvable del océano. Desde el primero de mayo de 1937 una noticia corrió por toda la costa Este, cierto que nunca con más velocidad que la pelota del último partido, pero sí fue recogida entre la gente como otra extravagancia europea: el mayor dirigible del mundo, el *Hindenburg*, en su segundo viaje transatlántico, era ya visible desde tierra firme, y la expectación creada superó con mucho las previsiones. La llegada del monstruo volante estaba prevista para el atardecer del 5 de mayo, pero la ventisca y los aguaceros aconsejaron máxima lentitud en la aproximación del zepelín a la costa y minuciosa elección de la pista más segura para su aterrizaje, finalmente en un aeródromo de Nueva Jersey.

Georginas no tuvo que hacerse rogar demasiado por su hijo.

—¡Tenemos que verlo, mamá! ¡Es una oportunidad única! ¡Es el mayor ingenio volante creado! ¡Son más de doscientos metros, mamá! ¡Más de doscientos metros! ¡Si Franz Kafka pudiera estar aquí, estoy convencido que vendría con nosotros, una vez me prometió llevarme a ver los Circos Volantes de Italia!

—No me perdería ese zepelín por nada del mundo, hijo. Si tú conduces, iré contigo. Es lo único que pido a cambio. Además, podremos presumir íntimamente de que es europeo...

—¡Es alemán! —confirmó exultante.

Llegaron al aeródromo de Lakehurst Field pasadas las doce de la noche. Ambos recordaron las salas de la isla de Ellis diecisiete años antes porque la visión fue similar: la gente se apiñaba en decenas de corrillos, tomaba café, mojaba bollos en chocolate caliente y murmuraba, mientras miles de rostros no despegaban los ojos del cielo. Aunque eran otro tipo de personas, no las tristes de Ellis. Bien abrigadas, alegres, pomposas y de variada ocupación: fotógrafos, periodistas, nerviosos locutores de radio, altos miembros del ejército, autoridades civiles, espías, pilotos, aventureros y ocasionistas que simplemente estaban allí; casi como ellos.

La noche era muy fresca, faltaba una hora para amanecer y podían oírse los primeros chismorreos radiofónicos a pie de pista. Se apartaron un poco del gentío cuando erróneamente se creyó que el zepelín llegaba y una marea humana corrió a la pista: resultó ser el faro de un barco. Se hicieron sitio en la barra de la cafetería y no sin esfuerzo consiguieron una bebida caliente. Rudolf miraba por la ventana, su corazón estaba tan ansioso como el de todos aquellos, aunque guardaba su natural serenidad; su madre lo observaba y no podía negar que a pesar de estar cansada también quería ver ese icono europeo, el gran pájaro que llegaba del Este.

Cuando le tocaron suavemente el hombro se giró sonriente, no esperaba a nadie, seguramente había sido confundida con otra persona.

—Disculpe...

Bastó aquella sola palabra. Sin énfasis, casi interrogando.

Georginas escudriñó los ojos. No podía ser producto de su imaginación, era real, tal vez más que aquel nebuloso despertar de la madrugada.

—Siempre la encuentro en los lugares más insospechados. Aunque estos encuentros fortuitos refuerzan mi teoría de que todos somos incapaces de apartarnos de nuestros destinos...

Tan enigmático. Haciendo gala de esa caballerosidad y pulcritud que repele por exceso. Más viejo, más calvo, pero también más grande y sórdido en su presencia.

—¡Es usted!

Chaim Weizmann se quitó el sombrero y estrechó su mano con cortesía.

—Yo soy... Sarah... Jamás he podido apartarla de mi cabeza. ¿Y este joven? Este debe de ser su hijo... Rudolf Lorre.

Rudolf lo miró. Con curiosidad. Conocía a este hombre, le había visto una o dos veces, pero habían sido suficientes para que fueran inolvidables.

—¿Has terminado tus estudios de Medicina?

—Sí, señor.

—Te felicito. Si decides hacerte cardiólogo, probablemente sea mi corazón uno de los primeros que tengas que tratar, nuestro pueblo necesita buenos especialistas.

—¿A qué pueblo se refiere usted, señor Weizmann? —le preguntó Georginas con un atisbo de desagrado.

—Al pueblo cuya lumbre sagrada ilumina a todas las naciones de la Humanidad, por supuesto. Una luz para todos los hombres. América ya cuenta con muchos médicos buenos. Y el mundo es muy grande, y enfermizo, a veces pienso que es como un gran hospital. Pero no deseo perturbarla, señora Parker. ¿Siente curiosidad por el *Hindenburg*? Yo tuve ocasión de verlo el año pasado: supera cualquier cosa que se haya visto antes. Con estos aparatos todo el mundo querrá ir de Europa a América, y viceversa, como quien va un sábado a una merienda campestre. ¿Cuánto hace que no va?

—¿A Europa, se refiere? No he vuelto.

—Precisamente yo volví de allí hace unos días. Desde Israel, pasé por Viena y por Praga...

—¡Israel! ¡Viena! ¡Praga! ¿De verdad viene usted de allí, señor Weizmann? —preguntó Rudolf.

—Cierto, hijo —le dijo mirándolo a los ojos como lo hace un tutor, un guía espiritual—. En el corazón del *Orient Express,* desde el centro de Estambul al centro del más impío continente. Pero no creas, varón judío, las cosas están mal, ni siquiera los diplomáticos estamos a salvo del insulto... Además, hay demasiadas fogatas, cuando incendiaron el Reichstag arrojaron a sus llamas todas las sinagogas de Europa: cualquier lugar de culto judío es combustible para ellos, madera por prender; los he visto, a esos alemanes que aman las antorchas, los tumultos ordenados y los desfiles atentos al son de un tambor, cualquier día pretenderán construir sus propias pirámides de Egipto... Mientras tanto, la gente se defenestra o es defenestrada desde los mismos palacios que hace treinta años, los mismos ministerios y castillos; se arrojan hasta de los campanarios católicos (que son más altos que los protestantes) —indicó—, y si se pega el oído a la tierra de cualquier camino se oirá con precisión, por sordo que uno sea, la galopada de los Nibelungos...

—Parece que tiene miedo... —apuntó Georginas.

Weizmann se rio.

—Miedo no, Sarah... Lo que tengo es ganas de que empiece todo.

—Por ahora —dijo Rudolf—, lo único que va a empezar es el espectáculo: la gente comienza a gritar y correr...

—El espectáculo... No se lo pierdan, elijan un buen lugar, pero no demasiado cerca. —Abrió cuanto pudo los ojos, después los cerró hasta dejar una delgada abertura—. Alguna vez podrán contar lo que van a presenciar.

No hubo ocasión de preguntar más a tan misterioso embajador sionista. Tres acompañantes lo esperaban en la entrada del local, todos muy altos y serios, de porte similar (siniestro) a aquellos de Praga y Newport. Como Weizmann predijo con tanta seguridad, el espectáculo no había hecho más que comenzar.

Por el norte se vieron dos filas de luces amarillas, la multitud empezó a señalarlas, los locutores se desgañitaban describiendo cómo se acercaban, algunos se frotaban los ojos, otros no parpadeaban... Más de doscientos metros de longitud, miles de metros cúbicos de gas. Era como una ballena gigante de papel y seda, una Moby Dick etérea, un deseo imposible hecho realidad. El voluminoso ingenio se aproximó flotando con la lisura de una pluma sobre la pista de Lakehurst Field; la muchedumbre se arremolinaba en un extremo y cientos de policías y fuerzas de seguridad acordonaban la zona de aterrizaje. Parece que el *Hindenburg* detuvo definitivamente su marcha y permaneció suspendido, sin moverse, un par de minutos, después inició un balanceo débil y se desplazó cincuenta o sesenta metros hasta acercarse temerariamente a la torre de control, entonces se vio obligado a escorar a estribor, la maniobra fue limpia y correcta, la gente guardaba silencio por solidario acuerdo y preparaba las manos para aplaudir con frenesí cuando vieron que el dirigible soltaba cabos lastrados. Fue en ese momento cuando surgió el chispazo.

La cola del aparato se prendió una milésima de segundo antes de que una tremenda explosión, muy seca, rompiera el cielo, enloqueciera al aire y destrozara casi todos los cristales del aeródromo. Los pedazos del *Hindenburg* se convirtieron en minúsculos fragmentos que por un instante formaron una nube hasta que fueron descargados hechos ceniza y fuego con la misma intensidad que un aguacero; su estructura metálica se desplomó por completo en el suelo y, afortunadamente, nadie sabe cómo, pudo salvarse la mitad del pasaje. En medio del estupor causado, entre sirenas, carreras, gritos y pánico, Georginas contempló embelesada la bola de fuego, inmensa y violenta como ninguna otra; entonces, ayudada con un pitido en los oídos y por sudor profuso en las palmas de las manos, recordó la segunda señal de Harry Houdini.

—No tiene más remedio que tratarse de coincidencias...

Su hijo no la oyó. Ni siquiera fue capaz de cerrar la boca con acierto y comprobó en su paladar, todavía incrédulo, el sabor a hollín del orgullo alemán.

Duerme, lobo

Debieron pasar algunos meses antes de que Georginas Parker se decidiera firmemente a cruzar de nuevo el Atlántico. Llevaba casi veinte años en América, había conseguido más de lo que hubiera soñado: estabilidad, dinero, posición desahogada, buenas amistades y la nacionalidad norteamericana, valiosísima después de las noticias que perturbadoramente llegaban de Europa surtiendo los titulares de prensa y radio con la insistencia de un grifo que gotea cada vez más. Su gabinete se había transformado con el tiempo en un restringido club de señoras adineradas y desvariadas más que en un lugar de trabajo; se había reconvertido en un altar donde se combinaba cháchara social con reposo y meditación. Rudolf ya tenía veinticinco años y había sido admitido en el Medical Center Mount Sinai de Nueva York, a pie de Central Park, uno de los emporios de la medicina más importantes del mundo y, lógicamente, judío. No había dejado por completo de ser aquel niño lleno de inteligencia y madurez asentadas, ni el sólido cariño por su madre lo había emblandecido, pero con las puertas del éxito profesional abiertas, su edad y las amplias posibilidades de acceder a los escalones más altos de su entorno lo habían atado definitivamente a este país.

—He recibido carta de Ana Freud... —le dijo lacónica su madre.

—¿Qué tal están todos? Últimamente no te escriben demasiado.

—Están bien. Ana me da muchos recuerdos para ti y se alegra de tus éxitos. Es probable que pronto la veamos por Manhattan.

—Me gustaría... América sigue estando llena de posibilidades. Ir a Europa en este momento es una locura, ahí tienes una muestra: hasta los mejores desean abandonar esa tierra doliente.

—Es nuestra tierra.

—No, mamá, nuestra tierra es esta, es la tierra que nos da de comer, que nos indulta y a la que indultamos, una nación incapaz moralmente de repudiarnos. Después de todo, observado con una lupa histórica, ¿qué habría sido de este país sin el dinero judío?

—¿Dinero? Hay algo más, hijo. ¿Ya no recuerdas a la gente que no pudo desembarcar en Ellis, cómo lloraban los niños y se arañaban las mujeres? ¿Acaso tú mismo no te sientes despreciado cuando te llaman *kike* con la misma entonación y rictus que se usa para maldecir y escupir?

—¿*Kike*? ¿Quién puede llamarme *kike*? ¿Los borrachos, uno de esos vagabundos que recorren el país atados con harapos a los bajos de los vagones de tren? No digas simplezas, mamá, los judíos estamos muy bien considerados en los Estados Unidos... Esta nación nos debe más de lo que nadie puede pensar, si no hubiera sido por los préstamos judíos América no sería la que es, y no será la América que todos queremos para el futuro, un gran país, una luz para el mundo.

Al oír aquello su madre se estremeció.

—¿A qué América te refieres, hijo?

—Al trastero de Israel, mamá, al gran jardín de la parte de atrás, la prolongación del Templo de Salomón, los arrabales de Jerusalén. ¿Recuerdas lo que dijo Chaim Weizmann? El espectáculo no ha hecho más que comenzar. Los campos de Europa están abonados para la muerte, se siembran balas y se cosechan bombas, sólo necesitan que alguien arroje una cerilla y estallarán en cadena como cientos de *hindenburgs*.

Miró a su hijo, con una mezcla de ternura y miedo. ¿La prolongación del Templo de Salomón? A ella más bien le parecían los cimientos del Muro de las Lamentaciones. Eran muy claros los síntomas sionistas que profesaba, cada día más evidentes. Rudolf Lorre era bien conocido fuera y dentro del Medical Center, las judías casaderas de las mejores familias abrían sus corazones y le llamaban Rudi; las sinagogas, por su parte, abrían sus puertas, sus arcas y sus libros sagrados y lo llamaban doctor aun sin serlo, era invitado a actos culturales y religiosos, usaba regularmente la yarmulke, guardaba las fiestas (tanto obligatorias como voluntarias) y estaba muy relacionado con las autoridades hebreas de América, hasta el punto de que a veces asistía a reuniones filtradas (sólo para iniciados) en el Centro Judío de la calle Amsterdam, y su círculo amistoso (médicos, abogados, escritores) profesaba las directrices que dudosos rabinos trazaban.

—Hay algo más...

—¿Es que ha muerto alguien? —preguntó con tono cansino, sin darle demasiada importancia—. En Europa siempre se está muriendo la gente, es un continente decrépito...

—Efectivamente ha muerto alguien, el hermano de tu padre, Peter Lorre. Salió de la cárcel, en Viena, hace seis meses. Ya estaba muy enfermo, su condena era a perpetuidad, pero inexplicablemente le han dejado salir...

Rudolf guardó silencio.

—Su mujer, esa serpiente bastarda de Sabine Hohenzollern, se divorció mientras estaba preso, así que el castillo Lorre espera impaciente a que su dueño legítimo tome posesión de él.

—No quiero saber nada de ese castillo, es un símbolo gentil, un símbolo de la guerra. Los judíos no necesitan castillos sino templos. Te lo he repetido más de cien veces, mamá. Olvida el pasado, Europa ya no nos quiere, nada tenemos allí, la tierra se ha llenado de sal y las raíces se han podrido. Mi padre quiso venir a este país. Tuvo mala suerte, eso fue todo. Tal vez de no haberse hundido el *Titanic* yo habría nacido en los Estados Unidos, quizás él habría fundado una editorial y el pobre Franz Kafka habría venido. Tal vez...

No dijo nada más. Su madre le volvió la cara, prendió un cigarrillo de la pitillera de Harry Houdini, que aún conservaba como una reliquia, y miró en silencio por la ventana.

—Estoy decidida.

—Lo sé.

—Será el próximo mes.

—Espero que no te arriesgues a una travesía en barco. El océano se encuentra plagado de submarinos y el canal de la Mancha actúa como un tobogán para los torpedos; están hundiendo cada cosa que flota. No me gustaría perder a mi madre también en el Atlántico. ¿Quieres que te acompañe?

—No.

—Lo digo en serio. No me resultará difícil pedir un mes de exclusión, puedo hacerlo si quiero...

—No, hijo, tú mismo lo has dicho, es muy peligroso, creo que debo ir yo sola, a la vuelta vendré con Ana Freud. He de convencerla para que abandone Europa por un tiempo. Si todo va bien, es probable que en un par de años me instale para siempre en Neusie, pero no antes.

—¿Qué puedo decirte?

—Nada. He hablado con Nancy Cunard. También me ha dicho que no es aconsejable ir en transatlántico, es muy peligroso, pero me ha cedido su asiento en un hidroavión...

—¿El *Boeing Dixie Clipper*?

—¿Cómo lo sabes?

—Bueno, en la clínica he oído algo... Creo que es un viaje para millonarios y personalidades, quieren probar el aparato antes de incorporarlo a la línea aérea pública... ¿No es así?

—Sí...

Se acercó a su madre y la abrazó estrechamente.

—Tienes que tener mucho cuidado.

—Tú eres quien debe tenerlo. Bueno es creer en Dios, ser temeroso, saber dónde empieza y acaba la esquina de tu campo, y emanar siempre buena voluntad. Pero no es bueno intentar hacer ciencia de la fe de cada uno. Prohibir esto y aquello sin más filosofía que rancias tradiciones y caprichos, comer esto sí y esto no, lavarse continuamente las manos y no desempolvar el corazón aunque se cubra de telarañas. Y lo que es peor, dejar que un montón de preceptos piensen por ti.

El 9 de marzo de 1938 llevó Rudolf Lorre a su madre hasta la bahía de Manhasset, en Port Washington, ubicada en la orilla más calma del lago Michigan. Eran las ocho de la mañana, todavía permanecían en el aire residuos de noche, hacía fresco y algo de viento, y la neblina espesa del lago no se había disipado del todo, pero la figura inmensa del hidroavión se recortaba perfectamente, anclado como una dócil fragata. Parecía un día de fiesta. Los pasajeros, sólo veintidós, iban ataviados con sus mejores galas, como a un almuerzo en el club de hípica, y todos daban muestras de envidiable buen humor. Se trataba de un viaje de ida y vuelta, sólo se pretendía demostrar que el aparato era capaz de realizar la travesía sin contratiempos y que los futuros clientes sintieran absoluta seguridad apreciando al instante el lujo con que se había acomodado el interior.

—No es el *Titanic*, y tampoco el *Hindenburg*, pues es un aparato diseñado para flotar en el aire y el mar. Invulnerable en ambos elementos.

—Eso dicen, Rudolf... Y confío en él.

—Yo también lo haría. Si Chaim Weizmann va en ese hidroavión, no se caerá por nada del mundo.

—Los arcángeles también pesan. Y hacen sombra. Ahora vete, cariño.

El impresionante aparato no puso en marcha sus motores hasta pasado el mediodía, dos horas más tarde de lo previsto, debido a conferencias de prensa, fotografías para la posteridad y la especial condición del pasaje. Naturalmente, Rudolf no se movió de allí hasta que vio despegar al *Dixie Clipper*. Las cuatro hélices provocaron un ruido ensordecedor, pero una vez que la panza del aparato abandonó el contacto con el agua el ruido fue un zumbido, sólo un rumor. Miró embelesado con sus prismáticos de oficial francés hasta que lo perdió de vista. Quería estar contento, sentirse alegre, pero no contaba con las fuerzas necesarias para engañar a su subconsciente. Sin saber por qué levantó una mano, en el saludo universal para decir adiós, después murmuró el *Oye, Israel*. No tenía la sensibilidad de su madre para interpretar sueños y tampoco mostraba especial interés por manifestaciones ocultas o inexplicables, a no ser la cábala, pero se llevó la mano alzada al pecho, porque sintió una punzada, muy profunda y dolorosa, que surgida en su propio corazón le recorrió el brazo hasta la punta de los dedos.

—Adiós, mamá...

No podía saberlo, no era capaz de desmenuzar el significado de aquella punzada aunque estaba cerca de doctorarse en Cardiología. Sólo comprendía que se sentía triste. Ya de vuelta, camino de Nueva York, se le saltaron las lágrimas y tuvo la sombría impresión de que no iba a ver nunca más a su madre.

Dentro del *Dixie Clipper* cada uno de los veintidós pasajeros fue recibido con una copa de champaña y una diminuta exquisitez. El avión contaba con dos comedores, un salón de fumar y otro de reunión, que en nada podrían envidiar a los del mejor transatlántico ni a los del más selecto club de *gentleman's* de Nueva York. Con esta rotundidad lo afirmaban en la propaganda. Una vez en medio del océano avisaron de que el menú estaba a punto de ser servido, la gente se desplazó con toda la cortesía y parsimonia del mundo, animosamente hablando, nadie se sintió exento de nerviosismo ni de emoción, y todos se comportaron como integrantes de una fiesta en la que se reía y hablaba en voz baja. Las mesas eran francamente pequeñas para servir en cada una a cuatro comensales, pero se trataba de almorzar entre las nubes, eso sí que era especial, y nadie tuvo intención de exigir nada más. Georginas se sentó cerca de una ventanilla en una mesa desplegable sólo para dos, lo cual agradeció: había descubierto en el otro extremo del comedor a Weizmann, quien parecía muy ocupado con sus interlocutores y al que no quiso saludar a no ser que él diera el primer paso siguiendo la vieja ley judía: «A los hombres enigmáticos es mejor dejarlos hablar primero». A pesar de la aplicación de tan conveniente ley la sorpresa no se hizo esperar, y antes de que pudiera apartar el rostro del ojo de buey volador, a través del cual contemplaba la extensión oceánica para mitigar las dudas y desrizar los pensamientos, oír que la llamaban por su nombre y el timbre conocido de aquella voz casi la llevaron a tirar sobre la mesa la copa que estaba tomando.

—Señora Parker... ¿Cómo es posible que siendo nosotros tomates que comparten la misma lata, aunque sea una lata volante, no la haya encontrado antes?

—¡Ernest Hemingway! Siempre que espero a un camarero apareces. No puedo creerlo.

—Pues habrás de hacerlo...

Se sentó enfrente y sólo acertó a mirarla sorprendido y a sonreír mientras amables azafatas les servían el menú.

—Los ricos siempre comen cosas pequeñas, y aún más cuando viajan.

—¿Qué haces aquí?

—¿Tú me lo preguntas? Yo voy a trabajar, hace dos años que comenzó la guerra... ¿Es que no lees mis columnas diarias?

—¿Que la guerra ha comenzado? ¿Hace dos años?

—Naturalmente, en España... Los españoles han sido elegidos por el oportunista vate de la guerra para servir de experimento a algo mayor.

—¿A qué te refieres?

—España es un laboratorio, donde una muestra de guerra se observa al microscopio y se apunta la evolución diaria en una libreta. Una vez hechos los ensayos, esa muestra bélica se reproduce en un matraz, como las bacterias, se multiplica por cien, por mil, o por un millón... Similar a lo que ocurre con la propagación de las enfermedades infecciosas. Exactamente el mismo proceso. Esa España es una península curiosa, si miras el mapa de Europa da la sensación de que algún día se quebrará la línea que la une al continente y flotará a la deriva como un neumático, ¡psss!, ¡psss!, tanto tiempo como tarde en deshincharse... Según relata un colega mío, algo así le ocurrió a la Atlántida. Con seguridad es el país más romántico del mundo hasta para hacer la guerra, es difícil distinguir quién es quién, en los dos bandos hay muertos, familiares cobardes y toreros hambrientos...

Hemingway hablaba como si nada de aquello le interesara demasiado.

—En las guerras hay literatura. Las trincheras son como líneas de cuaderno sobre las que hay que escribir, los muertos son las letras, tantos muertos, tantas palabras —sentenció—, aunque algunos muertos son como borrones. He visto nidos de ametralladoras llenos de poemas (¡los he visto, puedo jurarlo!). Y los campos de batalla, antes de iniciarse el fragor, qué son si no fantasmagóricas páginas en blanco...

El gigantón ya no tenía aquella cara de niño bueno. Lucía barba, la piel algo más tostada y más ásperas las manos.

—Veo que vuelves a casa.

—Serán unas semanas...

—Deben de ser asuntos importantes.

—Son cosas de familia.

No tenía ganas de hablar. Ernest parecía un buen hombre y se dedicaba a una labor noble, por una parte estaba agradecida de encontrarle (tal vez este encuentro le evitaba uno más desagradable), por otra parte deseaba pasar desapercibida, quería ordenar una vez más sus pensamientos, seguir minuciosamente el guion que se había grabado en la cabeza.

—¿Sigues escribiendo?

—¡Claro, cariño! ¡Partes de guerra!

El escritor soltó una carcajada que fue oída por todos, dado el breve pero contundente silencio que provocó en los demás comensales.

—Bueno, también estoy preparando una novela —siseó finalmente—. Dentro de cuatro horas amerizaremos en las Azores. Once eternas horas de escala, casi medio día. Poco tiempo para vivir y demasiado para esperar. ¿Qué piensas hacer?

Ella no lo oía. Estaba pendiente del otro extremo del comedor. Había percibido cómo Chaim Weizmann la miraba y cómo el jefe sionista y sus acompañantes eran reacomodados y servidos en el salón de fumar.

—¿Qué miras tan atentamente?

—Disculpa, Ernest. Tú lo has dicho: aunque sean dos semanas vuelvo a casa. Estoy preparada para lo que voy a encontrar. ¡Echo tanto de menos las calles europeas!

—¿Qué diablos tienen las calles europeas que no tengan las de Nueva York?

—Tú deberías saberlo: has estado en París. Ahora en España...

El resto del tiempo lo pasó en toda la soledad que pudo reunir, que no fue fácil ni mucha, aunque Ernest, después de apurar la botella de vino y dos whiskys, prefirió dormitar en su asiento arguyendo madurar unas notas imprescindibles. Cada media hora serviciales azafatas ofrecían té, café, licores o dulces... Una suave música envolvía el ambiente y sólo cuando el hidroavión maniobraba rápidamente se sentía alguna brusquedad. Por fin, el aparato amerizó muy cerca de la costa, los pasajeros fueron transbordados a un barco que los arribó a puerto y se les alojó en un hotel colonial, donde todo estaba preparado. El siguiente despegue del *Clipper* se efectuaría a las ocho de la mañana, y después de servir el almuerzo a bordo, se prometía, con absoluta seguridad, que el café podrían tomarlo en el puerto de Marsella, punto final del periplo.

Discretamente se retiró a su habitación y no quiso participar del concurrido ambiente que se organizó en el hotel. Desde allí se contemplaba el mar, vasto y poderoso hacia el sur. Sarah Georginas Parker se emocionó cuando vio caer diez veces más estrellas fugaces en unos minutos que todas las que había visto, reunidas, en el transcurso de su vida. Sin embargo, no pudo dormir en toda la noche; quiso escribir algunas cartas, pero no comenzó ninguna, ocupó su ansiedad en manosear de nuevo los pensamientos y precisar cada cosa que debía hacer desde el instante en que pisara el puerto de Marsella, pero ¡Dios!, tanto había cambiado el mundo que lo más previsible podía depender de detalles insignificantes para ocurrir o no. Cuando se acordaba de Willfred ya no lo hacía con aquella angustia celeste y aquel apasionamiento de enamorada, el sentimiento había cambiado, la leche dulce y cuajada (que es la materia de la que está hecho el corazón, escribió Willfred en un poema) se había transformado en queso con el tiempo, y el recuerdo del padre de su hijo ya no era similar al de las cosas importantes sucedidas ayer, sino al de queridos y lejanos acontecimientos.

La noche de su llegada no pernoctó en Marsella. Había pensado quedarse hasta el día siguiente, con la expedición del *Clipper*, pero en época y lugar inestables las circunstancias sólo son propicias breve tiempo.

Estaba a punto de trasladarse al hotel cuando, como si fuera inevitable eludir ese encuentro, Chaim Weizmann se le aproximó. Quería disculparse por lo que había ocurrido años atrás en Newport y una vez más, exponiendo ambiguas razones para su tranquilidad espiritual, se mostró dispuesto a ayudarla.

—Si quiere llegar a Viena no descargue su equipaje y dígale al chófer que la lleve inmediatamente a la estación de Saint Lazare.

Weizmann hurgó en el bolsillo de su chaqueta y sacó un billete de tren expedido para esa misma tarde. De primera clase.

—Yo no puedo ir. A mí se me nota mucho que no soy escandinavo, mi aspecto me delataría, y unos buenos amigos me han convencido para que no haga este viaje. Pero usted es rubia y sus ojos son azules... Aun así, no se le ocurra mostrar nada que pueda identificarla como judía, ni un libro, ni un pañuelo, ninguna señal. ¿Lo ha comprendido? ¿Tiene pasaporte americano?

—Sí...

—¿Conserva todavía el checoslovaco?

—He traído los dos...

—Entonces oiga esto, si le piden el pasaporte en la frontera, quienquiera que sea, no se alarme y ponga atención: si el oficial viste uniforme caqui, o azul, muéstrele el pasaporte checoslovaco, si lleva uniforme negro, o va de paisano y le habla en alemán, muestre sin dudar el norteamericano.

No pudo aconsejarle nada más. Daba la impresión de no desear que le vieran hablando con ella. Le entregó el billete de tren y la miró con ternura y complicidad a los ojos mientras le deseaba toda la suerte del mundo.

—Sarah, algún día nos veremos en Israel. Lo sé. Y ahora no pierda ese tren, el próximo no saldrá hasta dentro de una semana.

Se quedó atenazada. No dijo nada, no pudo dar las gracias, disculparse o responder. En silencio, vio cómo Weizmann entraba en el hotel, acompañado de sus amigos, halando de un habano, como si nunca la hubiese visto y nada hubiera sucedido. ¿Era esta la situación para la que tanto se había preparado? Llevaba media hora en Europa y todo el entramado de sus ideas parecía enredarse; afortunadamente, la bocina de un buque entrando a puerto actuó como el disparo de pistola que anuncia una carrera.

Después de más de treinta horas sin dormir, una vez que la locomotora arrancó y dejó de pitar enloquecidamente, se le cerraron los párpados y no los abrió hasta que un desagradable incidente se produjo. El trayecto Marsella-Viena no era una línea recta trazada en un mapa, y más aún teniendo en cuenta la necesidad de atravesar los Alpes. Desde los albores de las líneas ferroviarias de largo recorrido se había contado con dos opciones para cruzar el macizo montañoso: por el sur, colándose entre los valles italianos, o por el norte, atravesando la abrupta Suiza. En 1938 la opción italiana sólo fue utilizada como enlace entre las dos naciones, Francia e Italia, pero nunca para servir de paso a terceras; además, las soflamas del Duce, la intolerancia de sus seguidores y la agitación imperialista y callejera en un país dado a la improvisación no contribuyeron a considerar garante de seguridad el cruce por su territorio. El paso por territorio alpino conllevaba, no obstante, una parada de hora y media en la gran estación de Zúrich, donde Georginas pudo contemplar, si no en toda la expresión de lo que había oído, sí en estampas muy vívidas y locuaces el nivel de pobreza que había adquirido la gente: si en Zúrich podían verse pedigüeños y haraposos hacinados en los andenes o deambulando entre vías y vagones con la inútil idea de escapar, de ir a otra parte donde la desesperación no fuera una epidemia, ¿qué no estaría ocurriendo en las calles de Viena? ¿Y en las de Praga? Cada pasajero que subía y cruzaba el pasillo se convertía en alguien a quien no mirar. En los hombres vestidos con gabardinas y sombreros resultaba fácil distinguir por sus gestos que buscaban un rostro, un perfil a quien detener o por contra a quien ayudar a escapar, no podía saberse; cada mujer que, callada como ella, se arrinconaba en un asiento y no miraba a través de la ventanilla, sino que perdía la mirada en un lugar inexacto del vagón, podía ser una judía, con menos suerte y sin pasaporte norteamericano, o una espía de inquietantes objetivos. Hasta en el compartimento de primera cada persona daba la sensación de ser una gallina en una cueva de zorros, y conjuntamente, para todos los demás, un zorro en un corral de gallinas.

Hacía poco más de una hora que habían salido de Zúrich. El tren marchaba a mediana velocidad pitando alegremente siempre que atravesaba un túnel, cruzaba un puente o dejaba de lado una pequeña aldea. Al poco de cruzar el Rhin, después de detenerse unos minutos en la frontera de Lustenau, dos hombres de paisano pidieron los pasaportes a aleatorios sospechosos, pero en el compartimento de primera clase se limitaron a echar un vistazo, sin sonreír ni saludar. El tren reanudó mientras tanto la marcha y quince minutos más tarde, cuando todo parecía normal, un chirrido prolongado y demoníaco detuvo la locomotora. Lógicamente, muchos se asustaron. Unos apagaron sus cigarrillos, otros los encendieron, la situación se tornó tan confusa que cada cual pretendió hacer algo distinto a su actividad anterior con el único fin de pasar desapercibido y parecer tranquilo. Muy pronto el rumor y la observación a través de las ventanillas confirmaron el suceso: un hombre había sido arrojado al paso del tren desde un pequeño puente.

—¡Será un judío! —apuntó alguien—. La semana pasada ocurrió lo mismo.

—¿La semana pasada, dice usted? —prorrumpió otro—. He leído en la prensa de Zúrich que esto ocurre a diario. Esta gente ha nacido para suicidarse. No comprenden que es pecado.

Georginas se sintió incapaz de mirar a nadie, decir nada, ni siquiera pensar. Los minutos que tardaron en quitar al pobre desgraciado bajo el tren fueron aprovechados por algunos que abandonaron sus asientos, para observar los acontecimientos sin perder detalle.

—¡Hay fogatas!

—¡Tenían que haberlas visto este invierno! ¡Eran mayores a esta!

Ella se levantó, al igual que otros muchos, no quería parecer ni distinguida ni apartada, y lo que vio la llenó de estupor, incomprensión y horror. Varios jóvenes habían prendido una hoguera con cientos de libros. Tendrían quince o dieciséis años, vestían camisas pardas muy limpias y parecían recién salidos de la peluquería, pero gritaban como energúmenos, como verdaderas alimañas. Fue triste, una lástima contemplar volúmenes lujosamente encuadernados, enciclopedias enteras, manuales y libros de ciencia, sin discriminación ninguna, judíos o no, religiosos o científicos, todos retorciéndose de dolor en el fuego. Pero, como apuntó lacónicamente un pasajero, sólo se trataba de libros.

—Después de todo —dijo un hombre mayor—, si son buenos volverán a escribirse, si no, no habrán existido jamás, qué más da, todavía hace frío y esos jóvenes tienen derecho a calentarse como cualquiera... —justificó antes de estirar los brazos y pretender que tan infame hoguera le calentara las manos.

—¡Es horrible! —musitó ella.

Pero el horror no había llegado al final de su escalera. Antes de que el tren reiniciara la marcha vio cómo otros jóvenes se acercaban a la fogata, enfervorecidos, contentos, ebrios, fanáticos de patriotismo, entonando canciones marciales y sabedores de que todos los pasajeros del tren los contemplaban.

—¡Esperad! —les decían a los otros—. ¡Traemos dos cajas llenas de auténtica basura judía!

Las volcaron a las llamas. Sí, eran libros. Serían unos doscientos ejemplares, puede que algunos más. Uno de los muchachos, con la intención de acrecentar el hecho y engordar las risotadas de sus colegas, rescató un ejemplar y leyó su cubierta antes de arrojarlo otra vez al fuego.

—¿Os habéis fijado? —gritó el muchacho—. ¡Todos estos libros son iguales! ¡*América*! ¡Su asqueroso título es *América*! ¡Y su autor, Franz Kafka! ¡No valen más que para arder! ¡Arde tú con ellos, Franz Kafka! ¡A ver si en vez de un grajo asado eres de verdad un ave fénix y levantas el vuelo!

Ciertamente, tuvieron tanta chispa las palabras del exaltado joven como las propias de la fogata, porque mucha de la gente que le oía y observaba a través de las ventanillas o apelotonada en las puertas de los vagones rieron con sinceridad (y no pocos a carcajadas) las ocurrencias del exaltado pirómano.

Georginas fue consciente de ese acto singular del destino, para ella significó la realización de una pesadilla, un símbolo tan claro como una marca en la frente, señal evidente de que el monstruo que ella había dejado en Europa, veinte años atrás, no sólo no había muerto: se devoraba a sí mismo e, incapaz de satisfacerse, no cesaba en su empeño.

Llegó a Viena la tarde del 12 de marzo. Ya en la estación se notaba un fluir de energía y entusiasmo colectivos, los mozos llevaban bultos y equipajes con celeridad, los oficiales ferroviarios lucían uniformes que parecían nuevos, soplaban con fuerza sus silbatos y levantaban con garbo las banderitas de señalización. La gente sonreía, todos estiraban el cuerpo y tal vez sin saberlo caminaban con aires marciales y pulmones sobrehinchados, se saludaban con chocante cortesía y parecían contentos. No eran menos pobres que los de Zúrich, pero sobre Viena (en toda Austria) se cernía un soplo continuo que los Alpes de Baviera no podían detener, un aire nuevo que prometía prosperidad y conciencia de ser por fin un país y no el miembro amputado de un imperio. No habló con nadie, tomó su pequeña maleta y salió sin prisas de la estación. Se detuvo entonces, prendió un cigarrillo y exhaló la primera bocanada sobre la ciudad.

—La misma luz, los mismos cuervos...

No era verdad. El día amaneció plomizo, y la atardecida, lejos del entusiasmo general, caía triste y melancólica sobre los tejados vieneses. Tenía la intención de tomar un taxi y dirigirse de inmediato a la clínica Freud. No le extrañó que Ana no se hubiera llegado a recibirla, pues ni ella misma supo con claridad cuándo llegaría a Viena y tampoco que iba a tomar ese tren.

—¿Es usted la señora Parker?

Se giró extrañada. Era un hombre de mediana edad, bastante alto y serio.

—Perdone, ¿cómo dice?

—Le pregunto si es usted la señora Parker...

—¿Viene de parte de Ana Freud?

—No, señora, pero aún no me ha respondido...

—Sí, soy la señora Parker. Ahora, dígame quién es usted.

El hombre tragó saliva, miró a un lado y a otro y después le puso los ojos directamente encima.

—Ha tenido suerte. Si llego dos minutos más tarde usted habría tomado un taxi.

Ella lo miró extrañada, confusa.

—Si llega a tomar ese taxi se habría dirigido a la clínica del doctor Freud.

—Sí...

—Entonces, habría necesitado mucha suerte para no ser detenida.

—¿Qué dice?

—El doctor Freud y toda su familia se marcharon de Viena hace un año.

—¿Trabajaba usted para ellos?

—Oh, no.

El hombre levantó una mano y un coche se acercó a recogerlos.

—Es mejor que venga conmigo, señora Parker.

Dentro del coche, mientras cruzaban la ciudad, pudo comprender y palpar que algo había cambiado sustancialmente. Por todas las grandes avenidas cientos de obreros trabajaban colgando guirnaldas y banderas rojo sangre con la cruz esvástica, otros repartían panfletos, proclamas de bienvenida y banderitas de solapa.

—¿Qué significa esto?

—Es parte del principio...

—¿Qué quiere decir?

—Mañana mismo tendrá usted aquí al Führer.

—¿Se refiere a Adolf Hitler?

—Exacto.

—¿Hitler en Viena? ¿Para qué?

—Para quedársela, naturalmente. Él es tan austríaco, o más, que esos cuervos...

Se quedó callada unos minutos. Mirando con terror cómo se engalanaban las calles vienesas sólo acertaba a mover negativamente la cabeza.

A pesar del creciente desconcierto no le fue difícil percatarse de que el coche daba grandes vueltas, rodeando manzanas y parques para volver a los mismos recorridos y lugares. No preguntó nada, Georginas era una mujer inteligente y sabedora de que en ambientes tan enrarecidos las precauciones más leves nos liberan a veces de problemas importantes. Finalmente, el auto se detuvo en una de las callejuelas que enlazan la avenida Favoriten con el parque Lower

Belvedere. Justo en la entrada hay una tienda de antigüedades que aún conservaba un cartel de factura imperial, rotulado con góticas alemanas, y un pequeño escaparate donde se mostraban cruces, hombreras, medallas, cascos, sables de oficial y otros residuos coleccionables de guerra.

—TIENDA DE ANTIGÜEDADES KNAPP, 1856.

Lo leyó antes de bajarse del coche, por simple automatismo.

—Óigame, señora Parker, ahora usted se va a bajar y va a entrar en esa tienda, no es necesario que porte su equipaje, dentro de una hora yo volveré y se lo entregaré. Es mejor que no lleve nada.

—No entiendo. ¿Quién es usted? Dígame al menos su nombre...

—Mi nombre no tiene importancia, aquí todos nos llamamos Adolf. Sólo cumplo órdenes, pero no se preocupe, son órdenes para protegerla. Si alguien percibe que es judía tiene muchas posibilidades de ser delatada, como mínimo la arrestarán... Ahora, haga como le he dicho. Dentro están esperando unos amigos.

Bajó del coche y este arrancó súbitamente. Antes de entrar en la tienda miró las cosas expuestas y sintió un escalofrío: recuerdos distintos se mezclaron en su mente, ver aquel escaparate le evocaba su propio gabinete de interpretación, pero también (instantáneamente, como a fogonazos) le recordó el Coro de Haendel de los alrededores del castillo Lorre. Todavía más cuando abrió la puerta y se encontró ante una pequeña sala repleta de objetos, donde destacaba el tórax de un maniquí uniformado con casaca de oficial francés, con seguridad despojada a un cadáver.

Un hombrecillo algo mayor, con peluquín y gafas de aumento que duplicaban el tamaño de sus ojos, salió del interior, apoyó los brazos en el mostrador y miró con reservas. La observó unos segundos y todavía chascó la lengua antes de decidirse a preguntarle por su identidad.

—¿Es usted...?

—Soy la señora Parker...

El hombrecillo salió del mostrador, se asomó a la puerta de su tienda, miró la hora, bajó a medias la reja del escaparate y después le tendió la mano.

—Soy Hermann Knapp.

—Es un placer, señor Knapp. Me fascinan las antigüedades.

—Lo celebro. Sígame, haga el favor.

La pequeña fachada de esa tienda no se correspondía con el interior, pues era este laberíntico y caprichoso; pasaron por delante de algunas puertas cerradas y sólo después de cinco claustrofóbicos minutos llegaron a una pequeña sala cuya iluminación temblorosa provenía de las siete llamas de un gran menorah. De espaldas, brazos en aspas, rezaba un hombre.

—Espérelo aquí. Yo debo volver al mostrador.

Hubo de pasar un rato antes de que el orante se diese la vuelta. Ella le oía rezar en yiddish, no veía su rostro, pero el murmullo de los rezos la transportaba años atrás, y, antes de preguntarse qué hacía allí, en un lugar desconocido (claramente un escondite), intentaba precisar dónde había oído anteriormente esa voz.

—Sarah...

¿Sarah? ¿La había llamado Sarah? ¿Aparte de Weizmann, a quien dejó en Marsella, quién solía llamarla así? Abrió los ojos cuanto pudo, entonces el hombre que rezaba se giró.

—Sarah... Alabado sea Yahvé, *Oye, Israel, Oye, Israel*, alabado sea Abraham. Mis ojos vuelven a verte.

—¡Wolff! ¡Aaron Wolff!

Es indescriptible lo que sintió Georginas cuando le vio. Él se acercó, la abrazó y le besó las mejillas. Ella no sabía qué hacer, estaba aturdida, como levitando.

—¡Aaron Wolff! ¡Es usted! ¡Qué coincidencia!

—La palabra coincidencia también tiene sus límites, pero lo soy, querida mía, lo soy... Hace casi veinte años que no te veo, y ahora estás aquí... Alabados sean Isaac, Jacob y Moisés...

Ya era un anciano, tenía más de ochenta años, y como llevaba una túnica de lino su aspecto era el de un maestro venerable. Su piel estaba tostada por el Neguev palestino, pero sus ojos no habían perdido el brillo de judío sabio y exquisito.

—He venido a Europa, hasta Viena, a buscar a quienes ya no están, y sin embargo encuentro a alguien que no buscaba: así son los interrogantes de Yahvé. Pero jamás has faltado en mis oraciones y en mis pensamientos. La paloma mensajera vuelve al nido de donde salió, siempre ha ocurrido así... y escrito está por los profetas.

—¿Cómo sabía que estaba en Europa?

—Bueno, sólo sabía que llegabas hoy a Viena, en ese tren... He mandado que fueran a recogerte. La situación es mala y va a empeorar en las próximas horas. En otras circunstancias me habría alojado en mi hotel vienés y te habría invitado a cenar codornices como aquella vez... Chaim Weizmann envió un arcángel anunciando que llegabas en su lugar: sin saberlo has hecho un favor a la causa hebrea, pues un asiento vacío en un tren es más sospechoso que uno ocupado. Todo estaba preparado para nuestro líder, pero si llega a subir a ese vagón a esta hora ya estaría muerto, puede que todos nosotros...

—Y usted, Wolff, ¿a quién buscaba en Viena? Creí que todos vivían en su tierra prometida.

—¡Nómbrala tres veces: Israel, Israel, Israel! —evocó levantando los brazos—. ¡Hay allí un lugar para tu fe y en la esquina de mi campo una pared para tu casa y un árbol para tu sombra! ¿Deseas saber qué hago aquí, a quiénes busco? Te lo diré. Vine a repatriar a los Gardner... los padres de mi esposa Herminie, Karl Ludovic y Beate. ¿Los recuerdas? Hicimos aquel viaje juntos precisamente hasta Viena.

¿Cómo no iba a recordarlos? Él era aquel hombre que no fue a la guerra por tener falsamente los pies planos y claramente el miedo en la cara, y ella era la mujer que no paraba de hablar y cada vez que tragaba saliva subía y bajaba su portentosa nuez de Adán, *puntiaguda y móvil como la de cualquier varón judío.*

—Por desgracia he llegado tarde. Han sido asesinados.

—¿Asesinados?

—En efecto. En cuanto nos detectan se encargan de hacernos desaparecer, somos asesinados, con suerte sólo detenidos, esa fórmula magistral se ha convertido en un binomio popular, una relación causa-efecto. Gente que nunca abrió la boca entona ahora antiguos cánticos. Los luteranos señalan a quienes no lo son con la misma seguridad y certidumbre que si fueran de otro color. Los católicos acuden menos a sus iglesias, aunque murmuran (como hacen siempre) que ha vuelto a aparecer una virgen parlanchina y azul que nos envía dantescos mensajes. Anteayer incendiaron ocho sinagogas en Viena y las dos de Salzburgo; en Praga el aliento antisemita ya es hedor y apesta a azufre. Sabemos que mañana, lo más tardar pasado, el canciller alemán sacará la llave de su bolsillo y abrirá las puertas de Austria. Cada soldado trae a sus espaldas un saco lleno de gatos hambrientos que serán liberados en estas plazas y calles (¡como si estos necesitaran que les enseñaran a cazar!), nosotros, los judíos, seremos las ratas.

Estaba previsto que aquella noche la pasaría allí, en el laberinto de la TIENDA DE ANTIGÜEDADES KNAPP. En una sala cercana estaba preparada la cena, exigua, mas no exenta de vino, de naranjas ni de dátiles traídos directamente de Israel.

Georginas habló profusamente de América, de las costumbres, los vicios, los altos edificios y la habitual negación a cualquier tipo de decadencia que persiste en el ciudadano americano.

—Cuando se sienten deprimidos apuestan a las carreras de caballos...

Wolff oía atento y sonreía complacido, daba la sensación de que él había contribuido con no se sabe qué a la formación de *ese gran país todavía pagano...*

—Al que tanto debemos cuidar y tanto nos respeta: sus campos y montañas, sus avenidas, sus universidades y bancos están sembrados de semillas sionistas, allí ha sido esparcido nuestro grano, cuando llueva dos días seguidos germinarán para gracia de Moisés. Ahora más que nunca hemos de considerarlos amigos.

—Los americanos odian a los judíos —replicó ella con suavidad—, puedo asegurárselo. Cierto que no como en Europa... No nos persiguen ni queman nuestras casas a no ser que esos fanáticos del Ku Klux Klan fracasen en la cacería del negro y se topen con un judío ejerciendo de judío en un cruce de caminos... Créame, en América es mejor ocultar la identidad de cada uno.

—Yo creo que no nos odian. Pero sí les damos miedo. Y nos temen por ser mejores, porque somos el pueblo elegido y ellos no.

¿De qué hablaba este hombre? Ella lo miraba con toda la atención posible, pero pronto percibió que la agilidad mental de Aaron Wolff no se correspondía con la agilidad filosofal del librepensador. Hablaba con el tono irreplicable de un rabino en la sinagoga, como un judío histórico, con tanta ortodoxia que cada palabra pronunciada daba la impresión de ser una mano que tomaba posesión de algo.

Faltaba una hora para la medianoche y ya se retiraban a los dormitorios cuando apareció el hombrecillo Knapp portando la maleta. Se quedó callado, llevaba el miedo estampado en el rostro y tartamudeó sin sentido antes de ser capaz de articular con coherencia.

—¿Qué ocurre, Hermann?

—Joseph, el conductor, ha traído el equipaje de la señora Parker. Los uniformes negros han detenido a Moseh y se lo han llevado.

Hermann Knapp se acercó, tomó una silla y cruzó las manos.

—Ni siquiera habían llegado a la sinagoga de Seitenstättengasse, allí debían recoger a alguien, no sé a quién... Dice Joseph que decenas de jóvenes apedrearon la sinagoga, los restos de ella; Moseh trató de impedir que profanaran un candelabro y quemaran rollos de la Torá; se bajó del coche y lo golpearon. Cuando se sintió abatido le gritó a Joseph en yiddish que se marchara rápido, y lo hizo; por el retrovisor comprobó que Moseh sacó su pistola y consiguió disparar al aire, aunque fue retenido a golpes y finalmente arrestado... si no muerto allí mismo.

—Cálmate, Hermann. Veremos si se puede hacer algo.

—Nada, me temo, señor Wolff. Joseph ha dicho que eran asesinos de la Guardia Negra de Himmler. Tienen fama de ser inmisericordes. La ciudad está llena de ellos. Han hecho batidas por Dormbach, Meidling y por el mercado de Tres Cuervos, no existe ya un suburbio que no haya sido registrado. La gente va gritando por ahí, enloquecida, que mañana llega el Führer y Viena necesita una limpieza para recibirle. Temen atentados.

—¡Cerdos *goims*! —exclamó Wolff.

Ella no dijo nada. Se puso tan nerviosa que la tensión la llevó a encender un cigarrillo.

—No les quiero causar problemas... Ya tienen ustedes bastantes. Díganme cómo puedo ayudarles y lo haré: llevo dinero encima, y me siento responsable de que hayan detenido a ese hombre.

Wolff batió las manos en el aire como espantando moscas invisibles, para dar las gracias a Georginas, quitar importancia al asunto y tranquilizarla.

—Hermann: quiero que mañana abras la tienda como un día normal. Conozco muy bien a Moseh, él personalmente ha entrenado a la escolta de Weizmann y a cientos de arcángeles, si ha sobrevivido no dirá ni una palabra aunque le arranquen la piel a tiras. Rezaré por él. Cuando oscurezca mañana saldremos todos de aquí: un coche nos conducirá a Budapest por la ruta sur, directos a la estación, allí el *Orient Express* nos estará esperando para partir. No podemos permanecer ni un día más en este infierno.

Ahora sí dio la impresión de ser el Aaron Wolff que había conocido. Habló con serenidad, firmeza y la convicción absoluta en sus posibilidades.

—El *Orient Express* es propiedad de la Causa Judía.

No tenía por qué haberlo dicho. Ella lo había dado por seguro, pero aquella afirmación contribuyó a aplacar ese momento tan dramático.

—Yo no pienso ir en ese tren, señor Wolff.

La miró y asintió con la cabeza.

—¿A qué has venido, Sarah?

—He venido a reclamar el castillo.

—Eso es lo que tú crees. Ese castillo se ha convertido en tu particular Torre de Babel, no olvides que Yahvé la destruyó por considerarla pecado de soberbia.

—Tal vez he cometido un error viniendo a Europa, era consciente de las dificultades que iba a encontrar y del ambiente enrarecido. He tenido oportunidad de comprobarlo desde mi desembarco en Marsella. Si cerrara los ojos y dijera: «Estás otra vez en Nueva York, con tus cosas y en tu casa», y se cumpliera el deseo, lo haría sin dudarlo. Pero no es posible.

—Tu voluntad será respetada. Guarda el dinero, supongo que serán dólares; pueden serte muy útiles. ¿Qué vas a hacer? ¿Ir a Praga? No debes permanecer en Viena. Aunque tus facciones son arias cualquier movimiento falso, cualquier mirada, puede delatarte.

—Correré el riesgo. Visitaré el castillo Lorre y después iré a Praga, ese es mi plan.

Wolff asintió de nuevo. Después levantó los brazos y rezó en yiddish por Moseh.

Al día siguiente Georginas abandonó las catacumbas de la tienda de Knapp. Wolff le había facilitado dinero nuevo alemán, las llaves de un coche discreto pero fiable y el lugar donde estaba aparcado.

—Podrás llegar a Praga si no te detienen. El depósito tiene combustible para trescientos kilómetros. Cuando encuentres el coche, tu equipaje ya estará allí. No tienes que comprobarlo, no debes dar la impresión de que vas a hacer un viaje largo. Cualquiera puede verte, sospechar y delatarte.

Eso no fue todo, pues antes de partir le dio dos libros.

—Ponlos en el asiento de al lado. Que siempre estén bien visibles.

Los tomó extrañada, leyó los títulos y miró interrogante a Wolff.

—Son las dos Biblias nazis. El libro gordo es *Mein Kampf*, un manual más peligroso que inútil, ese sí levantaría buenas y diabólicas hogueras; el otro librejo en una edición popular de *Los protocolos de los sabios de Sión*. Supongo que habrás oído hablar de ellos.

—Pero se trata de un compendio de soflamas y de odios antisemitas —dijo escandalizada—; en América he llegado a verlos tirados y pisoteados en los alrededores de las sinagogas...

—Y lo creo. Pero estos dos *libros* serán tu mejor pasaporte. Cuando llegues a Praga, por favor, quémalos tú también.

Tantas consignas, precauciones y miedos no fueron en vano. Todo se hizo como dijo Wolff, quien se despidió abrazándola con lágrimas en los ojos.

—Tal vez no vuelva a verte, Sarah. Pero mis hijos sí lo harán, porque te lo digo otra vez: en Israel hay un lugar para ti.

Heil Hitler! Heil Hitler!

Era la expresión más oída en las calles vienesas. La gente estaba contenta, rabiosa por despegarse de la tristeza: viejos, niños, hombres, mujeres, antiguos soldados sin beneficio y cabos sin hombreras, unos lisiados, otros condecorados, burgueses, sus hijos, artistas, parados, empleados y empresarios... todos bebían hasta hartarse del fresco entusiasmo, cada cual lucía sus mejores ropas y sombreros, los hombres y muchachos repetían como loros ebrios el singular saludo nazi a las puertas de cafés y cervecerías.

Heil, Heil, Heil!

Daban la impresión de que calentaban las cuerdas vocales y ponían a punto el fervor (superior en patriotismo al de los propios alemanes) para, llegado el momento, dar taconazos con el corazón y aclamar con el alma a Hitler durante el desfile de la tarde. Aquí y allá podían verse grupos de jóvenes ataviadas con trajes regionales, remangadas hasta el codo, las mismas que horas después formarían una lluvia con pétalos de las primeras flores al paso del magnético Führer. Ella paseó con tranquilidad por las avenidas, con muchísima discreción se dirigió a la calle donde estaría el automóvil, pero aparcando también sus impulsos de huida inmediata decidió no recorrerla, y atendiendo a las órdenes de Wolff (aguardar en Viena hasta el amanecer del día siguiente) se buscó un pequeño hotel en el centro, donde se registró como Georginas Parker. Consiguió dormir tres horas. Después fue imposible, pues los altavoces distribuidos alrededor de la Heldenplatz estallaron con música militar y popularísimas melodías austríacas. ¡El desfile había comenzado!

Heil Hitler! Heil Hitler!

Habría pagado cinco dólares por tomarse un filete y un café caliente, pero prefirió no bajar al restaurante porque habría sido descender a los infiernos del fervor más rancio y obstinado, tal era el griterío en el salón. Sin embargo, se asomó a la ventana y desde aquel lugar privilegiado, cada vez más interesada y menos escondida tras los visillos, contempló la lengua de la serpiente.

La calle olía intensamente a ropa militar, y el viento, que lo había, no tenía espacio para correr entre tantas miles de banderas y pendones rojo sangre que se lo impedían. Iniciaba el desfile un grupo de mozalbetes, vestidos con pantalones cortos y camisas tirolesas, aunque eran los últimos días de invierno, que corrían con frenesí anunciando la llegada de los alemanes. Tras los muchachos, soldados al filo de las aceras se esforzaban repartiendo propaganda y banderitas nazis de papel, que la gente acogía enloquecida hasta el punto de disputárselas; inmediatamente detrás marchaban dos hileras del cuerpo de tambores, lo menos dos centenares, que tocaban sin cesar y exentos de cansancio; después algunos coches, motoristas y sidecares en formación de escolta; finalmente un automóvil muy brillante y vistoso, descapotable, tan largo que contaba asientos para seis personas. Hitler iba al lado del conductor, de pie. El clamor era tal a su paso que apenas podía uno oír su propia voz. Todos los presentes alzaban el brazo al paso de la comitiva. A los enérgicos ademanes fascistas de la muchedumbre Hitler respondía con amaneradas contorsiones de muñeca que producían, a pesar de lo ridículo, indescriptibles escenas de fanatismo. Locutores de Radio Reich narraban el episodio con la intensidad de los grandes eventos, los fotógrafos del régimen no cesaban de disparar sus máquinas y las cámaras de cine (algunas rodantes, otras ubicadas en edificios) filmaban ávidamente cada mueca de adhesión, cada gesto y vítor del encuentro entre *los dos países hermanos*.

Por azar, porque lo inverosímil es inseparable de lo cotidiano y porque la moneda lanzada sólo con dar una vuelta puede caer de canto, el auto que llevaba a Adolf Hitler se detuvo a las puertas del hotel donde se hospedaba Sarah Georginas Parker, quien desde la ventana del segundo piso miraba, en solitario, halando con lentitud su cigarrillo, el paso del desfile. Una cámara de cine se acercó en ese instante al Führer; querían una toma heroica y triunfal. Así lo entendió también el líder alemán; se fijó en el objetivo y sonrió, después decidió mirar a otra parte, tal vez para mostrar su ario cogote al mundo, tal vez tratando de revestir con naturalidad su aspecto y la toma pacífica de Viena, y para eso eligió como referencia casual el balcón de ella. No se puede decir que se fijara especialmente, pero la saludó con un rígido, marcial y estudiado movimiento de brazo, sabedor de que era filmado, y después de un balbuceo (¿qué peso temporal tienen en situaciones como estas las décimas de segundo?) Georginas, atónita, le devolvió el saludo. De forma automática. ¿Qué otra cosa pudo hacer? Una vez el coche del canciller reanudó la marcha, ella, nerviosa como jamás creyó haberse sentido (la excepción fue el naufragio del *Titanic*), dejó descolgar los visillos, se echó en la cama y sollozó.

Imposibilitada para dormir, incapaz de escribir unas líneas a su hijo, a punto de ser devorada por las circunstancias y sintiendo en su interior un vacío extraordinario, se asomó otra vez a la ventana y contempló desde allí el desfile nocturnal de antorchas, pues imitando la ceremonia de otras ciudades alemanas por donde el Führer había pasado, largas columnas de soldados las portaban; es cierto que transformaban en mágica la noche y así vistas a media distancia semejaban antiguas huestes en busca de secretos e inmortalidad y más que soldados parecían monjes, cuando en realidad se dirigían al palacio Hofburg, verdadero corazón de Austria, donde presumiblemente el canciller brindaba por el éxito.

A una hora prudente, no demasiado temprano según había aconsejado Wolff, salió del hotel, con los dos libros pasaporte bajo el brazo y la sensación de que fuerzas invisibles la empujaban a abandonar cuanto antes el país de los cuervos. Como estaba previsto, eligió la ruta más corta para llegar a la frontera con Checoslovaquia: la misma que una vez cruzó con Wolff y los Gardner en el Torpedo; además, eso le evitaría el riesgo de penetrar en verdadero territorio alemán. Se había puesto especialmente atractiva. Quería resultar agradable, contenta, risueña. Despojó de su rostro todo vestigio de desesperación y de temor y no encontró más problemas en la frontera que el de resistir las miradas libidinosas y las soeces palabras de los guardias. Era rubia, sus ojos destellaban azul purísimo, un pañuelo atado al cuello acentuaba su elegancia, el perfecto acento alemán y su sonrisa bellísima bastaron para sortear la frágil línea que separaba en 1938 Checoslovaquia de Ostmark, llamada Austria hasta las antorchas de ayer.

No se atrevió a parar. El cielo seguía siendo el mismo de una mañana cualquiera de marzo, algo fresco y grisáceo, como mojado con cubos de agua sucia, a ambos lados de la frontera; nubes que flotaban al paso en Checoslovaquia pronto lo harían al otro lado. Cuando divisó los pináculos de Znojmo no pudo reprimir más sus emociones y lloró. Sin detener el auto, sin desacelerar. ¡Estaba Praga tan cerca! ¡Tan cerca sus amigos, su país y su Moldava! Una hora más tarde pasó por delante de Jihlava y tomó la carretera de Brno dirección a la capital. Según se acercaba a su destino todas las emociones que pueden concentrarse en el pecho de una mujer afloraron en el suyo. Kilómetro tras kilómetro la felicidad y la sonrisa abandonaban la escena en sutil escapismo y dejaban lugar para la tristeza y la melancolía, la fuerza y el valor se trasmutaron en desesperación y cobardía, el origen de su viaje (reclamar la propiedad del castillo Lorre), pospuesto ante otro más acuciante y hediondo: escapar de las fauces del lobo; la propia velocidad del coche, aun siendo constante, parecía unas veces enloquecedoramente rápida y otras lentísima. ¿Dónde se dirigiría una vez en Praga? ¿Qué iba a contar? ¿Y a quién? Ajena a su voluntad frenó el automóvil y consideró descansar un rato. Llevaba la espalda mojada, el sudor le hervía, los dedos eran incapaces de aferrarse al volante y los ojos le parpadeaban más por la fatiga psíquica que por el cansancio acumulado. Todavía le faltaban ciento veinte kilómetros, la carretera no había superado las cicatrices de la Gran Guerra, pero el paisaje a ambos lados estaba más verde y puro que antes, y eso la animó a detenerse. Prendió un cigarrillo, miró a su alrededor y sintió ganas de gritar como una adolescente, aunque sólo suspiró, con la misma intensidad que una punzada, consiguiendo exhalar en el suspiro grandes dosis de tensión. Estaba en el centro de las Colinas de Moravia, en las faldas que descienden al norte hasta encontrar al Elba. Se separó unos metros del coche y tocó la corteza de un árbol, el primer amigo de verdad que abrazaba, giró en redondo, respiró a pequeños sorbos y por instantes recobró la fuerza y el olor de la vida.

—Empiezo a sentir que estoy en casa...

Pasados unos minutos decidió reanudar la marcha pero, inconsciente, como si una voz, un reclamo, repitiera su nombre, como si una de aquellas manos descarnadas le tocara el hombro, sin saber por qué, miró atrás de nuevo, más allá del árbol que había abrazado, y comprendió dónde se hallaba realmente.

—¡Dios mío! ¡El Campo de Antropología Forense!

Se montó en el coche sin mirar atrás una sola vez, arrancó y, sin atreverse a musitar, sintiendo cómo se le erizaban los vellos del cuerpo, se alejó de aquel lugar sembrado de cartelitos funestos (una repugnante sarcomateca en descomposición), y hasta que no divisó a lo lejos las primeras torres de Praga no fue capaz de serenarse.

Cuando llegaba a los primeros arrabales, acabadas de cruzar las últimas calles tangentes, respirando por primera vez en veinte años ese aire mezcla de oxígeno, plomo y alcohol, propio de esta ciudad, los cien campanarios que cuentan sus torres avivaron sus tañidos, antes uno, enseguida otro, y así sucesivamente hasta que al unísono ocuparon todo el espacio que pueden tintar las vibraciones y lo anegaron absolutamente todo, superando la propia respiración de las cosas, el cauce rumoroso del Moldava, el piar de los pájaros y el pálpito cardíaco de Europa.

Penetró en la ciudad por el sureste. Praga no parecía haber cambiado mucho, los edificios igual de mortecinos, los vendedores de siempre con las mismas salchichas y el secular silencio a ras de acera. Dejándose llevar por su impulso, como un rabdomante que busca agua, dirigió el coche hacia el Moldava, y sin dudarlo se detuvo en la entrada del hotel Santa Úrsula, a tiro de piedra del río.

Aún no se había bajado cuando dos hombres muy altos, vestidos de oscuro viejo, similares a los de otras ocasiones, se acercaron amablemente y la llamaron por su nombre.

—¿Señora Parker?

—Yo soy.

—Venimos a retirar el coche. Es propiedad del señor Wolff.

—Claro...

No lo entendió muy bien, pero tampoco le resultó extraño. Al fin y al cabo Wolff le había facilitado el automóvil para salir de Viena y llegar a Praga, lo que había sucedido sin incidencias, si ahora el auto era necesario para otra *acción de fuga* de la cada vez más poderosa y clandestina Hermandad Hebrea era lógico entregarlo sin preguntar nada. Además, la mera aparición de estos esquivos individuos le indicó claramente que el mecanismo judío, siempre bien engrasado, había puesto en marcha sus peculiares Bandas de Moebius.

Uno de los hombres bajó el equipaje y su compañero rescató los dos libros pasaporte, *Mein Kampf* y *Los protocolos,* y sólo después de reliarlos en el periódico que llevaba los escondió bajo el asiento. No dijeron nada más, si acaso un balanceo arriba y abajo con la barbilla para despedirse. Ella vio cómo cruzaban el puente Legií en dirección a Malá Strana hasta que los perdió de vista. Antes de que pudiese reaccionar el encargado del hotel salió a su encuentro. Era un hombrecillo muy parecido a Knapp el anticuario, sonriente, amabilísimo, quien le proporcionó una de las mejores habitaciones.

—Si mira al oeste verá usted el Moldava todo el tiempo que quiera, si lo hace al este contemplará las torres de siete iglesias, y si tiene buena vista hasta de nueve... Praga es así.

—Dígame, ¿aceptan dólares norteamericanos?

—¿Dólares? ¡Por supuesto! ¡Cada dólar vale por diez coronas! Si me lo permite —le dijo en tono confidencial—, se aceptan de mejor grado que los marcos alemanes: esos un día son dinero y otro basura. Bienvenida a Europa, señora Parker.

Estuvo en un tris de reírse, ¿por qué había supuesto este hombre que ella no había nacido aquí? ¿Habían desaparecido de su rostro las inequívocas señales que distinguen a los europeos de los demás? Pasaban de las cinco de la tarde, así que pidió una buena cena checoslovaca servida en su habitación, mientras se sumergía en una auténtica bañera llena de espuma; cuando de nuevo voltearon todas las campanas supo que había transcurrido una hora, pero no le importó, el cansancio había desaparecido y por fin encontraba ese momento de respirar con suavidad, tomarse un café y escribir a Rudolf.

Querido hijo, te escribo desde un hotel de Praga, cuyo membrete verás en esta hoja. Sólo hace seis días que llegué a Europa y las circunstancias me lo han impedido antes, pero por fin puedo sentarme tranquila, oír el rumor del Moldava cuando no tocan las campanas y tener una mesa y un momento de verdadero sosiego.

No sé cuánto tiempo voy a permanecer en Europa, siento que nunca salí de aquí e inmediatamente después tengo la impresión de que jamás estuve o que no llegado todavía; las emociones se mezclan y me confunden. He pasado tres días y tres noches en Viena; te habrás enterado de lo sucedido; pero no te sorprendas: la gente tomó a Hitler como a un benefactor, y si se ha derramado una gota de sangre ha sido judía. Aparentemente es imposible que pueda recuperar el castillo Lorre, así me lo ha confiado el señor Wolff, ¿lo recuerdas?, quien se hallaba en Viena, de paso, y me ayudó a continuar mi viaje. Yo no estoy tan convencida, la propiedad privada siempre ha sido una razón de peso en las instituciones europeas y los gobiernos totalitarios suelen respetarlas. Además, tengo algunos planes infalibles para recuperarlo, necesitaré un par de semanas, pero el águila bicéfala de los Lorre acudirá a tu brazo, porque eres el legítimo heredero, y recuerda que así lo hubiese querido tu padre.

Confío en poder abrazarte muy pronto. A partir de hoy prometo escribirte cada día. Ahora cae la tarde, oscurece de manera contundente en Praga, para ti será el mediodía, estarás rezando en la sinagoga, abriendo el pecho de algún paciente, ¡quién sabe si mirando por tus prismáticos desde los muelles de Manhattan a ver si me descubres entre la gente!

¡Que Dios te bendiga, hijo mío!

Salgo a pasear, estoy impaciente por encontrarme con nuestros amigos. Hoy es un día prometedor.

No descuides tu apetito, procura comer tres veces al día y no tomes tan en serio los ayunos, los rabinos del Hospital Sinaí sabrán dispensar a un médico que trabaja demasiado.

Besos.

Dejó el papel escrito sobre la mesa. Sabía que le era imposible concentrarse más en la carta, así que se arregló con discreción y sobria elegancia, y haciendo más caso de la felicidad compulsiva que sentía que del desconcierto producido por los acontecimientos, vagueó por las calles de Praga, lentamente, sin prisas, hasta desembocar en el corazón del barrio viejo, justo en el momento cuando el reloj astronómico de la catedral daba la hora; se quedó a contemplarlo como la primera vez, después enfiló la calle Melantrichova y se detuvo a las puertas de Los Dos Osos Dorados. Buscó sobre el dintel el escudo emblemático de la taberna, después acarició el cristal esmerilado que separaba los dos mundos, aspiró con satisfacción el hálito de selecto ambiente que surtía hasta la calle (como agua que sale por las rendijas de una puerta) y también oyó el piano.

Había bastante gente. Si cerraba los ojos y los abría de repente no encontraba diferencia entre esta clientela y la que acudía hace veinte años a las citas literarias, con idénticos trajes y poemas. Se acercó hasta la mesa junto a la ventana, felizmente libre, donde se encontró con Franz Kafka aquella vez de 1919. Le sirvieron una gran jarra de cerveza y sonrió al recordar los diminutos cócteles de las fiestas de Nancy. Estaba sola, pero esperaba encontrar a todo el mundo; no llegaba nadie, mas levantaba la jarra, rebosante de espuma, como un señuelo para ser hallada por sus amigos. Sin embargo, fue una enigmática mujer, ceñida de negro, tocada con sombrero del mismo color, de mediana edad y de tez tan blanca como hermosa, quien se acercó a su mesa y le pidió compartirla.

—Por supuesto, señora.

—Se lo agradezco, es muy amable. No quiero molestarla, pero estoy acostumbrada a esperar en esta mesa a mis amigos... —le dijo la desconocida.

Georginas le devolvió la sonrisa.

—No me molesta usted, hace veinte años yo también ocupaba esta mesa con amigos míos.

La mujer se quedó mirándola. No se habían visto antes, pero algo entre las dos sí era común, y ambas lo habían percibido.

—¿Siempre bebe usted cerveza?

—No... —respondió riendo—. En realidad hace mucho tiempo que no pasaba por aquí... Y en honor a esos viejos tiempos he pedido una cerveza. No hay otra mejor en el mundo, se lo aseguro.

—Viaja usted mucho.

—Bueno... si se refiere a kilómetros, sí.

La mujer alzó una mano e inmediatamente fue atendida por un camarero al que pidió dos copas de champaña muy frío; prendió un cigarrillo sobrada de amaneramiento, expulsó el humo como una actriz de cine y, simulando a la perfección caída de ojos y cara de mujer fatal, la examinó.

—Creo conocerla.

—Pues yo pienso que no es posible... No me importa decirle que he nacido cerca de Praga, pero hace veinte años que salí de aquí.

Fueron servidas. Las dos se miraron y chocaron sus copas.

—Soy Alma Mahler...

—Yo, Georginas Parker.

—No deseo impresionarla, pero ya lo sabía. Desde que la he visto he imaginado que era usted. Es cierto que no nos conocíamos personalmente, pero he oído muchas veces su nombre.

—¿En serio? ¿Conoce usted a...?

—Franz Werfel es mi prometido...

—Alabado sea Dios...

—¡Pues alabado sea! —exclamó una voz poderosa a sus espaldas—. ¡Alabado sea, si esto no es un espejismo en la mente de un pobre judío!

Ella se giró impertérrita.

—¡Franz! ¡Franz! ¡Qué alegría verte! ¡Qué alegría oírte de nuevo!

Werfel la separó y la miró con desconfianza y dureza, como queriendo asegurarse de que la persona que tenía delante era realmente la Sarah Georginas que despidió en la estación, y no otra.

—¡Alabados sean los doce hijos de Jacob! ¡No has cambiado para nada... te encuentro tan bella y fresca como ayer, tal como te guardo en la memoria! Y ahora —sugirió atropelladamente—, permíteme que te presente a mi prometida...

—Ya nos conocemos.

—Claro... claro... —Tomó directamente la cerveza de Georginas y tragó con fruición. Parecía un poco ido, desconcertado en la felicidad de un encuentro casual, superado por el recuerdo vívido de que una vez estuvo enamorado de Georginas.

—Franz... ¡Estoy aquí! ¿Es que no te alegras de verme?

Era tonto insinuar aquello, porque el hombre estaba realmente emocionado. Se diría casi a punto de llorar. Tal vez los rasgos de su cara habían cambiado, estaba más gordo, algo estrábico, más canoso y cansado, pero su aspecto general era el de antaño, daba la impresión de ser el mismo genio bonachón de chaqueta sin abrochar y cabello rebelde, insaciable bebedor de cerveza y escritor que fundía farolas a su paso y coleccionaba estampas.

—Mucho me alegro, Georginas, de verte y abrazarte, pero no aquí, y ahora... ¿Cuándo has llegado? ¿Es que en América no oís hablar de Hitler, es que no os habéis enterado de lo ocurrido en Viena?

—He llegado esta tarde, Franz. Precisamente desde Viena, y no lo he oído: mis ojos lo han visto, mis manos lo han tocado... Aún siento en la nariz el olor de las antorchas nazis.

—¿Vas a decirme ahora —susurró incrédulo— que tú eres la mujer que ha llegado por la frontera de Znojmo en el auto de Wolff?

—¿Qué ocurre? —preguntó sorprendida.

—Si es así —Werfel alzó la jarra de cerveza y la terminó en un trago—, no careces de la suerte ni de la protección divina, pues a partir de hoy los alemanes empezaron a levantar fortificaciones fronterizas, así que había brindado por ti sin saber que eras tú, por tu heroicidad y tu compromiso con la causa hebrea.

—¿Qué estás diciendo?

—No tienes por qué ocultarlo entre amigos, pero es mejor si lo niegas siempre. Hasta los vasos pequeños de cerveza, aun los vacíos, pueden ser delatores de esos mamarrachos.

—No entiendo nada...

—¿Acaso desconocías que en ese auto venían cien kilos de dinamita, bobinas de mecha y dos docenas de pistolas? Acabo de enterarme en la Hermandad de la sinagoga Maisel... Incluso he sopesado esta noche una de esas pistolas con las manos.

Fue incapaz de parpadear. Ella también apuró de un trago su champaña y sólo después de suspirar tres veces chascó la lengua y lo miró con fijeza.

—¿Me estás diciendo que en ese coche venían cien kilos de dinamita, mechas y dos docenas de pistolas?

—¡Psss! ¡Psss! Silencio. No es este el mejor sitio para discutir sobre explosivos. Pero así es, en el coche de Wolff venía escondido ese material. Me siento orgulloso de que seas mi amiga... ¿Has oído, Alma?

—Perfectamente.

—Pero yo no lo sabía... No sabía nada...

—Eso no importa... Lo importante de verdad es que el pueblo tiene más armas para combatir la ocupación.

—¿Ocupación? ¿Creéis que Alemania va a ocupar Checoslovaquia? ¿Quién lo dice?

—Nuestros servicios secretos, naturalmente... Tú que vienes de América deberías saberlo. Tenemos la red de espías más grande del mundo, topos en todos los países, cajeros en todos los bancos, empleados en todas las oficinas. Debemos estar atentos a cualquier movimiento... Y ahora, dime, Georginas, ¿dónde te hospedas, cuánto tiempo vas a estar en Praga, qué has venido a hacer? ¿Y Rudolf? Lo último que sé me lo dijo Ana Freud hace un año: ¿es cierto que acabó sus estudios de Medicina?

Ella sonrió con todo el afecto del mundo. Tomó las manos de Werfel y lo miró.

—Sí... Ha terminado sus estudios. Pero ahora, amigos, permitidme que sea yo quien os invite. Mientras tanto, responderé a cada una de tus preguntas y tú responderás a todas las mías...

Así se hizo. Brindaron los tres y se desearon suerte, patria y amistad con cada copa. Georginas sacó su pitillera y ofreció un cigarrillo a Alma, quien lo aceptó.

—Es una pitillera muy bonita. ¿Americana?

—Supongo que sí. Me la regaló un... amigo mío. Murió en un accidente, hace varios años... la verdad es que la dejó olvidada en mi gabinete y nunca tuve oportunidad de devolvérsela... ¿Veis estas dos haches grabadas aquí? ¡Son las de Harry Houdini! —exclamó con asombro, casi devotamente—. Tal vez os suene su nombre.

—¡Harry Houdini! ¿Acaso le has conocido? ¡Era judío! ¡Alabado sea Moisés! Eres más importante de lo que suponía.

—¿Tanto te sorprende, Franz? Tú mismo eras el mejor amigo de Franz Kafka. De quien por cierto...

—¿Qué ocurre?

—Nada... supongo que nada que no hayáis visto vosotros... Cuando crucé la frontera de Suiza y Austria por Lustenau vi cómo unos muchachos con camisas pardas quemaban libros... algunos eran de Kafka. Me dio mucho miedo, y recé por él...

—¡Cerdos incultos! —prorrumpió Werfel ahíto de rabia mientras la cara se le enrojecía—. ¡Pirómanos de la exquisitez! ¡Ojalá se os quemen las manos!

—¿Y ese anillo que llevas? —le preguntó Alma Mahler, que no dejaba de mirar cada detalle de la mujer, a quien había reubicado en un punto intermedio, equidistante de las buenas amigas y las competidoras.

—El anillo... me lo envió Ana Freud a Nueva York. Un regalo de su padre. En América no me lo he puesto nunca, quería mostrarlo delante del profesor, y como eso de momento es imposible, he considerado que hoy era un buen día para hacerlo. Espero que no sea peligroso haber sido alumna de Freud...

—Peligroso es todo, amiga mía. Lo mejor es llevar encima un semblante distinto al que se tenga ese día por naturaleza: si te levantas contenta, camina triste por la calle, y nada te preguntarán; si te levantas triste, canta cuando camines, cruza los puentes arriba y abajo y señala los pájaros, si es que los encuentras —aseguró Werfel torciendo la cara—. Todo es antinatural. Cuando se avecinan tiempos difíciles mentir deja de ser pecado: es una necesidad, y la necesidad está un peldaño por encima de las leyes; hay que estar preparados y no caer en la trampa de la historia, o algún día escribirán quienes no se encuentran aquí que las víctimas fuimos también culpables.

Ella no recordaba que Franz Werfel fuese un hombre rebosante de alegría, pero sus palabras denotaban una gran tristeza y desesperación, el pesimismo se manifestaba en cada uno de sus gestos con tanta evidencia que hasta su prometida le tomó las manos y le pidió que se tranquilizara.

—Está muy nervioso últimamente... No logra terminar su novela, sólo piensa en beber y descuida su higiene... Apenas duerme y pasa noches enteras fuera de casa, en esas reuniones.

—Es por la Hermandad... —respondió Werfel—. Nos reunimos cuando podemos, alrededor de las sinagogas pero no en ellas, o los *goims* jurarán que la confundieron con un horno y nos asarán dentro. Lo hacemos más o menos clandestinamente, en sótanos, patios y cafés... El antisemitismo es palpable para los mancos, visible para los ciegos... ya hay calles en Praga donde es mejor no acudir o te acusarán a pedradas de venir a robar por ser judío. Al final, de lo que no me ha convencido la fe van a convencerme estos: somos un pueblo sin patria ni sombra... ¡Maldita y cochina religión!

—¡Franz!

—¿A qué has venido, Georginas? ¿Cómo se te ha ocurrido regresar en el peor momento?

—Bueno... Ahora es cuando más puedo ayudar. Tengo algún dinero. Para mi país y mis amigos nunca es el peor momento. Mañana mismo puedo disponer de cinco mil dólares, espero que el Banco Central de Praga esté capacitado para efectuar una transacción desde Nueva York...

—No tendrás ningún problema, querida —dijo Alma con desdén—. Se ve que los americanos continúan viviendo bien...

—¿Por qué lo dices?

—Estuve un par de veces en América, sé cómo son, qué piensan y cuáles son sus gustos...

—Es sorprendente que conozcas tan bien al pueblo americano, Alma. Yo llevo casi veinte años y sólo he podido acercarme a sus sueños...

—Ahora recuerdo, me dijo Franz que te dedicas a interpretar sueños... ¿No es ese un trabajo bastante... subjetivo? Diría yo que sí. La música o la literatura necesitan estructuras y talento... interpretar sueños no es más que dar versiones de lo narrado por los soñadores, fingir que se está en contacto con el extramundo al dictado de una espectral pitonisa.

—¿Cómo puedes hablar así, Alma? Hace tantos años que no veo a Georginas y tú pones en duda su capacidad cuando ni siquiera la...

—No tiene importancia, Franz... Lo que Alma quiere decir es que los sueños no son líneas abarrotadas de letras que puedan leerse, como la escritura, sino planos; pozos de negritud, no linternas encendidas; altas cimas en cuyas rocas nada hay señalado excepto el desconcierto... No son fotografías, sino vahos, aire que se esfuma, soplos. No son como la música o el latido de un corazón, que puede oírse, sino silenciosos peces de las profundidades...

—Exactamente quería decir eso, querida... ¡Silenciosos peces de las profundidades!

Sucedió entonces que se formó un violento alboroto en la entrada de Los Dos Osos Dorados y los tres comprendieron que las detonaciones oídas momentos antes no eran botellas descorchadas sino disparos, voces, luego gritos, hombres que salían a la puerta y retornaban asustados; finalmente, el minúsculo corrillo formado a los pies del piano les indicó que allí se encontraba la rosa. Estaba tumbado, malherido, un muchacho de apenas dieciocho años. Le preguntaban sobre el autor de los disparos al tiempo que le erguían la cabeza por si dijera algo, casi le obligaban a mantener los ojos abiertos, pero lo único que consiguió hacer fue toser dos veces, babear sangre por la comisura y descolgar la nuca tras el brazo que lo sujetaba.

Decidieron salir, como muchos, antes de que la policía hiciera acto de presencia, se limitara a identificar al muchacho y a hacer preguntas a los presentes. Fuera, en la puerta, se toparon con otro cadáver. Alguien le había tapado la cara con su propia gorra y como la calle Melantrichova es un poco inclinada la sangre corría pegada al bordillo. Werfel y Alma la acompañaron al hotel y prometieron verse al mediodía, conscientes de que a partir de estos asesinatos la calle y la noche no formaban el mejor binomio para pasear y charlar como viejos amigos.

—Esta es la realidad de Praga...

—No tenías que haber venido.

—Hoy en día ese castillo sólo vale la pena para defenestrarse...

—Podías haber esperado unos años más, esto no puede durar mucho tiempo...

Franz hablaba entrecortado, casi asfixiado, mientras recorrían apresuradamente las calles, y Alma, visiblemente nerviosa y aún más desangelada, se limitó a sonreírle en la puerta del Santa Úrsula; después se marcharon a paso rápido, casi corriendo, cogidos del brazo, paralelos al Moldava en dirección al Josefov.

Cuando traspasó las puertas del hotel parecía que el hombrecillo estuviera aguardando, pues nada más pasar ella cerró a conciencia y apagó casi todas las luces.

—Ya no esperamos a más clientes. Además, si acaso llega un viajante —se disculpó— hay un timbre en la puerta... La noche se ha puesto algo fría...

—¿Fría, dice usted? Yo diría que se ha puesto caliente.

—Tiene razón, señora Parker, los disparos se han oído desde aquí.

Mientras lo escuchaba, Georginas escudriñó sus ojos y recorrió con curiosidad las facciones del hombre.

—Usted me recuerda a alguien...

—Probablemente a mi hermano. Él era dos años y cinco meses mayor, pero parecíamos mellizos. Knapp... Hermann Knapp. Creo que mientras estuvo en Viena se hospedó en su tienda de antigüedades militares, en el barrio Favoriten. Murió ayer... Fue detenido antes que usted abandonara la capital, resistió tres horas en un interrogatorio de la Gestapo, tiempo suficiente para que su coche pudiese cruzar la frontera sin problemas. Mi pobre Hermann —se lamentó, resignado—, ni siquiera puedo ir a enterrarlo siguiendo nuestros ritos. La tienda ha sido saqueada, por lo menos eso sucedió después de que lo detuvieran, él no lo habría soportado. También en esas tres horas de resistencia el señor Wolff logró llegar a Budapest, ojalá haya podido tomar el *Orient Express*. Vino un arcángel a comunicarlo. Ya sabrá usted que nuestras líneas telefónicas están inutilizadas y aquí en Praga nos hablamos al oído.

A partir del asesinato de los dos jóvenes judíos (su primera noche en la amada Praga) los acontecimientos se desarrollaron vertiginosamente, se diría que el destino hacía uso de toda su fuerza centrípeta y que el vórtice donde se concentraba la máxima magnitud (el ojo del huracán) se hallaba allí, sobre la mesa de esa habitación de hotel. Tenía intención de continuar la carta a su hijo, sin embargo, descubrir que había extraviado la pitillera de Harry Houdini (con seguridad olvidada en Los Dos Osos) le causó tanto desasosiego que no pudo reprimir un llanto seco y entrecortado, ella pudo interpretarlo como residuos de llantos anteriores, usados normalmente para aliviar las pequeñas decepciones, pero los interpretó como una señal inequívoca de que había vuelto a Europa para quedarse. ¿Qué hacía, si no, allí? ¿Qué era aquella excusa del castillo Lorre? ¿Por qué no reconocía que se había equivocado, que no era el momento y a pesar del pasaporte norteamericano y de los dólares daba la sensación, espesa, gélida, maloliente, de que nada iba a servir más que para delatarla?

No fue fácil conseguir la transacción bancaria, pero después de tensas y arduas gestiones, abonando por su cuenta cablegramas que tardaban demasiado, hasta tres días, en ser contestados, y poniendo de manifiesto toda su perseverancia, logró finalmente el propósito, a razón de diez coronas por dólar, lo que hacía un montante de cincuenta mil coronas, donadas a la Hermandad vía Werfel. Recibió cartas de su hijo, tres o cuatro, en ellas Rudolf le pedía encarecidamente que volviera a los Estados Unidos o se vería obligado a ir en su busca e iniciar las gestiones con el cónsul americano de Múnich para su repatriación; paralelamente le contaba a su madre que había conocido a una chica, judía, médico también, que se había incorporado como ayudante en el Centro Sinaí y tenía verdaderas ganas de presentársela. Georginas releía aquellas cartas, y no sólo eso: las acariciaba y las besaba. Nada más recibirlas se llenaba de alegría y emoción; primero las leía sin una sola pausa, como un trago, sólo después, en la soledad del Santa Úrsula, o sentada en los bancos del Moldava, lo hacía a párrafos, a sorbos, notaba entonces cómo la carta escrita dejaba de ser papel y se convertía en una plancha pesada que no podían sujetar sus manos, viéndose obligada a apoyarla sobre las piernas. Al tiempo que los envíos de Rudolf dejaron de llegar, por imperativo geográfico y por la realidad política, no en vano el correo debía cruzar territorio alemán, su adhesión patriótica se incrementó notablemente. De momento no salió del anonimato, ni era su intención convertirse en aquella mujer de *La Libertad en las barricadas*, pero su generosa aportación a la causa hebrea y su presencia en algunas manifestaciones nacionalistas (los viernes de Praga) pronto la señalaron como a una de las rosas checas, y corrió el rumor por sinagogas y reuniones clandestinas de ser protegida, otros decían que amante, de Chaim Weizmann.

El verano de 1938 resultó especialmente dramático. Casi todas las noches se oían disparos en las calles y las detenciones absurdas comenzaron a ser algo habitual y peligroso. Siguiendo los consejos de Franz Werfel e intimidada por lo tempestuoso que estaba resultando el verano (llovía con frecuencia, sin avisar, cortos pero violentos chaparrones que muchos convertían en siniestras señales) intentó poner fin a toda aquella sinrazón y decidió en firme volver a América.

—¡Todos deberíamos salir de aquí! —replicaba continuamente Werfel—. Pensemos en alemán, hablemos alemán o riamos en alemán, nos colgarán de los árboles de Malá Strana como ha ocurrido con cinco desgraciados esta madrugada. Acordaos de lo que hicieron con los libros de nuestro Kafka. Cada vez estamos más aislados del mundo. Este país no existe para nadie. Nos han convertido en un arenque para que Hitler desayune, y esa Europa hedionda nos muestra sus espaldas mientras dispara balas en las nuestras...

Tenía razón el escritor. Cuando se unen inteligencia y desesperación los razonamientos deben ser precisos, despojados de ambigüedades y dobles sentidos. Pronto comprendió Sarah Georginas Parker que la situación había dado un vuelco, que los árboles mecían numerosos frutos tambaleantes en parques y avenidas y que la gente caminaba deprisa, sin mirar, por las calles; comprendió que alguien desde Berlín había empujado una ficha del dominó que rodeaba Checoslovaquia y que la inercia, con su efecto, se antojaba humanamente imparable. De golpe se quedó sin dinero: no fue posible realizar más transacciones. La noche que regresó al hotel y el señor Knapp la esperaba para cerrar puertas y apagar luces como de costumbre (continuaba siendo, enigmáticamente, la única hospedada) y se vio obligada a postergar el pago semanal, recibió a cambio otro talento judío, exactamente del mismo valor al recibido de manos del rabí Johnson recién llegada a Nueva York.

—No tiene por qué preocuparse —le dijo Knapp—, este sobre ha llegado hoy para usted, lo trajo un muchacho que salió corriendo.

Dentro estaba el dinero. Un talento judío convertido en coronas checoslovacas de 1938.

—Señora Parker —continuó Knapp—, tal vez sea buen momento para devolverle todos los dólares que me ha ido abonando semanalmente por la estancia en el hotel. No falta ni uno solo. Antes de que usted llegara recibí la orden de guardarlos, y hoy he recibido la de entregárselos. Que tenga suerte.

Tomó el dinero y miró a Knapp.

—¿Se encuentra bien, señora Parker? ¿Desea que le prepare algo?

El hombre la ayudó a sentarse.

—No tiene usted que preocuparse por nada. Mañana vendrá un coche a recogerla.

Ella se limitaba a mantener los ojos abiertos, fijos en el vacío.

—La sacarán de Checoslovaquia, es mejor que no se quede más tiempo. La única posibilidad es llegar a Budapest, desde allí podrá viajar a América... Así que no se preocupe por nada.

Cierto. De poco tuvo que preocuparse porque la noche de espera resultó extraordinariamente trágica. Coincidiendo con el amanecer se oyeron algunos disparos; ella no le dio más importancia que a las batidas y correrías de cada noche. Había dormido de un tirón, más de seis horas seguidas, lo cual significaba un logro en estas circunstancias; el equipaje lo tenía preparado, sentía no haberse despedido de Franz y Alma, pero consideró que era mejor mantener una prudente distancia por seguridad para ambas partes. Se miró en el espejo y sonrió. No encontró en su aspecto ni en su sonrisa nada falso: realmente estaba contenta y decidida a abandonar el país. Después de todo, el castillo Lorre iba a seguir estando ahí, y la guerra, si es que al fin se producía, no sería más duradera ni más sólida que sus cimientos. Cuando se disponía a bajar se topó con Knapp.

El hombre estaba muy nervioso, casi temblando.

—Ha ocurrido algo, señora Parker. No hay coche.

Georginas lo miró. Tenía el equipaje pegado a la pierna, quería creer que la pesadilla europea estaba a punto de concluir, pensaba cómo a partir de este día todo volvería a ser normal, que pronto estaría en Hungría y desde allí a América sólo era cuestión de conseguir un buen pasaje a base de dólares.

—Es mejor que deje su equipaje aquí, señora Parker.

—¿Qué ocurre?

—¿Ha oído los disparos? Vinieron del otro lado del río. Han matado a cinco de los nuestros. Los pistoleros de la Unidad Nacional los fusilaron en las tapias del Muro del Hambre. Dicen que antes de ser detenidos tuvieron tiempo de quemar el coche. Era el mismo auto que usted trajo de Viena. Algún topo ha pasado la información del arsenal.

—¿Y ahora? —musitó, casi para sí. Estaba tan asustada que por más que mantenía los ojos abiertos sólo era capaz de ver nubes oscuras acercándose.

—Ahora ya no está segura aquí. Dentro de diez minutos pasarán a recogerla, por la puerta trasera. Yo le diré cuándo. Si desea, tiene tiempo para tomarse un café. Por su equipaje no se preocupe, se lo haremos llegar. Usted jamás ha estado en el Santa Úrsula. ¿Lo entiende, verdad?

—Creo que sí...

Tal como había dicho Knapp, un hombre y una mujer, muy campechanos y vulgares, vinieron a recogerla por la puerta de atrás. Apenas cruzaron una palabra, limitándose a sonreírle y a indicarle con los ojos que les siguiera. La señora desanudó el pañuelo descubriendo la cabeza de Georginas para cambiárselo por uno más oscuro y viejo. Ella sonrió, no dijo nada, se dejó hacer y siguió a estas personas. Caminaron a buen paso pero no excesivamente rápidos, no fueran a levantar sospechas, y se dirigieron a la Ciudad Vieja; aquí compraron algunos alimentos y medio pan (adquirir más panes habría resultado sospechoso, no haber adquirido ninguno, también), con tranquilidad, haciendo cuentas con precios, coronas, haluras, desechando los productos más caros como cualquier judío hacía en la Praga de 1938. Después, dando un notable rodeo, pasaron por las callejas donde antes traficaban los vendedores de hígado (todavía antes que ellos los alquimistas), torcieron aquí y allá, para finalmente cruzar un portal de la calle Skoly, en el corazón del barrio judío. Allí la dejaron, sin más saludo ni palabras que una sonrisa franca propia de honestos labradores. No fue necesario llamar a la puerta: de repente, un niño de unos diez años abrió y la tomó de la mano llevándola por un pasillo, por fin levantó una trampilla y le indicó que debía bajar. No sabía qué hacer. ¿Se dejaba arrastrar por todo esto, sin preguntar nada? ¿Se sentía tan fugitiva y en peligro tan inminente como para tener que ocultarse de esta manera? No pudo preguntarse más, pues oyó su nombre y conoció la voz que la llamaba.

—¡Georginas! ¡Georginas!

Era Franz Werfel. Apareció en semioscuridad. ¿Angustia? ¿Tranquilidad? Allí había más gente que le fue presentada cortés y brevemente. Todos tenían motivos para permanecer ocultos, perseguidos por la policía y las brigadas fascistas, condenados por atentar en plena calle contra intereses y comercios no judíos, como era el caso de una joven estudiante presente. Estaban asustados, pero no por eso vivían en una tumba. Había dos camastros para dormitar por turnos, una mesa grande, algunas sillas y un hornillo de gas donde agónicamente silbaba una cafetera. Mientras tomaban una taza, su amigo Franz la puso al corriente de la situación. Las cosas empeoraban por momentos. Según él, la policía política había detectado a tres de los miembros más importantes de la Hermandad de Praga. Por fortuna, antes de ser ejecutados se habían deshecho del coche y ahora la única posibilidad de vivir radicaba en continuar la lucha general por la patria y la personal por la condición de ser judío... o la huida.

—Vas a tener que quedarte algún tiempo. No hay otra posibilidad. Las fronteras están cerradas o son boca de lobo. Sabemos de la presencia masiva de agentes alemanes en Praga. Son los exploradores, detrás vendrán las tropas. Y lo peor es que parte de la población los acoge en sus propias casas. Praga está llena de saboteadores, chivatos y antisionistas. Salir a la calle cualquier mañana se ha vuelto peligroso; para hacerlo a media tarde debe uno vestirse de lo que no es; cuando ha oscurecido significa la detención inmediata. Hace dos noches registraron a todos los que estábamos en Los Dos Osos Dorados.

Esa era la situación. Georginas estuvo tres días seguidos sin salir de aquel agujero. Alma Mahler le cortó el pelo considerablemente, tiñéndoselo de negro, como las cejas, limó sus uñas y borró cualquier vestigio de maquillaje o de carmín.

—Ojalá pudieras estar más gorda. O fueras más bajita. Después de todo, eres rubia y alta, como las alemanas. Y ellos lo saben. Por eso creen que darán contigo. Saben que estás en Praga, a estas horas ya habrán registrado el Santa Úrsula hasta debajo de las camas.

—Te sacaremos de aquí —la consolaba Franz—. Todos saldremos de aquí. Todos vamos a irnos a los Estados Unidos. ¡Pan! ¡Libertad! ¡Literatura! Son los designios de Dios... ¡Lo he soñado! ¡Lo sueño todas las noches! Y no necesito tu interpretación, Georginas, el sueño es tan claro que se puede leer como un libro abierto. Vamos a salir de aquí, estoy convencido, completamente seguro... Muy pronto, muy pronto. Ya lo veréis...

Se expresaba tartamudeando. Bajaba la barbilla hasta clavarla en el pecho, levantaba los ojos y escudriñaba los de los demás con una mezcla poco convincente de fuerza y piedad, después se echaba las manos a la espalda, y daba vueltas y vueltas, como un león asustado en una jaula.

—Está muy nervioso. Si esto no acaba pronto terminará perdiendo la cabeza... —reflexionó Alma en voz alta.

—¿Terminar pronto? Esto no ha hecho más que empezar. ¡Si lo sabré yo!

Franz sacó una pistola del interior de su chaqueta. Se la mostró a todos y, ceremonialmente, se la llevó a la cabeza.

—¿Veis? Esta es la llave maestra. La que abre todas las cerraduras.

Faltó muy poco para que el excitado hombre se disparase de verdad en la sien, hiriera a alguno de los presentes o, lo que habría sido nefasto, delatara con un disparo la presencia de los allí escondidos. En ese instante el niño de arriba abrió la trampilla y preguntó por la señora Parker.

—Hay un señor que desea verla.

No se movieron ni las sombras. Las cinco o seis personas que estaban allí, como conejos en una madriguera, espesaron más si cabe el silencio que había producido la locura de Werfel. Este bajó la pistola lentamente. El mismo chiquillo se quedó paralizado, contaminado por el nerviosismo que produjo su recado.

—Es un señor que habla mal el alemán y no entiende el checo —dijo el muchacho encogiéndose de hombros—. Sólo he podido comprender que desea ver a la señora Parker y que es americano.

Georginas se ajustó mecánicamente la ropa y se atusó el cabello. Lejos de sonreír o evidenciar alegría miró a todos, uno por uno, especialmente a Werfel. Con su mirada, entre suplicante y esperanzadora, le dio a entender que no debía preocuparse.

Salió a la puerta, y su dicha no pudo ser más completa.

¡Era él! ¡Un auténtico americano en Praga! Vestía como un paseante de domingo por las avenidas de Chicago, miraba como quien observa por primera vez el efecto de un truco de magia, sonreía con la anchura de los que pueden conseguirlo todo. Sí, era él. Había triunfado plenamente, convirtiéndose en escritor famoso, un periodista aventurero y un hombre difícilmente catalogable que se movía por los parajes de cualquier parte si había mujeres, whisky, guerras y tejido literario. Hoy estaba en Praga, pero no parecía más preocupado que un turista en busca de termas; cuando la vio abrió los brazos en toda su amplitud, como si el mundo entero fuese sólo un paquete que él pudiera levantar sin esfuerzo.

—¡No puedo creerlo! ¡Eres tú!

Sintió tanta alegría como vergüenza, una mezcla del heroísmo de una guerrillera en las barricadas y la debilidad de la mujer rescatada en los brazos del héroe. ¡Hemingway! ¡Ernest Hemingway, alto, corpulento, señorial! ¡No había dicho ni una sola palabra y ya su fuerza y personalidad arrolladora la hicieron sentirse protegida de todas las Pragas de Europa!

—¡Ernest! ¡Ernest! ¿Qué haces tú aquí?

Georginas se olvidó por un momento de su desconcertante presente, se agarró al brazo del escritor y sin temor (¡se sentía tan segura asida a este hombre!) paseó con él hasta el río.

—He venido a sacarte de aquí.

Él le contó cómo había abandonado España antes de terminar la contienda, luego que se había emborrachado con Scott en París, dos o tres veces más, y que estaba por aquí porque una amiga común de reconocida influencia le había pedido el favor personal de pasarse por Checoslovaquia y rescatarla.

—¿Has visto a Nancy?

—¡Diana! Sí, Nancy, quiere que te saque de aquí, de lo contrario ha jurado sacarme la piel a tiras. Sólo tenemos un pequeño problema.

Ella continuó andando, no quería detenerse. Al pasar por una de las avenidas que dan al Moldava y verse reflejada en el escaparate de un comercio, se detuvo para observarse. No era la misma. Hemingway había tenido el detalle de no mencionar nada, asimilando el cambio de una mujer hermosísima por otra diez años más vieja, con la mirada hundida, visibles ojeras, el pelo cortado sin mucha destreza y ese horrible tinte negro.

—En Nueva York no tendrías mucho cartel si te vieran así... Unos baños calientes, un par de años descansando al sol —dijo burlón— y volverás a ser la misma Georginas.

—¿Cuál es el pequeño problema, Ernest?

—Bueno... El pequeño problema es que he traspasado la frontera checoslovaca esta misma mañana y —se miró el reloj— sólo disponemos de cuatro horas para salir de Praga, y siete y media para abandonar el país... Es necesario llegar a París antes del mediodía de mañana. Y he de llegar contigo. Supongo que conservas tu pasaporte americano: deberé decir que eres mi esposa... Dime dónde puedo comprar agua oxigenada y arreglaremos lo de tu pelo negro. No tienes que preocuparte de nada. No deberías despedirte de tus amigos: puede traer inconvenientes. Mi coche se encuentra aparcado cerca de aquí, al otro lado del río. El paso de la frontera está arreglado, y el billete para Nueva York también.

No dijo nada. Continuaba mirándose en el escaparate, un rostro irreconocible como el de una extraña. Ernest tenía razón en eso: era más propio de los sueños que de los espejos. Tampoco pudo reprimir las lágrimas.

—¿Sabes? Desde mi llegada a Europa hay días que al despertar me siento profundamente americana, comprendo de golpe que esta no es mi tierra, ni mi lugar, ni mi ámbito, todos estos paisajes y ríos han dejado de tener sentido, siento que mi hijo, mi vida, mi profesión, están en otra parte del mundo. Esos días me levanto y estoy segura de que voy a emprender el camino de vuelta. Hago el equipaje, me pongo la mejor ropa y ni siquiera pierdo el tiempo en desayunar o en comprar el periódico. Otros días, en cambio, me levanto y tengo la sensación de que nunca abandoné Praga. Que siempre estuve aquí y estos veinte años americanos sólo han sido un sueño, que la realidad es esta... Antes de que llegaras a la puerta de esa madriguera, un amigo mío estaba a punto de volarse la cabeza de un disparo. Es escritor, como tú. Si me voy ahora, sin él, no terminaremos de cruzar ese puente y ya habremos oído la detonación. Si lo llevamos con nosotros, la mujer que dejará atrás probablemente le arrancará la pistola de las manos y será ella quien se pegue un tiro en la sien. ¿Lo entiendes, Ernest?

—No sé, son demasiadas piezas para la maquinaria que mueve una sola vida... Hace tres semanas estaba en el frente, en una guerra muy cruel, donde todo el mundo señalaba a todo el mundo, he visto a padres disparando a sus hijos, a hijos que lo hacían sobre sus padres... ¿Conoces a alguien que piense de sí mismo que es una mala persona? He vivido casi un año en estado de alerta continua, mi experiencia me dicta que hay que salir de aquí: esto huele igual que los escombros de España. Sólo debes echar un vistazo para percatarte de que las calles no son seguras: ya no son calles sino corredores a ninguna parte. Las paredes están repletas de pintadas contradictorias: esvásticas germanas, estrellas y menorahs de Israel, símbolos católicos... ¿Acaso no son esos los primeros disparos? Todos quieren libertad, pero en realidad todos sienten miedo. El cortador de césped alemán no se va a detener en Austria. Esos tipos están hambrientos, deseosos de ser atacados por leones para demostrar al mundo que ahora son ellos los que pueden devorar. Ni Francia ni Inglaterra moverán un dedo por este país, tampoco lo hicieron por otros: los viejos europeos son hábiles en convertir la traición en política. Es la alquimia del poder. Estos ciudadanos serán los próximos en alzar la mano nazi y en vitorear a Hitler. Ya se habla de campos de concentración y trabajos forzados para la población judía de Alemania y Austria. Es muy peligroso permanecer en el territorio de las víctimas. Checoslovaquia es un cordero en mitad de una manada de lobos.

Quiso invitarla a comer, pero ella rehusó. Lo acompañó hasta el puente. Ernest no quiso insistir más que lo que su conciencia le permitió. Él era escritor, aventurero, hombre de desafíos. ¿Por qué razón no lo iba a ser ella? Además, ¿era la misma? ¡Qué lejos aquella Georginas del gabinete, aquellas *flappers* de Newport! Pero ¿acaso era peor? Hemingway vio en ella un símbolo inasible en vez de un ser de carne y hueso, un personaje asexuado inmerso en una novela inverosímil en lugar de una mujer de cuarenta y pocos años. Parecía una combatiente, no una dama de kermés.

—Hay otras personas conmigo, ya te lo he dicho.

Hemingway, mientras callaba y se rascaba ruidosamente la barba, sacó una petaca del bolsillo y le ofreció un trago de whisky. Ella lo aceptó. Después bebió él y chascó la lengua.

—Por lo menos tú continúas siendo el mismo...

—Nunca somos el mismo... —sentenció—. Quédate con la petaca, considéralo un pequeño recuerdo.

La sostuvo un momento, pero la rehusó.

—Ya perdí la pitillera de Harry Houdini, no quiero extraviar ahora la petaca de Ernest Hemingway...

—¿Puedo hacer algo por ti?

Ella se hurgó en la ropa y sacó varias cartas escritas a su hijo.

—Se las entregaré personalmente. ¿Qué le digo a Nancy?

Georginas lo pensó un momento mientras miraba cómo el agua del río se llevaba nidos de hojas podridas.

—Dile que haga el favor de reservarme una habitación en Salamander. También que la mesita de *ouija* (ella sabe cuál) es suya. Y sobre todo dile que yo tampoco la he olvidado.

Cerca de ellos dos coches pasaron velozmente, con las sirenas aullando, cruzaron el puente y se perdieron chirriando en las curvas de Malá Strana.

—¿Seguro que estarás bien?

Georginas lo besó en la mejilla, después en los labios.

—Puedo darte algo de dinero.

—No necesito nada.

Aun así, Ernest Hemingway sacó dos paquetes de tabaco americano.

—Los tenía para los guardias de la frontera. Les encanta. Pero el tabaco americano es demasiado bueno para esos alemanes.

La mujer le sonrió, brevemente, pues no pudo impedir que le temblaran los labios y las lágrimas le colgaran de las pestañas diluyendo la sonrisa.

—Vete por favor, Ernest. No digas a nadie que me has visto vestida así, con el pelo corto y negro. Te aseguro que pronto volveré a casa. Ahora mi lugar está aquí...

—Hoy te has levantado sintiéndote checoslovaca.

Asintió. Le dio otro beso en los labios y se dio la vuelta a los pies del puente. Sólo un hombre como Ernest Hemingway era capaz de recorrer tres mil kilómetros para entregar dos paquetes de cigarrillos y no hacer ni una pregunta más. Georginas no quiso volver la cabeza: sentía en su nuca que él la miraba. Llevaba los cigarrillos, no apartó los ojos del suelo, y antes de que pudiera considerar fríamente lo que acababa de acontecer bajó por la trampilla de la casa Skoly y oyó, antes que ninguna otra cosa, el silbido ululante de la cafetera.

Según pasaron las semanas el ambiente se enrareció tanto que bastaba con tener los oídos limpios para escuchar cómo los nudillos del diablo llamaban a las puertas de Praga. Raro era el día que no se producían manifestaciones violentas, ahorcamientos en los árboles negros de Strahov, fusilamientos en el interminable Muro del Hambre y defenestraciones desde el castillo (una triste y consolidada característica de la capital checa). No fueron detectados ella ni sus amigos, y aunque apenas salían del laberíntico Josefov sí lograban reunirse, detrás de las sinagogas, para rezar a Yahvé, entonar el *Oye, Israel* y sentir que unidos eran fuertes. Continuaba sin recibir cartas de su hijo, y ocupaba la mayor parte del tiempo en escribir poesía, mirar al río y soñar con que alguna mañana dos grandes automóviles se detendrían en la calle Skoly y los sacaría a todos de allí, a Franz, a Alma Mahler, al niño de diez años... ¡Todos a América! Pero la realidad fue distinta. Seis horas después de que los mandatarios europeos firmaran los Acuerdos de Múnich, las tropas nazis entraban en el país por el norte. Comenzaba la invasión, llamada políticamente «la vuelta a casa de los Sudetes». Los Montes Metálicos fueron las siguientes fichas del dominó, pronto las fichas de la Selva de Bohemia... en cuestión de meses Checoslovaquia había visto adulterada todas sus fronteras y fortificaciones y las ricas cuencas de carbón, los nudos ferroviarios y las principales carreteras ya no estaban bajo el control estatal. Veinte años después de su independencia el país se vio transformado en un inmenso campo de refugiados. Al dimitir el presidente, las facciones de la Unidad Nacional se hicieron con el poder, las libertades individuales sufrieron otro recorte y la gente normal se acostumbró a arrastrar la tristeza como a su propia sombra. Antes de marzo de 1939 ya habían sido saqueados algunos comercios judíos, las noches de cristales rotos eran habituales y se hablaba de campos de muerte en las trasmontañas de los Sudetes, tan grandes (exageraban, asustados) que pronto se extenderían por los valles llegando a ocupar los arrabales de Praga.

—Está mondando la manzana... —decía irritado Franz Werfel—. Ese Adolf Hitler tiene un cuchillo grande y afilado, cuando quiere comer, primero quita la piel del fruto... pero una vez hecho esto no detendrá el corte hasta haber llegado al corazón... al tierno corazón de Praga —enfatizó señalándose su propio pecho—, su bocado favorito... y entonces será lo mismo que si nos hubiera cortado a todos la garganta.

No le faltaba razón. Todavía activo el duro invierno, y con la crepuscular y sórdida entrada del nuevo año, el país era un témpano de hielo que amenazaba con romperse al primer pisotón de una bota. Y así sucedió. Pronto y sordo como un relámpago, un mal sueño, a pesar del centenar de campanas que cada tarde (ajenas a los silbidos de los disparos) tañían al unísono y emitían un toque sin leyenda, demostrándose a sí mismas que Checoslovaquia seguía viva.

El 15 de marzo de 1939, el sonriente Führer, enhiesto en el mismo coche de lujo, escoltado por la máxima parafernalia, tomaba posesión de Praga. La gente se agolpaba en las aceras para recibirlo, algunos por curiosidad, muchos con miedo, pero todos obligados por el presente. Dos semanas antes ya se distinguían con claridad agentes alemanes patrullando las calles, sin miramientos y a la luz del día, deteniendo a sospechosos de cualquier cosa a los que obligaban a limpiar aquellas fachadas y muros donde se leían pintadas antinazis. La mayoría acabaron fusilados, otros simplemente optaron por el suicidio. No se oyeron los clamorosos *Heil Hitler! Heil Hitler!* al paso del canciller, como en Viena, algún vítor de adhesión entusiasta, alguna bandera, eso fue todo el recibimiento. Hombres y mujeres levantaban el brazo nazi al tiempo que murmuraban de corazón el himno checo y corrían lágrimas por sus mejillas. Aquellos que, ignorando el peligro, consideraron más sólido el honor que la derrota no alzaron las manos, sino los puños, y corearon misivas (en alemán, para ser bien entendidos) contra los invasores. Esos fueron los más valientes y locos, por ello recompensados con las medallas de la muerte. El Führer pronunció su discurso desde el balcón del Ayuntamiento en la Ciudad Vieja, al que asistieron miles de personas. Un discurso grotesco, absurdo, leído a gritos, infectado de espasmos y de ridículas maneras desde la primera palabra, en un diabólico y farragoso alemán que pocos entendieron en su plenitud, pero de fonética tan acerada y mímica tan contundente que nadie se libró de comprender, sin lugar a la mínima duda, incluidos los que le oían por radio, que el canciller había venido a Praga realmente enfadado.

El primer toque de queda sonó como el grito ampliado de una muchacha que torturasen: camiones con megáfonos lo anunciaban calle a calle. Surtió tanto efecto que hasta dejaron de oírse los ladridos cotidianos de los perros. Al otro lado del Moldava, la zona menos poblada de Praga (muy pocos pudieron contemplarlo), Adolf Hitler saludó a sus tropas, millares de soldados calzados con altas botas acharoladas, destellantes bajo la noche, portando estandartes y antorchas encendidas, a los pies de los muros del castillo Hradzin, antigua residencia de los príncipes de Bohemia, enclavado en mitad de aquellos parques medievales donde Kafka y Willfred Lorre leyeron poemas de amor y discutieron sobre el sentido de la inmortalidad.

—He tenido un sueño, Georginas, y hoy deseo que me lo interpretes. Yo soy judío, mis padres fueron judíos y mis abuelos también...

Quien decía lo anterior era Franz Werfel, cuatro días después de la entrada del Führer en Praga. Era muy temprano; él y Alma ya no se escondían en la madriguera de Skoly, hacía días que lo hacían en la calle Legerova, en casa de un poeta amigo de Mahler.

—He soñado con la Virgen de los cristianos, Georginas... Se trataba de una mujer con un manto blanco y un adorno azul, muy delgada, de carita ovalada, que me decía: «Ya has llegado, hijo mío...». ¡Oh, Yahvé, me siento un judío traidor, un marrano! Y eso no es todo, amiga... hay algo que se repite, con tanta nitidez, que siempre termino por despertarme, sudoroso y muy asustado, pero por más que lo intento no logro entenderlo. Es un sueño con humaredas y nubes. Desde la chimenea de un castillo se eleva una columna de humo negro; sin embargo, el cielo al que asciende está limpio, blanco, rosa, y de pronto el cielo difumina y absorbe ese humo negro, permaneciendo inalterable, inmaculado. Inmediatamente después, el humo, que aún brota de la misma chimenea, se torna blanco, muy denso, casi sólido... asciende desenroscándose y cuando toca el cielo, ¡oh, sorpresa!, lo tiñe de negro. ¿Has probado a echar una gota de tinta en un vaso de agua? A Franz Kafka le gustaba hacerlo. Se producen tinieblas súbitas... Pues igual ocurre en ese cielo: oscurece como en la peor tormenta en cuanto lo toca la primera voluta de humo blanco. Yo intento comprender por qué sucede —repitió confuso— y entonces me despierto.

—¿No recuerdas nada más?

Él hizo un esfuerzo, se apretó la cara con las manos y miró suplicante a sus recuerdos.

—No. Sólo que el sueño se repite, y me asusta.

Tal vez mi imaginación aporte ruidos, tambores, desfiles, estruendos, pero no puedo afirmarlo...

—Oníricamente —le explicó Georginas después de haberle oído con atención— el humo es símbolo del inicio de un camino, tan largo, sinuoso y difícil como lo sea la humareda... La materia que conforma el humo no son peldaños de una escalera pero se puede ascender por ellos.

—Era humo negro, y después blanco... siempre es así...

—¿Y dices que surgía de la chimenea de un castillo? ¿Del Hradzin, tal vez?

—No, creo que es mayor, un castillo muy raro, redondo, tal vez con forma de herradura y de innumerables balcones... es posible que sea una fortaleza, una prisión, no sé... Lo sueño hace dos o tres años, pero en los últimos meses las visiones aparecen más claras que nunca... Y lo he vuelto a tener esta misma noche.

—Ya que también sueñas con vírgenes cristianas, podría ser el Vaticano, en vez de un castillo.

Franz Werfel se echó a temblar. Descolgó por inercia el labio inferior y se sumió profundamente en pensamientos imprecisos.

—¿Cómo dices eso? ¡Jamás estuve en el Vaticano!

—Hace dos semanas que tenemos nuevo Papa, creo que se hace llamar Pío XII... Has estado tan excitado y nervioso estos días que seguramente no te enteraste... El humo negro de tu sueño podría ser un signo por la muerte del Papa anterior, el culto católico lo hace así para anunciarlo...

—Pero el cielo continuaba blanco...

—Exacto, por su santidad verdadera, así le ocurrió a Moisés cuando murió: se esfumó; pero luego, al haber un nuevo mandatario, la fumata que lo anuncia es blanca, sin embargo cuando asciende tinta al cielo de negro...

—Sí... Esa es la paradoja.

—El Papa muerto se llevó con él la paz, el nuevo pontífice iniciará su papado con una guerra total, que asolará tanta parte del mundo como cielo sea capaz de tintar, empezando aquí, en Europa... En cuanto a la Virgen que te habla sólo representa una tabla de salvación, un punto de luz adonde debes guiar tus pasos si quieres alejarte de las tinieblas...

—¿Cómo sabré de qué virgen se trata? Los cristianos las tienen a cientos...

—Eso no puedo saberlo.

Werfel abrazó y besó a Georginas como muestra de inequívoco agradecimiento.

—Amiga mía, gracias. Estoy más aliviado... pero, hay algo más...

A pesar de que estaban completamente solos en ese momento, el escritor miró a un lado y a otro, bajó la voz y se acercó a su oído.

—Será dentro de dos días... Ya está todo arreglado.

Georginas lo miró, con tranquilidad. Sabía perfectamente a qué se refería Werfel. La Hermandad Judía había elaborado una red de escapada. Disponían de pocos automóviles, en ellos huían del país los que en más inminente peligro se hallaban. Intelectuales, abogados, profesores y algunos cabecillas de cuyos nombres y fotografías disponía ya el servicio secreto alemán.

—No nos volveremos a ver hasta entonces. A la entrada del puente Palackého, junto a la plaza Karlovo... A las cinco en punto de la mañana. Me han dicho que antes de las seis deberemos abandonar Praga. Dicen que hay un pasillo seguro y secreto —advirtió en voz baja— entre Núremberg y Múnich... Si todo sale bien, en cuestión de horas entraremos en tierra francesa. Allí nos recogerán unos compatriotas. No faltes.

—No faltaré.

Dos días más tarde, a las cinco de la mañana una densa niebla envolvía tanto el Moldava como sus puentes, sumamente brumosa y gigantesca hasta el punto de que desbordaba el cauce del río y se expandía por parques, riberas y las primeras avenidas. El amanecer era sencillamente frío y espectral. Georginas tuvo que salir temprano de la madriguera de la calle Skoly, llevaba un ligero equipaje mas una gran esperanza en el corazón, y algo menos de dos kilómetros la separaban hasta el puente de la cita. ¡Por fin podría salir de aquí! ¡Ahora sí había llegado el momento! Llevaba consigo la última carta escrita a Rudolf, con la intención de enviársela desde París, incluso dársela personalmente en Nueva York. No cerraba los ojos, pero mientras caminaba, pegada a las paredes de los edificios, semioculta, alejada de los conos luminosos de las farolas, veía en su interior cómo el tiempo pasado siempre transcurre en un soplo, estaba feliz a pesar del peligro que conllevaba la huida, porque había venido a Praga no buscando su casa, sino siguiendo automáticamente a su destino, y había tenido fuerzas para despegarse de la vorágine americana, de aquellas damas adineradas cuyos sueños más atroces no podrían compararse a las emociones reales que aquí se sentían a cualquier hora. ¿Cuánto hacía que llegó? ¡Qué importaba! Ahora iba a marcharse, tal vez para siempre, así que manteniendo la mirada fija en el puente de la cita daba gracias a Dios con fervor y se sonreía, saboreando una dicha distinta, sólo lejanamente parecida a la que recordaba de aquel domingo de 1920 en la estación Franz-Joseph.

Se detuvo en la entrada del puente, la caminata había sido larga, pero ya estaba aquí. Caminó unos pasos más, penetrando a través de la niebla hasta distinguir dos figuras, casi dos bultos, apoyadas en la barandilla, con una maleta a los pies. No había ninguna duda: eran Franz y Alma. La saludaron con un esquivo «hola», era evidente que ambos estaban muy nerviosos. Werfel llevaba puesto sombrero de hongo, un buen abrigo y una pajarita, Alma Mahler parecía ir vestida para la ópera, lucía un collar de perlas, un sombrero algo pasado de moda y una sonrisa permanente, un rictus, que más que placer denotaba melancolía y miedo.

—Ya tenían que haber llegado... —dijo mirando sin cesar la entrada del puente.

—No te preocupes, Alma, estarán al llegar, la Hermandad nunca falla.

Franz miraba una y otra vez su reloj. Georginas permanecía más tranquila, o lo aparentaba, quiso encender un cigarrillo, mas fue reprendida por sus acompañantes.

—¡Puede delatarnos! —increparon a un tiempo.

Una iglesia cercana anunció que eran las cinco en punto de la mañana. Alma se rascaba las manos, Franz, alargando el cuello, escudriñaba la vista hacia la entrada del puente.

—¡Allí llega el coche!

Era cierto. Vieron las luces de un vehículo rodear la plaza Karlovo y dirigirse a la entrada del puente. Pero sucedió algo más. Una figura salió corriendo hacia ellos desde el principio del puente. Todos se asustaron mucho hasta que distinguieron claramente quién era: el niño de diez años de la madriguera de Skoly. No le hizo falta hablar: astutamente había seguido los pasos de Georginas hasta dar con el lugar de la cita. Traía una minúscula maletita (sin duda la del colegio), los ojos abiertos y asustados (temblaba doblemente, por frío y por miedo) y una gran agitación con la que casi rompió a llorar.

—¿Tus padres te han dicho que vengas con nosotros?

El niño señaló la entrada del puente. Allí podía verse la silueta de un hombre.

—Mi padre dice que me lleven. Que él irá a buscarme a Francia, a casa de mi tía Berta y mi tío Marcel. Mi madre está con mis otros hermanos.

Alma chascó la lengua. Muy lejos de mirar al niño compasiva se sintió devorada por la ansiedad cuando vio que el coche salvador realmente se acercaba y paraba junto a ellos. Entonces empezaron de verdad los problemas. Era un coche muy pequeño, sólo cabían cuatro pasajeros y una maleta.

—Únicamente pueden venir dos más —espetó el conductor, tan claramente que no hizo falta repetirlo.

—¡Pero, éramos tres! ¡Así lo convino la Hermandad!

Franz Werfel vio entonces otra mujer sentada detrás.

—Éramos tres... —repitió.

—Lo siento, he dicho que sólo caben dos personas más... Y hagan el favor de decidir quiénes vienen y hacerlo inmediatamente, no debemos desperdiciar ni un minuto, en media hora la niebla se habrá disipado y seremos muy visibles... tenemos que estar fuera de la capital...

¿Cuántos de ellos sintieron una punzada en el corazón? ¿Son siempre tan imprevisibles las guerras y las huidas? ¿Tan dolorosas las separaciones?

—¡Lo que faltaba! ¿Qué podemos hacer en estas circunstancias? —preguntó en tono fastidioso Alma Mahler.

—Las circunstancias nos distinguen, Alma —le contestó Georginas.

Alma no replicó, sin perder el tiempo abrió la portezuela y se colocó detrás, junto a la mujer. Franz miró a Georginas. Abría la boca como un pez y como un pez la cerraba, no sabía qué decir. Finalmente, se quitó el sombrero en un acto tan caballeroso como trágico, y manteniendo la puerta abierta la invitó a subir, con la reverencia del señor que ofrece a una dama pasar delante al palco.

—Haga el favor...

Ella negó con la cabeza.

—No puedo consentirlo. Tienes que subir tú, Franz, yo me las arreglaré...

—Pero tú estás más buscada que yo... Praga está llena de esas cucarachas negras de la Gestapo... Si te encuentran es posible que te maten.

—No te preocupes, amigo mío. Recuerda lo que te he dicho. En cuanto pises Nueva York procura encontrar a Rudolf. Ya has memorizado la dirección. Él os ayudará, lo estará deseando. Dile que pronto estaré a su lado. Háblale con toda la alegría y confianza que puedas acaparar. Pero...

Acarició la mejilla del pobre niño. Estaba asustado y a punto de llorar, no dejaba de mirarlos a todos a la cara y de volver la cabeza para distinguir todavía la silueta de su padre.

—Al niño lo tenéis que llevar...

—¡Sólo caben dos personas! —gritó disculpándose el conductor—. Y, por favor, no podemos esperar más tiempo.

Georginas se le acercó y le entregó un fajo de billetes.

—Son trescientos dólares. Este dinero sirve en Francia. A todos les será de mucha ayuda... A cambio, el niño debe ir en el coche. Es pequeño, abulta muy poco... también es judío, como nosotros.

Ella misma empujó al niño hasta entrarlo en el vehículo y aposentarlo entre las dos mujeres que, gentil una, molesta otra, le hicieron hueco. Franz Werfel estaba llorando. Se abrazó a Georginas y quería decir tantas cosas que se le atragantaban en su incipiente papada y casi le impedían respirar. Ella siseó para que callase, le dio un beso de despedida y les deseó suerte a todos. El coche se puso en marcha y pronto cruzó el puente hasta la curva de Vanickova. Cuando lo perdía de vista, miró a la entrada y vio alejarse la silueta del padre. Después, pegando su vano equipaje a la pierna, se apoyó en el murete del puente y prendió el cigarrillo. Amanecía, el Moldava, desarropándose de la niebla, estaba hermosísimo y se oían los graznidos de los primeros grajos.

Mientras contemplaba absorta (inánime, ida, desamparada) el curso del río, no sintió ninguna preocupación. Simplemente se quedó allí, como la única estatua de uno de los puentes menos decorados de Praga. Quería pensar en su hijo, en América, en la felicidad a raudales de otros días y en lo pronto que iba a despertar de esta pesadilla. Mas no era capaz. Mantenía prendido el cigarrillo, a milímetros de los labios, pero no inhalaba, sin saber por qué se puso a tararear una cancioncilla inglesa que aprendió aquel verano de las fiebres de Malta y el becerro de dos cabezas. Lentamente, la niebla se disipó y las cien torres de la capital se distinguieron como por arte de magia sobre los demás edificios; tibios rayos de sol chocaron contra los tejados y luego contra la superficie del Moldava, y otra vez la maravilla de la existencia, toda la belleza posible de la creación, se hizo realidad. Era un sábado, el 21 de marzo de 1939, una semana después de que el Führer pegara una patada a la Gran Cervecería de Praga. Oficialmente, el invierno se había retirado a dormir, y un enano fornido había colocado una losa en la entrada de su caverna, según la antigua leyenda praguense, para no dejarle salir durante meses. Pero la primavera, lejos de parecer una muchacha riente, a pesar de haber llegado a lomos del primer sol, fue como una sombra, como la carcajada prolongada y siniestra de una vieja.

Cuando Sarah Georginas Parker presintió que un automóvil frenaba en seco a la altura donde ella estaba ni remotamente pensó que fuera un coche de la Hermandad Judía. No se dio la vuelta, pero se le erizó el vello de la nuca. Dos hombres la asieron por ambos brazos, apenas la miraron, tampoco le preguntaron nada, ni siquiera su nombre; vestían uniformes negros y grandes gorras de plato. Eran jóvenes, bien parecidos, charlaban alegres y se comportaron al detenerla con tanta naturalidad como si de algo normal se tratara. Era un vehículo celular, de claustrofóbico aspecto, pintado de gris. Abrieron la puerta, dentro había otras tres personas: un matrimonio joven y su hija. Uno de los guardias registró por encima su equipaje, sin darle importancia, y se lo dejó llevar tirándoselo a los pies. Resulta imposible saber cuánto tiempo permanecieron dentro del coche celular. Apenas hablaron entre ellos, el matrimonio estaba muy asustado, y la niña no se soltó del regazo de su madre. Todos sentían que el vehículo paraba, largo tiempo, mantenido al ralentí hasta una hora, después arrancaba de nuevo, subía cuestas, giraba y se volvía a detener, a veces suavemente, otras con brusquedad. Cuando ya resultó insoportable resistir más tiempo aquella tortura de desubicación y la niña lloraba con toda su energía, por fin se detuvo el vehículo. Los bajaron en el patio interior de un gran edificio, probablemente la comisaría de Praga, a un lado de la Ciudad Vieja, o bien se encontraban en el extremo opuesto cruzado el río, en el palacio Sternberg, cercano al bohemio castillo Hradzin, reconvertido hoy en centro de operaciones de la Gestapo. Un oficial le dio una rebanada de pan negro a la niña para conseguir apaciguar su llanto, al padre lo llevaron a otra dependencia, a la madre la dejaron con la hija y el pan negro sentada en una fría sala; a ella la hicieron pasar a una oficina; allí, un escribiente militar, con aspecto cansado y los codos apoyados en la mesita que usaba para rellenar papeles, la miró con la misma atención de quien valora una mercancía, algo que a Georginas le recordó cómo miraban algunos judíos que había conocido. Antes de preguntarle nada otro policía de la Gestapo, previo exagerado taconazo, trajo su equipaje y lo dejó abierto sobre la mesa. El oficial separó con delicadeza (más bien con algo de repugnancia) algunas cosas y extrajo, torciendo el gesto, los dos pasaportes. Los abrió con atención, miró detenidamente la fotografía de cada uno de ellos, las fechas, los sellos y las firmas.

—Ese es un pasaporte de los Estados Unidos de América y el otro checoslovaco, aunque ya está caducado...

—¡Hable cuando se le pregunte! ¿Quién se cree que es?

—Sólo quería decir que soy...

—¡Le he dicho que se calle, mujer!

—¡Que soy ciudadana norteamericana...!

Casi no tuvo tiempo de terminar su afirmación porque el escribiente alargó la mano y la abofeteó con tal violencia que la hizo tambalear. Tenía cuarenta y seis años, pero tal vez, como le dijo Ernst, había envejecido demasiado en el aire oxidado de Europa. Llevaba el pelo recortado con vulgaridad, mal teñido de negro, y la ropa que vestía tampoco conservaba la prestancia que originalmente exhibía en las tiendas de Manhattan. Realmente no parecía ella, no podía serlo, su belleza se había convertido en el último libro de una librería atestada de legajos sucios, su dinero sólo servía para envilecerla; siendo judía, su dignidad le colgaba ahora mismo de las pestañas, unida a las lágrimas.

—¡Sólo sabéis llorar!

Obviamente, guardó silencio.

—Sarah Georginas Parker... Praga, 1893... ¿Así que aseguras ser ciudadana americana? ¿O eres una ratita que se fue en un barco con un montón de oro robado a Alemania y has vuelto a por más...?

De nuevo, el policía de la Gestapo entró en el saloncillo y entregó un papel doblado al oficial. Este, después de leerlo, sonrió con satisfacción y, tamborileando la mesa con la punta de los dedos, la remiró con desprecio.

—¡Lorre! Te llamas Lorre... ¡La muy embustera!

Seguidamente marcó con cruces un formulario, lo firmó con energía y se lo entregó al subordinado. Después se levantó y, meditabundo, miró un momento por la angosta ventana.

—Theresienstadt...

Lo dijo sin inmutarse, como si se le acabara de ocurrir una idea brillante, cuando en realidad se trataba de una orden ya preestablecida para el noventa y nueve por ciento de las personas que pasaron por el Centro de Reclutamiento del Palacio Sternberg. El oficial la asió del brazo, sin decirle nada, llevándosela por un corredor hasta otro patio donde había cuatro camiones llenos de gente apelotonada, dispuestas como ella a ser trasladadas a Terezin, nombre original del lugar. Diez metros antes de llegar al patio de los camiones, Georginas giró la cabeza a otro patio interior, y vio, horrorizada, a tres hombres muertos, recién ejecutados de un tiro en la cabeza. Ni siquiera se habían oído los disparos. Uno de ellos era el marido joven que la había acompañado en el celular. Por azar ella fue subida al mismo camión con la madre y la niña. La mujer, al reconocerla, le preguntó angustiada si había visto a su marido. Ella, todavía con la terrible imagen reflejada en las pupilas, apenas tuvo fuerzas para negar con la cabeza; en ese instante arrancaban los motores de los camiones, se iluminaron de golpe los faros, se produjo cierto alboroto, y sólo pudo volver el rostro hacia la noche.

Cuando el sinuoso río Moldava deja de llamarse así y pasa a denominarse Elba, aproximadamente cincuenta kilómetros al noroeste de Praga, se halla la antigua ciudad de Terezin. En realidad, aunque señalada pomposamente como ciudad, no es más que una enorme fortaleza con relativa forma de tortuga, en la única loma de un campo abierto, con altos y recios muros, salpicada de baluartes defensivos, angulosos como puntas de flecha, y de troneras abiertas a cuchillo. A su alrededor se extiende un páramo sembrado de piedras y raquíticas viñas, mirando al norte se divisan las cimas de los Montes Metálicos, y al observar el este se intuye (no llega a verse) el meandro del Elba. De cualquier forma era muy tarde cuando el convoy de camiones con detenidos llegó a las puertas de este campo de concentración. Naturalmente ninguno sabía qué hacía allí, ni nadie había estado antes en ese lugar. A gritos y empujones los obligaron a formar en columna de a dos, ahí los hombres, aquí las mujeres y los niños. Después, en silencio, dando la apariencia de una extraña y triste procesión, pasaron bajo un arco rebajado, el de entrada al campo, muy vulgar, sobre el que había inscrita, en apretadas mayúsculas, una leyenda tan irónica como siniestra, tres palabras, quince letras como quince disparos alrededor del blanco de la diana: ARBEIT MACHT FREI. Ella no pudo evitar que sus labios, automáticamente, musitaran aquellas palabras.

—El trabajo da la libertad.

Cada cual portaba su equipaje (quien lo tenía), y casi todos se aferraban a las asas de las maletas por aferrarse a algo que les impidiera caer en las entrañas de aquella enorme metáfora de pozo sin fondo. El silencio del campo sólo era rasgado por las voces de los SS y el llanto de alguna criatura, y la oscuridad sólo vagamente distante a las luces que salpicaban los edificios. Un oficial llevaba una lista con el nombre de todos. A los hombres los pusieron firmes, a las mujeres y niños les hicieron pasar a una especie de sala de espera, donde personas con uniformes a rayas, que apenas miraban a la cara, ponían orden ayudados por secos ademanes y no demasiada amabilidad.

—A cada recién llegada se le dará una bolsa de tela donde deberá guardar la ropa que lleva puesta. ¡Toda la ropa! Ahora deben desnudarse. ¡Rápido! ¿A qué están esperando? ¿Es que se duermen? ¡Vamos, muévanse! Las que vayan terminando que pasen en fila por aquí y se les entregará el uniforme del campo.

En situaciones como estas, ¿quién se atreve a gritar, a preguntar por qué desnudarse, quién es capaz de levantar la mano y negarse a cualquier sinrazón? Eran una veintena de mujeres y no más de cinco o seis niños... hasta estas criaturas mantuvieron silencio como por tácito acuerdo agarradas a las piernas de sus madres. El uniforme consistía en un blusón y una falda, de tela muy áspera y ruda, sin tallas ni adornos, excepto rayas azules y blancas que la cruzaban por completo. A Georginas le recordó sobremanera la vestimenta de los presidiarios americanos, pero más todavía a los pantalones de moda entre los gánsteres menores de Chicago y Providence. Por lo menos parecía ropa nueva. Todas estaban muy cansadas, algunas se sostenían a duras penas de pie y deseaban que terminara el aparato burocrático (tan alemán) y les permitieran ir a dormir. Todavía debieron pasar por una sala donde ya se toparon con las primeras oficiales femeninas SS, las Aufseherin, enormes mujeronas de pelo rubio y recogido, de grandes pechos, anchas caderas y potentes movimientos de valquiria. Una a una, las desdichadas fueron pasando por la mesa, asentían cuando repetían su nombre y recitaban en voz alta y claro alemán el número compuesto de dos letras y cuatro cifras que cada uniforme llevaba grabado sobre el pecho derecho. También tenían que despojarse de sus pertenencias y equipajes, incluidos los pendientes, horquillas y anillos de casada. Se oyeron los primeros gemidos. Ninguno estrepitoso, resignados todos, singularmente nostálgicos. A ella la nombraron como Sarah Lorre y la numeraron MM1915. Sin más, volcaron el contenido de su maleta en una caja al uso y mientras una oficial SS describía en voz alta cada objeto y cosa encontrada, por mínima e insignificante que esta fuera, una camarada lo apuntaba en cartulinas al efecto. Le hallaron sus utensilios de higiene, el peine, un espejito, una pluma, el cuaderno de poesías, la carta no enviada a su hijo y un pequeño estuche con el anillo que le había enviado Sigmund Freud a los Estados Unidos. La oficial lo miró con alguna curiosidad, pero una vez desveladas sus características y valor, lo lanzó con desprecio al cuenco donde estaban las joyas de las demás detenidas. El siguiente paso fue la medición exhaustiva de cada persona. Edad, peso, talla, redondez del cráneo, color de piel, ojos, cabello; aspecto físico, taras, número de piezas dentales; si eran fértiles, madres o no... Realizaron todo esto con meticulosidad y extraordinaria rapidez. Las pasaron luego a otra sala contigua y cuando estuvieron todos, mujeres y niños, en formación, los contaron y de dos en dos los hicieron pasar a un lugar aledaño, denominado Control de Piojos, donde a pesar de la hora tarda, del desfallecimiento propio del viaje y la ausencia total de alimentos y agua, fueron rapadas, algunas afeitadas hasta las axilas, y les entregaron pañuelos de cabeza y gorritos para los niños a juego con el uniforme. Finalmente, formadas frente a una pared, bajo la luz macilenta de una farola, fueron seleccionadas. Las mujeres con hijos pequeños fueron separadas las primeras, y una reclusa malencarada, armada con una cachiporra, les gritó, en alemán y checo, para que la siguieran en silencio total a otro lugar. A las jóvenes (eran cuatro) las llevaron a un barracón de detenidas especiales, llamados *blocks* y numerados con cifras romanas; por último, a las mujeres restantes (todas con cuarenta años o más), las hicieron formar por orden numérico y caminar hasta un *block* cercano, donde la encargada (Blockführerin) les asignó un camastro hundido a cada una.

Nadie tuvo tiempo de pensar. Era tan tarde, habían sucedido tantas cosas... y el mundo al que acababan de llegar, aun siendo de noche y con escasa visibilidad, despedía el olor característico y común a las mazmorras, salas de ejecuciones y mesas hospitalarias. Tres horas más tarde, antes de que ninguna de las nuevas pudiera percatarse de si realmente había dormido, las voces, los gritos, las toses de gente corriendo aquí y allí, sus miradas huecas, los empujones nacidos del miedo y la prisa y una aglomeración indescriptible (¿tantas personas cabían?) se apoderaron de la barraca. Las mujeres se vistieron y calzaron con la rapidez de jóvenes reclutas, y salieron literalmente corriendo.

—No te detengas, no te detengas... —le susurró una compañera—. Y anúdate el pañuelo a la cabeza. Eres nueva... os oímos llegar anoche. Ahora no te pares o la *kapo* te golpeará con la porra...

—¿Pero qué...?

—¡Vamos, rápido! Nunca hay que llegar las últimas a la Plaza de Llamada...

Eran unas quinientas personas. Reunidas en cuadrados de a cien perfectamente formados. Sobre un estrado apareció una de las *kapos*, una veterana entrada en edad que, alargando el pescuezo, carraspeó para luego gritar con todas sus fuerzas *Achtung!* El efecto fue inmediato, absolutamente todas dieron una patada en el suelo y levantaron al aire las barbillas. Se presentó entonces un hombre no muy alto, excelentemente vestido, con gafas oscuras a pesar de la hora temprana, lustrosas botas hasta las rodillas, fusta bajo el brazo y una exagerada gorra de plato. Se trataba del Theresienführer. Comandante del campo, jefe supremo del lugar, del tiempo y la vida. Su presencia, ¿quién lo ignoraba excepto las nuevas?, significaba una ejecución inminente a la que todo el mundo estaba obligado a asistir.

No era la primera persona a quien Georginas veía morir (en el abandono del *Titanic* se ahogaron muchos a escasos metros de sus manos), pero allí presenció lo que era matar. Al parecer, a una mujer, la Decana de uno de los *blocks,* se le había hallado una pieza de pan, con seguridad robada o conseguida a través de compinches en el comedor. Como no quiso delatar a sus benefactoras, fue condenada a la pena capital. Presenciar cómo ahorcan a una mujer al rayar el alba no es el amanecer soñado, y la descripción de la muerte, cuando esta es presentada de manera tan mísera, es difícil (aunque se narre en voz alta mientras sucede) que se fije en la memoria con detalle; mas perdura algo, aunque sea sólo una imagen, una imagen imborrable, como lo fue para los mil ojos (el miedo los mantenía abiertos) que fueron obligados a pasar por delante del cuerpo todavía colgado.

Entonces comprendió dónde se hallaba. A los dos días de internamiento ya sabía cómo era la estructura de la fortaleza, el paisaje exterior no podía verse, los muros eran altos, pero el interior estaba diseñado como una verdadera ciudadela, incluidas sus calles, plazas y barracones diversos. De inmediato supo que había sido asignada al *block* H-V, llamado comúnmente barraca Dresden. Calculó que Terezin tenía ochocientos metros de una punta a otra (sin contar los salientes) y un poco más de la mitad de ancho, todo fuertemente vigilado. Su barraca se ubicaba en el extremo norte del campo, donde el viento de la mañana era menos intenso y el calor del mediodía más soportable. Sin embargo, las formaciones en la plaza central eran continuas, a cualquier hora del día o de la noche, y el cansancio crónico de las internas tan evidente que incluso cuando se hallaban fuera de formación, en el comedor, las letrinas o los contados momentos de descanso verdadero, muchas no dejaban de moverse: apenas se sentaban se mostraban inquietas y parecían desesperarse por la tardanza en una nueva formación. No fue hasta el cuarto día (parece imposible) cuando se encontró Sarah Georginas Parker con una amiga de la que hacía años no sabía nada. Delgada y demacrada, de melancólicos ojos, pero serena. Otti Kafka.

—Alabado sea Dios... —susurró incrédula.

Sucedió en la puerta del comedor. Estaban alineadas en una doble fila india, eran alrededor de doscientas mujeres, y casualmente las amigas quedaron situadas en paralelo para entrar a comer. En ese instante ninguna dijo nada, sólo se miraron. Luego recogieron su bandeja y se sentaron en la misma mesa. Fue entonces cuando no pudo reprimir más la emoción de hallar a su querida amiga ni la tristeza de haberla reencontrado allí.

—¿Eres Otti Kafka, verdad?

Otti la miró. Se limitó a sonreír y mientras lo hacía dos enormes lágrimas le recorrieron las mejillas.

—Y tú eres Georginas Parker... ¿Verdad?

Se abrazaron tan discretamente como puedan hacerlo dos sombras. Sintiéndose ambas tan emocionadas apenas cruzaron palabra durante la comida, pero, después, en un prolongado rato de inactividad durante la tarde, no dudaron en buscarse y abrazarse ahora con menos cautela y más naturalidad. Dormían en el mismo *block*, usaban los mismos retretes, formaban en el mismo patio, ¡y tardaron cuatro días en encontrarse!

Otti le contó que llevaba seis meses allí, y que esta era la mejor época que había conocido, coincidiendo con su llegada. Estaba acompañada de sus dos hermanas, a las que Georginas sólo recordaba de oídas: Gabrielle, conocida como Elli, y Valerie Kafka, conocida como Valli, algo mayores que Otti, bastante huidizas, casi enloquecidas porque habían sido separadas brutalmente de sus familias y lloraban todos los días por sus maridos e hijos, hasta que las lágrimas habían mellado, como torturantes gotas, primero el cráneo, después el cerebro, finalmente el corazón de esas mujeres, adormeciendo sus sentimientos y con ellos sus penas. Georginas vio en aquellas tres hermanas la representación más natural y eficaz de la simbiosis por la supervivencia: Otti parecía ser un roble fuerte que necesitara el abono diario de sus hermanas mayores, mientras estas se comportaban como madreselvas cuyos zarcillos precisan enroscarse a un árbol para ascender buscando el sol, o marchitarse totalmente.

—Mi hermana Valli se acerca cada vez que puede a llevarle un mendrugo de pan a un joven hombre, sólo porque le recuerda bastante a nuestro Franz... Como no sabe su nombre, le llama *Klinas*, pues nunca le ha oído hablar. Los prisioneros se encuentran al otro lado del campo, pero hay días en que puedes acercarte a espaldas de las *kapos*, aprovechando cuando comen o dormitan las oficiales, y observarlos. Ese hombre, el Callado, siempre está echado cerca de las alambradas que le separan de los barracones femeninos. Debe de estar enfermo. O loco.

No tenía especial importancia aquella revelación, pero ambas mujeres acababan de encontrarse después de muchos años; además, este hecho tan emotivo había tenido lugar en un campo de concentración que tan parecido es a un purgatorio, en un momento tan angustioso que se hacía necesario hablar de cualquier cosa, contar lo más trivial. Comunicarse, huir del silencio, resultaba ser de transcendental importancia, unía las sonrisas sin forzarlas, esclarecía las miradas y en situaciones como la presente entrelazaba las varas de mimbre que eran estas vidas.

—Háblame de ti... De América... ¿Cómo estás aquí? ¿Y el pequeño Rudolf?

Tantas fueron las preguntas y las respuestas que lógicamente faltó el tiempo de un solo día para dar cabida a todas. Según pasaron las semanas aquella amistad renació y se consolidó. Lejos de apenarse la una por la otra, sin previo acuerdo de palabra, estuvieron tan unidas que Georginas se convirtió en una más de las hermanas Kafka: la que regaba el roble que sostenía las madreselvas. Aprendió a conocer Terezin como a su propio gabinete de East River. La barraca Dresden era la suya, pero allí estaban la Magdeburg, la Kavaliz, la Aussig, la Hanover... como las manzanas de Nueva York, sólo que aquí todas estaban llenas de siniestros letreros que pretendían dar normalidad a la situación y producían sin embargo más horror y sensación de prisión-manicomio:

¡JUDÍA, MANTENTE LIMPIA!

¡TU BARRACÓN ES TU HOGAR!

Repetido hasta la saciedad, colgando en cada puerta, pintado en las paredes de las letrinas, grabado en cada poste y voceado a coro en todas las formaciones:

¡EL TRABAJO DA LA LIBERTAD!

Cada barracón contaba con un grupo específico de prisioneros: judíos y los que no lo eran, desviados sexuales, degenerados, pervertidos, simples asesinos, alcohólicos severos, ladrones, saboteadores, conspiradores, antinazis... También ancianos y enfermos utilizados como cobayas (los llamados *Kaninchen*), niños y niñas hasta los quince años, mujeres jóvenes, mujeres maduras... Hospital, letrinas, lavanderías... ¡Hasta sala de música en directo!, cual era el *block* de la Neue Gasse, donde asistían unos pocos, no como si fueran selectos invitados sino por sorteo, a tomar una taza de sucedáneo de café o té, mientras otros prisioneros tocaban sus instrumentos y cantaban estúpidas y sórdidas canciones... Los sótanos de este patético cafetín eran las mazmorras más oscuras de las SS de Terezin, donde iban *de vacaciones* los prisioneros que hubiesen quebrantado las normas. Era muy fácil entenderlo: cuando se reunía la banda de música se tocaba la *sinfonía de la tortura...*, así que las asistencias a conciertos más parecían entradas en directo para contemplar el dolor y la humillación de los compañeros que distracción para el alma y los sentidos. Aprendió cómo eran de verdad las *kapos*, crueles mujeres de ásperos gestos, con uniformes rayados en blanco y verde, para distinguir que no eran judías sino presas comunes, ladronas, iluminadas y prostitutas traídas de Alemania que redimían pena actuando (la mayoría de ellas) como insensibles y feroces perras de vigilancia.

—Jamás seas amiga de las *kapos*, ni te fíes de sus insinuaciones... Si te ofrecen un cigarrillo y aceptas probablemente te machaquen un dedo con la *gummi*, que es como llaman *cariñosamente* a sus porras de caucho. Y no olvides que todas ellas son KAmaraden POlitzei..., por eso las llaman *kapos*. Nunca intentes repetir sopa si por casualidad ha sobrado algún cazo, las desdichadas que sorben ansiosas un poco más de ese caldo basura son luego obligadas a fregar durante toda la noche el comedor y las letrinas... acaban reventadas y vomitando hasta el contenido de sus intestinos... Ya sabes, las *kapos* llevan las rayas verdes, pero habrás visto a otras que llevan cosido al uniforme un triángulo violeta. Tampoco es aconsejable hablar con ellas.

—¿Quiénes son?

—Las Escudriñadoras de la Biblia... Son una facción cristiana, anuncian la caída segura del Führer, comparándolo con la Bestia, y rezan para que acabe comido de gusanos como el rey Herodes... Sus maridos, los Escudriñadores, no lo llevan mejor, pues acaparan muchas veces la ira de los guardias, se declaran objetores de conciencia y consideran a los seguidores del Führer como esputos del diablo y poco inteligentes hombrecillos, lo que les enfurece.

Criminales, ladrones, prófugos, disidentes políticos, homosexuales, pederastas, hagiógrafos, intelectuales pacifistas y antinazis, poetas, novelistas, vagabundos, tarados... y, naturalmente, judíos. El campo de concentración de Terezin (nunca fue denominado como tal) parecía, sobre todo a las horas de formación y en los comedores, un vejatorio zoo humano donde la desesperación, la aberración y la muerte llegaban a todos los rincones, siendo cartas de la misma baraja las más rastreras pasiones mezcladas con los más sublimes ideales. Un año completo pasó Sarah Georginas Parker en Terezin. En ese tiempo sintió cómo achicharraba el sol del mediodía y cómo calentaba los barracones hasta hacerlos similares a hornos donde fácilmente podría cocerse el pan, sintió cómo la escarcha y el hielo se le metían por las botas inservibles, empapando sus calcetines rotos, invadiendo sus pies de sabañones, paralizándole las manos hasta que le llegaba el turno de calentarlas en la única estufa del *block* Dresden. Con el paso de las semanas y los meses llegó a tener una idea muy exacta del lugar, como si siempre hubiese estado aquí, desde que naciera, conocía cada rincón y cada catre de la Dresden, y lejos de sorprenderse por las cotidianas eventualidades (ahorcamientos, tiros en la nuca, series de veinticinco latigazos en público o entrada gratis para asistir al concierto funesto) había aprendido a sobrevivir llevando casi al extremo de la perfección la técnica de hacerse invisible en las malas horas. Las hermanas Kafka aprendieron a su vez a no separarse de ella; eran una pequeña carga, pero también las amigas que mitigaban la soledad y regalaban sonrisas cuando la veían triste. Pensar en Rudolf, en Nueva York, en todas aquellas cosas que había dejado en América la atormentaban lo indecible y se echaba a llorar con sólo mencionar Manhattan, Central Park o su gabinete. Después, atenazada por la melancolía, se acariciaba las manos y se acordaba de Nancy Cunard, se tocaba el rostro para reconocerse, miraba a su alrededor y veía a las demás detenidas, tan tristes o más que ella, entonces sentía una fuerza desconocida, una alegría barata más efectiva que escondía su tristeza y renovaba sus fuerzas y las ganas de ser la última en salir de allí, aquella Quinta Avenida de perdedoras y desheredadas de la suerte, de mujeres y lo que fueron mujeres que caminaban calle abajo, calle arriba, sin tacón y, algunas, sonrientes.

—El sendero por el que hemos venido no ha desaparecido detrás de nosotras... pero este campo de concentración no está levantado con material de ilusión... Ojalá fuera todo un sueño, la pesadilla de alguien, de una de nosotras, que duerme y no ha despertado todavía... Ojalá pudiera ser así para poner fin a todo sólo con despertarla.

Otti Kafka miraba la hermosa tarde y se sentía agotada. Ese día habían formado hasta en cinco ocasiones, y no dudaban de que en menos de una hora pudieran llamarlas de nuevo.

—*Achtung! Achtung!*

Cuantas veces sonaba esa exclamación un escalofrío hacía saltar las espaldas y ponía firmes a las detenidas, que además pretendían no mirar a los ojos de las robustas oficiales de las SS so pena de ser, como poco, abofeteadas. Por su parte, las *kapos* merodeaban como hurones hambrientos por gallineros, insultando y mandando restregar suelos, letrinas, ventanas y todo aquello susceptible de ser mandado, barrido, fregado o lamido, manoseando sus *gummis* de caucho y haciendo uso de ellas, a veces de forma obscena, sobre las concentradas.

Georginas prendió un cigarrillo y las hermanas Kafka no creyeron lo que veían hasta tocarles el turno de dar una calada.

—¡Llevo aquí seis meses más que tú y es la primera vez que le doy una calada a un cigarrillo! ¿Cómo has podido...?

Elli y Valli miraban el cigarrillo con ojos tan abiertos como si hubiesen visto un milagro o una cosa imposible.

—No tiene ningún mérito. Simplemente lo he encontrado... En el Brunnenpark, hace dos días, ¿recordáis que nos mandaron a recoger hojas a ese parque? Entonces lo hallé. Hasta vi cómo se le caía a una *kapo* gorda y fea, sin que se percatara...

Esta confesión provocó una sincera y confortante risita en todas. Se sintieron dichosas doblemente: con el regalo hallado y por haber engañado a una de esas crueles mujeres.

—Esperé a que estuviésemos solas y juntas para compartirlo: estaba deseándolo. En cuanto a los sueños estoy de acuerdo contigo, Otti, esto pudiera ser muy bien la pesadilla de alguna de nosotras. A veces pienso que he debido de leer en un libro cada cosa que ocurre aquí...

—*Achtung!*

No hubo tiempo de hablar más. Apuraron con energía el cigarrillo y partieron corriendo a formar otra vez en la plaza; allí estaba, barbilla y nariz al aire, lustroso, atávico, imperturbable, el Theresienführer. Sin duda: ahorcamiento. Otra mujer, esta vez de la barraca Aussig. Por haberle propinado un mordisco en la cara a una *kapo*.

Acababa de pasar el invierno de 1940 y el número de internos en Terezin se duplicó. Durante esos meses no habían parado de llegar convoyes llenos a rebosar de desgraciados que pronto eran despojados de todo, desnudados, rapados y ubicados en los barracones. Siempre se les oía llorar cuando llegaban. Donde antes cabían dos camastros en literas ahora encajaban tres, en un salón donde se alineaban cuarenta hileras de dobles camas ahora se contaban sesenta, y los infames catres pronto pasaron a denominarse nichos; los *blocks*, establos de caballos; y las letrinas, cagaderos.

—Creo que debemos conseguir algún tipo de trabajo en el campo o en el parque. Intentar integrarnos en un *kommando*. Hablaré con la Decana. Eso nos permitiría estar más tiempo fuera del *block*... Será bueno para nuestra salud, ahora que comienza la primavera. Las barracas están repletas de mujeres tosiendo.

—Yo ya cuido a Klinas, Georginas... —se excusó Valli—. Y también tose.

—¿Klinas? —le reprochó su hermana—. ¡Todos los callados no son más que hábiles pedigüeños...! ¡Mira cómo estás de delgada, si continúas guardando tu pan para ese hombre serás tú quien empiece a toser como una tísica! ¡Y pronto te veremos tirada en las alambradas como él!

Superando tan melodramáticas discusiones, y exceptuando a Valli, que no sentía ganas ni fuerzas suficientes (el parquecillo le recordaba, hasta compungirla, el jardín de su casa), Otti, Elli y Georginas consiguieron ser admitidas en un *kommando* (así denominaban a los grupos de trabajo) cuidando Brunnenpark. Era este el parque del pozo, no quedaba lejos del barracón Dresden y aunque era bastante largo y estrecho tenía árboles plantados en todo su contorno, el pozo aludido en su nombre y algunas flores de temporada.

Un mediodía, menos de dos semanas después, acababan de salir del comedor; el Theresienführer debía encontrarse ausente, pues sólo formaron al amanecer y antes de comer y el Campo parecía estar en uno de sus días más tranquilos. Ella y las hermanas Kafka se dirigieron a trabajar al parque. Parecían felices, los días comenzaban a ser más largos, cada brizna de césped que brotaba significaba una razón para continuar viviendo, cada insecto o rayo de sol era recibido como un don precioso, y verdaderamente hacía olvidar, aunque a ráfagas, el lugar donde se encontraban. Georginas estaba agachada, tratando de limpiar un seto de dos metros cuadrados donde previamente les habían permitido sembrar zanahorias. En su mente tarareaba una cancioncilla infantil, tal vez una de aquellas que aprendió a cantar en Inglaterra cuando lo de la fiebre; el cielo limpio de nubes y muy celeste resultaba un placer a la vista, un poco de brisa lograba colarse por los muros de la fortaleza llegando hasta ella con la misma frescura y aroma con que las olas baten a los transatlánticos en alta mar. Fue en ese instante de felicidad y nostalgia cuando notó el manto aciago de una sombra caer sobre su espalda. Sintió cómo se le erizaba el vello aun sin saber a quién pertenecía aquel recorte de oscuridad. Era una sombra estrecha, cada vez más larga, tanto como el Brunnenpark. Levantó la vista de la tierra y miró a Otti y a Elli, confirmando el silencio de las dos hermanas que la sombra caída sobre ella era muy espesa, tanto como las gotas de tinta que Franz Kafka gustaba deshacer, siempre vanamente, en vasos de agua. No lo dudó más, esperó a estar completamente alzada antes de girarse y mirar la identidad que se interponía entre ella y el sol.

Era una mujer. Una *kapo* recién llegada, a tenor de lo nuevo que lucía el uniforme de rayas verdes. Al tiempo de iniciar una risotada maquiavélica y golpearse con la *gummi* la palma de la mano cerró los ojos con un vivo aire de placer, evidenciando en su parpadeo la misma satisfacción que debe sentir una mantis religiosa frente a su festín. El pañuelo que llevaba en la cabeza apenas le dejaba ver un rasgo de la cara, su rostro era confuso, pero su voz, barítona y limpia, con marcadísimo acento alemán de los Montes Metálicos, arrastrando las erres, la delataron por fin.

—Siempre te encuentro removiendo la basura de la esquina de tu campo...

¿Qué podía decirle? ¿Saludarla? ¿Llamarla por su nombre? ¿Reconocerla delante de las hermanas Kafka? No había más remedio que aceptarlo: la Fata Morgana había hallado en Terezin su particular isla de Avalon.

—¿Qué te parece? ¡Si es Sarah Lorre! ¡La misma Sarah Lorre que pretendía ser la reina de un castillo! ¡Ja! ¡Ja! ¡Ja!

Su risa fue como ladrido de hiena. Otti y Elli se acercaron a Georginas, agachadizas, cogidas de la mano, llenas de miedo mas con la intención de protegerla y no dejarla sola delante de aquella *kapo* enloquecida.

—Es mejor que os vayáis. Si permanecéis conmigo sólo vais a proporcionar energía al verdugo... —susurró en dialecto checo.

No tuvo que repetirlo. Las hermanas recogieron sus aperos y sin dejar de mirar atrás se alejaron, camino del *block*.

—¿Creías que nunca íbamos a encontrarnos? ¿Acaso no he aparecido en tus malditos sueños?

No había ninguna duda. Ahora que la tenía más cerca (podía inhalar su aliento) reconoció aquellas facciones asimétricas y aquellos ojos ahuevados y casi incoloros. ¡Sabine Hohenzollern! Ese era el nombre de la mujer altiva y delgada cuya sombra la invadió amenazante.

—¿No estabas pudriéndote de dólares en América? ¿Qué has venido a hacer? ¿Echabas de menos un poco de disciplina germana? Mira tu aspecto, eres una judía piojosa... Y tus manos: dan asco, sólo sirven para horadar la mierda. ¿Te has mirado a un espejo? ¿En qué agujero escondes tus fantasías burguesas y tus productos de lujo? Ahora, estando yo aquí, sólo saldrás para ir al desguace, cuando seas apta para chatarra, y de eso me encargaré personalmente.

Sentir miedo delante de una alimaña como Sabine era lo peor que se podía hacer. Mostrar debilidad vendría a ser lo mismo que forrar con otra capa de caucho su porra, bajar los ojos o cerrarlos sería traducido por suplicar sus golpes, y llorar ponerle en bandeja lo único inasible: la dignidad.

—¿Cómo no has muerto? ¿Te has cansado de hacer salchichas con carne de muchachitos vieneses? ¿Prefieres ahora la carne picada de Terezin? Ya entiendo, vas a abrir aquí tu propia carnicería.

No le dio tiempo a guarecerse la cara con las manos. El golpe fue rápido, brutal, muy doloroso. Georginas cayó a la tierra del Brunnenpark. Su labio sangraba y una quemazón insoportable le cruzó la mejilla; sin embargo, se levantó, tomó todo el aire que pudo para hinchar sus pulmones y se encaró, mirada frente a mirada, voluntad contra voluntad, a Sabine Hohenzollern.

—Morirás comida por los perros... —le auguró sin acritud, imitando a conciencia ese tono profético de las pitonisas.

Sabine propinó un nuevo golpe con la *gummi*. Georginas aguantó firme, admitiendo la posibilidad, y afrontándola con decisión: este podía ser su último acto de libertad y la Fata Morgana su última pesadilla.

—¡En realidad no existes! ¡Tus golpes tampoco! ¡Todo, y todos somos producto de un sueño! ¡Tú misma no te llamas Hohenzollern sino Herzog —enfatizó—, y no puedes escapar a tu judaísmo, ni a tu destino ni a tus sueños! ¡Estás atada a la muerte: tu propio hijo nació muerto!

Sabine, mujer inteligente y fría, comprendió que golpear hasta la extenuación a Georginas no la iba a confortar. Matarla (en 1940 las *kapos* no estaban autorizadas a tanto, pero era permisivo, y no raro, que a alguna se le fuera la mano) no satisfaría completamente sus ansias de venganza hacia una mujer que no le había hecho ningún mal, sólo ser mejor que ella. Motivos suficientes para que una persona cruel de nacimiento se dejara infectar a sabiendas por una enfermedad mental de la que hacer uso y coartada según aparecieran las circunstancias.

—Yo saldré de aquí, basura. ¡Tú, no! Porque te moleré a palos, reduciré a la mitad tu rancho y fregarás cada noche el comedor y las letrinas. Aprenderás de una vez quién aplica disciplina y quién obedece. ¡Perra judía! ¡Señorita inglesa que lloró por un ternero de dos cabezas...! ¡Embustera! ¡Antes de una semana me lamerás las manos suplicándome que te mate...!

Mientras le gritaba amenazante, se acercaron dos Aufseherin SS. Sabine no pudo verlas, pues llegaron por su espalda. Georginas creyó que había llegado su final: si las vigilantes se incorporaban al macabro juego de las *gummis*, todo estaba perdido. En ese momento, henchida por el orgullo, arropada por su posición dominante e inyectados sus ojos en cólera y odio, Sabine levantó su porra para golpearla de nuevo, pero sucedió que una de las SS (enorme mujer de pelo rubio y mejillas muy rojas), sigilosamente, como en un juego infantil, se aproximó a la *kapo*, y cuando esta pensaba descargar su golpe fue la oficial SS quien le propinó un manotazo con tanta violencia que la derribó.

—¿Quién eres tú, perra?

—Soy la *kapo* Sabine Hohenzollern... *meine Frau Aufseherin* —masculló sorprendida y nerviosa—. Esta judía es una prisionera que pensaba escapar... y que ha insultado al Führer... Sólo pretendía hacerle entender y poner orden, *meine Frau...*

La otra oficial SS portaba una fotografía, bastante grande. Se acercó a Georginas, escudriñando los ojos, y la miró con detenimiento. Después volvía la mirada a la foto, repetía la acción y comparaba meneando la cabeza hasta que, confusa, se la mostró a su compañera.

—¿Crees que es ella?

La otra no dudó. Levantó con la punta de su porra la barbilla de Georginas, le ordenó mantener los ojos bien abiertos y sonreír. Después miró la foto y asintió convencida.

—¿Cómo te llamas, judía?

—Sarah Lorre, *Frau Aufseherin*.

—¡No es una Lorre auténtica, *Frau Aufseherin*! —gritó Sabine señalándola, pero sólo consiguió un nuevo pescozón y una mirada terrible.

La oficial SS miró por detrás de la fotografía y leyó unas líneas manuscritas.

—¿Cuál era tu nombre antes de ingresar en el Campo?

Ese fue uno de los contados momentos de la vida en que decir el nombre le llena a uno de identidad y le distingue de todos los demás seres.

—Sarah Georginas Parker, *Frau Aufseherin*. Viuda de Willfred Lorre.

—Es ella... —confirmó la SS—. ¡Acompáñanos, prisionera! ¡Y tú —le gritó de malos modos a la *kapo* Sabine—, el lugar que te corresponde es el de vigilar el *block* psiquiátrico, no el Brunnenpark! ¡Si te vuelvo a ver rondando este sector haré que te tragues tu propia *gummi*!

Escoltada por las dos oficiales, sin saber dónde la llevaban ni qué interés tenían en ella, torció la cabeza y halló, medio escondidas, en la esquina del *block*, a las hermanas Kafka. Estaban las tres, apiñadas y probablemente más asustadas que ella. Con el pensamiento se despidió: «Adiós, Otti, Elli y Valli... Adiós, amigas mías», lo hizo sin saber por qué, sin miedo, sin intuir en ese momento especial de la tarde que no las volvería a ver.

Escoltada, cruzó el campo de norte a sur, pasando entre barracones que no había visto sino de lejos, esperó con una de las vigilantas mientras su camarada subía a un despacho, después continuaron el recorrido, seguramente buscando a uno de los jefes de Terezin. Por primera vez contempló Georginas la penosa realidad de los presos, ninguno vio parado: simplemente estaba prohibido, según proclamaba un rótulo. Muchos trabajaban en el trazado de la línea de ferrocarril que uniría Terezin con otros campos de exterminio; los menos reconstruían la fortaleza; otros, levantaban una nueva barraca, ya denominada Sudeten por los SS; sólo los auténticos afortunados trabajaban en la cocina o barrían incansables y lastimosamente el Campo. También comprendió, absorta, que es posible que la piel se empape con el fluido viscoso del miedo colectivo: allí tenían a más de cien mujeres, todas muy jóvenes, rapadas al cero, famélicas y totalmente desnudas (lloraban, gemían, intentaban ocultar sus genitales), formadas en un terraplén, frente al *block* C-III, conocido como barraca Hamburgo. Entre aquellas desdichadas desfilaba lentamente, con aires de pasar revista, un pequeño cortejo constituido por el Theresienführer y dos gerifaltes de la Gestapo, señalando según le interesaban a una y otra, con seguridad para fines de *entretenimiento y descanso.* Después de mirar la desagradable escena unos minutos, la más corpulenta de las SS, fotografía en mano, se acercó al comandante. Dio un taconazo, habló con él y señaló a Georginas. Ella sólo pudo apreciar cómo la máxima autoridad del Campo volvía la cara un instante, asintiendo repetidas veces al tiempo que respondía, con ademán cansino y rutinario, al saludo nazi.

A partir de este momento los acontecimientos adquirieron una nueva y extraordinaria orientación. Georginas Parker no se atrevió a preguntar nada. Primero, la llevaron a unas duchas ubicadas en un extremo del Campo (la antigua cervecería), y le ordenaron ducharse y lavarse tres veces el pelo, algo que agradeció en extremo aunque no mostrase un gesto de solidaridad o de contento. Sólo se dejó hacer y llevar. El único momento ingrato fue cuando la trasladaron desnuda desde el recinto de las duchas a otro *block*, pues al salir ya no estaba allí su vestido de rayas azules y ni siquiera pudo secarse. El otro *block*, el Effektenkammer, resultó ser un almacén atiborrado de diversos objetos personales (bastones, sombreros, pelucas, gafas...) y sobre todo ropas sustraídas a prisioneros y prisioneras, ordenadas minuciosamente, atendido por mujeres seleccionadas y comandado por otra oficial SS.

—Dale la oportunidad de elegir... —dijo a su camarada la SS de la fotografía—. El comandante le concede ese privilegio.

Ella, en silencio, abrazada a sí misma, a punto de la hipotermia, fue incapaz de levantar la mirada, por la vergüenza que sentía y por la impotencia de verse así, desnuda, sometida, delante de personas extrañas que, al menos, la miraban sin demasiado interés.

—¿Es que no has oído, judía?

Sobresaltada, pegó un brinco, dio unos pasos hacia la ropa y por fortuna la *kapo* del *block* le echó por encima una manta para secarla.

—Ven aquí, criatura. Te ayudaré a elegir la indumentaria apropiada.

—¡Que sea rápido! —gritó la SS encargada—. Esto no son unos grandes almacenes, y van a darte la ropa gratis. ¡Es más de lo que te mereces, judía! No me gusta que fisguen mi mercancía, si algo no vas a ponerte no lo toques... ¿Me has entendido?

Sólo pudo mirar atrás y asentir.

En un momento se halló vestida como una mujer normal. Una simple blusa, una falda severa, una chaqueta con bolsillos y zapatos relativamente nuevos. Es comprensible que se echara a llorar. Las tres Aufseherin la miraron burlonas y, verdad es decirlo, con un atisbo de conmiseración femenina.

—¡Estás muy bien! —exclamó una.

—Sí —bromeó su camarada—, sólo le hacen falta quince kilos más y juraría que la falda ha sido confeccionada para ella...

Las SS rieron a carcajadas, pero a todas se les cortó de tajo la risa cuando apareció en la puerta del almacén el mismísimo Theresienführer.

—*Achtung!*

El comandante no pronunció ni una sola palabra. Alzando la barbilla con gesto despectivo dio tres sonoros pasos hacia la detenida, manos cruzadas a la espalda, la miró, respiró con hondura y apretó la mandíbula.

—¡Puede cenar con las demás prisioneras! —exclamó—. ¡Apartada! ¡Es necesario que se mantenga limpia! ¡Después, la presentan en mi despacho! ¡Nada más!

Las SS saludaron con un taconazo y la mano alzada con energía. Mas una vez se hubo ido el comandante, aunque la habían contenido, explotaron de nuevo en la risa pendiente.

—Sí... —repitió una—. La falda le caerá como nueva con esos quince kilos de más...

No encontró a ninguna de sus conocidas del *block* Dresden en el comedor, todas eran prisioneras nuevas, entre ellas esas chicas rapadas que antes formaban desnudas y ahora susurraban, mientras sorbían sus sopas, en holandés.

Georginas también sorbía la suya. Pensar le dolía. En un sorbo tenía a Rudolf en su cabeza y se le acumulaban las preguntas, ¿qué estará haciendo ahora?, ¿sufrirá mucho por ella?, ¿acaso continúa la relación con esa chica del Centro Sinaí? En otro sorbo de sopa se preguntaba qué iba a pasar, adónde la llevarían, por qué la habían vestido así... Pensar le dolía. Intentaba no cerrar los ojos del todo, por lo menos no los dos a un tiempo, pues moralmente estaba tan desfallecida que corría el riesgo de creerse dormida en el diván del gabinete, a punto de despertar en Nueva York.

—¡Vamos! ¡Que te duermes! —la increpó una *kapo*—. ¡Termina la sopa y sígueme!

Fue llevada al Cuartel General de las SS, un edificio, el mejor, frente a la Marktplatz, cercano al hospital del Campo, donde de soslayo vio allí tumbado, casi muerto, abiertos los ojos y la boca llena de espuma, a Klinas, el Callado..., el comedor de mendrugos protegido de Valli Kafka, sólo porque le recordaba la delgadez de Franz. Tampoco se quedó impresionada cuando descubrió dentro del Cuartel General a una docena de jovencísimas holandesas, ni se sorprendió al escuchar verdadera música, de oír cómo reía, cantaba y bromeaba la gente (sobre todo los oficiales). Daba la sensación de que cruzar aquella línea imaginaria era similar a haber cruzado la frontera entre la tristeza y el poder.

El Theresienführer parecía de buen humor. Estaba en su despacho, rodeado de banderitas nazis, insignias SS y sellos de caucho con el nombre y emblema del Campo, incluso tenía sobre la mesa un plano de Europa, desplegado en toda su extensión, lleno de cruces, marcas y anotaciones.

—*Heil Hitler!* —saludaron los dos SS que la escoltaban, con un profundo taconazo a las puertas del despacho.

—*Heil Hitler!*

—¡Detenida Sarah Lorre, *mein Theresienführer*!

El comandante hizo un gesto despectivo con la mano, indicando a los hombres su deseo de quedar a solas con la detenida.

Antes de dirigirle la palabra leyó con interés un informe. Miraba los papeles, los volvía a mirar y levantaba los ojos a Georginas, con gestos difíciles de definir, ¿asombro, incredulidad, asco tal vez en un hombre al que todo repugnaba?

—Sarah Georginas Parker... Detenida Sarah Lorre MM 1915. Dada de alta en... Praga, 1893; padre checo y madre inglesa, ambos judíos. Ha residido dieciocho años en los Estados Unidos de América. ¿Por qué volvió?

¿Cómo abrirle el corazón a este hombre? ¿Qué decir? ¿Cuántas razones podía enumerar para responder a una pregunta tan sólida?

—Vine a recuperar una posesión, herencia de mi marido. Pensé que lo que fue del padre debía ser del hijo...

—¿Tiene un hijo?

—Sí.

—¿Él está en América?

—Sí.

—Pues es mejor que se quede allí. ¿No lo cree así?

—Sí.

—Bien, Sarah Lorre... va a ser trasladada de Theresienstadt. Definitiva o temporalmente... no lo sé. En el transcurso de mi vida, como oficial de las SS, he visto situaciones que no responden, como diría, a estructuras racionales, circunstancias que surgiendo cuando no se las esperaba se desarrollaron sin que nadie pudiese hacer nada... Estoy acostumbrado a los vaivenes e imprevistos de lo cotidiano. Pero este caso es excepcional. Diría más: resulta inverosímil.

El Theresienführer le clavó los ojos, mantenía la boca estirada, pero lentamente fue sonriendo.

—Bien, detenida Sarah Lorre... tendrá que explicármelo. Sólo es una cuestión de curiosidad, a mí no me importa perder una pieza humana, cada día llegan más de cien repuestos...

Ella bajó los ojos y pretendió hallar dentro de sí misma eso que quería el comandante que le desvelase. ¿Qué podía ser? No lo sabía.

—No se preocupe, nada le ocurrirá.

—No sé de qué se trata, señor, no sé...

El comandante miró la hora en su reloj de pulsera y después se frotó las manos.

—Tengo algo de prisa.

—No sé qué puedo responderle, señor...

El jefe supremo de Terezin, tipo bajito lleno de insignias, de modales secos y mirada engañosa, se levantó y se acercó a un palmo de ella.

—¿Va a decirme que no sabe por qué la han llamado?

Se le erizó el vello por segunda vez en el día. El hombre se acercó demasiado, tal vez quería penetrar en sus propios ojos y encontrar él mismo la respuesta en el interior de la mujer. A ella le temblaba el labio inferior por un tic del miedo y por la hinchazón producida por el golpe de Sabine, y además (al igual que con la *kapo*) aspiraba llena de náuseas la halitosis del oficial.

—No lo sé, señor... No sé nada... —susurró.

El hombre pulsó un timbre y de inmediato aparecieron los dos SS.

—Que pernocte en el *block* Hamburgo. Al amanecer vendrán a recogerla directamente desde Berlín, que para entonces esté dispuesta.

Esa fue toda la información de que dispuso Georginas para escrutar con la mente durante la breve noche, donde fue inútil, siquiera, intentar dormir: que venían a recogerla *directamente desde Berlín...*

Efectivamente, era tan temprano que todavía estaba el Campo iluminado por las macilentas bombillas de los barracones cuando fue *despertada*. Por fortuna contó con algunos minutos (los SS encargados de su traslado recibían órdenes en los despachos del Cuartel General) y pudo desayunar una bebida caliente que alguien le dio a las puertas del comedor. Momentos más tarde fue conducida a la parte Sudberg de Terezin y allí la metieron en un coche semicelular. No era tan inhóspito como el que la trajo hace un año, pues tenía tres ventanucas, dos redondas en los lados (como los ojos de buey de un barco) y otra rectangular en la portezuela de atrás. Era un vehículo pequeño, conducía un SS y otro hacía la labor de escolta; a la lentitud del automóvil había que sumar la provisionalidad de la carretera, aún a medio hacer por los *kommandos* de trabajo. Desde la partida pegó los ojos a las ventanas. Era la primera vez que veía la fortaleza desde fuera, y todavía le pareció con más forma de tortuga según se fue alejando. También pudo ver los alrededores saltando la vista de una ventanuca a otra; tomando conciencia de la magnitud de todo lo que se estaba construyendo allí, incluidos un cementerio y, a tenor de su esbelta chimenea, un crematorio. Diversos grupos de detenidos habían salido antes que ella, es decir en plena noche, y se topaban con el amanecer a pie de tan ingratos trabajos. Centenares de individuos limpiaban el terreno, desbrozaban, desviñaban, amontonaban arena y piedras, asfaltaban pedazos de pista, allanaban pendientes o colocaban y machaban raíl tras raíl, conformando el tendido ferroviario que ya se perdía con el horizonte en dirección a los campos del este. En un tramo donde la carretera parecía más suave oyó cómo reían y charlaban animosamente los dos SS. Así supo que se dirigían de verdad a Berlín. Un abanico tanto de dudas como de posibilidades se desplegó ante su imaginación. La llevaban a la capital del Tercer Reich. ¿Cuál era la razón? ¿Qué querían de ella? ¿Tanta importancia tenía su traslado que había requerido la atención del Theresienführer? Por su cabeza pasaron docenas de hipótesis, algunas descabelladas y otras producto de la angustia: desde su inminente liberación, por gestiones de su poderoso país de acogida, hasta su ejecución inmediata en alguna cochera berlinesa. Se mantuvo despierta hasta llegar a la frontera de los Montes Metálicos, la misma que veinte años atrás cruzó con su pequeño Rudolf camino de América llena de decisión y arrojo atendiendo a la llamada del destino. Comprobó por el ojo de buey que ya la frontera no existía, sólo un minúsculo puesto militar con un pelotón de sudetes. La escoba hitleriana había barrido todas las marcas fronterizas, ni torreones, ni garitas, ni puestos de aduana, nada permanecía, sólo un páramo desolado, un corredor de aire seco que apestaba a barbarie. Se recostó en un rincón del coche, e incluso sin pretenderlo (mucho era su nerviosismo, pero más todavía su cansancio) se quedó dormida. Sólo fueron tres horas. Sin embargo, en su biblioteca onírica se despertaron millares de imágenes proclives a ser soñadas, rostros con sus rasgos, incontables recuerdos fácilmente visionados y reconocidos en la pantalla absoluta de los sueños cual películas recién rodadas. Se acordaba de Rudolf y ese cosquilleo de inquietud volvía, tan intenso y atroz que terminaba rascándose la punta de los dedos aun dormida; soñaba con Nueva York y una auténtica sonrisa parecía iluminar su rostro; veía a aquellas personas con las que había mantenido amistad: Hemingway, Kafka, Lasker, Harry Houdini, Freud, Nancy... y creía (¡era tan real!) estar ahora con ellos... todos reunidos en torno a su persona, tomando cócteles exclusivos de Newport, charlando cada uno de sus obsesiones, al caer una tarde, en el jardín de Salamander Sea, alrededor de la mesita de *ouija* de su gabinete o apoyados en la barandilla de popa del *Mauretania*, discutiendo por placer sobre la velocidad del buque, si son petreles o gaviotas las aves que les siguen, sobre esa música sonando ahora en cubierta: la *Sinfonía del Nuevo Mundo*, de Dvorak, el cuarto movimiento, dirigida con maestría (lo que son los sueños, caprichos del mundo onírico) por Franz Werfel. Tan intenso sueño, el más fabuloso que había tenido desde hacía un año, no le devolvió la libertad que cada vez se le antojaba más inalcanzable, pero sí le inyectó uno de los fluidos que conforman el brebaje de la vida: ilusión. Su despertar fue un chirrido que inmediatamente dio paso a voces, portazos, ruidos metálicos, botas marcando el paso en el pavimento, un silbato y se diría que hasta el eco de un disparo y, finalmente, la apertura de la puerta del automóvil.

—*Heil Hitler!*

—*Heil Hitler!*

—¿Detenida Sarah Lorre, MM1915?

—¡Correcto: detenida Sarah Lorre! ¡MM1915!

—¡Tú, mujer —le gritaron—, baja de ahí! ¡Vamos! ¡Vamos! ¡Rápido! ¡No tenemos todo el día!

—*Achtung!*

Cuando Georginas bajó no sabía dónde estaba. Todavía su cerebro le enviaba imágenes del fructífero sueño y sin tiempo para tomar una bocanada del aire de la realidad se vio allí de pie, mirada indiferentemente por todos hasta que se presentó un oficial, quien leyó bisbiseando el informe entregado por el SS y que sin apenas prestarle atención ordenó que le siguieran. Era un gran edificio, y desde luego no parecía un campo de concentración, más bien oficinas y departamentos, pues no cesaban de cruzarse en los pasillos soldados que llevaban portafolios, telegramistas presurosos, gente de paisano caminando de un despacho a otro, bedeles uniformados con el boato de almirantes, oficiales de pasarela y sus adláteres, y elementos del alto mando con aspecto de perdidos... El repiqueteo de continuos taconazos confundido con el de cientos de máquinas de escribir y, sobre todas las percepciones visuales o auditivas, ese olor invasivo y característico que exuda la burocracia, y que su admirado Kafka comparó una noche en Los Dos Osos Dorados con el olor del cadáver de un libro de cuentas cuando este se descompone.

Fue conducida a un departamento de filiación. Le hicieron fotos de perfil y de frente. Reapuntaron su número MM1915 y tomaron sus huellas digitales. No le preguntaron nada, llegó un momento en que se sintió tratada como un espécimen en medio de sabios y zoólogos nazis. Hablaban entre ellos, repetían su nombre, de soltera, de casada, de detenida, su identidad religiosa, direcciones de Praga y Nueva York, fecha de nacimiento, fecha de ingreso en Terezin, la confirmación de que había abandonado el Campo el día de hoy, a tal hora, así como la hora de entrada en este edificio... después mencionaron el nombre de sus padres y el de su hijo. Todavía fueron más lejos: la desnudaron, sin ningún pudor pero con cierta delicadeza, en una salita contigua, allí mismo un sesudo médico la analizó con detenimiento, lupa y linternilla en mano. Miró el color de sus pupilas, la forma de sus ojos, sus orejas, el nacimiento del pelo... midió su cabeza en tres elipses distintas, la nariz, la barbilla y el ángulo facial; la cutícula y manchas de uñas, en pies y manos, y la longitud individual de sus extremidades. No duró más de media hora. De aquí fue conducida a un calabozo, sito en la primera planta del edificio. Ni que decir tiene que en nada se parecía a los *blocks* de Terezin. A simple vista debía ser el calabozo de un general, pues contaba con una cama completa, mesa, silla, un perchero y una ventana enrejada por donde podía pasar el aire y el sol, verse el cielo y una parte considerable del callejón donde se ubica la Comisaría General de Alexanderplatz, en Berlín. Más sorpresa le causó cuando un bedel al uso le trajo una bandeja con comida. No podía creerlo: un filete de pollo, puré de patatas, guarnición de guisantes y una taza de vino. Se quedó estupefacta. Cuando de nuevo estuvo sola creyó estar encerrada en una mazmorra de cinco estrellas, delante de aquel banquete (que tampoco era gran cosa) propio de la plutocracia más exquisita dentro de los detenidos, ¡y una taza de vino!, muy lejos de ser el mejor, pero a ella le pareció la primera gota de un reguero de ambrosía, felicidad y dicha que, por fin, había rezumado de la ubre del destino.

Tuvo, necesariamente, que echar mano de toda su fuerza mental para evitar pensamientos que la entristecieran. Imaginar qué habrían comido hoy las hermanas Kafka no era más complicado que cerrar los ojos y volverlos un milímetro, así que ajena a cualquier tribulación deseó sentirse feliz, lo había necesitado durante muchos meses, se miró la ropa que llevaba puesta: sencillamente no era aquel horrible uniforme de rayas azules. A través de la ventana contempló las nubes cambiantes y vio golondrinas sobrevolar los cielos berlineses, cuánto más podía desear en ese momento, qué le faltaba para sentirse dichosa, ¿tal vez un libro de poemas?, ¿quizás un cigarrillo?

Sucedió.

De golpe abrieron la puerta de su celda y el mismo bedel retiró la bandeja sin decir una palabra. Cuando este salía apareció en su lugar el personaje más extraño que Sarah

Georginas Parker (acostumbrada a interpretar sueños, invenciones y esperpentos oníricos) pudo haber imaginado. Venía escoltado por dos SS a los que pidió con gesto firme que aguardaran afuera mientras él cerraba la puerta. Era un hombre de mediana estatura y edad indefinida, de rara mirada y ademanes, llevaba la cabeza afeitada por completo, un arete de oro en cada oreja y una raya tatuada a todo lo largo de la nariz, y colgando sobre el pecho un medallón de jade jabonoso. No obstante, más sobresaliente a primera vista resultaba su atuendo, con seguridad confeccionado en el más inaccesible y profundo Oriente, pues hasta en los mínimos detalles parecía ser un auténtico atavío de príncipe, santón o monje tibetano.

Antes de decir nada, ni siquiera su identidad, el extraño hombre sacó una pitillera y le ofreció un cigarrillo. Ella, ensimismada tanto en el personaje como en ese placer ocasional, lo aceptó, también sin hablar.

—Es tabaco de India. ¿Lo ha probado alguna vez?

Georginas haló con elegancia, retuvo el humo un instante, como saboreándolo, lo exhaló y luego dudó antes de responder.

—No, no lo había fumado antes...

—Es usted más hermosa de lo que había oído en los corrillos nazis. Acabo de enterarme de sus caracteres indicadores de raza y sus medidas antropomórficas: son perfectos. Supongo que esos habrán sentido algo de remordimiento al catalogarla como judía. Es una aria perfecta.

—¿Quién es usted?

—Disculpe, señora Lorre... Soy Chao Kring... adalid espiritual del Führer.

Era más de lo que podía esperar. Esto sí que era un verdadero desafío del destino.

—¿Chao Kring? Pero usted es occidental...

—Correcto... Mis rasgos son occidentales, pero mi espíritu no... En realidad mi nombre anterior era Trebisch

Lincoln, hasta que fui convertido y admitido como novicio en la Comunidad del Tíbet.

Tan desconcertante visita fue la primera de las ondas que una piedra singular había formado al ser lanzada a un lago. Extravagante hasta lo histriónico, el autollamado Chao Kring le desveló, hablando deprisa (mas sin perder la lentitud del filósofo ni la concentración del cirujano), algunas de las claves más insospechadas que serían vitales para su futuro inmediato.

—Lógicamente, se habrá preguntado por qué la han sacado de Terezin para traerla aquí, vestida con ropa civil, aunque es horrible, y por qué la tienen retenida en esta mazmorra de lujo.

—Claro...

Chao Kring se acercó a ella.

—Usted tiene amigos muy influyentes —le confesó bajando considerablemente el tono de voz—. La embajada de los Estados Unidos está haciendo gestiones en las más altas esferas para lograr su libertad. Tienen preparado un pasaporte diplomático y un billete de avión para trasladarla a París... Pero no se fíe, debemos ser prudentes, y usted más que nadie. Ah, otra cosa que sin duda le alegrará: confidentes de sobrada fiabilidad me han comunicado que su amigo Werfel ha llegado a América. Sano y salvo.

—Alabado sea Dios...

—Ahora no se asuste por lo que voy a decirle y ponga mucha atención. Dentro de una hora vendrán a buscarla... La sacarán de aquí. Le harán más fotografías y con seguridad le facilitarán una indumentaria más adecuada. Déjese hacer. No se resista. Intente ser cordial pero no amigable, responda con sinceridad e inteligencia, pero no parezca demasiado lista o hará enfadar a la señora...

—¿Señora? ¿Qué señora? ¿Acaso una *kapo*?

—No se preocupe... Ya la conocerá. Muy pronto. Yo sólo intento ayudarla, ni siquiera tengo permiso para estar hablando ahora con usted.

—¿Por qué lo hace?

—Por un viejo amigo común.

Ella lo miró sorprendida. ¿Cómo iba a tener un amigo dentro del aparato hitleriano? No conocía a nadie en Alemania.

—Hágame caso... Sea inteligente, actúe con astucia. Esté preparada y hágase valer: si le piden interpretar o dar su opinión sobre cualquier cosa no lo haga inmediatamente aunque sea capaz, tómese su tiempo... dude, entorne los ojos, llévese un dedo a la sien... haga liturgia...

—¿Por qué me cuenta todo esto?

—Ya se lo dije: por un viejo amigo cuya memoria guardo en mi corazón. Señora Lorre —Chao Kring la miró a los ojos, después los apartó con teatral tristeza—, yo fui colega íntimo de Eric Weiss... Le he admirado, y le admiro catorce años después de su *desaparición*, más que a cualquier otro hombre, mago o no, que haya conocido... No tenga miedo de mí, ni recele —en este momento Chao Kring bajó todavía más la ya susurrante voz—, el gran Harry Houdini y yo nacimos en la misma calle de Budapest... fuimos muy amigos de niños. Desde América me escribió algunas cartas que consolidaron nuestra amistad: en realidad nos gustaban las mismas cosas; tenía por costumbre avisarme de cada visita suya a Europa (actuó en los mejores locales de Alemania e Inglaterra) y entonces nos reuníamos; éramos más que entrañables colegas, hermanos en la dedicación a la magia... Eric me habló al menos en dos ocasiones de una mujer extraordinaria que había conocido en un lugar de América... Una mujer de rasgos germanos, nacida en Bohemia, que poseía el don, más que ninguna otra persona, de interpretar infaliblemente los sueños.

Georginas lo miró tal como él le había dicho que mirara a todos: con prudencia y sin miedo; en total silencio.

—He tardado años en descubrir su paradero, señora Lorre. Ahora he comprendido por qué dentro de mi entorno otra gente más poderosa también la buscaba. Acabo de regresar de Asia, y de verdad le digo que tan largo viaje ha sido realizado con el único fin de conocerla, aunque oficialmente mi visita sea por otro motivo... Entiendo que mis afirmaciones se conviertan en un desafío a su credibilidad y a su confianza; espero volver a entrevistarme con usted dentro de unos días, después volveré a Shanghái y no regresaré jamás a Europa. No, no diga ni pregunte nada, presiento que mis respuestas ya no puedan serle de ayuda. Sólo deseo contarle un secreto: soy Chao Kring aunque todos creen que me llamo Trebisch Lincoln, ya se lo he dicho... pero mi verdadero nombre es Ignatus Timothy, ¿no oyó hablar de mí? Ignatus... así me conocía Houdini, y como él, y también usted, nací judío... y soy consciente de que, aun contando con libertad para deambular dentro de las fauces del lobo de Baviera, estas pueden cerrarse y devorarme. Ahora he de irme. No podemos hablar más tiempo, pero le aseguro que tendremos una nueva ocasión.

Tenía razón el misterioso ser vestido de tibetano, pues no hacía ni un minuto que se había marchado cuando otras personas accedieron a la celda. Se podía decir que era un auténtico comité de expertos. Tres hombres comandados por una mujer.

—¡Georginas!

La mujer la llamó por su nombre. Con una familiaridad impropia de desconocidos.

—Soy Otti Schaeffer... Estos señores son Ernst Schaeffer, *Herr* Alfred Rosenberg y *Herr* Theodor Eicke.

Las cuatro personas se quedaron mirándola como a una auténtica atracción. Lógicamente se sintió incómoda, mantuvo las manos cruzadas en el regazo y la firmeza e inmovilidad adquiridas en el Campo Terezin.

—¿La han tratado bien? Quiero decir, ¿ha comido lo suficiente, necesita algo, desea algo que no le hayan ofrecido, café, té...?

Ella negó con la cabeza. *Herr* Alfred Rosenberg se acercó y giró a su alrededor, mirando con fijeza la estructura física de la mujer, manoseándose la barbilla con una mano incrédula, y sonriendo.

—Increíble... Es perfecta... ¡Perfecta!

—Creo que está muy delgada —apuntó su camarada.

—Yo creo que sólo está cansada... ¿Verdad, querida? ¿Cómo se sentirían ustedes en su lugar? Bueno, ya han visto lo suficiente, ahora es preferible llevar a Georginas a donde pueda ser mejor tratada y descansar convenientemente...

—Ella carece de autorización para abandonar el edificio... —comentó Rosenberg.

—¿Estás seguro? —Otti Schaeffer lo dijo sobrada de confianza, tanta que el propio gerifalte nazi, responsable de la Pureza de Raza, tuvo que devolver la sonrisa y asentir con caballerosidad—. Por favor, *Herr* Rosenberg, ordene preparar mi automóvil.

—¿Va a llevarse en serio a la detenida?

—No vuelva a llamarla detenida, *Herr* Eicke. Recuerde que es nuestra invitada especial. Y la sociedad alemana es reconocida por la hospitalidad dispensada a los invitados especiales.

Minutos más tarde se hallaba en un lujoso automóvil, de formas tan suntuosas y delicadas que nada tenía que envidiar al Torpedo de Aaron Wolff, ni a los coches personalizados de los despilfarradores de Newport. Conducía Ernst Schaeffer, hermano de Otti, un hombre que aún no había abierto la boca, limitándose a observarla tímidamente a través del retrovisor; detrás iban las dos mujeres.

—En primer lugar necesitarás un buen baño. Después veremos qué podemos hacer con tu pelo, se nota muy descuidado, aunque las raíces sí parecen fuertes... Tiene razón Theodor Eicke, yo también te veo muy delgada... pero creo que tengo alguna ropa que se puede ajustar. Esta noche tienes que estar deslumbrante, todos querrán conocerte, y tú los conocerás a todos, pero serás mi invitada personal y no me separaré de ti.

El cambio producido resultó espectacular. No parecía la misma mujer que abandonara esta mañana el campo de concentración, y sí algo más próxima a aquella americana adinerada que amerizó en Marsella a bordo de un hidroavión de lujo. La vistieron de manera especial: un largo vestido-túnica de color violeta intenso caía desde sus hombros, y una cinta de satén blanco le ceñía la cintura; resaltaron el tono rubio de su pelo, la maquillaron suavemente, incluso limaron y barnizaron sus uñas. La singular Otti Schaeffer no iba vestida más discretamente y ambas mujeres parecían ilustres pitonisas. Durante ese tiempo Georginas se limitó a dejarse hacer tal como le advirtió Ignatus Timothy, a observar los pequeños detalles, a oír todos los comentarios.

Otti era una mezcla perfecta, un híbrido sin parangón, de Nancy Cunard y Sabine Hohenzollern. Su edad (como todo en ella: gestos, risas, silencios) estaba manipulada. A pesar de no carecer de exquisitez y elegancia, ni de fulgor en sus ojos, daba la sensación de estar dotada con las propiedades de ser amada, odiada, oída y obedecida, siempre al instante... aun a costa de crearse serios enemigos dentro del régimen y no resultar transparente ni sincera bajo ninguna circunstancia; parecía una princesa inocente y al mismo tiempo una mujer fatal de lengua y pómulos afilados a navaja, encantadora pero temida, de irregular belleza, combinación perfecta entre una *flapper* neoyorquina y una carcelera torturadora.

Cuarenta y ocho horas después se encontraban ante la puerta de homenaje del castillo Faber-Kaiser, situado en las inmediaciones de Berlín. Una geografía abrupta, a contravista de las carreteras comarcales, apenas visible desde los caminos, y con acceso prohibido a la comunidad civil, enclavado en un paraje donde todavía sobrevive la medievalidad, salpicado de bosquecillos brumosos morados antaño por enanos escurridizos y árboles centenarios, fortalezas, cárceles y mansiones, cimentadas tanto en laderas imposibles como en lo más alto de riscos vertiginosos. No es difícil imaginar que en páramos similares (tal vez sucedió en estos mismos) se combinaran las sustancias, los tejidos y osamentas que conformaron el Romanticismo: poetas mantenidos exclusivamente por la alegoría de la desolación, suicidas desencantados despidiéndose en susurros de los atardeceres, aristócratas sin más hipocondría ni oficio que el de contemplar como idiotas el paso del tiempo hasta descubrir con horror que es la vida quien transcurre desfilando a paso de oca. Era un castillo sacado de un sueño, o construido en él, una fortaleza de magnífica alzada y clásica estampa teutona, solidez extrema, inaccesible, fuertemente custodiada por los amigos de los cuervos, como eran denominados los integrantes de la Guardia Negra.

Cuando estuvo en el interior sintió algo parecido a la primera vez que pisó la arena exclusiva para pies millonarios de Bailey's Beach, en Newport. Allí se confundían los judíos opulentos con sus menorahs de oro, aquí los nazis ávidos con sus águilas de piedra. No eran muy distintos. Los máximos jefes y sus camarillas, las autoridades más relevantes e influyentes de Berlín, habilísimos empresarios faltos de escrúpulos pero no de gargantas de tiburón, arropados por brillantes profesionales, todos cegados por las antorchas del régimen hitleriano y muchos acompañados por sus esposas. La irrupción de los hermanos Schaeffer (sobre todo la aparición de Otti y su *invitada especial*) causó un efecto fulgurante. Superado el desconcierto, casi todos los presentes se acercaron a saludar, cada cual exhibiendo su estilo, sonrisa y condición, hambrientos de morbosa curiosidad, fingida indiferencia y malsana expectación. Asimismo Otti se vio obligada (aunque lo hizo con elegancia) a presentarla a las más significativas personas. En primer lugar a uno de los máximos responsables del Tercer Reich: el número uno de las altas botas acharoladas. Un hombre de mediana edad y vulgar aspecto incluso vestido de alto mando militar, absolutamente de negro, que sostenía una copa de champaña y era el centro de un corrillo al que expresaba sus opiniones.

—*Herr* Himmler, tengo el placer de presentarle a la señora Parker.

¿*Herr* Himmler? No era la primera vez que oía ese nombre, muy al contrario: muchos de sus amigos praguenses lo maldijeron antes de morir a manos de sus verdugos. Bien mirado, parecía un pobre individuo que con otra indumentaria habría pasado por recadero, arropado con un uniforme demasiado grande y escondido tras unas gafas que lo protegían del exterior tanto o más que una máscara. Cuando oyó su nombre el gerifalte estiró el cuello como una garza, afiló la mirada y guardó silencio. Las personas que lo rodeaban también la miraron con detenimiento.

No fueron más de tres horas el tiempo que Otti Schaeffer, su hermano Ernst y Georginas estuvieron en el castillo Faber-Kaiser. Fue suficiente para participar en una selectísima cena, donde la enigmática mujer respetada y temida por todos, Otti, advirtió con agrado la parquedad de Georginas en el comer y su nula sorpresa, al contrario de cómo se comportaban otros invitados, ante tan exquisitos y elaborados platos.

—Supongo, querida, que en América habrás pasado por situaciones similares.

—¿Qué quiere decir?

—Que en América asistirías a cenas con personas influyentes, en lugares importantes, aunque supongo que no tan mágicos como este.

Muchas eran las respuestas que podía elegir para satisfacer a su anfitriona, pero optó por el binomio infalible de sonreír y callar. No obstante, de poco le sirvió mantener su actitud con firmeza, pues después de la cena pasaron todos a un salón circular, muy artúrico, horadado con grandes ventanales por donde radiaba la luz de la luna, esta noche prácticamente llena. Sin que pudiera evitarlo se encontró en el centro de otro círculo concéntrico al del salón, el que habían formado absolutamente todos los invitados. Se produjo un momento de gran tensión, un silencio tan extraordinario que pudieron oírse con nitidez las voces del cambio de guardia, periféricos ladridos de perros y hasta el pasar del viento. Los hermanos Schaeffer también se hallaban en las tangentes del corro, sólo ella era el punto de mira, el centro donde convergían las miradas. El doctor Rosenberg, alardeando de conocerla y de la magnitud de sus ciencias, fue quien primero se le acercó, con movimientos sigilosos, muy educados; la saludó cortésmente, casi pidiéndole excusas al presentarla *desde el punto de vista genético* a sus camaradas.

—¡Es una mujer aria perfecta! ¡Su estructura genética ha resistido la contaminación sanguínea de un padre checo! ¡Es una entre un millón de mujeres! ¡Sus valores antropométricos son los que más se aproximan (afirmaría, camaradas, que son exactos, si no calcados) a los parámetros establecidos por la Comisaría del Reich para el Fortalecimiento de la Raza Germánica, la Sociedad Herencia Ancestral y el Departamento de Raza y Asentamiento!

El profesor Rosenberg hablaba con voz clara y contundente. Su alemán era sencillamente magnífico, preciosista al oído. Cuando decía algo levantaba el dedo índice apuntando al techo, no directamente a los rostros de los oyentes, en los que sí depositaba rápidas y efectivas miradas de convencimiento.

—¡Posee un cociente intelectual un cincuenta por ciento superior a la media de la mujer alemana, su estatura es cuatro centímetros más alta, el estudio de su cabello y del color puro de sus iris nos hace pensar que sus ancestros genéticos son hiperbóreos, con seguridad... noruegos! ¡Camaradas: tenemos delante a la unidad femenina ideal, que responde al trazado idóneo de nuestro canon...! ¡El arquetipo donde debemos inspirar la próxima mujer alemana, la mujer que necesita el Tercer Reich: inteligente, esbelta, clara y hermosa!

Ella miró en derredor. ¿Qué podía decir? ¿Qué hacer? Se mostró digna. Estiró su cuerpo. Levantó la barbilla y dirigió la mirada a las altas ventanas. ¿La estaban considerando como una muestra de microscopio ampliada, un ejemplar mutante de zoológico, una gallina de tres patas, una cobaya humana proclive por su rareza a ser mantenida y observada? Aquello iba más allá. Rosenberg sólo acababa de descorrer el telón con la habilidad de un director de pista, y pronto muchos de los invitados lo imitaron y descorrieron a su vez la timidez que sentían delante de tal mujer, y cada cual con sus pretensiones y ocurrencias, y a la altura de sus conocimientos académicos o militares, quiso preguntar algo sobre ella: tal medida, tal grupo sanguíneo, tal observación, hasta la ridícula cuestión de querer saber su temperatura corporal. Hombres cultos y caballerosos como el propio presentador o su colega de limpieza de raza Richard Walter Darré; ingenieros farmacéuticos de la talla de Max Faust; el mengelista y carisapo doctor de las SS Carl Clauberg (quien se mostró especialmente interesado en el espécimen) y su colega malencarado y enmudecido Adolf Butenand, último Premio Nobel; artistas de la pomposidad y tanta fotogenia como la boquirrubia Leni Riefenstahl; altos mandatarios del Reich: Goebbels, Goering, el general Schellenberg (aunque los tres pasaron desapercibidos y parecían más preocupados por líneas de frente que por líneas oníricas). También estaban allí el ministro arquitecto Speer... elitistas como Fritz Thyssen, firmas como Bayer, Vögler, Boss, y algunos más de los bolsillos ilustres de la selecta Sociedad de Thule. Desde la siniestra Orden de la Calavera (Totenkopfverbände) de

Theodor Eicke, a la Orden de la Esvástica, pasando por ideólogos de la Herencia Ancestral... ¡Toda Alemania estaba allí!

—¡Esta mujer, la señora Parker —señaló Otti con voz clara—, es más que un simple patrón! ¡No solamente es Divina Proporción y una sucesión de medidas áureas!

Se acercó con lentitud a Georginas. Le sonrió para tranquilizarla y le ofreció un cigarrillo, que aceptó de buen grado.

—La señora Parker —continuó— es onirocrítica... Quiero decir, por si alguno o alguna de ustedes no lo sabe aún, que es capaz de desentrañar sueños. La mejor y más reputada especialista. Así lo detallan nuestros informes, y también lo avalan mis pesquisas e investigaciones personales. Como bien reconoce la Sociedad de Thule, sus servicios son de especial trascendencia para el Tercer Reich.

Otti dijo todo aquello sin apenas levantar la voz. Consciente de que era oída con reticencias, reclamó astutamente la absoluta atención del círculo bajando a propósito tono y volumen y dotándolos de efectista reverberación.

—¿Desea alguien preguntar a la señora Parker? Hoy tienen una oportunidad única de hacerlo...

Sabedora de su potencia comunicativa fue señalando azarosamente, como el mago que busca un ayudante eventual entre el público... Era una mujer fabulosa, capaz de transformar halcones en palomas, serpientes en gusanos... y, por contra, en matones a los bienaventurados y en cabezas huecas a sesudos sabios. Sus palabras causaron revuelo, sobre todo entre la concurrencia femenina. Muchas de aquellas alargadas acompañantes se acercaron discretamente, dando la sensación de que todas disponían de cañas de pescar preparadas para ser lanzadas al lago de la interpretación de sueños, aunque ninguna deseaba ser la primera en intentarlo públicamente en tan turbulentas aguas.

Aun así, todas las que se atrevieron a pescar obtuvieron respuestas inteligentes, algunas muy claras (las menos);

otras, algo confusas, preñadas de dobles intenciones y nebulosos contornos. No mentía la interpretadora, simplemente desollaba los sueños como si fuesen cebollas y aplicaba leyes onirocríticas, aderezadas con una verborrea envolvente y tintando cada cosa que decía con la más colorista credibilidad. Los hombres la miraban y oían atentos, pero a prudente distancia. El propio Himmler parecía inquieto y no cesaba de pellizcarse el entrecejo y de ajustar continuamente sus gafas mientras inflaba y desinflaba los carrillos a cada explicación que oía, seguramente para disimular su aspecto breve y no mostrarse demasiado sorprendido. El éxito se presentía total. Otti Schaeffer exhibía su presa, su descubrimiento, su hallazgo, y lo presentaba orgullosa, un azor en el antebrazo del cetrero, un arma psicológicamente letal para la que no existe escondite (nadie está exento de dormir), una fórmula química producto de su laboratorio.

—¿Es que los oficiales alemanes no sueñan, camaradas? ¿Tampoco lo hacen los grandes hombres del Reich? ¿Los empresarios? ¿Los médicos? ¿Los Premios Nobel? —Ernst Schaeffer, ninguneado hasta ahora por la atención general, copa en mano y algo burlón se dirigió al foro con solemnidad similar a la que habría empleado cualquier senador de la clásica Roma.

Como respuesta, un hombre dio unos pasos. Muy firmes y sonoros. Aparentemente sonreía, pero pronto mostró evidencias de que era esa la expresión y el corte natural de su cara, no mueca de satisfacción. Un hombre rubísimo, apuesto, alto y bien formado. Auténtico ario. Uno de los brazos derechos del mismísimo Führer.

—Dígame... Parker...

El hombre omitió el tratamiento de señora y la señaló ásperamente con el dedo.

—¿Es usted... budista? ¿Acaso es anglicana, protestante, cristiana? ¿O quizá pertenece a nuestra Sociedad de Thule? ¿Qué religión profesa? ¿Cuál es su fe? ¿A quién le da gracias por ese supuesto poder y esa charlatanería con la que trata de embaucarnos?

Georginas lo miró. Muy seria, pero sin miedo. El hombre se acercó tanto que parecía que iba a olerla como hacen los animales, pero se limitó a girar dos veces, cigarrillo en mano, a chascar la lengua y finalmente a acusarla.

—¿Cuál es su religión, MM1915?

Por un momento creyó Georginas que nada de esto estaba sucediendo, no había castillo Faber-Kaiser ni románticos bosques, no lucía túnica mágica sino el uniforme asqueroso de rayas; ella no había salido de Terezin: realmente se hallaba allí, metida en el barracón Dresde, cerca de las hermanas Kafka, intentando descansar antes de que volviera a oírse el angustioso toque de llamada.

—No tengo ninguna religión.

—¿Ah, no? Pues yo creo que sí. Es una judía. No puede negarlo.

—Tampoco puedo afirmarlo. Soy judía porque lo dijo una voz que no era la mía y está escrito en un papel que ni siquiera firmé, no lo soy porque lo haya dicho mi boca o lo haya escrito mi mano...

Otti, al oír su respuesta, hinchó el pecho y miró desafiante al desafiador: Reinhard Heydrich, quien pronto demostró que también era un hombre lleno de recursos.

—¿Quién desconoce —preguntó Heydrich en voz alta— que los judíos son nuestra desgracia? Leed cualquier manifiesto. No dudo de que esta sea una mujer perfecta, aunque reconozco, camaradas, que jamás pondría mi mano encima de ella. ¿Quién de nosotros no ha leído ese libro, *Los protocolos de los Sabios de Sión*? ¿Ha leído ella acaso *Mein Kampf*? ¡Ellos —la señaló como representante de todo el orbe judío— se creen superiores a los demás! ¡Nosotros, los no judíos, sólo somos puercos, carne impura! Cuando se inyectan en un Estado fomentan la inmoralidad y el culto al dinero, invaden las fuentes de poder hasta que debilitan a ese Estado anfitrión y lo descomponen como el veneno hace en el tejido de la víctima, destruyen la familia, pudren la sangre, fomentan espectáculos indignos, seducen con engaños... ¿Qué podemos esperar de ellos? ¿Que interpreten lo más valioso e íntimo que poseemos? ¿Acaso vamos a confiar nuestros sueños a las doctrinas sionistas? ¡No quiero que nadie me vuelva a contar el estúpido episodio de las siete vacas gordas y las siete vacas flacas! ¡Los alemanes no soñamos con vacas!

—¡Camarada Heydrich! —gritó Otti—. ¡Tal vez desconozca que nuestra interpretadora es ciudadana norteamericana!

—¡No! ¡No lo desconozco! ¡Y no me extraña! En el mundo hay estados más o menos judíos... Uno de ellos es Rusia, la nación de la miseria y los tullidos psíquicos, el país que carece de cloacas porque toda ella es una gran cloaca de Israel. Otra nación infectada por el mal de Moisés, de manera irrecuperable, es Polonia, ya lo habéis visto, pero lo peor son precisamente los Estados Unidos de América... donde el culto al oro, a la vagancia y al consumismo voraz de otros países es la manera que tienen de mirar al futuro. ¿Cómo, si no, puede nadie ganarse honestamente la vida interpretando los residuos emanados por las válvulas de escape de la gente? ¿Por qué es un país enamorado de sus psiquiatras?

Una mujer se acercó a Reinhard Heydrich. Muy alta, impecablemente vestida y de una belleza nauseabunda acrecentada por enérgicos y castrenses movimientos.

—En los campos de concentración he oído a judías con más pericia que tú... —le advirtió despóticamente—. El Führer debería darse una vuelta por Auschwitz, allí pondré a los pies de sus oídos todas las mentiras y alucinaciones que necesite...

Georginas la miró con tanta indiferencia y tranquilidad que rozó el desprecio más absoluto.

—¿Mentiras? ¿Alucinaciones? —preguntó como una fiscal Otti Schaeffer—. ¿Quién eres tú? ¿Esposa de general? ¿Papisa de la Sociedad? Dudo de que seas capaz de soñar algo trascendente... Alguien como tú, que lleva el sobrenombre de la Perra, no tiene más remedio que vivir llena de pulgas y en continua pesadilla.

Ilse Koch, que así se llamaba la Perra, lejos de enfurecerse por haber sido descubierto su sobrenombre, se enorgulleció de él, respiró con sonoridad y levantó sus picudas facciones.

—¡A cada uno lo suyo! Esa es la única verdad que yo entiendo y así está rotulado en la entrada del Campo que gobierna mi marido: JEDEN DAS SEINE! Si alguna vez nos visita... señora Parker... será bien recibida, pero recuerde que a Auschwitz se entra por la puerta y se sale por la chimenea.

Heydrich soltó una carcajada que fue secundada por otros. Fue en ese instante de risas estridentes cuando alguien vociferó desde el fondo. Acababa de entrar, venía acompañado por una pareja de novicios genuinamente tibetanos, que murmuraban una extraña sílaba mientras balanceaban turíferos de mareante incienso.

—¡Si el Führer otorga a sus sueños la misma importancia que a sus pensamientos diurnos, su vida se incrementará un tercio, que es tiempo que ocupamos en dormir durante nuestra existencia!

—¿Quién crees que eres tú para hablarnos así? ¡Parásito, fantasma, pesadilla de un loco! —le gritó despectivamente Heydrich.

Dejó de silbar hasta el viento, las llamas de los velones se inmovilizaron, ningún ojo parpadeó. Entonces, el iniciado, el judío húngaro de secreta identidad y poderosa puesta en escena, entornó los ojos y, para contestar al jefe nazi, relató un antiguo episodio al que dotó de amplio significado y de plagiaria autobiografía.

—Antaño —dijo—, una noche, fui mariposa que revoloteaba contenta con su suerte. Después me desperté y era Chao Kring. ¿Quién soy en realidad? ¿Una mariposa que sueña que es Chao Kring, o Chao Kring que se imagina que fue mariposa?

Chao Kring. Trebisch Lincoln. Ignatus Timothy. ¿Cuál de ellos? Sin duda era un personaje odiado en todas las instancias nazis a excepción del propio canciller. Varón que necesita llamarse con tres nombres distintos, que se sumerge en una cultura ajena hasta empaparse y confundirse, que aparece cuando no se le espera, como surgido del humo, no es el paradigma germano; muchos de los presentes hubieran descerrajado un tiro en la sien de Chao.

—¡La realidad se desahoga en alucinaciones y en mentiras! ¡Todos somos Adolf: víctimas de nuestros sueños!

Ante el estupor general, Reinhard Heydrich desató otra de sus carcajadas y brazos en jarras se enfrentó, corpulencia contra minucia, al singular mago de Hitler.

—¿Quién eres tú para decirnos lo que debemos o no debemos hacer? He oído que el Führer ya no necesita de tus mentiras... ¿Por qué no te vuelves a esas montañas y escarbas grutas en el hielo hasta que desaparezcan tus uñas, antes de que yo ordene que te las arranquen?

El tono de voz y el mensaje de hombre tan enérgico asustó a los novicios, que discretamente se ocultaron tras su protector. Por fortuna, *Herr* Himmler, máximo responsable presente, cesó de ajustarse las gafas y de resoplar y se erigió en capataz supremo del orden.

—Camaradas... estamos en un lugar sagrado... en un lugar de poder... El Führer está descansando no lejos de aquí, probablemente oiga nuestros insultos y nuestras risas, y eso le preocupará, alejándole de su cometido espiritual. Nuestros ejércitos se expanden como una mancha de aceite por Europa, higienizamos cada lugar ocupado, algún día la civilización nos dará las gracias por lo que estamos ofreciendo... la verdadera *Kultur.* Pero no deberíamos preocupar al Führer, él y sólo él ha sido elegido por nuestros antepasados, ha nacido con el estigma y agarra con su mano la lanza sagrada de Longinos, él nos guiará, pues, por la senda correcta... Esta mujer está aquí porque ha sido llamada por él. No le hagamos esperar.

Chao Kring sonrió sin disimulo. Aspiró con fuerza e hizo una reverencia oriental delante del gerifalte.

—Nuestro Führer, Adolf Hitler —repitió con veneración— desea que la señora Parker le sea presentada mañana al salir la luna, que se hallará en fase llena. También me ha comunicado, personalmente, que confía en que sea respetada por todos ustedes y se le facilite cualquier cosa que pida, alimentos, descanso, soledad... Mañana, cuando la luna se eleve por el horizonte, ella debe estar en el Pasadizo de la Comadreja.

No hizo falta decir más. Otti Schaeffer, acérrima enemiga de Chao Kring por su influencia sobre Hitler, pero incondicional aliada en este momento, aprovechó la presencia del mago para acaparar la protección sobre Georginas.

—Camaradas: la voz que hemos oído es la voz del Führer. No debemos hacerle esperar. Será mejor que nos retiremos a descansar, nuestra interpretadora necesitará de toda su fuerza y concentración cuando tenga que escuchar sus importantísimos sueños e interpretar los significados. *Heil Hitler!*

Todos devolvieron el saludo, incluidos Himmler, Heydrich y la Perra. La comitiva formada por Chao Kring, los lamas tibetanos, los hermanos Schaeffer y Georginas Parker, abandonando el salón circular del castillo Faber-Kaiser, provocó un momentáneo silencio, mas no habían abandonado la fortaleza cuando Reinhard Heydrich en primer lugar, y después secundado por muchos presentes, entonó la grotesca *Hors Wessel Lied*, canción militar que ensalza las hazañas de un dirigente de las extintas SA, cuyo anterior empleo al de matar judíos fue el de chulo de mujeres.

Cuatrocientos cincuenta kilómetros separan Berlín de Núremberg: la misma distancia que podían cabalgar las valquirias en un día. No es inoportuno resaltar que Alemania contaba con las mejores carreteras de Europa pero, aun así, el viaje duró siete horas. Iban en un buen coche, una especie de limusina reservada sólo a los jerarcas nazis; la parte de atrás tenía los asientos encarados, de tal modo que Georginas ocupaba el de sentido contrario a la marcha del automóvil y los hermanos Schaeffer el de enfrente. Poco pudo ver durante el trayecto, pues llevaban corridas las cortinillas y fumaban demasiado, sobre todo Otti, quien se mostraba algo nerviosa. Pero sí hablaron mucho todo el recorrido. Conversaciones referentes a temas oníricos y a otras parcelas psíquicas. Ella, muy descansada después de haber dormido nueve horas continuas (rendida como estaba), oyó impertérrita cada comentario, confesión y ambiciones que los hermanos Schaeffer quisieron transmitirle voluntariamente o no. Se podría decir que ambos necesitaban contar a alguien como la extraordinaria interpretadora toda cosa aparentemente especial de sus vidas.

—Yo también padecí fiebres de Malta... —refirió Otti—. ¿Sabes cómo? Recuerdo que era una niña... en una villa cerca de mi casa una vaca parió un becerro con malformaciones... Mi padre me llevó a verlo, el becerro lamió mis manos y al otro día la fiebre me consumía...

Ni siquiera un ligero estremecimiento recorrió el cuerpo de Georginas. Estaba preparada; sin saber qué acontecería, su decisión era firme a no dejarse sorprender por ninguna cosa, por extraña que fuera.

—La fiebre de Malta —continuó Otti— es la mejor que puede cruzar la frente de una muchacha. Es difícil que la padezcan los varones...

—Lawrence de Arabia la padeció... —arguyó su hermano.

—No está demostrado, Ernst... ¿Tú que opinas, querida?

¿Qué más sabían de ella? Probablemente conocían cada detalle susceptible de haber sido anotado en un papel, su nacimiento, enfermedades padecidas, estudios, distintos domicilios, amistades y por supuesto su genealogía.

—He leído que efectivamente las fiebres de Malta pueden trastornar la estructura psíquica de una mente no formada del todo... Quiero decir, cuando la padecen personas muy jóvenes, niños, especialmente niñas en la frontera de la pubertad, sus efectos visionarios, alucinatorios y afines pueden perdurar el resto de la vida...

—Tú las padeciste... —aseguró Otti con sobrada seguridad.

—Sí...

—¿Cómo era aquel becerro?

Georginas la miró sin intensidad, con una mirada plana, un punto despectiva. Si seguía comportándose así podía ganar la batalla. Era como tener cartas marcadas en las manos. En unas horas había aprendido tanto de los hermanos Schaeffer como ellos con la lectura minuciosa de sus informes.

—Tenía dos cabezas, naturalmente.

Ernst se rio. No pudo evitarlo. Miraba a su hermana como diciéndole: ¿te has fijado lo buena y perspicaz que es? ¡Quizá sea mejor que tú, tal vez deberías ponerte a su servicio y aprender de ella! Sin embargo, encendió un cigarrillo, curioseó un momento al través de la cortinilla y chascó la lengua.

—¿Desde entonces interpreta sueños? —preguntó con su habitual diplomacia—. ¿Recuerda cuál fue el primero que interpretó? Y ¿por qué?

—Bueno, fue uno que tuvo mi hermana. Ella acostumbraba a soñar en voz alta. Yo simplemente oía y por la mañana le explicaba el contenido y lo que yo creía que significaba.

—¿Eran sueños importantes?

—No, sueños de niña. Un juego. Alguna vez intentamos conectar nuestros sueños. Soñar juntas, soñar lo mismo, tener las mismas visiones y sensaciones... Sólo era un entretenimiento de hermanas para el que yo mostré cierta habilidad... Eso fue todo.

—Es muy interesante lo que has dicho, querida... —reconoció Otti—. Actualmente estamos haciendo experimentos en nuestras Casas Sagradas, como ese castillo Lorre, que conocerás sin duda, el del avión estrellado en el arco de la ventana...

Ni siquiera esta afirmación sibilina produjo cambios en su comportamiento. No se permitía caer en la trampa. Se comportaba, como le había aconsejado Ignatus Timothy, de manera mediocre: abría el frasco del perfume pero no vertía el contenido. Si aparentaba no saber nada, Otti no la consideraría, y con seguridad sería devuelta a Terezin; si al contrario demostraba sin cortapisas su verdadero poder onirocrítico, la deslumbraría, y querría tenerla permanentemente a su servicio. Así que, al tener que elegir, se convertiría en una mariposa como la de Chao, tan hábil que sólo revolotearía lo suficiente para cimbrear la telaraña, no para quedar atrapada.

—El Lorre es un castillo muy interesante. Yo diría que tiene vibraciones especiales... —continuó Otti.

—Yo estoy convencido... —aseguró su hermano.

—Lo que intento decirle a Georginas es que en ese castillo hemos dispuesto una cama gigante, donde duermen diecisiete personas seleccionadas por mí, naturalmente, de distinto sexo y edad. Diecisiete es número primo y cabalístico. Queremos saber si coinciden los sueños de algunos de los durmientes... Si sueñan con parecidas personas o episodios, si despiertan compartiendo las mismas emociones. También buscamos fórmulas y caminos para provocar y dirigir sueños. Puede ser un arma psicológica importante. ¿No cree?

—¿Pretender la extensión del sueño a la realidad? ¿Domesticarlo? ¿Ordenar de manera artificial sus decorados como si fuesen las piezas del mecanismo de una pistola o de un ballet?

—Vaya, creo que me has entendido inmediatamente, querida... Es una verdadera pena que no nos hayamos conocido antes... Habríamos sido grandes amigas y aprendido mucho la una de la otra...

Estuvo a punto de reírse. ¿Una mujer como Otti Schaeffer? ¿Esa especie de serpiente venenosa de vivos colores? Sin duda no poseía la sensibilidad de Nancy Cunard, pero sí sus amaneramientos más repelentes y su gusto por perfumes intensos; ni la bizquera corporal de Sabine Hohenzollern, aunque sí su forma de torcer el rostro, la oblicuidad, sus muecas contranatura y esa dimensión hedionda que despide quien se alimenta habitualmente de carroña.

—Supongo, señora Parker, que se habrá hecho una idea de adónde vamos y para qué...

—*Herr* Schaeffer, son tan diversas las emociones que he soportado en las últimas veinticuatro horas que no me atrevo a conjeturar ninguna cosa, y menos a fijar la vista en una sola de las cartas que conforman estos castillos de naipes.

—Los sueños son castillos de naipes, pero no lo son menos el Lorre y el Faber-Kaiser. En cualquier caso, debemos fijarnos siempre en cuál es la última carta del mazo —aseguró con tono concienzudo Otti Schaeffer.

Georginas no entendió bien qué quiso decir, pero sonó tan mayestático su pronunciamiento que la miró con los ojos entornados y cómplices. Como de interpretadora a interpretadora.

—¡Exactamente, querida, exactamente! —exclamó con rotundidad, dotando a sus palabras de la fuerza espectral de los secretos y las revelaciones.

—El Führer desea conocerla —dijo Ernst.

—Tiene muchísimo interés. Nosotros le hemos hablado de ti... Y ahora es un momento de especial importancia para Alemania... y para ti; si no te escoltamos personalmente, esos cuervos de la Guardia Negra te atraparán y te sacarán los ojos. Ya oíste a Heydrich y a Ilse *la Perra*... Ahora tienes la oportunidad de librarte definitivamente de tu condición de detenida. Si causas buena impresión al Führer, mañana a esta hora estarás en la embajada de los Estados Unidos. Supongo que ese majadero de Chao Kring te lo habrá contado, es como un grillo parlante...

Literalmente no hubo tiempo para decir una palabra más. Se oyeron, como maullidos, las sirenas de los motoristas escoltas. Atardecía en Núremberg. Se asomó un instante por las cortinillas: cada mástil, farola y balcón enarbolaba su bandera nazi. Habían llegado. Al centro espiritual del Partido, la verdadera Guarida del Lobo, la Cabaña del Monje... ¡El Pasadizo de la Comadreja!

La Comisaría del Reich, en la Johannesstrasse de Núremberg, no era un edificio singular a simple vista, sólo lo estrechamente guardado que estaba denotaba la importancia de lo escondido en sus entrañas. Efectivamente, se trataba del Pasadizo de la Comadreja, al que habían aludido repetidas veces en la reunión nocturna del Faber-Kaiser. El inexpugnable búnker antiaéreo donde el canciller pasaba algunas de sus jornadas de reflexión. Se accedía por tres escalones de granito y el interior era como el de cualquier comisaría. Fueron recibidos por un oficial de las SS que después de la identificación los hizo pasar a un corredor iluminado. A partir de aquí serían escoltados por oficiales de la Guardia Negra, cuyos pasos formaban ecos perfectos, lo que llevaba a pensar que el subterráneo estaba totalmente comunicado por galerías; finalmente pasaron a otra dependencia donde les sirvieron a los tres una magnífica cena y un espléndido vino rojo. No estaba asustada, más bien sentía una tremenda curiosidad por saber dónde se hallaba, qué hacía realmente allí y qué significaban todas aquellas galerías y corredores que daban al búnker de Núremberg el aspecto de un gigantesco termitero. No podía ver la luz exterior y el tiempo resultaba enlentecido; al cabo de una hora, probablemente al caer por completo la noche, entraron dos personas: Heinrich Himmler y su acompañante, una señora gentil de luminoso aspecto. A Otti Schaeffer, que terminaba su café, le cambió el rostro. Cuando vio a aquella mujer sus facciones se endurecieron, los labios, los ojos... hasta dotar a sus rasgos de características distintas; Georginas lo percibió, y también Ernst, quien tomó la mano de su hermana rogándole silencio. No en vano tenía allí delante a su enemiga número uno, la mujer que podía apartarla definitivamente del entorno del Führer. A Eva Braun.

El sonriente Himmler señaló sin pudor a Georginas y asintió estúpidamente con la cabeza como un cazador frente a su trofeo.

—Ella es.

Eva Braun, bastante más discreta como persona que su acompañante, se dirigió a ella como lo habría hecho ante una personalidad.

—Es un placer conocerla, señora Parker.

—Gracias.

Georginas la miró con simpatía. Era la primera mujer alemana que conocía después de haber salido de Terezin que no le había provocado rechazo. Rubia, elegante, sobria...

y sin parecer dotada para la magia, ni para la maldad, lo que era de agradecer.

—¿Se encuentra usted bien? ¿Necesita algo? ¿Ha descansado?

—Georginas se encuentra perfectamente... Me he encargado de que así sea. El camarada Himmler pudo comprobarlo ayer noche en Faber-Kaiser.

—Correcto, camarada Otti Schaeffer, correcto... —intercedió cansinamente Himmler—. Entonces, no perdamos más tiempo. La luna debe de estar muy subida en el horizonte. El momento está llegando. Señora Parker, será mejor que acompañe a la señora Braun. Yo me quedaré con los camaradas Schaeffer, tomando un café con ellos... si no les importa...

—Por supuesto, *Herr* Himmler, es para nosotros un placer, ¿verdad, hermana?

Otti bajó levemente la cabeza para dar su consentimiento. Acto seguido se quitó un collar y se lo colocó a Georginas. Era un guijarro oscuro, del tamaño de la pulpa de un pulgar, muy pesado, engarzado en metal blanquecino.

—Es una piedra mágica, querida. Proviene de un meteorito antiquísimo, encontrado en China. No te lo quites. Y ahora, ve con ella. Que tengas suerte.

Se levantó. Saludó en silencio a los que se quedaban y buscó los ojos de Eva Braun. Esta, sonriendo, le tomó la mano.

—No se preocupe, señora Parker...

Recorrieron largos pasillos de hormigón sin lucir, que giraban a derecha e izquierda en ángulos imposibles, hasta el punto de que alguna vez daban la impresión de marchar hacia atrás. Cada puerta, cada arco de paso, estaba custodiado por robustos SS, y a lo largo de todos los techos, cada tres o cuatro metros, pendían pantallas con tubos fluorescentes, que dotaban el espacio de una luz doméstica y artificial, similar a la de quirófanos, baños y cuartos de interrogación. Al cabo de unos minutos llegaron a una puerta singular. Parecía la entrada a una bodega de nepente, a un tesoro, a una cámara secreta. Eva Braun la miró con dulzura.

—¿Estás preparada?

Ella asintió.

Nada más abrir esa puerta todo cambió. El silencio de los pasillos de hormigón fue sustituido por una música envolvente y gregoriana, muy agradable al oído.

—El Führer espera.

Era como haber penetrado en el santuario del hibridismo. Hasta el olor (demasiado persistente) resultaba una mezcla insostenible de catacumba cristiana, pagoda budista y cueva druida. Expuestas en soportes había miniaturas de las pirámides de Egipto, en diversos materiales (la mayor de medio metro de base, la menor unos centímetros), cada una con su nombre; frente a las copias egipcias se erigía una ciudad tibetana, réplica curiosa hasta en sus mínimos detalles: la maqueta perfecta del palacio del Dalai Lama, en Lhasa, Tíbet... De las paredes colgaban objetos antiguos, bastones de piedra grabados con runas escandinavas, abalorios, armas prehistóricas (hachas, mazas, flechas), así como otros objetos no comunes; y destacando en el frontal un bellísimo cartel, con el escudo de la Sociedad de Thule: una esvástica circular tras una espada vikinga... Desde los rincones se devanaban volutas de varas de incienso, junto a platillos con agua luminosa y cofrecillos rebosantes de frutos secos, monedas de oro y también guijarros. No tuvo tiempo para mirar más, porque Eva Braun dirigió los pasos al final de la sala y descorrió un cortinón medieval. Había una gran mesa de piedra pulida, parecida a un altar, cubierta en parte con una tela negra, ocultando a propósito la superficie. Sentado de espaldas a la mesa estaba un hombre, envuelto en una túnica de aspecto monacal y actitud pensativa, si no somnolienta.

—Adolf...

Eva Braun lo dijo con voz delicada, pero segura. Él no hizo ningún movimiento, parecía concentrado en la música.

—Está aquí Sarah Georginas Parker... MM1915.

Todavía hubieron de pasar unos minutos, donde la intensidad de la música iba *in crescendo* hasta resultar arrebatadora, antes de que pudiera oír su voz.

—Déjanos solos.

Cuando Eva Braun abandonó el corazón del búnker todo adquirió una dimensión más. Parece como si el recinto se hubiera agrandado y la frenética música brotara directamente de los muros, del suelo y de los objetos.

—¿Le gusta?

Ella no dijo nada. Ni siquiera le había visto la cara.

—¡*Carmina Burana*! Una obra maestra.

De nuevo pasaron dos o tres minutos antes de que el Führer se diese la vuelta. Es difícil medir con exactitud quién de los dos miró al otro con más curiosidad: ¿la fascinación que siente la serpiente por la flauta del encantador es mayor o menor que la fascinación que siente el pajarillo por la serpiente, segundos antes de ser engullido? Adolf Hitler intentó concentrar toda su energía en la mirada, pero sólo consiguió que sus iris pavonados parecieran grises, muy grises. Ella, en cambio, lo miró con la serenidad propia del especialista diagnosticando al paciente.

¿Este era el rey de los arios? ¿El prototipo antropomorfo de poder? ¿El hombre cuyo pensamiento había causado una verdadera epidemia de prepotencia en Alemania? ¿La voz a cuya llamada acudían osos, ciervos y jefes de Estado? ¿La mano diabólica que lamían franceses e ingleses? Con ese aspecto tampoco habría cruzado las verjas de Newport. No se lo habrían permitido. Y difícilmente habría sido aceptado en el Gueto Dorado de Providence. Su bigote resultaba estrafalario, le sobraban algunos kilos y sudaba en exceso... El cabello lo tenía más bien oscuro, lacio, sin vigor, y las orejas carnosas como las de una matrona alemana. ¿Führer? Realmente su apariencia era más propia de comerciante judío sin fortuna que de aspirante a cabo en sus mismísimas juventudes hitlerianas. Igual ocurría con sus lugartenientes, Himmler, Goebbels... gordos o de poca altura física, sebosos oscuros y de rostros enfermizos; sólo Reinhard Heydrich podría pasar el fielato del canon, tanto de hiperbóreo como de sanguinario depredador.

—Siéntese, por favor. ¿Sabe por qué la he hecho venir? ¿Se lo han dicho mis colaboradores?

—Sí.

—Nació usted cerca de Praga. Oh, yo conozco Praga... una ciudad colmada de cimborrios sin valor, un barrio judío, quince o veinte sinagogas, ochenta torres decadentes y ruidosas y un cielo que permanentemente da la impresión de que alguien acaba de orinarlo; es como aluminio oxidado... Ah, recuerdo que cruzaba por un río que expele mal olor... ¿cómo se llama?

—Moldava...

—¡Moldava! ¡Exacto!

Por tercera vez el Führer volvió a quedar en silencio dos o tres minutos. Ponía los ojos sobre Georginas, pero su mirada estaba ausente, sumergida en las profundidades de su pensamiento.

—Quiero contarle algo... Un sueño que da vueltas en mi cabeza... Verá... Yo iba en un hermoso caballo, cruzando por un angosto sendero de los Alpes... A un lado se hallaban las rocas, al otro caía un vertical abismo. ¿Qué podía hacer? Elegí seguir por el sendero. Pero se hizo demasiado estrecho, tanto que la cabalgadura se negó a avanzar justo en un punto donde resultaba imposible retroceder... Enojado, levanté el látigo, pero no fustigué a mi caballo, sino que descargué mi furia contra el muro de rocas... Sucedió que la punta del látigo las desmoronó, abriendo el paso justo para cruzar, y tras el paso aparecieron los más hermosos campos de Bohemia... ¿Qué opina? ¿Le ha sugerido algo mi narración onírica?

No era complicado, desde luego, comentar tan exhaustivas reseñas. Demasiado fácil; así que Georginas, sin alterar la voz y dirigiendo su mirada a un lugar del muro pareció concentrarse antes de decidirse a ofrecerle su comentario de experta.

—Con seguridad se trata de un sueño de contenidos políticos. El subconsciente expone la trabas que se deben sortear... en este episodio predispuestas por el azar y resumidas en un callejón sin posibilidad de retorno: el caballo no puede avanzar ni volver sobre su grupa, sólo espera de su jinete la superación de las dificultades... ¿Cómo? Adonde no se llega con la punta de los dedos se llega con la punta de un látigo... Si no fuera porque hoy día Bohemia es parte de Alemania diría que estaba a punto de ser... anexionada...

—¡Extraordinario! ¡Excelente! ¡El mismísimo Otto von Bismarck habría ofrecido una de sus medallas por oírla! ¡Así sucedió en la primavera de 1863! El sueño se lo contó al káiser Guillermo, y este imbécil no le creyó; sin embargo, Von Bismarck tomó Bohemia... Y usted lo ha comprendido perfectamente, señora Parker.

—Me ha relatado el sueño de otra persona. ¿Qué necesidad tenía de engañarme?

El Führer soltó una risita estúpida.

—Sólo quería ponerla a prueba.

Eso hizo. Porque, no sin delicadeza, retiró la tela negra que cubría el altar, mostrando de un golpe lo que allí había expuesto. Ella tuvo muchas razones ahora para exclamar, para echarse las manos a la cara y después abrir los ojos hasta verificar esa realidad. Encima de todo se encontraba la fotografía. La misma que las dos Aufseherin del campo Terezin miraban cuando la encontraron.

—¿Reconoce esta fotografía?

Georginas la tomó y la miró con detenimiento. Era un perfil de Hitler en primer plano, y arriba, en el centro del encuadre, nítidamente, ella. Pero ¿dónde? ¿Cómo? ¿Para qué? Fue en el balcón del hotel donde se hospedó el día de su llegada a Viena, el 14 de marzo de 1939, cuando el Führer y toda su parafernalia penetraron en la capital austriaca y tañeron las campanas.

—La instantánea es de Leni Riefenstahl. Sin duda una gran fotógrafa. La mejor del mundo.

Él hablaba sonambúlico y bohemio, algo fatigado, puede que drogado.

Georginas quedó literalmente atrapada cuando descubrió bajo el tapete todas aquellas cosas tan íntimamente relacionadas con ella. ¿Cómo era posible? ¡Dios santo! ¡El anillo de Sigmund Freud, su anillo de iniciada! ¡Los dos pasaportes! ¡Su contrato de matrimonio en aquella hoja del *Titanic*, con la firma del capitán Smith! No podía creerlo. Tenía que haber algún error en el presente: de alguna manera nada de esto estaba sucediendo. No obstante, la realidad era la realidad, y allí estaban aquellas cosas. ¡Incluida la pitillera de Harry Houdini! ¿Qué más podía esperar? ¿La cruz de hierro ganada por aquel sargento del Coro de Haendel, marcada como MM1915, exactamente su mismo número de detenida? ¡Pero si era propiedad de Ana Freud! Allí estaba la cruz. ¿Cómo había podido reunir el Führer estos objetos, reliquias que sólo tenían valor y sentido en su vida privada?

—¿No se emociona? Coja lo que quiera, todo es suyo. Quiero confesar que he estado a punto de robarle alguno de esos objetos, todavía guardo el alma coleccionista de los niños. El anillo es excelente, nada tiene que envidiar al que lleva mi Guardia Negra. El contrato manuscrito del *Titanic* es... ¿cómo denominarlo? ¡Novelesco! ¡No le faltan ni los bordes chamuscados! Cosas como estas sólo pueden pertenecer a una persona muy cercana y comprometida con el mundo onírico... No, no lo afirmo, pero tampoco me atrevería a negar que hubiera soñado alguna vez con usted. Dígame que no ha surgido de una ópera de Wagner, y sencillamente no lo admitiré... ¿Dónde se hallaba escondida en 1917?

Ella levantó el rostro. No podía evitar una gran emoción y confusión. Apenas oía lo que Hitler le decía.

—Yo estuve en el frente francés, en el sector del Somme —rememoró el Führer—. Sí, era cabo de la Infantería bávara... Cabo voluntario. Cierta vez desperté sobresaltado... había soñado que estaba enterrado por un alud de tierra y metralla ardiendo... La sangre manaba por mi pecho hasta correr por mis brazos, me ahogaba, quería gritar... y no podía... Minutos más tarde, ya despierto, me sentí algo confuso... estaba junto a mis compañeros en la trinchera ¡cuando me dio por salir! ¡Créalo, créalo, trepé por la trinchera, deambulé a campo abierto...! No era consciente de que podía ser el blanco de todos los francotiradores de Francia... De pronto oí una ráfaga, ¡ratatatá...! Otra, ¡ratatatá...! Me tiré a tierra, naturalmente muy asustado, pero resulté ileso... ¡No tenía ni un rasguño! —enfatizó sorprendido de sí mismo el Führer—. Cuando me acerqué a mi puesto no vi una trinchera, sino una fosa común. Allí estaban todos mis compañeros... ¡Muertos! ¡Destrozados! Los obuses enemigos habían dado de lleno en el blanco. Eran ellos, mis pobres compañeros, ¡mis camaradas!, los que estaban enterrados y sus cuerpos los que hacían brotar la sangre, como en el sueño... Y no yo... ¿Qué opina? ¿No fue una revelación divina, que me dijo: «¡Adolf: sal de la trinchera!»? ¿Acaso no estaban guiados mis pasos?

—A veces dotamos de más autenticidad a los sueños que a la realidad... Eso es peligroso...

—¿Sueños? ¿Realidad? Mire esto. —Hitler le mostró un pergamino enmarcado en oro—. ¿Sabe qué es? Un tratado, firmado por el Rashau Regente del Tíbet, decimocuarto Dalai Lama, y mi representante, el profesor Ernst Schaeffer, a quien conoce. Ahí se estipula el reparto místico del mundo...

—¿El reparto místico del mundo?

—Sí... señora Parker. Por eso queremos su colaboración. Usted está impregnada de ciencias y conocimientos herméticos. Necesitamos gente de su naturaleza...

—¿Mi naturaleza?

—Exacto. El doctor Rosenberg me ha informado del error.

—¿Qué error?

—Pues, dadas sus medidas y otros parámetros, no es posible determinar que sea de raza judía. Ha debido de haber una aberración, un error familiar, histórico, o de otra índole... Tal vez la cambiaran de cuna al nacer; yo mismo he oído una historia donde a una madre judía le nace el niño muerto y rapta el de su vecina... esas cosas pasan entre los judíos... ¡Pero es un error y estamos dispuestos a subsanarlo! ¡Queremos que trabaje para nosotros en los Estados Unidos de América, o en Inglaterra! ¡Sabemos que tiene buenos amigos en ambos países y que ha trabajado como arcángel sionista! Si desea formar parte de mi equipo, colaborando con mi proyecto, será puesta en libertad inmediatamente y le suministraremos lo que necesite.

Antes de poder decir nada, apabullada por la sorpresa, el Führer le mostró una nueva fotografía. En blanco y negro, de hacía algunos años... El incendio del *Hindenburg*...

—¿No reconoce a nadie?

Georginas tomó la foto y la miró. ¡Sí, allí estaban ella y su hijo! ¡Rudolf! ¡Rudolf! Se emocionó sobremanera, pero antes de suspirar, o de cerrar los ojos para concentrarse un momento en su querido hijo, el Führer le dio una lupa.

—Aquí, mire aquí... en el ángulo derecho. ¿No lo reconoce?

¡Claro que lo reconocía! ¡Era Chaim Weizmann!

—El líder sionista y usted en la misma fotografía mientras esa maravilla técnica arde hasta la extinción total, producto de un sabotaje judío... ¿Casualidad? ¡No! ¡Haré lo mismo con esos parásitos! ¡Los extinguiré!

—¿Por qué les tiene tanto odio?

—No sé si podrá entenderlo. Antes ha enmarcado el sueño de Otto von Bismarck como político. Puede que sea cierto... pero, para un judío, sueños políticos y sueños religiosos son la misma cosa. El Abraham al que adoran ustedes sueña con Dios y con la guerra a un tiempo, para él son conceptos indivisibles. No se pueden separar como lo blanco de lo negro. Abraham y sus tribus exterminan fariseos, filisteos, cananeos, en nombre de Dios... y sus descendientes bombardean Jericó... ¿con trompetas? ¿Qué diferencia hay? Durante siglos nos han oprimido... Pero ha llegado la hora... —el Führer se concentraba en su propia mano, intensamente crispada, como agarrando una fruta madura, o un cerebro, al que fuera a reventar—. Los judíos son los instigadores de la envidia, diseñadores de las guerras. ¡De todas las guerras! El dinero judío sólo es acuñado para comprar armas. ¿Acaso no son los culpables, los provocadores de las numerosas guerras bíblicas y de la Gran Guerra Mundial? ¿No fueron responsables hace doce años de la caída de la bolsa americana? Con ella arrastraron a las demás naciones, exigiendo pagos, créditos, deudas. ¡Enfermaron a Alemania con sus ponzoñas y embustes! Nos sacarían los dientes si pudieran tasarlos y venderlos. Y ahora crean esta nueva Guerra... Todo porque desean un Estado, un Cuartel General de la Infamia... ¡Hipócritas! Un Estado que será como un gran Banco Mundial de la Usura. ¡Y no se detendrán hasta conseguirlo! ¿Qué ofrecerán ellos a cambio? Pobreza y bolchevismo, millones de muertos... incluidos millones de judíos como ellos que perecerán de las más atroces calamidades... Si no les importa siquiera la vida de sus propios hermanos, ¿cómo van a importarles esos pueblos nómadas a los que quieren usurpar el desierto? Todos lo sabemos: sólo les importa la victoria, el préstamo es su forma de vida... El complot les place... El poder les seduce... Quieren dominar el mundo aunque tengan que disparar con balas de oro. Ellos ven en cada hombre un gólem, en cada gólem un esclavo... un fariseo. ¡No sé si ahora sueñan con vacas gordas o con vacas flacas, pero yo, Adolf Hitler, juro por mi honor y mi raza que no descansaré hasta ver la última chinche judía eliminada de la faz de la Tierra! ¡Hay que desparasitarla! ¡Y Dios me ha encomendado esa misión!

Tuvo la impresión de que el hombre más poderoso de Europa, el gran Adolf Nepomuk Hitler, había pronunciado un discurso, trufado con sus carencias psíquicas, pero también con sus convicciones, para ella sola. Estaba de pie, levantaba los brazos a un escenario irreal, abría las manos después de reventar la fruta ilusoria, torcía la boca, transfiguraba el rostro, casi babeaba... pero sus palabras eran sólidas, mantenían un ritmo ideal, convincente. Ahora sí parecía el hombre que ella esperaba. Ya no tenía el aspecto de un judío, ni el de un alemán... su aspecto era el de un iluminado, el de un demonio desatado y colérico.

—Todos estos días he soñado con que una docena de golondrinas recorría Europa, eran tan blancas que oscurecían los rayos del cielo. ¡Golondrinas blancas! Por donde pasaban crecían los campos y se levantaban ciudades nuevas... En cada nación una golondrina descendía y anidaba en la torre más alta... Una en Praga, otra en Viena, otra en París, en Londres... Al final, la más hermosa de aquellas aves níveas voló por encima de altísimas montañas y sin temor anidó en el único árbol de un paraje nevado... Quiero creer que se trata del árbol sagrado en las cumbres del Tíbet...

El Führer se calló. Se quedó como ensimismado, sin mover un dedo, tal que un autómata o un lisiado delante de una aparición.

—Dígame lo que opina... Diga la verdad... Cuénteme que mi sueño es un aviso de la Providencia y que el mundo será puro como el agua que corre tras el deshielo...

¿Qué podía decirle a un hombre que deseaba ya una respuesta concreta? ¿Que las golondrinas blancas eran sus divisiones bélicas? ¿Que el mundo esperaba con los brazos abiertos su llegada para ser aniquilado? ¿Que no demorara más la conquista de su imperio?

—*Herr* Hitler, las aves oníricas representan cantidades de tiempo. Los pájaros vulgares son minutos si aparecen en sueños; el cuervo, que es el más grande de los pájaros, representa una hora... cigüeñas y garzas, días y semanas. Pero las veloces golondrinas siempre son años... Años completos. Tantas golondrinas, tantos años...

—Eran una docena...

—¡Doce años!

—¿Doce años tardaré en conquistar el mundo?

—Doce años para cumplir su tarea.

Hitler volvió a ocupar su asiento. Los ojos le habían clareado, eran más azules, los rasgos también, no estaba tan tenso...

—Doce años... ¿No son doce los meses del año, doce los apóstoles cristianos, doce las tribus israelitas, doce las cumbres del Himalaya? Tal vez sea un número acertado. Fui elegido canciller en 1933, ahí comencé mi campaña... Si son doce años...

—Acabará su tarea en 1945...

—1945.

—*Herr* Hitler, recuerde que los sueños pueden confundirnos: Napoleón, en vísperas de Waterloo, soñó por dos veces con un gato luminoso que corría fuera de sí de un ejército a otro... Él creyó que era buen augurio, sin embargo su ejército fue derrotado. Julio César, al cruzar el Rubicón, soñó que se relacionaba impúdicamente con su madre... creyó que era un mal augurio, una aberración... Sin embargo, volvió sobre Roma y la tomó... Roma era su madre...

—¿Y la nieve? ¿Qué me dice de la nieve?

—Debemos tenerla por buen augurio. Cuando se sueña con llanuras de nieve o ríos helados, los cuatro caminos posibles del sueño —el adivinatorio, el terapéutico, el fisiológico y el psicológico— se unen, trenzados forman una senda que serpentea ladera abajo, sembrando de vida todo cuanto toca. Porque la senda está nevada, la nieve es agua y el agua viene del cielo. El águila es su tótem, *Herr* Hitler, pero la golondrina es su guía, el espíritu onírico que le muestra el lugar donde debe hincar su pica... ¡Hasta el lugar donde la golondrina se pose ha de ampliar el águila sus dominios! Cuanto más extensos sean los campos nevados de sus sueños, más numerosas serán las tropas que le sigan y las masas que le aclamen.

—¡Extensos campos nevados! ¡Rusia! ¡Rusia! ¡Rusia!

Lo dijo por tres veces. Con una voz casi ventrílocua. El hombre quedó tan impresionado que perdió la mirada en el vacío y se le hinchó el cuerpo dando la impresión de que iba a levitar de un momento a otro. Georginas, sabedora de la influencia ejercida en mente tan predispuesta, tomó la pitillera de Harry Houdini, el gran soñador, y sacó un cigarrillo: todavía eran los suyos. Sentía gran nostalgia y tantos recuerdos fulgían en su mente que se acercó a la llama de un candil sagrado y lo prendió.

¿Por qué había mentido? ¿Por qué había inventado todas aquellas patrañas? ¿Para satisfacer al Führer, a un loco demente? ¿O para salvar la vida? La nieve cae del cielo y recubre la tierra y en el mundo onírico rara vez se le atribuye significado positivo. Tradicionalmente está relacionada con la introversión... Con el dolor y la soledad. El agua que se condensa en nieve, peor aún en hielo, pierde su movilidad. Significa la estacada, el ensimismamiento, la megalomanía y posteriormente la derrota.

—¡Rusia! ¡Rusia! ¡Rusia! —repitió Hitler todavía exultante, dando muestras de que tras la excitación surgía una gran fatiga y un pesado sopor.

¡Rusia! ¡Era Rusia! ¡La ronca voz de su subconsciente lo clamaba! ¡Allí estaba la nieve: allí la aniquilación! Y ella lo había empujado a la vertical del precipicio malinterpretando sus sueños intencionadamente, adornándolos con episodios de grandes hombres a los que sin duda el Führer idolatraba. Ni el más agudo de los rabinos ni el más seductor de los arcángeles judíos, ni siquiera el insuperable maestro de la diplomacia y el engaño, Chaim Weizmann, lo habría hecho mejor. Sin pretenderlo, sin haber urdido un plan perfecto, las circunstancias habían puesto a su disposición el destino de millones de personas. Su habilidad interpretadora se encargó del resto. Fue la última vez que vio al Führer. Se había quedado dormido, ella se acercó y le acarició el cabello. ¿Fue un impulso, una despedida, un deseo de perdón por el engaño?

Georginas, también inoculada de sonambulismo, se situó en el centro de aquel antro espiritual. Muchas velas se habían extinguido, y las últimas lumbres de candiles y lucernas, agotado el aceite, temblaban agónicamente consumiéndose al mismo ritmo con que el Führer se adentraba en la negritud del sueño. Miró a su alrededor. Tenía la inminente sensación de que de cada cosa iba a surgir un espectro; las sombras eran más intensas; las paredes se asemejaban a grandes pizarras repletas de jeroglíficos; los rincones, a pozos por donde descendían precipitadas escaleras que desembocaban en páramos de la nada y el vacío. Los carteles de la Sociedad de Thule apenas destacaban, sólo eran líneas difusas, manchas borrosas de mensajes nazis; la propia ciudad maqueta del regente del Tíbet parecía un montón de juguetes abandonados por un niño cansado, una montaña de cajas desordenadas, unas encima de otras. El silencio era total, compacto, marmóreo, mucho más sólido que la ausencia pura de sonido, se había detenido hasta el impulso de la respiración, hasta la gravedad del aliento y la mirada: este era el territorio de caza del sueño, donde nada es como parece, las dimensiones se distorsionan, los volúmenes y espacios se curvan, las sensaciones tan pronto surgen como se desvanecen.

Ella no lo sabía, pero acababa de amanecer en Núremberg.

—¡Estará usted fatigada, señora Parker!

Se giró lentamente.

Heinrich Himmler, absolutamente despierto y uniformado, escoltado por dos Guardias Negros, no se molestó en bajar la voz ni en suavizar sus pasos retumbantes. Prorrumpió en el Pasadizo de la Comadreja como un ladrón de huevos, apareció en la escena como un ser ajeno al mundo onírico, perteneciente a otra casta de meros durmientes, y más que el filósofo que se acerca antorcha en mano a una caverna de sabiduría se asemejaba a un profanador de tumbas violando puertas y despojando momias. Se acercó a su Führer y lo miró a un lado y a otro.

—¡No se preocupe, señora Parker, Adolf Hitler tiene el sueño muy pesado! ¡Siempre le ocurre cuando absorbe peyote para soñar! ¡No lo despertaría ni un desfile victorioso!

—¿Qué hora es?

—Acaba de amanecer en Alemania. Ahora, señora Parker —Himmler la miró a corta distancia, con aspavientos y modales adquiridos seguramente de su líder: echándose las manos a la espalda quiso dar de sí el máximo de su grandeza corporal—, deberá acompañarme, sus protectores la están esperando.

Así lo hizo. Totalmente cansada, creyó una vez más que se dirigía a uno de los inesperados toques de llamada general, medianoche en el barracón de Terezin. Pero fue sólo un instante, pues, efectivamente, en la misma sala donde cenó la esperaban, también con síntomas evidentes de cansancio, los hermanos Schaeffer.

—Antes de su partida, señora Parker, debo recordarle su compromiso con Alemania. Me limito a trasladarle las órdenes del Führer y a aconsejarle que no olvide su estancia por un año en uno de nuestros centros... No es necesario que jure su lealtad poniendo una mano encima de su biblia, ni tiene por qué envolverse en la bandera de nuestra patria. Debe saber que allá donde vaya tendremos noticias suyas. Se le exigirá información y usted la dará... La confianza que el Tercer Reich ha depositado en su persona estaba reservada sólo a los más grandes colaboradores del Führer. Será imposible que pueda olvidarlo. Y ahora —Himmler la saludó militarmente y después lanzó la mano para estrechársela—, deseo que tenga suerte, su destino irá unido al de nuestra patria. *Heil Hitler!*

—*Heil Hitler!*

Ella no respondió al saludo. Los hermanos Schaeffer, sí. Sólo cuando el máximo responsable de la Gestapo se fue y Ernst le ofreció una taza de café, comenzó a comprender en qué lugar del tablero de ajedrez se hallaba. Pero ¿eso importaba? ¿Eran estas las peores arenas movedizas que había pisado? ¡No! El infierno de los campos de concentración, las frías mañanas de ejecuciones, el quejido monótono de los locos y el llanto de los niños en Terezin, el cuenco de sopa aguada, el cigarrillo encontrado en Brünnenpark... esas sí eran las peores arenas movedizas; la quema de libros de Kafka, la usurpación para cabaret nazi del castillo Lorre, la angustia del cisne... esas eran las arenas movedizas. Mejor huir. Escapar. Mantener la cabeza serena, alejar el cansancio, admitir la tropelía, codearse con la locura de los iluminados...

—¿En qué piensas, querida? Estás muy cansada.

—Sí... Muy cansada.

—Yo diría que es la viva encarnación de Kaspar Hauser... Apareció y desapareció... —propuso Ernst.

En ese momento entró un oficial portando una bolsa. Dentro iban las cosas de Sarah Georginas Parker. Su contrato de matrimonio, la pitillera de Harry... las fotografías, la cruz de hierro...

—Afuera hay un coche esperándonos —apuntó Otti mientras le ofrecía un cigarrillo—. Viajaremos directamente a Berlín. Tu parada será la embajada de los Estados Unidos. Quiero felicitarte, querida. Seis horas con Adolf Hitler no es empresa fácil ni siquiera para un semidiós. Si te ha permitido zambullirte y nadar en su sueños, habrás notado que es un hombre de doble vida.

Se encontraba tan rendida que estaba a punto de caer sobre la taza de café y no despertarse hasta pasado un día entero. Pero respiró con suavidad, tomó un sorbo, aspiró una calada y eso la ayudó a sacar lo mejor de su agotamiento.

—Querida Otti —le susurró—, te estoy muy agradecida, pero no olvides que tener doble vida no significa tener doble personalidad. El Führer no es otro cuando sueña: es él mismo.

—Georginas: me gustaría visitar tu gabinete de interpretación en América... Ojalá fuera eso posible...

—Ojalá...

No lo fue. Otti Schaeffer le regaló —insistió en ello— el collar con la piedra del meteorito que le había dado buena suerte.

—Será una señal de hermana psíquica a hermana psíquica, de interpretadora a interpretadora.

Cuando salían por fin de la comisaría de la Johannesstrasse, Georginas vio que realmente había amanecido. Hacía algo de fresco, pero el día era muy luminoso y agradable a la vista. Mientras bajaba los tres escalones y se dirigía a la limusina no pudo evitar sonreír, cerrar los ojos una milésima de segundo y darle profundas gracias a Dios. Supuso que era el principio del fin, el inicio de la vuelta atrás. Sin embargo, fue todo tan rápido que no llegó a distinguir claramente el rostro de aquel hombre que se acercó. Era alto, vestía de oscuro y su apariencia no le fue extraña. Cuando arrojó la bomba de mano fue abatido por uno de los SS, pero el artefacto llegó a estallar y su efecto fue fulminante. Otti Schaeffer resultó herida grave en una pierna, a su hermano un trozo de metralla le cortó la mejilla, el conductor de la limusina y otro oficial murieron en el acto. En cuanto a Georginas, sin percibir claramente que moría, mientras caía de bruces a la calzada, intentó descifrar las únicas palabras que pudo musitar el terrorista judío:

—Todos somos Adolf.

Después, en el interior de su cabeza, vislumbró una mancha que se fue agrandando, negra, muy negra, que giraba en silencio, hasta ocuparlo todo. Ni siquiera se acordó de su hijo, los transatlánticos o los poemas de Willfred. Es fácil morir cuando se está muy cansado.

La Oficina General de Propaganda, bajo las órdenes de Goebbels, no consideró oportuno que este atentado se reseñara en la prensa alemana, y el hecho de que no fuera dirigido esencialmente contra el Führer lo mantuvo oculto durante décadas a la lupa de biógrafos, seguidores y estudiosos. Sin embargo, ocurrió en Núremberg, capital espiritual del Tercer Reich, ante la puerta principal de acceso a la comisaría de la Johannesstrasse, la mañana del 4 de abril de 1940.

